Sous le manteau du silence

Du même auteur

Autre éditeur

La Promesse d'Émile

Claire Bergeron

Sous le manteau du silence

terres de femmes

De Borée

À mes petits-enfants :
Rosalie, Éloïse, Joséphine,
Édouard et Évangéline.

Écrire est un acte d'amour.
S'il ne l'est pas, il n'est qu'écriture.

Jean Cocteau

I

Saint-Anselme, octobre 1967

L'hôpital Saint-Cœur-de-Marie s'éveillait lentement dans la brume blanche du matin et ses fenêtres s'allumaient une à une comme autant d'yeux ouverts sur la ville qui l'entourait.

Dehors, quelques feuilles arrachées aux branches par la brise du matin voletaient et se posaient sur le palier de l'entrée pour le recouvrir d'un tapis multicolore. Les passants pressés aux yeux encore bouffis de sommeil et fixement rivés sur le trottoir entendaient bien quelque son de cloche par les fenêtres entrouvertes, mais ils n'y prêtaient nulle attention, trop occupés qu'ils étaient à courir dans leur propre vie vers un travail ou une famille qui les attendait.

À l'intérieur, les infirmières glissaient légèrement sur les parquets bien cirés, flottant telles des ombres dans la clarté diffuse du petit matin. La nuit avait été chaude et humide, et les odeurs d'éther et d'antibiotiques se faisaient particulièrement entêtantes. Il était rare, en cette période de l'Action de grâces, que les journées et les nuits soient aussi douces. « L'été des Indiens », disaient les plus âgés privés de sommeil cette nuit-là, incommodés par la chaleur et l'humidité.

Comme tous les hôpitaux de banlieue, cet établissement de Saint-Anselme était une grande maison familiale avec ses odeurs connues qui vous collaient à la peau et vous enveloppaient de la tête aux pieds. Tous les employés y avaient un lien quelconque, de parenté ou de voisinage, et les gens qui y séjournaient connaissaient un membre ou l'autre du personnel, plus souvent plusieurs.

Il était six heures dix quand retentit l'appel fatidique.

– Code 999 aux soins intensifs, chambre cinq. Je répète, code 999 aux soins intensifs, chambre cinq.

Tous les haut-parleurs de l'hôpital s'étaient ouverts en même temps. Une cloche avait sonné trois fois pour signaler qu'il s'agissait d'une urgence. Puis la voix tremblante, mais forte, du préposé à l'admission avait résonné dans l'interphone.

Les personnes désignées au début du quart de travail se précipitèrent séance tenante vers les soins intensifs en criant à leur remplaçant ce qu'elles faisaient avant l'appel afin de lui permettre de prendre la relève.

Moins de une minute plus tard, les membres de l'équipe étaient auprès de l'homme dont les signes vitaux s'étaient subitement arrêtés. Le médecin de l'urgence, seul de ses collègues à se trouver dans l'hôpital à cette heure matinale, avait pris en main les opérations. Une infirmière commença le massage cardiaque. Une autre, après avoir installé les électrodes sur la poitrine, aux poignets et aux chevilles de l'homme, ouvrit une nouvelle voie intraveineuse afin d'administrer sans risque d'incompatibilité les médicaments exigés par la situation. Le médecin prit sur la table de réanimation le nécessaire à intubation et commença à insérer la canule dans la gorge du patient.

Toutes ces opérations se déroulaient dans un ensemble parfait. Bien entraînée, l'équipe de réanimation agissait comme un orchestre symphonique dont le médecin aurait été le chef et où chacun devait jouer sa partition sans fausse note. La vie d'un être humain dépendait de la compétence de l'équipe, laquelle tenait à la maîtrise de chacun selon son rôle.

Le docteur Giroux demanda d'une voix ferme, mais très calme malgré la gravité de la situation :

– Qui est l'infirmière de ce patient ? Qu'est-ce qui s'est passé ? Parlez-moi de cet homme.

– Il s'agit de Charles-Eugène Aubert, le chanoine de notre paroisse, dit l'infirmière Maureen Taylor en s'avançant vers le lit.

Tous les regards, abasourdis, se portèrent sur l'homme nu et sans vie qui reposait sur les draps blancs. Pendant une seconde, le temps sembla arrêter sa course folle. Seule Rosalie Lambert, l'infirmière adjointe de nuit, ne semblait pas émue devant cette sinistre scène. Elle se tenait, immobile et impassible, sur le seuil de la chambre. Elle haïssait cet homme depuis si longtemps ! Elle le regardait dans sa nudité et son impuissance. Elle fixait délibérément son sexe flasque et violacé qui pendait inerte entre ses jambes trop maigres. Bien dissimulé sous le manteau de silence de la puissante religion catholique des années quarante, ce monstre avait changé le cours de tant de destins promis au bonheur ! Et particulièrement le sien. Elle observait le ballet de ses collègues qui tentaient de le maintenir en vie, apparemment sans ressentir la moindre angoisse à l'idée que ces fébriles instants puissent être les derniers de Charles-Eugène Aubert sur cette terre.

Hôpital Saint-Cœur-de-Marie, quelques heures plus tôt

Un peu en retrait au bout d'un long corridor, derrière des portes toujours closes sur le monde extérieur, se trouvait l'unité des soins intensifs. Ce département comptait six lits, et chaque infirmière y avait la charge de deux patients au maximum. C'était comme une île mystérieuse au sein de l'hôpital où seul un personnel aux compétences dûment reconnues avait le droit de se trouver. Rares étaient les infirmières qui avaient la force morale de supporter le stress occasionné par les soins spécialisés de première ligne. Une concentration de tous les instants était requise et, dès que l'une s'y sentait trop à l'aise, elle devait décupler ses efforts pour conserver sa vigilance. Les préoccupations personnelles elles-mêmes devaient demeurer à l'entrée. Là, l'erreur se traduisait en perte de vies humaines. Sans doute cette particularité n'était-elle pas exclusive aux soins intensifs, mais les exigences y étaient si élevées que le personnel de cette unité développait instinctivement une seconde nature de minutie et d'attention.

Rosalie Lambert, l'assistante de nuit, était à son poste depuis une bonne dizaine d'années. Elle avait quarante-sept ans. La présence rassurante de cette femme d'expérience augmentait la confiance des plus jeunes, moins expérimentées. Même au cœur des urgences extrêmes, elle conservait sa voix calme, ses gestes précis, professionnels et immensément humains. Si quelqu'un lui faisait remarquer que les patients angoissés se calmaient dès son arrivée, elle répondait en souriant :

– J'ai l'âge vénérable d'inspirer la confiance.

Cette nuit-là, l'unité comptait cinq patients. Il y avait dans la première chambre un traumatisé de la route, installé sur un lit orthopédique pour se remettre de fractures multiples aux deux jambes, ainsi que d'une fracture, ouverte celle-là, au bras droit. Le médecin redoutait également une fracture du crâne, de sorte que son cas nécessitait une surveillance étroite. L'homme était conscient, mais il ne savait pas encore que, dans la chambre voisine, son fils de vingt ans avait eu l'abdomen perforé et qu'il luttait vaillamment pour se maintenir en vie. Le jeune homme était dans un profond coma et ses chances de s'en tirer étaient bien minces. Il y avait aussi, dans la chambre trois, un vieil homme qui se remettait péniblement d'un infarctus. Dans un état très instable, il pouvait à tout moment se retrouver en état de crise. La chambre quatre était occupée par une femme de trente ans opérée la veille pour un cancer de l'intestin. Elle devrait dorénavant vivre avec une colostomie, un sac sur l'abdomen dont la présence l'avait davantage traumatisée que l'annonce de son cancer, lequel ne lui laissait pourtant qu'une bien faible espérance de survie. Finalement, dans la chambre cinq reposait Charles-Eugène Aubert, curé de la paroisse de Saint-Anselme, où se trouvait précisément l'hôpital Saint-Cœur-de-Marie.

Quand les jeunes infirmières du quart de nuit avaient appris la présence de ce chanoine redouté dans la chambre cinq, elles avaient espéré que garde Lambert accepte de le prendre comme patient. Non parce que son état était instable, mais plutôt parce que ce personnage les mettait mal à l'aise. Il était souvent exigeant et vous envoyait en enfer à la moindre occasion. Les terreurs cultivées par la religion catholique, en cette fin d'année 1967, prenaient encore beaucoup de place au Québec. Bien sûr, la Révolution tranquille, qui allait balayer d'un coup toutes les craintes inspirées par le clergé et entraîner aussi au passage une grande partie de ses représentants, grondait déjà très fort.

Mais, en cette soirée d'octobre, si on pouvait éviter de s'occuper d'un patient comme ce vieux chanoine sévère, il fallait tenter sa chance. Aussi, dès que garde Lambert arriva à l'unité pour son quart de nuit, elle eut à peine le temps de mettre sa coiffe et de l'ajuster sur sa tête que déjà les deux autres infirmières, surexcitées et anxieuses, la pressaient de faire le partage des patients.

Garde Lambert fut étonnée. Elle avait bien senti, avec le flair que lui conférait son expérience, qu'une fébrilité inhabituelle flottait sur l'unité. Ses deux compagnes étaient des infirmières compétentes, habilitées depuis un bon moment à œuvrer aux soins intensifs. Judith Lépine était déjà sur place à son arrivée à Saint-Cœur-de-Marie, dix ans auparavant. C'était une toute jeune infirmière, à l'époque, mais on devinait chez elle le désir de faire une longue carrière auprès des malades, un désir que le temps n'avait pas démenti. Pour sa part, Maureen Taylor n'était avec eux que depuis deux ans. En revanche, elle avait de l'expérience dans le genre de soins requis par l'unité, puisqu'elle avait précédemment été à l'emploi de l'hôpital Notre-Dame de Montréal, où elle occupait un poste similaire depuis la fin de ses études.

Rosalie se rassura en se disant qu'elle se préparait à passer une nuit tranquille, bien qu'une nuit aux soins intensifs pût difficilement être affublée de ce qualificatif. Cartable en main, elle leva la tête vers le tableau noir où étaient inscrits à la craie les noms des patients, ainsi que des indications sur leur état. Occupé à s'acquitter des derniers détails afin que l'arrivée de l'équipe de nuit se fasse dans l'harmonie, le personnel du soir était encore au chevet des patients. Ainsi, les nouveaux arrivants avaient le temps de prendre connaissance des informations touchant les malades présents sur l'unité.

Au moment même où ses yeux se posèrent sur le nom du curé Charles-Eugène Aubert, la jeune Judith lui demanda avec un air suppliant si elle acceptait la responsabilité de ce patient pour la nuit. Elle insista en adoptant une expression comique.

– Ce n'est pas parce que c'est un cas d'infarctus récent compliqué d'une pneumonie. Le chanoine Aubert est le curé de ma paroisse et c'est à lui que je me confesse tous les mois. Si c'est possible que je n'aie pas à m'en occuper cette nuit, je t'en serais bien reconnaissante, Rosalie.

Maureen intervint à son tour.

– Je le connais moins que Judith, je ne vais jamais à confesse, mais si tu pouvais t'en occuper ça me plairait bien également.

Les grands yeux verts de garde Lambert étaient toujours fixés sur le tableau noir. Le visage fermé, elle restait là, immobile. Seul son front s'était plissé un instant comme si elle cherchait à retrouver une lointaine époque ou à ramener à la surface de sa mémoire un souvenir enfoui depuis longtemps. En face d'elle, les deux infirmières restaient muettes, étonnées de cette expression étrange qui altérait les traits de leur compagne de travail. Elle cherchait sûrement une façon de refiler à l'une d'elles ce chanoine austère que sa réputation d'homme désagréable précédait résolument. Comme le silence se prolongeait, Judith se risqua à demander de nouveau, un peu taquine :

– Dis-moi, Rosalie, à qui va revenir l'honneur de s'occuper du bien-aimé chanoine Aubert ?

Sa voix enjouée sembla ramener son chef d'équipe à la réalité. Rosalie secoua la tête. Ses boucles brunes s'éparpillèrent sur son front et cachèrent son regard crispé à la vue de ses compagnes. Après avoir respiré doucement, elle se retourna et déposa sur la table de travail le cartable où étaient consignés les détails des soins à prodiguer aux patients. Elle se dirigea ensuite vers la sortie en murmurant d'une voix à peine audible :

– Excusez-moi, je reviens.

Et elle disparut dans la salle de repos.

Les deux jeunes infirmières se regardèrent avec un sourire coquin en se disant que, décidément, le bon vieux chanoine provoquait de drôles de réactions.

– Tu ne le croiras peut-être pas, dit Judith, mais, il y a quelques années, ce chanoine m'a fait sortir de l'église en me disant d'aller mettre des vêtements plus convenables, et ce uniquement parce que je portais un pantalon.

– Un curé peut faire ça ?

– Oui, il a tous les droits dans son église, et même à l'extérieur. Ils se mêlent vraiment de tout, ces chers abbés.

– Et tu es partie ? demanda Maureen, stupéfaite.

– Je n'ai pas eu le choix.

Elle prit son air le plus offusqué.

– Y as-tu pensé ? Devoir sortir de l'église comme ça devant toute la paroisse réunie pour la messe ! Tu peux être certaine que je n'y suis pas retournée ce jour-là. Je lui en ai tellement voulu de m'avoir humiliée de la sorte que j'ai été longtemps sans aller à la messe.

– Et tu as fini par y retourner ?

– Que veux-tu ! Manquer la messe sans raison valable, ça vous envoie directement en enfer pour l'éternité. Et c'est long, l'éternité, à griller dans les flammes. Cela pour te dire que je n'ai vraiment pas envie de l'avoir comme patient.

– Je ne le connais pas autant que toi, répondit Maureen en riant de bon cœur, mais ses sermons me font tellement peur que je ne tiens pas non plus à m'en occuper cette nuit. Mais, bon ! On verra bien ce que décidera Rosalie. C'est elle, le boss.

Pendant ce temps, à l'abri derrière la porte close, Rosalie respirait profondément. L'oxygène pénétrait ses poumons et redonnait à son cœur affolé un rythme un peu plus normal. Elle avait fermé les yeux. Elle connaissait cet homme depuis si longtemps ! Il était jeune curé, à cette époque lointaine où elle l'avait rencontré pour la première fois. La vie changeait les hommes, mais, dans son cas à lui, était-il permis d'espérer ? Peu lui importait. Pour elle, il était et serait toujours le même.

Elle sentait que sa haine refaisait surface et l'envahissait tout entière. Ses oreilles bourdonnaient et son cœur battait la chamade. Une vieille rancune recouverte par la poussière des années se soulevait et l'étouffait subitement. Retenant à grand-peine une nausée, elle se pencha vers l'évier pour rafraîchir son visage à l'eau froide.

Lorsqu'elle se redressa, elle était déterminée. Elle était infirmière et son devoir était de soigner chacun sans exception, et toujours avec le même altruisme. En levant les yeux, elle aperçut dans le miroir son visage décomposé et se trouva laide. Elle souffrait du silence qu'elle gardait depuis si longtemps. Elle devait se refaire une contenance et rejoindre ses compagnes. Elle avait l'habitude de la dissimulation muette. Pourtant, elle se serait crue revêtue d'une armure plus résistante. Elle respira profondément à nouveau et, se sentant plus solide sur ses jambes, elle sortit de sa cachette et rejoignit calmement l'équipe de nuit. Les gestes routiniers l'aideraient à effectuer son travail.

L'unité aux murs défraîchis lui sembla plus terne et plus sale que d'habitude. Même les odeurs de médicaments, habituellement familières, lui sautèrent à la gorge et l'étouffèrent. Elle reprit le plus calmement possible le cartable abandonné quelques minutes plus tôt et s'adressa à ses compagnes.

– Judith, tu t'occuperas de monsieur Leblanc, dans la chambre un, et de monsieur Sirois, dans la trois. Toi, Maureen, tu t'occuperas du jeune Leblanc, dans la deux, et de madame Mercure, dans la quatre. Je me garde le plaisir de soigner notre chanoine.

Soulagées, ses deux compagnes la remercièrent et s'empressèrent de rejoindre leur poste de crainte qu'elle ne se ravise et ne leur impose les traitements à dispenser au chanoine.

– Tu es notre meilleure, Rosalie, murmura Judith en s'éloignant.

L'infirmière adressa aux deux jeunes femmes un sourire un peu forcé. Elle allait faire face et soigner cet homme qu'elle n'avait jamais complètement éliminé de sa vie. Elle en était consciente plus que jamais ; de le retrouver ainsi sur un lit d'hôpital faisait remonter en elle une haine douloureuse, comme si les événements d'autrefois revenaient pour la provoquer et lui rappeler ses faiblesses passées.

Soudain, l'infirmière adjointe de soir arriva au poste, les traits tirés. Rosalie ne se souvenait pas de l'avoir vue autrement, même les rares fois où elle l'avait croisée à l'extérieur de l'hôpital. Elle faisait partie de ces gens dont la figure exprimait toujours le poids de leur vie. En revanche, sa voix douce venait remettre un peu d'équilibre chez cette personne dont toute la carrière avait été consacrée à soulager son prochain. Elle s'adressa à celles qui allaient remplacer son équipe.

– Je pense que vous avez eu le temps de constater la présence du chanoine Aubert. Il est arrivé aux urgences la nuit dernière à la suite d'un infarctus et il est monté à l'unité en après-midi. Bien que stabilisé, son état inspire encore de grandes craintes. À sa crise cardiaque s'ajoute une pneumonie. En effet, son dossier révèle qu'il toussait depuis un bon moment déjà, mais il ne trouvait jamais le temps d'aller consulter un médecin. Que voulez-vous, le salut des âmes est prioritaire.

L'infirmière baissa les yeux et regretta, l'espace d'un fugitif instant, cette remarque inappropriée. Elle poursuivit son rapport.

– Il y a deux jours, sa nièce qui vivait au presbytère et tenait pour lui maison serait allée rendre visite à ses parents à Saint-Jérôme et aurait été retrouvée morte dans son lit. Une mort subite. Le curé Aubert était très attaché à sa nièce et aurait fait une violente crise cardiaque en apprenant la nouvelle de la bouche de son jeune vicaire. Et nous voilà responsables du saint homme. Ce soir, son état s'est légèrement amélioré. Sa température se maintient au-dessus de quarante, mais sa tension artérielle, quoique encore très basse, s'est stabilisée. En revanche, la tachycardie ne se résorbe pas. Mais, aidé de nos bons soins, il devrait s'en sortir. Je vous passe le flambeau. À vous de veiller sur l'unité. Je suis épuisée et très pressée de rentrer me jeter dans mon lit de plumes.

En rangeant ses dossiers, elle posa un œil inquisiteur sur Rosalie et fut étonnée de sa pâleur. Sa compagne était une femme silencieuse et réservée, mais en pleine forme physique. Elle avait habituellement le teint frais, et ce malgré un sommeil pas toujours des plus réparateurs. Inquiète, elle s'informa :

– Tu as mal dormi ? Tu as l'air épuisée. Ce n'est quand même pas notre curé qui t'inquiète ? Il ne faut pas t'en faire. Il est détestable et exigeant, mais plutôt mal en point. Il a pris son somnifère vers onze heures. Il devrait dormir une bonne partie de la nuit si sa toux ne le tient pas trop éveillé. Tu vas trouver au dossier tous ses antécédents médicaux.

Elle tapa d'un geste familier l'épaule de sa compagne et fit un signe de croix taquin dans les airs en guise d'encouragement. Elle se dirigea ensuite à l'arrière du poste des infirmières pour effectuer le décompte des narcotiques. En tentant de conserver toute sa concentration, Rosalie la suivit. Pourtant, son esprit ne cessait d'errer entre deux mondes.

Garde Lambert était une très jolie femme. Sa grandeur, sa minceur et un teint naturellement basané lui donnaient un air de santé, et ses immenses yeux verts, plutôt inhabituels chez une brunette, attiraient l'attention. Bien sûr, le milieu de la quarantaine avait mis quelques rides autour de ses yeux et peut-être aussi un peu de mélancolie dans son regard. Par ailleurs, il était vrai que tous ici connaissaient très peu cette femme. Elle était arrivée à Saint-Anselme il y avait bien une dizaine d'années. Elle avait acheté une jolie et grande maison située près d'un lac dans les Laurentides, avait immédiatement obtenu un emploi à Saint-Cœur-de-Marie et était devenue une compagne appréciée de tous. Mais elle avait toujours gardé le silence sur sa vie passée. Certains disaient qu'elle avait été infirmière dans un dispensaire en Abitibi dans les années quarante. D'autres ajoutaient qu'elle avait épousé un médecin et vécu en Afrique quelques années. Les gens qui parlent très peu d'eux-mêmes alimentent les conversations. Rosalie en était bien consciente, mais cet état de fait lui convenait. Elle était solitaire depuis sa plus tendre enfance ; c'était sa nature. Elle se souvenait de cette cour arrière où, petite, elle s'amusait toute seule et s'inventait un monde dans lequel seuls les oiseaux et les fourmis étaient invités à partager ses jeux.

Assise à sa table de travail, elle prit connaissance des soins qu'elle aurait à donner à son unique patient. Elle révisa les ordonnances et la médication à administrer durant la nuit : tonicardiaques, antibiotiques et une dose d'héparine à ajouter au prochain soluté.

Après le départ du service de soir, elle s'était rendue au chevet du curé Aubert. Avant de vérifier les perfusions, les signes vitaux et le reste, elle avait regardé fixement l'homme endormi. Elle le haïssait. Pourtant, elle avait longtemps pensé que, si la vie la remettait un jour en sa présence, le temps aurait fait son œuvre. Peut-être n'éprouverait-elle alors rien de plus que de l'indifférence. Mais en le regardant, endormi et vulnérable à l'extrême, un ressentiment qu'elle ne pouvait chasser affluait à sa gorge. Ça lui faisait mal. Elle aurait tellement voulu l'oublier. Toute cette haine lui ressemblait si peu ! Elle avait mis des océans entre le souvenir de cet homme et elle-même et aujourd'hui, des années plus tard, il était là devant elle, écrasé par la maladie. Elle s'était approchée doucement du lit pour ne pas le réveiller et avait examiné de près son visage. Elle l'avait trouvé laid. Il était beau, pourtant, vingt-cinq ans plus tôt, alors au milieu de la trentaine. Elle se souvenait de son rire. Tous les paroissiens aimaient bien l'entendre. « C'est comme une musique céleste ! » disait Augustine Robidoux, la corpulente maîtresse de poste.

L'homme s'était retourné dans son lit et Rosalie avait instinctivement reculé vers la porte. Mais il ne s'était pas réveillé. Le somnifère pris plus tôt agissait pleinement en ce début de nuit. Elle avait donc le loisir de l'observer sans croiser son regard. Les longues mains bleues sur le drap blanc lui faisaient monter à la gorge une étrange nausée. Elle revoyait ces mains, en d'autres circonstances tellement tragiques, et se rendait compte qu'elle en avait gardé l'image indélébile au fond de sa mémoire. De belles mains d'homme de Dieu faites pour bénir que l'égocentrisme avait transformées en instruments de haine et de torture. Des mains qu'il avait pourtant continué de lever en signe de bénédiction et de pardon, indifférent à la monstruosité de ses actes.

En quittant le chanoine endormi, elle était revenue vers le poste des infirmières. Comme chaque chambre était entièrement vitrée, elle apercevait ses compagnes affairées à leurs tâches, très à l'aise et attentives à chaque patient dont elles avaient la charge. Elle enviait leur douce tranquillité, alors que dans son esprit la tempête faisait rage.

Elle se leva et se rendit à la pharmacie derrière le poste des infirmières. Elle plaça la fiole d'héparine et la seringue dans un plateau. Dès qu'elle en aurait l'occasion, elle la préparerait en présence d'une compagne et lui en ferait vérifier la dose. Il en était toujours ainsi quand il s'agissait d'établir le dosage d'un médicament dangereux pour la vie d'un patient. Elle faisait tous ces gestes d'une façon machinale. Heureusement, l'expérience venait à sa rescousse. Sinon, elle se serait sentie bien affolée. Elle ne pouvait chasser de sa pensée l'idée que d'ici quelques instants elle devrait faire face à cet homme qui dormait paisiblement dans son lit. Cependant, elle avait l'avantage de la surprise. Elle savait qui il était et pouvait se préparer mentalement. Lui ne s'attendait pas à la voir près de son lit. Et il ne la reconnaîtrait sans doute pas. Un quart de siècle, ça change quelqu'un. Mais, si le chanoine la replaçait, elle devrait demeurer impassible. Elle garderait ses distances, simplement. Ce n'était qu'un triste moment à vivre. Elle souhaitait seulement très fort qu'à son retour, après la fin de semaine, le chanoine Aubert ait quitté les soins intensifs pour le département de médecine.

Elle retourna à sa table de travail pour terminer la vérification du dossier. Depuis l'arrivée de son patient à l'urgence, la nuit précédente, beaucoup de médicaments avaient été prescrits, puis changés à l'arrivée d'une nouvelle analyse sanguine, et ainsi de suite. Elle ne voulait pas faire d'erreur et, comme sa concentration était déficiente en ce moment, elle devait fournir un effort supplémentaire.

Elle ne pouvait s'empêcher de penser à l'homme endormi à quelques pas d'elle. Peut-être savait-il, après tout. Elle avait souvent eu le sentiment qu'il n'était pas très loin, comme s'il s'assurait de sa discrétion en se tenant toujours au courant de l'endroit où elle vivait, où elle travaillait aussi, sans doute. Au début des années cinquante, elle avait vécu dans l'Europe de l'après-guerre, où elle avait beaucoup entendu parler des camps de concentration allemands et des horreurs qui s'y étaient perpétrées. Tous les gens autour d'elle avaient été atterrés par les récits de ces actes diaboliques et les photos qui avaient circulé. Ils n'arrivaient pas à croire que des êtres humains aient pu commettre de telles monstruosités. Rosalie, elle, n'avait eu aucun doute. Elle avait connu Charles-Eugène Aubert, curé à Saint-Mathieu-du-Nord.

Elle jeta un coup d'œil à l'horloge. Quatre heures du matin ! Il était temps d'effectuer la deuxième tournée des chambres. Jusque-là, la nuit avait été calme. À sa première visite, le chanoine dormait profondément. Elle avait décidé, en accord avec Maureen qui l'accompagnait, de ne pas le déranger afin de lui assurer un sommeil réparateur. Maureen avait quitté l'unité pour sa pause depuis un bon moment déjà, tandis que Judith et Rosalie s'apprêtaient à faire cette tournée des cinq patients. Judith s'informa :

– Rien de spécial avec notre invité de marque ?

Pour seule réponse, Rosalie lui sourit. Elle aurait bien aimé avoir le même détachement vis-à-vis de la personne du curé Aubert.

Toutes les deux firent rouler silencieusement le chariot de matériel de soins d'une chambre à l'autre. Judith eut les larmes aux yeux en retournant avec précaution le jeune Leblanc, dont les chances de survie étaient bien minces.

– Il devrait y avoir des lois sévères pour les chauffards en état d'ivresse, qui causent des traumatismes irréversibles à de si jeunes personnes. C'est incroyable que ces monstres s'en tirent presque toujours avec un simple avertissement de la part d'un juge.

– Tu as raison, répondit distraitement Rosalie. Un jour nos élus devront se pencher sur ce problème et légiférer.

Vint le moment d'entrer dans la chambre cinq pour vérifier les perfusions et donner les soins de confort à l'occupant des lieux. Elles allumèrent la veilleuse. Le chanoine ouvrit les yeux et Judith se pencha au-dessus du lit.

– Monsieur le curé, nous allons vous tourner et vous frictionner le dos. Vous pourrez mieux dormir.

L'homme se tourna vers elle, étonné d'avoir été réveillé. Un peu en retrait, Rosalie en profita pour l'examiner. Il avait vraiment beaucoup vieilli. Il avait le visage ravagé comme un vieil alcoolique épuisé par de trop nombreuses veilles. Peut-être avait-il effectivement abusé de la bouteille… Cela pouvait expliquer l'état de son cœur. Mais l'odeur de pipe qui flottait dans la chambre était pour elle en lien direct avec la faiblesse de ses poumons.

Elle en était là de sa réflexion quand Judith l'invita d'un regard à l'aider. Il lui fallait tourner le malade vers elle. Elle se pencha résolument au-dessus du lit, posa ses mains sur le corps de l'homme et l'attira avec délicatesse vers elle pour que sa compagne puisse le masser et lui glisser des oreillers derrière le dos. Elle croisa un regard vitreux aux paupières rouges et humides. Le chanoine ne semblait pas la reconnaître. Elle ressentit une sorte de répulsion à son contact et son corps frémit. De devoir toucher le corps de cet homme lui répugnait, mais elle était d'abord infirmière.

Absorbée par le dégoût qu'elle ressentait, elle ne suivit pas le regard du prêtre qui se posa sur l'épinglette accrochée à son uniforme. Avec l'aide de sa compagne, elle replaça doucement le patient sur les oreillers. Elles l'installèrent le plus confortablement possible avec d'autres oreillers posés entre ses genoux et sous son bras. Elle vérifia instinctivement les sites de perfusion.

Parce qu'elle s'appliquait à sa tâche, elle ne remarqua pas le regard insistant du chanoine posé sur elle. Elle se retourna vers la porte et, sans un mot, s'apprêta à quitter la pièce avec sa compagne, qui salua bien poliment le chanoine. Elle tint la porte entrouverte pour permettre à Judith de passer avec le chariot en remerciant silencieusement le ciel que cette rencontre se soit si bien passée. Elle sursauta en entendant tout à coup la voix de l'homme résonner à son oreille. Une voix encore beaucoup trop familière après tant d'années.

– Garde Lambert, pourriez-vous m'accorder un instant ?

Tandis que Judith quittait la pièce et fermait la porte derrière elle, Rosalie respira profondément et se retourna lentement, péniblement vers le lit. Elle était prête à faire face. Vingt-cinq années de haine, de regrets, de douleurs profondes… Tous ces sentiments se heurtaient au fond de son corps, dans son cœur et son ventre. Ils s'exprimaient dans cette nausée qui une fois encore montait à ses lèvres. Ses oreilles bourdonnaient. Une chaleur désagréable se glissa sous son uniforme et jusqu'au bout de ses doigts. Pourtant, elle grelottait de froid. Elle plaça instinctivement ses mains sous ses aisselles pour les cacher au regard de l'homme et les réchauffer un peu. Il ne devait surtout pas voir ses tremblements. Comme dans un cauchemar duquel elle espérait se réveiller, elle leva résolument le regard vers le lit et son monstrueux occupant, vers son passé qu'elle fuyait depuis près d'un quart de siècle.

Revenue de sa pause, Maureen regarda Rosalie sortir de la chambre cinq. Le joli teint basané de l'infirmière avait fait place à une blancheur de cire. Elle marchait difficilement, comme si un poids immense venait d'être déposé sur ses épaules. Elle vint s'asseoir près de sa compagne sans la voir.

Maureen hésita. Elle sentit un courant froid traverser l'unité. Elle referma son chandail de laine sur sa poitrine, hésita et se décida finalement à interroger Rosalie :

– Qu'est-ce qui s'est passé avec le curé Aubert ? Je l'ai entendu rire, j'ai entendu vos éclats de voix. Rosalie, qu'est-ce qui s'est passé ?

La jeune femme attendait une réponse, mais Rosalie semblait n'avoir rien entendu. Son esprit était ailleurs. Lentement, son dos se courba. Elle posa ses bras contre la table de travail et y déposa sa tête. Sa respiration se calma peu à peu. Elle ne bougeait pas. Après un long moment, elle se redressa lentement et regarda Maureen. Elle parut étonnée, comme si elle prenait conscience de sa présence et du lieu où elle se trouvait. Elle secoua la tête et ses mèches courtes retombèrent sur son front, lui donnant l'espace d'un instant l'allure d'une petite fille prise en faute. Elle sourit à sa compagne. Non, elle s'efforça plutôt de glisser entre ses lèvres un message réconfortant pour apaiser la crainte qui se dessinait dans les yeux de la jeune Maureen.

– Ne t'inquiète pas. C'est un vieil homme désagréable. Les remarques désobligeantes nous blessent toujours, mais ça n'a jamais tué personne. Je vais survivre à cette nuit d'orage.

Elle posa une main qui se voulait rassurante contre l'épaule de sa compagne. Une main rassurante, certes, mais ferme, qui disait assez qu'elle ne souhaitait entendre aucune repartie.

– Je vais quitter pour ma pause, dit-elle d'une voix lourde que sa compagne ne lui connaissait pas. Je vais préparer l'antibiotique de six heures pour notre chanoine. Je l'administrerai à mon retour vers six heures quinze.

Rosalie se leva, contente de s'isoler pour tenter d'oublier l'altercation qu'elle venait d'avoir avec le vieil homme. Mais elle avait beau s'obliger à penser à autre chose, elle n'arrivait pas à chasser de sa tête les souvenirs que la présence du curé avait réanimés. Elle détestait cette idée fixe qui la hantait et qui sapait toutes ses énergies. Elle essayait de se concentrer sur autre chose, mais les images sournoises revenaient continuellement et s'insinuaient désagréablement à l'intérieur de son cerveau. Elle s'obligea à préparer la dose d'antibiotique avec la hâte non dissimulée de quitter l'unité le plus rapidement possible. Elle sentait sur elle le regard de Maureen, qui ne semblait rien comprendre à cet état de fébrilité qui lui était si peu familier.

Avant de se rendre à la salle de repos, Rosalie marcha un peu à travers l'unité en espérant retrouver grâce à ce geste routinier un peu de calme. Elle entra dans toutes les chambres sur la pointe des pieds et vérifia l'état des autres patients. Dans la chambre deux, elle se pencha un instant sur le jeune homme comateux. Il était beau. Judith avait raison. Elle s'apitoya un instant sur cette belle jeunesse fauchée par un chauffard ivre. S'il ne sortait pas bientôt du coma, il allait en garder des séquelles irréversibles. Mais elle ne pensait déjà plus à lui. Elle secoua la tête. Si cette nuit pouvait enfin se terminer, elle n'aurait alors qu'à profiter de ses trois jours de congé. Ensuite, le département aurait probablement retrouvé son calme, alors que le curé Aubert aurait été transféré vers une autre unité. Il allait sûrement s'en sortir. « Les hommes de Dieu ont quand même un complice au ciel ! » pensait Rosalie. Il était vrai cependant que, le chanoine, c'était sûrement l'enfer qui l'attendait.

Rosalie se dirigea vers la salle de repos. Les infirmières des soins intensifs avaient le privilège de profiter d'une petite salle attenante à l'unité, ce qui leur permettait de se relaxer dans le calme. Rosalie enleva sa coiffe et s'étendit sur le canapé mis à leur disposition. Elle s'enroula dans un drap de flanelle et déposa sa tête sur un mince oreiller. Elle savait bien qu'elle n'arriverait pas à fermer l'œil. Il y avait trop de souvenirs qui affluaient à son cerveau. Elle restait là, dans le noir, les yeux grands ouverts sur son passé. La petite lumière rouge d'un poste de radio clignotait sans arrêt au fond de la pièce et, tel un métronome, rythmait le cours de ses pensées. Elle frissonna.

Il était six heures dix du matin à Saint-Cœur-de-Marie quand retentit l'appel fatidique. Rosalie bondit du canapé et se précipita vers l'unité des soins intensifs pour rejoindre l'équipe d'urgence.

* * *

– Qui est l'infirmière de ce patient ? demanda le docteur Giroux.

Rosalie était debout près de la porte, derrière l'équipe que le code avait rassemblée. Elle était éblouie par les lumières trop fortes. Incrédules, ses yeux immenses fixaient aussi bien le chanoine étendu nu sur son lit que le personnel qui s'agitait autour de lui. Par la fenêtre, elle pouvait assister à une fin de nuit blafarde. Avec les bruits insistants de tous les appareils de réanimation, elle avait l'impression d'être tout à coup projetée dans une autre dimension, dans une sorte de cauchemar duquel elle allait bientôt se réveiller.

Maureen prit la parole :

– Je lui administrais son antibiotique quand, tout à coup, il s'est mis à étouffer. Je venais juste de terminer. J'ai vérifié les signes vitaux. La tension artérielle était en chute libre, alors que le pouls était extrêmement rapide et à peine perceptible. Je le perdais même complètement à certains moments. Alors, j'ai lancé le code. J'ai immédiatement pensé à un choc anaphylactique.

– Vous avez son dossier ? demanda le médecin. Est-il allergique aux antibiotiques ?

– Oui, répondit Rosalie en s'approchant du lit. Il est allergique à la pénicilline.

– Si c'est inscrit dans son dossier, aucun crétin de médecin ne doit lui avoir prescrit un tel médicament, murmura-t-il d'une voix enrouée par l'inquiétude.

Une infirmière s'était approchée pour installer sur le corps du patient les électrodes nécessaires à une défibrillation.

– Libérez l'espace, dit le médecin.

Toute l'équipe s'éloigna du lit le temps que le docteur Giroux fasse passer volontairement et de manière brève une décharge électrique dans le cœur du patient, dans l'espoir que l'organe reprenne son activité et un rythme plus normal.

Rosalie, qui se tenait toujours à l'entrée de la pièce, regardait, les yeux agrandis par l'effroi, le corps du patient s'arquer, puis retomber lourdement sur le lit lorsque la décharge électrique s'interrompait.

Le médecin regarda l'électrocardiogramme qui se traçait sur le papier et n'y vit aucun signe de vie. Il augmenta la puissance de l'appareil et recommença. Un long moment plus tard et après plusieurs autres essais infructueux, il cessa les manœuvres de défibrillation. Il s'adressa à Rosalie.

– Comment se fait-il qu'il ait reçu de la pénicilline, s'il y est allergique ?

Rosalie fit un effort extrême pour contrôler sa nervosité et dit d'une voix mal assurée :

– C'est mon erreur. C'est moi qui ai préparé la dose à administrer. J'ai dû me tromper de fiole.

Sous le regard stupéfait de toute l'équipe, Rosalie tourna les talons et se dirigea vers la pharmacie des soins intensifs afin de vérifier si la fiole d'antibiotique utilisée en était une de pénicilline. Comme le chanoine Aubert était le seul patient à avoir reçu un antibiotique au cours de la nuit, il était facile de retrouver la fiole utilisée, qui se trouverait nécessairement sur le dessus de la poubelle à médicaments. Et, précisément, Rosalie en retira une fiole vide de pénicilline. Elle la tint dans sa main et la regarda sans prononcer une seule parole.

Toute l'équipe d'urgence se retira en silence. Chacun retourna vers son unité terminer son quart de travail. Incrédule, le médecin regardait Rosalie. Il la connaissait bien pour être souvent venu la nuit à l'unité des soins intensifs. Il avait souvent causé avec elle et avait toujours su apprécier la compétence professionnelle de cette femme. Son regard ne pouvait quitter les grands yeux verts. Il n'arrivait pas à croire qu'elle ait pu commettre une telle erreur. En professionnel de la santé dévoué à ses patients, il en mesurait toute l'ampleur et il lui était facile d'en prévoir les conséquences sur la vie future d'une infirmière aussi humaine et bonne envers ses malades que l'était Rosalie. Si on pouvait lui faire des reproches, ce n'était sûrement pas de ménager ses efforts pour donner les meilleurs soins possible à chacun. Il l'avait souvent vue quitter l'hôpital longtemps après la fin de son quart de travail, uniquement pour tenir compagnie à une personne en détresse. Si elle ne disait jamais rien de sa vie personnelle, elle savait écouter. Il en avait fait l'expérience quelques fois lorsqu'il lui était arrivé de perdre un patient malgré ses efforts surhumains pour le sauver. Pour des choses plus banales aussi, il avait pu compter sur la compréhension et l'écoute de cette femme au grand cœur.

Le docteur Giroux jeta un regard circulaire sur les infirmières présentes et demanda tristement :

– Quelqu'un a averti la famille de cet homme ?

Le médecin porta une main à son front.

– C'est vrai, je me souviens, vous m'avez dit qu'il s'agissait du chanoine de la paroisse.

Rosalie sortit de sa torpeur et dirigea son regard vers le médecin. Dans la chambre vitrée située en face du poste, elle remarqua qu'une infirmière avait déjà recouvert le visage du chanoine d'un drap blanc. Elle leva les yeux vers le docteur Giroux, qui avait posé une main sur son épaule :

– Je suis abasourdie, Rosalie. Tu as commis une erreur impardonnable. J'aimerais dire le contraire, mais ta méprise a coûté la vie à ce prêtre.

Rosalie fixa ses yeux sur le médecin, qui y lut une sincère consternation. L'infirmière était toute tremblante et sentait son cœur prêt à éclater. Elle murmura :

– Tu as raison, Réal. Je n'y comprends rien.

Le médecin cligna les yeux. Il paraissait dépassé par les événements. Si tous les êtres humains naissaient égaux, certains avaient mérité des lauriers bien incontournables au moment de quitter ce monde. Et, en cette fin des années soixante, bien qu'installé sur un piédestal de plus en plus chancelant, le clergé régnait encore en maître suprême sur les ouailles soumises.

– Bon, il doit bien y avoir dans son dossier un numéro de téléphone en cas d'urgence ! finit-il par articuler.

– Celui de sa sœur. Je l'ai vu au dossier. Je te le donne. Mais il y a aussi le numéro du presbytère. Je pense que c'est là qu'on a demandé d'appeler en premier si jamais il y avait une urgence.

Rosalie prit le dossier et le tendit d'une main tremblante au docteur Giroux. C'était lui qui allait se charger de communiquer la triste nouvelle.

Maureen s'approcha à son tour et demanda à Rosalie si elle devait transférer le corps dans la salle de repos pour la visite de la famille, dont les membres allaient sûrement arriver aussitôt après avoir appris le décès du chanoine.

– Rosalie, tu connaissais notre curé ? demanda timidement Maureen en poussant la civière vers la salle de repos.

– Oui, je l'ai connu il y a bien longtemps.

– Sa présence semblait te perturber au plus haut point, cette nuit.

Rosalie ne répondit rien. Elle avançait comme une somnambule.

– Je ne sais rien de ton passé, mais je crois que cette rencontre t'a enlevé toute concentration.

Rosalie s'arrêta net et regarda sa compagne qui marchait à ses côtés. Elle lui demanda d'une voix sèche :

– Tu ne penses quand même pas que j'ai voulu la mort de cet homme ?

Maureen fut surprise de la voix cassante de Rosalie et sembla abasourdie par la question :

– Non, bien sûr, s'empressa-t-elle de répondre. Ne va surtout pas penser ça. C'est quand même bien triste, cette erreur de médicament. Je ne voudrais pas être à ta place. Est-ce que tu pourrais me dire quelque chose ?

Elle laissa sa question en suspens. Elle aurait bien aimé demander à Rosalie ce qui s'était passé derrière les portes closes au milieu de la nuit quand elle les avait entendus se disputer, le chanoine et elle. Mais, bien consciente que sa compagne ne lui répondrait pas, elle se tut et résolut de demeurer sur son appétit.

Le quart de nuit se poursuivit comme dans un brouillard. L'infirmière hospitalière de l'unité, Denise Laliberté, qui avait été avertie par le médecin, arriva en même temps que le vicaire de la paroisse. Ce fut elle qui le conduisit auprès du corps. Rosalie avait fait ce qui relevait de sa tâche, y compris la rédaction de la feuille d'accident relatant l'erreur de médication qui avait été fatale à son patient. Elle était demeurée un long moment le stylo dans la main sans pouvoir écrire un mot, perdue entre son passé et les événements qui venaient de se produire. Enfin, avec application, elle avait répondu à toutes les questions. Ses compagnes, Judith et Maureen, profondément atterrées et désolées pour elle, avaient terminé leur nuit de travail en silence. Perdre un patient était toujours un moment de grande tristesse pour le personnel d'un département. Mais quand de surcroît il survenait à la suite d'une erreur d'un collègue, c'était la désolation totale, la catastrophe. Et chacun en était bouleversé.

Après avoir remis à sa chef d'unité le rapport d'accident, Rosalie revint chez elle lentement, tel un automate retrouvant ses gestes logiques et familiers, guidé uniquement par l'habitude. Elle avait le sentiment de suivre son corps, de lui obéir, d'avancer à son rythme à lui, comme si elle en avait complètement perdu la maîtrise.

Il faisait encore chaud et le temps était toujours très humide. Elle passa une main dans ses cheveux et se pencha vers les quelques fleurs encore épanouies en ce début d'automne. Son gros chat blanc était venu à sa rencontre et se frottait à sa jambe, attendant une caresse qui tardait curieusement à venir. Rosalie aimait beaucoup cette maison achetée il y avait déjà dix ans et dans laquelle elle avait cherché la paix de son âme et de son corps. Elle regardait les jolis bosquets d'arbustes où quelques feuilles persistantes, aux couleurs d'automne, attiraient le regard. Elle se dirigea vers le vaste champ derrière la maison, parsemé d'arbres immenses sous lesquels elle allait souvent s'abriter pour y trouver le calme et la solitude. Un chef-d'œuvre d'artiste. Elle marchait en silence, épuisée par les événements de la nuit. Elle retrouva son banc familier et s'y déposa lourdement comme après un dur combat. Le chat s'empressa de sauter sur ses genoux et ronronna doucement, indifférent au drame qui se jouait dans le cœur de sa maîtresse. Elle le caressa doucement, de ces mêmes gestes automatiques qui la menaient depuis le début de cette triste nuit. Elle embrassa l'horizon et ses yeux clignèrent à peine quand le soleil du matin fit scintiller l'eau bleue du lac Connelly. Une vie, la sienne, défilait dans sa tête, et les événements récents s'y bousculaient. Une première larme, chaude, coula sur sa joue et tomba dans les poils du chat. Puis ce fut la débâcle. Elle éclata en gros sanglots. Surpris, le chat s'enfuit à toute vitesse, pour revenir discrètement se faufiler sous le banc. Il attendait le calme après la tempête pour remonter sur les genoux familiers.

Rosalie pleurait sans même tenter de porter une main à son visage. Elle pleurait sur sa vie, sur cette vie qu'elle aurait voulue tellement différente, sur cette vie qu'un homme sans scrupule, un jour, avait détournée de son cours.

« Peut-on réellement blâmer quelqu'un ou l'accuser d'avoir détruit nos rêves de vie, de beauté, d'espérance ? pensa Rosalie. N'est-on pas seul responsable de l'orientation que prend notre existence ? Ai-je manqué de force, de caractère ? Pourquoi n'ai-je jamais pu me libérer de l'emprise de cet homme ? Sans doute à cause des secrets que j'ai trop bien gardés en moi. Ils ont étouffé ma vie. En fait, je n'ai fait que fuir. »

Il était mort cette nuit et elle en était responsable, elle le savait. Elle avait commis l'erreur fatidique. Ses pleurs s'apaisèrent. Elle se leva et, suivie de son grand chat blanc qui tentait vainement de s'enrouler à ses jambes, se dirigea lentement vers la maison. Elle allait devoir répondre de ses actes, elle en était consciente. Il allait y avoir enquête. Allait-on l'accuser ? C'était loin d'être improbable.

Étrangement, elle n'éprouvait aucun remords, comme si une grande paix attendue depuis longtemps, une tranquillité d'esprit recherchée des années durant, venait de se glisser dans son cœur. Elle avait commis une erreur impardonnable. Ça avait été comme si une main étrangère avait saisi la mauvaise fiole d'antibiotique et l'avait forcée à commettre cette erreur.

« Et si c'était toi, Héloïse-Marie, qui as guidé ma main ? » songea Rosalie. Elle eut un sourire triste à l'adresse du passé. L'image de la belle jeune fille aux cheveux roux s'insinua doucement dans son souvenir.

Elle se rendit au salon et s'assit au piano, dont elle joua les yeux fermés. Elle n'avait pas sommeil. Elle attendait. Elle avait déjà pris sa décision.

« Dès que cette histoire sera réglée, dès que mon erreur aura été reconnue comme telle, et je souhaite de tout cœur que ce soit là la décision du comité d'éthique, je vais quitter Saint-Cœur-de-Marie. Pour tout le personnel, je suis devenue en un instant la responsable de la mort du chanoine, involontairement responsable, mais responsable quand même. Je vais partir, je n'ai pas d'autres choix. Je vais fuir encore une fois. N'est-ce pas là la triste histoire de ma vie ? Je hais cet homme d'Église, même s'il est mort. Il y a bien longtemps, un choix m'a placée sur son chemin. En le croisant, j'ai croisé le démon et son enfer. »

Le piano résonna longtemps dans la maison de Rosalie. Elle espérait que la musique l'empêcherait de penser. Pourtant, chaque mélodie ouvrait une large fenêtre sur les événements d'autrefois qu'elle avait tant cherché à fuir.

II

Québec, juin 1941

– Mademoiselle Rosalie Lambert, vous avez obtenu votre diplôme d'infirmière avec très grande distinction.

Ces paroles résonnèrent aux oreilles de la jeune fille et la transportèrent de joie. Enfin, après trois longues années d'études avec seulement quelques jours de congé à Noël et deux semaines l'été, elle allait enfin pouvoir profiter de sa vie. Au moins, après ses journées de travail, elle n'aurait plus à se plonger dans ses livres, ni à vivre le stress des examens.

Elle avançait en riant vers son père et sa tante Mathilde, qui étaient venus assister à la cérémonie de fin d'études. Elle rejeta sur son épaule un coin de sa mante marine doublée de rouge, laissant ainsi apercevoir son uniforme blanc aux longues manches étroites terminées par un fin poignet retourné. Sur sa jolie tête bouclée trônait enfin, irrésistible, la coiffe blanche marquée du logotype de l'hôpital Saint-François-d'Assise où elle venait de terminer ses études. Certes, cet uniforme n'offrait pas le summum du confort pour travailler auprès des malades, mais il avait au moins le mérite de mettre en valeur la dignité de la vocation d'infirmière.

La directrice de l'école, sœur Sainte-Rose-de-Lima, tendit sa main fine vers le père de Rosalie.

– Bonjour, notaire Lambert. C'est un plaisir de vous avoir avec nous aujourd'hui pour la remise des diplômes à nos chères filles. Je suis bien heureuse de vous rencontrer en cette occasion. Je tenais surtout à vous remercier pour l'aide financière que vous avez apportée à notre école. Ce petit surplus nous a permis de faire connaître à nos étudiantes infirmières, ces futures grandes dames de notre société, certains musées et certaines expositions. Il est important de développer chez elles un attrait pour les belles choses, qu'elles pourront transmettre plus tard à leurs enfants.

– C'était presque rien, ma mère ! Ce fut un plaisir pour moi de vous aider. Je pense que vous connaissez ma sœur Mathilde, dit le notaire en présentant la dame d'un certain âge à ses côtés. C'est elle, surtout, qui s'est occupée de ma fille après le décès de sa mère. Rosalie est une enfant unique et, sans l'aide de ma sœur, il aurait été bien difficile pour un vieux solitaire comme moi de m'occuper d'elle. J'ai été bien heureux quand elle a choisi de venir faire son cours d'infirmière ici, à Saint-François-d'Assise. De la savoir en de bonnes mains m'a enlevé bien des inquiétudes. J'ai toujours eu de grandes ambitions et fait de grands rêves pour l'avenir de ma fille.

Rosalie profita de cet échange de politesses, qu'elle trouvait un peu embarrassant, pour leur fausser compagnie et rejoindre ses compagnes à l'autre bout de la salle.

– Vous savez, notaire, dans une société idéale pour les femmes, votre fille serait médecin aujourd'hui, dit la religieuse en la regardant s'éloigner. Elle en a les capacités physiques et intellectuelles et je suis convaincue qu'elle aurait pu exercer cette profession avec dignité et compétence. Elle a souvent cloué le bec à certains de nos étudiants en médecine, à leur grand dam, vous vous en doutez bien. Malheureusement, les études classiques sont encore presque inaccessibles aux filles, qui sont très mal perçues dans ce monde d'hommes qu'est celui de la médecine. Je trouve cela bien dommage.

– Rosalie ne nous a pas encore parlé de ses projets, à sa tante et à moi. Vous ne pensez pas qu'elle a donné son nom pour aller rejoindre l'armée de l'autre bord comme elle en a déjà parlé, au moins ? demanda le notaire, visiblement inquiet.

– Non, je ne le pense pas. Au début, nous avons cru qu'elle serait demeurée avec nous, ici, à Saint-François-d'Assise. Mais je pense qu'elle a d'autres idées en tête. Elle s'est inscrite au cours d'obstétrique qui se donne en juillet pour les infirmières qui veulent parfaire leurs connaissances dans ce domaine. Elle a aussi suivi le cours de premiers soins de la Croix-Rouge, ce printemps, quand il a été offert aux infirmières qui voulaient entrer dans l'armée. Mais elle nous a précisé qu'elle n'en avait aucune envie. Elle a sûrement des projets bien précis qu'elle préfère garder secrets pour le moment. Elle a du caractère, votre fille, notaire ! C'est une indépendante. Je ne serais pas étonnée qu'elle veuille aller travailler dans un dispensaire afin de profiter d'une plus grande autonomie.

Sur la dernière phrase, la religieuse avait affecté une mine secrète.

– Vous pensez vraiment qu'elle sera une bonne infirmière, ma mère ? demanda timidement Mathilde.

– Vous pouvez être fière de cette jeune fille, mademoiselle Lambert, dit sœur Sainte-Rose-de-Lima en dirigeant son attention vers la vieille dame. Vous lui avez inculqué de belles valeurs.

Tous les trois tournèrent leur regard vers Rosalie qui riait aux éclats avec ses compagnes. La religieuse était pensive. Elle en avait vu, des étudiantes, arriver à son école d'infirmières et elle les avait toutes beaucoup aimées. Mais elle avait eu soixante-huit ans le mois dernier et elle ne serait pas là à la prochaine rentrée, en septembre, après trente années à la direction de l'établissement. Elle avait particulièrement aimé cette petite Rosalie, une jeune fille attachante, avide de connaissances qui, de surcroît, avait une personnalité de chef de file. Elle aimait bien la voir évoluer dans les groupes de travail, ralliant souvent à son idée toutes les autres participantes. Mais, paradoxalement, elle l'avait aussi vue s'effondrer devant certaines difficultés, devant ce qu'elle considérait comme des injustices, surtout. Elle se souvenait de ce matin où sa monitrice l'avait autorisée à assister à une opération importante faite par un des plus grands chirurgiens de l'hôpital. Voulant en voir davantage, Rosalie s'était approchée trop près de la table où reposait le patient, et ce au moment précis où le médecin lançait le drap stérile par-dessus le futur opéré. Il l'avait heurtée avec ses gants, qui avaient été par le fait même contaminés. Fâché, et abusant de son statut de médecin, il l'avait enguirlandée avec force injures en lançant par terre ses gants et son sarrau et en lui intimant l'ordre de quitter immédiatement sa salle d'opération.

Ce soir-là, Rosalie s'était présentée à son bureau et lui avait dit en retenant ses larmes qu'elle avait décidé de quitter l'école et de renoncer à la profession d'infirmière. La vieille religieuse se souvenait à quel point elle aurait aimé prendre dans ses bras cette jeune fille sensible au cœur gros et lui prodiguer toute cette tendresse que son cœur de femme n'avait jamais pu laisser s'épancher. Elle s'était contentée d'essayer de lui faire comprendre que le monde était rempli d'injustices, surtout envers les femmes, et qu'il lui fallait apprendre à se tenir debout devant l'adversité, que d'essayer de fuir en croyant s'épargner de la douleur ne ferait que créer de l'animosité dans son cœur et la rendre encore plus malheureuse.

– Nous vivons dans un monde bien imparfait, ma petite fille, et nous baissons la tête devant l'autorité des médecins, qui sont les grands manitous de nos hôpitaux. On ne pourrait pas fonctionner sans eux et ils le savent. Je ne peux rien dire au docteur Cauchon, vous le comprenez, je crois. Mais à vous, Rosalie, je peux recommander de continuer la tête haute, fière de ce que vous accomplissez. C'est une vieille religieuse qui vous le demande affectueusement.

Sœur Sainte-Rose-de-Lima aimait bien se rappeler ce genre de souvenirs en observant ces filles qui, durant trois années, avaient été un peu siennes. Elle avait la conviction de les avoir aidées à prendre leur envol et c'était là pour elle un objet d'intense satisfaction.

« La majorité d'entre elles seront bientôt des épouses, songea-t-elle, unies aux représentants de l'élite de notre société, et elles devront quitter leur métier. Heureusement, nous appartenons à une communauté hospitalière, et presque toutes nos religieuses sont infirmières. Sans elles, les hôpitaux manqueraient tragiquement de personnel soignant, vu que les femmes mariées n'ont pas le droit de travailler. Mes élèves qui partent dans le monde aujourd'hui sont instruites et bien éduquées. Les femmes possédant un tel bagage sont rares ; la majorité des filles quittent l'école à la fin du secondaire, bien avant, parfois, pour aider à la maison. Mes diplômées sont très recherchées par nos médecins, nos avocats et tous ces hommes instruits qui veulent de bonnes éducatrices pour leurs enfants. »

Elle releva la tête, un petit sourire sur les lèvres, très fière du travail qu'elle avait accompli auprès de ces jeunes dont on lui avait confié non seulement l'instruction, mais aussi l'éducation. Elle s'avança dignement vers un groupe de parents qui la saluèrent avec respect.

Rosalie revint vers son père et sa chère tante Mathilde, se glissa entre les deux et les prit chacun par un bras. Toute joyeuse, elle se dandinait. Elle voyait bien dans leurs yeux qu'ils étaient fiers de leur garde-malade, comme ils l'appelaient. Pourtant, elle savait que son choix de carrière allait leur faire de la peine, car elle caressait d'autres projets que celui de s'enfermer dans un hôpital et d'arpenter jour après jour les longs corridors aux odeurs d'éther. Son goût de liberté était immense. Elle avait le sentiment d'avoir étouffé sur les bancs de l'école et dans les départements de l'établissement hospitalier. Elle n'aimait pas se lever à l'arrivée d'un médecin pour lui céder sa chaise, comme les monitrices le leur avaient enseigné et comme les médecins eux-mêmes n'hésitaient pas à le leur rappeler si elles ne bougeaient pas de leur place. Chaque fois, Rosalie se sentait rabaissée dans sa dignité d'être humain, en plus de se considérer comme victime d'une injustice flagrante. Pourquoi devait-on accorder plus d'importance à un homme qu'à une infirmière, à plus forte raison s'il était médecin, alors que tous deux contribuaient au bien-être des patients ?

Dans sa famille aussi elle s'était sentie coincée et incomprise. Son père, excessivement sévère, ne lui avait jamais accordé beaucoup de liberté. Le notaire avait épousé sur le tard une jeune femme pétillante de vie, mais qu'il avait eu la douleur de perdre un an plus tard, lors de la naissance de leur premier enfant, cette Rosalie aussi jolie et vivante que sa maman. Il l'avait adorée, elle en était bien consciente. Mais cet amour l'avait étouffée et maintenant elle voulait respirer à pleins poumons, faire ses choix, rentrer tard ou dormir à la belle étoile, si tel était son désir. En demeurant près de son père, jamais elle ne pourrait prendre son envol vers ses rêves de liberté.

Elle avait bien failli répondre à l'offre des officiers de l'armée venus rencontrer sa promotion pour leur offrir un poste de lieutenant dans l'armée canadienne. En ce milieu de l'année 1941, le Canada, partie intégrante du Commonwealth et par le fait même allié de l'Angleterre, avait besoin de toutes les infirmières disponibles et qui avaient le courage d'aller outre-mer affronter la guerre. Mais son père, en la reconduisant à son école après une fin de semaine de congé, avait pris dans ses bras sa petite princesse, son unique fille, et lui avait demandé de ne pas s'enrôler. Comme une telle démonstration d'affection était plutôt étonnante de la part du vieux notaire, qui ne manifestait jamais ses sentiments d'une manière aussi physique, Rosalie n'avait pas pu se décider à se joindre à ses compagnes qui avaient choisi de franchir l'Atlantique.

Par bonheur, presque au même moment, une annonce sur le babillard[1] de l'école avait attiré son attention. Elle avait écrit à l'adresse indiquée, en cachette bien sûr, et avait attendu la réponse. C'était la veille seulement de sa graduation que Rosalie avait connu l'orientation qu'elle allait donner à sa vie au cours des douze prochains mois et, qui sait, peut-être pendant les prochaines années : elle serait infirmière de colonie en Abitibi. Entre-temps, il avait fallu que sa missive soit acheminée par le train, qu'elle arrive à destination, qu'elle soit lue, évaluée et qu'on y rédige une réponse. Et, encore plusieurs jours plus tard, la poste lui avait livré le pli si impatiemment attendu.

Elle était excitée à l'idée de cette aventure dans le Nord-Ouest québécois. Elle jubilait à l'idée qu'elle allait avoir son propre dispensaire. Elle allait organiser des cliniques pour les résidants, enseigner l'hygiène à l'école et quoi encore… De penser à ses projets la portait à danser, à rire et à s'amuser. Elle annoncerait la nouvelle le lendemain. Aujourd'hui, c'était jour de fête. Rosalie Lambert était infirmière. Enfin !

* * *

1. Panneau d'affichage au Canada.

Le docteur Léopold Bernard, à Macamic en Abitibi, avait été bien étonné en recevant la demande d'emploi de Rosalie. Quelques mois auparavant, il avait lancé à tout hasard une sorte de bouteille à la mer en demandant des infirmières pour les nouveaux dispensaires de sa région. Les jeunes médecins avides de grands espaces et d'aventures qui venaient quelquefois pratiquer leur profession en Abitibi ne faisaient que passer. Devant les conditions de vie rudimentaires qui sévissaient sur ce nouveau territoire, ils pliaient bien vite bagage et repartaient vers la ville. La plupart du temps, c'était leur amoureuse qui se refusait catégoriquement à venir s'isoler au bout du monde, dans ce coin perdu où l'hiver commençait en août pour se terminer le plus souvent en juin.

Léopold se trouvait bien chanceux que son épouse Catherine ait accepté de l'accompagner sur ce territoire ingrat. Il était arrivé le premier afin de se faire une idée de la vie d'un médecin parmi ces gens simples et souvent démunis qui venaient tenter leur chance sur des terres arides. Il avait déjà trente et un ans à l'époque et la pratique de la médecine en ville n'était pas ce qu'il recherchait. Comme il aimait la pêche et la chasse, il s'était rapidement acclimaté à ce rude pays et il avait décidé d'y rester quelque temps.

Un an plus tard, soit en 1916, il était revenu à Montréal pour les fêtes et, s'étant armé de tout son courage, il avait demandé à Catherine Rose, une jolie infirmière, si elle acceptait de l'épouser et de le suivre dans son aventure sur cette terre inhospitalière, en plein défrichement. À la fin d'une valse, le jour de Noël 1916, il avait simplement dit :

– Mademoiselle Catherine… si j'osais, je vous demanderais de venir vivre avec moi en Abitibi.

Elle avait souri, de ce doux sourire qui aujourd'hui encore lui faisait rendre les armes, et elle avait répondu :

– Ce sera avec plaisir, docteur Bernard. Mais, vous savez, même si j'ai déjà trente ans, je ne pense pas que mon père me laisse vous accompagner si vous ne faites une demande en mariage.

Il avait bafouillé que c'était là son intention, qu'il avait simplement mal formulé sa proposition. Elle avait ri aux éclats. Il l'avait épousée à la fin de janvier, elle avait quitté son emploi à l'hôpital Sainte-Justine et ensemble ils avaient pris le train pour l'Abitibi.

Catherine se contentait de sourire quand il lui en parlait, mais il la soupçonnait d'être devenue amoureuse de lui dès cette période où, étudiant en médecine, il la regardait avec tendresse chaque fois qu'elle passait à proximité avec son groupe d'étudiantes infirmières. De son côté, il avait toujours été vivement attiré par Catherine. Mais comme c'était la fille de son professeur de pédiatrie, un médecin au regard sévère, jamais il n'avait osé lui proposer un rendez-vous. Il l'avait souvent côtoyée dans les réceptions mondaines et dans les bals de charité qu'elle organisait chaque année à la période des fêtes. Il connaissait sa gentillesse ; c'était ce qui lui avait permis de surmonter sa gêne et d'oser lui demander sa main.

À certains moments, il avait été bien conscient que cette fille de médecin élevée dans le luxe et le satin serait volontiers repartie vers la ville s'il lui en avait fait la proposition. Chaque année, elle avait espéré qu'il mette un terme à sa pratique en région et décide de retourner vivre dans un plus grand centre, surtout lorsque leurs trois enfants avaient dû quitter Macamic à tour de rôle pour poursuivre leurs études à Montréal. Comme il n'y avait pas de collège classique en Abitibi et que c'était là la seule voie pour entrer à l'université, leurs deux garçons, Jean-Marie et Marc-Olivier, et même Joséphine, leur petite dernière, étaient partis à la fin de leurs études primaires pour devenir pensionnaires dans la grande ville.

Comme les médecins persistaient à se faire tirer l'oreille lorsqu'il s'agissait de venir en région et que la pénurie s'en faisait lourdement sentir, le gouvernement avait dû se résigner et faire construire des dispensaires dans plusieurs paroisses. On espérait ainsi recruter des infirmières. Devant la situation économique déplorable des années trente, les élus avaient incité les sans-travail des grandes villes à partir vers les nouveaux territoires pour se faire embaucher en tant que mineurs, travailleurs forestiers ou agriculteurs. Or, pour encourager toute cette population à fuir la misère des villes et à s'exiler, il fallait aussi leur assurer un minimum de soins de santé. Les familles accompagnaient les travailleurs et, si les hommes ne nourrissaient aucune inquiétude pour eux-mêmes, ils exigeaient pour leur femme et leurs enfants la sécurité que pouvaient procurer les services sanitaires.

Le recrutement d'infirmières n'allait cependant pas de soi. Mais, confronté à sa tâche de médecin qui était devenue quasi insurmontable pour un seul homme, le docteur Bernard avait rédigé une offre d'emploi qu'il avait acheminée autant aux écoles d'infirmières les plus reconnues pour la qualité de leur enseignement qu'aux journaux de la métropole. Il s'était appliqué à faire valoir les avantages liés à l'autonomie de l'éventuelle titulaire, à la dignité de la tâche et au fait que le logement était fourni. Mais il s'était aussi fait un devoir d'insister sur les exigences de la fonction, telles que la diversité des connaissances, la capacité à juger rapidement une situation, le sens critique, le sang-froid et la dextérité.

Le docteur Bernard s'était attendu à recevoir des demandes d'emploi de la part d'infirmières d'un certain âge ayant l'expérience des hôpitaux et désireuses de terminer leur carrière dans des conditions où elles auraient davantage de marge de manœuvre pour mettre en pratique leurs connaissances et leur expérience. Et c'était ce qui s'était produit. Deux femmes à la fin de la trentaine avaient répondu à son appel. Il les avait établies l'une dans une petite paroisse près de La Sarre, l'autre un peu plus vers le sud, près de Duparquet, qui avait connu un boom démographique important suite à l'ouverture de la *Beattie Gold Mines* en 1933. Étant donné que les deux seuls bureaux d'unité sanitaire mis en place, l'un à Ville-Marie et l'autre à Amos, étaient bien loin de suffire à la demande, ces infirmières avaient été très bien accueillies par les populations locales et celles des alentours.

La lettre de cette jeune fille de vingt et un ans fraîchement émoulue de son école ne cadrait pas avec le portrait qu'il s'était fait des éventuelles postulantes. Elle avait joint à son offre de service une lettre de recommandation très intéressante signée par la directrice de l'école Saint-François-d'Assise. Ce qui avait surtout retenu son attention, c'était ce court paragraphe où il était mentionné que l'infirmière possédait une maturité hors du commun et que ses qualités de chef de file en feraient sûrement une ressource importante et digne de confiance pour un éventuel employeur.

Il avait été curieux de rencontrer cette jeune femme prête à relever le défi de s'établir dans une région encore en développement. Sans doute n'était-elle pas tout à fait consciente des exigences qu'elle allait affronter. Mais il s'était dit que, si elle avait le courage de mettre ses connaissances à leur service, il ne pouvait faire autrement que d'accepter sa candidature. Après réflexion, il avait décidé de l'installer à Saint-Mathieu-du-Nord, une petite paroisse en pleine expansion en raison de la nouvelle scierie dont l'exploitation avait débuté l'année précédente. Saint-Mathieu-du-Nord n'était pas trop éloigné de Macamic. Il pourrait ainsi plus facilement superviser la nouvelle venue inexpérimentée et répondre à ses questions et attentes. Cette infirmière de vingt et un ans faisait naître en lui un sentiment paternel, protecteur.

* * *

Rosalie avait passé le mois de juillet à parfaire ses connaissances au département d'obstétrique de son alma mater[1]. Au mois d'août, elle était revenue chez son père dans l'intention de profiter de quelques semaines de liberté et de repos ; elle comptait surtout saisir le moment propice pour dévoiler à sa famille sa décision d'aller travailler en Abitibi.

Ce moment se présenta un bel après-midi ensoleillé. Derrière l'immense maison en pierre des champs, dans le petit coin aménagé sous un grand chêne, Rosalie et les siens sirotaient une limonade rafraîchissante. Ils étaient confortablement installés sur les sièges en rotin aux jolis coussins fleuris qui meublaient l'arrière-cour de la maison du notaire Lambert. Seul le chant des merles rompait le silence de temps à autre. La chaleur humide invitait à la langueur. Son père l'observait. Avec sa robe blanche en broderie anglaise, elle ressemblait à ces jolies filles peintes par Renoir. Il retrouvait souvent dans son regard clair l'étincelle qui avait fait fondre toutes ses

1. Au Canada, établissement où l'on fait ses études supérieures.

réticences à l'égard de l'amour quand il avait rencontré Ludivine, sa mère.

Rosalie hésitait à rompre ce silence et surtout à jeter sur cette chaude journée du mois d'août la douche froide que constituerait inévitablement l'annonce de sa décision quant à son avenir. Les rares personnes à qui elle avait parlé de ses projets s'étaient empressées, très inquiètes pour elle, de lui assurer que ce territoire n'était occupé que par des sauvages.

– Papa, est-ce que tu as déjà entendu parler des dispensaires en Abitibi ? se décida-t-elle à demander.

Le vieux notaire la regarda intensément. Un long silence s'installa entre eux. Même les merles se turent. Puis, comme s'il pesait ses mots, une vieille habitude de notaire, il finit par dire :

– Oui, j'en ai entendu parler. Le docteur Bernard, à qui tu as adressé ta demande d'emploi, m'a téléphoné à la mi-juillet.

Rosalie sursauta, étonnée et choquée à la fois. Elle réprima difficilement un sentiment de frustration. L'homme qui l'avait engagée avait pris la peine d'obtenir l'autorisation et l'approbation paternelle ! N'était-elle pas majeure et capable de disposer d'elle-même ? Le droit de vote était même acquis aux femmes, maintenant, au Québec.

Elle se dit que d'aller travailler dans un lointain dispensaire allait au moins lui donner la possibilité de jouir d'une certaine autonomie et d'échapper à cette autorité parentale qui lui pesait et la choquait. Jamais elle n'accepterait de n'échapper à l'autorité de son père que pour tomber sous celle de son mari. Elle avait bien l'intention de conserver le plus longtemps possible sa liberté d'agir. Le mariage attendrait.

Si un court instant elle avait craint que son père lui refuse le droit de partir, elle fut bien soulagée quand il ajouta simplement :

– J'exige que tu prennes une chambrette, dans le train qui va te conduire là-bas, et je veux que tu m'écrives toutes les semaines. J'ai demandé au docteur Bernard de veiller sur toi.

Et le chapitre fut clos sans qu'elle osât exprimer son agacement, trop heureuse de s'en tirer à si bon compte. Son père détourna aussitôt la tête et elle fut surprise de sa triste mine. Il tirait sur sa pipe en silence et semblait reparti dans son monde de contrats et de testaments. Elle se doutait bien que son départ le perturbait et elle lui savait gré de sa générosité, finalement. En remontant dans ses souvenirs, elle retrouvait peu d'exemples où il s'était opposé à ses décisions ; c'était sans doute sa façon de l'aimer. Elle apprécia cette nouvelle marque de confiance et se promit d'en être toujours digne.

La veille de son départ, son père, sa tante Mathilde et elle allèrent dormir au Château Frontenac. Azarie Lambert espérait secrètement que sa fille se souvienne de ce luxe quand elle grelotterait de froid en Abitibi. Peut-être cela lui donnerait-il l'envie de revenir vers sa famille.

– C'est un bien bel hôtel, avait dit le notaire en regardant le majestueux bâtiment perché sur le cap Diamant alors qu'ils faisaient ensemble une promenade sur la terrasse Dufferin. Vous saviez que c'est un des premiers hôtels d'un tel luxe, style château, construit par le Canadien Pacifique ? Je pense que la compagnie ferroviaire a toujours rêvé d'accueillir des clients fortunés à bord de ses trains. C'est pourquoi elle a construit de si beaux hôtels à travers le Canada.

– Chaque fois que je suis venue me balader ici pendant mes études, dit Rosalie, cet édifice me faisait penser à un grand roi qui veille sur son peuple. Toutes fenêtres ouvertes, tourné vers le fleuve, prêt à nous défendre contre l'ennemi du haut de son promontoire, comme le fit autrefois le comte dont il porte le nom, alors que Québec n'était encore qu'une toute petite colonie convoitée par les Anglais.

– Tu me fais rire, Rosalie, avec tes grandes envolées oratoires. Je suis certaine que tu ne trouveras pas de si beaux châteaux en Abitibi.

– Ne vous inquiétez pas, tante Mathilde, je sais très bien que ma vie là-bas ne sera pas aussi facile que celle que j'ai eue avec vous deux. Mais ça me donnera l'occasion de revenir vers ma bonne tante, que j'aime tant, pour me faire gâter un peu.

En fin d'après-midi, ils se dirigèrent vers la gare du Palais. Le notaire stationna sa rutilante Cadillac bleu ciel devant la gare. Le remarquable bâtiment, style château lui aussi, offrait une façade magnifique avec une immense fenêtre surmontée d'une horloge qui indiquait quatre heures pile. Rosalie sut que cette horloge resterait à jamais gravée dans sa mémoire comme indiquant l'heure du début de sa nouvelle vie.

Mais le plus impressionnant restait à venir. Dès qu'elle franchit les portes, la jeune fille fut agréablement étonnée par le hall grandiose baigné dans la lumière qui pénétrait par la majestueuse verrière de la toiture.

– J'ai rarement vu quelque chose d'aussi beau. Avez-vous remarqué cette voûte toute en mosaïque, et ces murs de brique… et ces vitraux ? C'est impressionnant de marcher sur d'aussi superbes planchers de marbre. Regardez comme la mosaïque sur le sol est fine et bien agencée.

Après s'être assuré que Rosalie disposait bien d'une chambrette à bord du train et que sa place était réservée pour le souper dans le wagon-restaurant, le notaire et sa sœur prirent congé. Mathilde versa quelques larmes. Le notaire s'inquiétait, mais il n'en laissa rien paraître. Pour sa part, Rosalie trépignait d'impatience, malgré une légère nostalgie à l'idée de quitter sa famille pour l'inconnu. Elle tint un long moment sa tante entre ses bras, comme pour profiter de sa chaleur le plus longtemps possible. Un peu timidement, elle se tourna vers son père pour le dernier au revoir. Ces démonstrations d'affection étaient plutôt rares entre le père et la fille. Malgré l'amour profond qu'ils éprouvaient l'un pour l'autre, il se glissait toujours dans leurs étreintes une certaine gêne que les années n'avaient pas réussi à dissiper.

Une fois confortablement installée dans son compartiment, beaucoup plus luxueux qu'elle ne l'avait escompté, elle relut attentivement la lettre que le docteur Bernard lui avait adressée après qu'elle eut signé son contrat et accepté d'être en poste dans le dispensaire de la paroisse de Saint-Mathieu-du-Nord :

Vous descendrez à la gare d'Authier. Le train y fait un très court arrêt ; aussi, soyez vigilante. Un homme vous y attendra. Il s'agit de monsieur Roland Lamothe, le postier de Saint-Mathieu-du-Nord. C'est lui qui vous conduira à votre dispensaire. J'espère vous rencontrer le plus tôt possible après votre arrivée. Nous aurons souvent l'occasion de travailler ensemble. Merci encore, mademoiselle Lambert, pour la générosité dont vous faites preuve en acceptant ce poste si loin de chez vous. Toute notre communauté vous attend avec impatience.

Elle serra la missive entre ses mains. Elle avait hâte que l'aventure commence.

Elle s'était inscrite au premier service pour le souper. Aussi, après avoir remis en place ses boucles rebelles et appliqué un peu de rouge sur ses lèvres, elle se dirigea vers le wagon-restaurant. L'homme de race noire qui travaillait au service des chambres et qu'elle croisa dans le couloir latéral lui demanda s'il devait faire le lit pendant son absence. Rosalie regardait cet individu avec curiosité. C'était la première fois qu'elle rencontrait un homme de couleur. Celui-ci lui souriait, dévoilant toute une rangée de dents très blanches. Elle s'empressa de lui répondre par l'affirmative en lui offrant à son tour son plus beau sourire.

En arrivant au wagon-restaurant, elle fut surprise de voir que les tables étaient presque toutes occupées. Des effluves agréables provenant de la cuisine montaient à ses narines, ce qui stimula immédiatement son appétit. Elle allait faire honneur à ce repas. « Le premier de ma nouvelle vie », se dit-elle. Le serveur qui vint l'accueillir lui suggéra une place libre en face d'un homme d'un certain âge qui lui sembla sympathique dès le premier coup d'œil et qui la salua d'un léger signe de tête. La table était aussi bien dressée que celle du Château Frontenac la veille au soir. Le cristal des coupes et l'argent de la coutellerie rutilaient sous les lumières tamisées. Le serveur lui étendit une serviette blanche sur les genoux et lui remit le menu. L'homme en face d'elle semblait s'amuser de sa surprise.

– Je parie, mademoiselle, que vous ne vous attendiez pas à un tel luxe à bord de ce train ? Permettez-moi de me présenter : Philippe Bergeron.

– C'est un plaisir de faire votre connaissance, monsieur Bergeron. Effectivement, je ne m'attendais pas à ça. Rosalie Lambert, dit-elle en lui tendant la main par-dessus la table.

Le regard intensément fixé sur la jeune femme, l'homme eut un court moment d'hésitation.

– Il me semble que votre nom me dit quelque chose.

Il tendit la main à son tour en poursuivant :

– Le Canadien National investit beaucoup dans le confort de ses passagers de première classe. Si vous étiez dans les wagons de la classe inférieure, vous verriez toute une différence et vous ne seriez pas admise dans ce restaurant de haute gastronomie. Vous n'auriez accès qu'à un petit casse-croûte. Serais-je indiscret si je vous demandais ce qu'une élégante jeune fille comme vous fait sur un train en partance pour l'Abitibi ou le nord-est de l'Ontario ?

– Je suis infirmière et je viens d'accepter un poste dans un dispensaire.

L'homme parut étonné.

– Vous me surprenez, mademoiselle Lambert. Quand je pense aux dames qui accepteraient peut-être de venir travailler dans nos nouveaux dispensaires, je ne les imagine pas comme vous.

– Et pourquoi ? Je suis aussi compétente que n'importe qui d'autre, répondit Rosalie sur un ton légèrement offensé.

Elle examinait l'homme assis en face d'elle. Son costume noir très bien coupé et sa façon courtoise de s'exprimer ne correspondaient pas davantage à l'image qu'elle s'était faite des colons ou des mineurs qui habitaient la lointaine région vers laquelle elle partait. Elle lui en fit la remarque et il éclata de rire.

– Et si on choisissait ce qu'on va manger, maintenant ? Puisque je voyage souvent à bord de ces trains, je peux vous assurer que vous serez ravie de la finesse des mets que vous dégusterez ce soir.

– Pourquoi voyagez-vous si souvent en train ? demanda Rosalie pendant qu'on leur apportait des hors-d'œuvre.

– Pour se déplacer entre l'Abitibi et Québec ou Montréal, c'est à peu près le seul moyen. Il y a bien une route, mais elle est à peine carrossable et il n'y a pas âme qui vive sur des centaines de kilomètres. Dans le train, on peut dormir toute la nuit sans s'inquiéter de quoi que ce soit et, comme vous le constaterez, on est traité comme des princes. Et les vins sont de très bons crus. Est-ce que vous savez déjà dans quel dispensaire on compte vous installer ?

– Le docteur Léopold Bernard, avec qui je suis en contact, m'a dit que je serais l'infirmière résidente de Saint-Mathieu-du-Nord.

L'homme éclata de rire. Il se pencha légèrement par-dessus la table et dit tout bas, comme s'il était sur le point de faire une importante confidence :

– Voilà où j'ai entendu votre nom. Vous n'allez pas le croire, mais j'habite ce village. Le monde est vraiment petit. J'y ai installé une scierie l'année dernière. Les gens du coin et moi avons fait pression avec insistance sur le gouvernement et l'évêché pour avoir une infirmière et un curé résidents. Nous avons appris il y a un mois qu'un curé serait nommé chez nous et voilà qu'une charmante infirmière s'annonce à son tour. Décidément, le ciel est enfin de notre côté.

Rosalie souriait, étonnée elle aussi de ce hasard qui la mettait en présence du propriétaire de la scierie dont le docteur Bernard lui avait parlé. La personnalité agréable de cet homme la rassurait déjà sur la qualité des personnes auprès de qui elle exercerait bientôt sa profession.

– J'imagine que vous descendez aussi à Authier ?

– Non, je quitte le train à Senneterre. Je viens de vendre une autre scierie qui m'appartenait dans cette municipalité et je dois m'y arrêter pour les derniers arrangements. C'est là aussi que vous perdrez votre chambrette. Les wagons-lits sont séparés du train et préparés pour celui qui revient en sens inverse en direction de Québec. Avant de partir, je vais m'assurer que vous serez bien installée dans le wagon de voyageurs qui vous conduira jusqu'à Authier.

Rosalie était enchantée. Elle se disait que son périple commençait bien : des gens sympathiques, une nourriture excellente. Elle sentait qu'elle allait aimer l'Abitibi et sa population. Elle voulait en savoir davantage sur ce coin de pays qui allait l'accueillir. Elle demanda :

– Vous êtes en Abitibi depuis longtemps ?

– Je suis venu en Abitibi pour la première fois en 1914. C'était l'époque où le gouvernement et l'Église faisaient une propagande soutenue au sujet de ces territoires immenses, en insistant sur leur richesse, ainsi que sur leur éloignement qui mettait leurs populations à l'abri des guerres ou des perturbations politiques.

– Vous deviez être très jeune, à cette époque.

– C'est gentil à vous de me faire sentir encore jeune, repartit l'homme en souriant. Je me souviens surtout de l'abbé Caron, qui nous disait que c'était là que se trouvaient la fortune, l'aisance et l'avenir de notre province. Il faisait des discours enflammés sur toutes les possibilités offertes par ce territoire vierge encore à conquérir. Un soir, mon père nous avait amenés, mes deux frères et moi, pour l'entendre discourir. En revenant à la maison, mon père nous avait parlé de son désir de partir là-bas et d'y installer une petite entreprise familiale sur des terres immenses qui ne coûtaient presque rien. C'était un territoire nouveau, puisque l'Abitibi n'a été rattaché à la province de Québec qu'en 1898. Il faut dire que l'Ontario avait aussi un grand désir de posséder ce coin de pays dont on vantait la quantité et la qualité des ressources naturelles, autant minières qu'agricoles et forestières. Finalement, c'est le Québec qui l'a emporté. Des hommes comme mon père, de vrais défricheurs avec un grand idéal, ont décidé d'y installer leur famille. Nous, nous sommes arrivés en 1914 par un des premiers voyages du train National Transcontinental venant directement de l'est, c'est-à-dire sans passer par le long détour de North Bay à Cochrane en Ontario. Ce parcours rendait auparavant le voyage interminable.

– Et votre entreprise a été un succès ? Votre père et vos frères sont toujours en Abitibi ?

– Non, malheureusement. Je suis le seul à être resté. Le climat est très rude et les terres ne sont pas aussi fertiles que le prévoyait mon père. Malgré les subventions octroyées et le droit qu'on nous avait consenti de couper et de vendre le bois de nos lots, nous n'arrivions pas à en tirer suffisamment de revenus pour vivre à l'aise. Et surtout nous étions des gens de la ville. Ce n'est pas facile de s'installer sur une terre, dans une maison sans aucun confort. Mes frères sont repartis les premiers, puis mon père les a suivis. Il y aurait un roman à écrire sur notre histoire et sur les valeureux défricheurs de l'Abitibi.

– Et vous, vous êtes resté ?

– J'étais sans doute le plus costaud. Je coupais du bois et je le vendais à une scierie à Macamic jusqu'à ce que je pense à l'avantage que j'aurais si je possédais la mienne. Avec l'argent que mon père m'avait donné et les quelques sous que m'a rapportés la revente de nos terres, j'ai eu assez de fonds pour me lancer en affaires. Il faut dire que j'avais beaucoup plus d'audace que d'argent. J'ai pourtant fini par arriver à mes fins et je me suis taillé une place dans l'économie de l'Abitibi.

– Je trouve ça fascinant, de vous écouter. Est-ce que la vie est aussi difficile maintenant ? Vous m'inquiétez un peu.

Un peu perplexe, l'homme regarda la toute jeune femme. Il se disait qu'elle était bien courageuse ou alors bien ignorante de ce qui l'attendait sur cette terre de colonisation. Mais il ne voulait surtout pas la décourager.

– Vous serez accueillie à bras ouverts, ne vous inquiétez pas, dit-il en lui adressant un clin d'œil sympathique. Les gens de Saint-Mathieu-du-Nord ont tellement besoin de vous ! Je peux vous prédire, même sans boule de cristal, qu'ils feront tout pour vous faciliter la vie.

* * *

Et à présent, elle était là, sur le quai de la gare d'Authier. Hier encore, devant le soleil couchant de la Vieille Capitale, sous l'immense verrière de la gare du Palais, Rosalie était heureuse et pensait être éternellement redevable au docteur Bernard de lui permettre de partir à l'aventure pour exercer son métier sans contraintes extérieures. Mais sur le quai de cette triste gare, au milieu de nulle part, elle commençait à penser que le vieil homme avait dû bien rigoler en recevant son offre d'emploi.

Tout avait commencé à Senneterre quand elle avait dû quitter sa voiture de luxe pour se retrouver coincée sur une banquette entre deux personnes qui parlaient à tue-tête pour couvrir le bruit du train. L'entrepreneur Bergeron avait bien fait son possible pour l'installer confortablement, mais, comme le train était bondé, il était bien difficile de s'y sentir à l'aise. Elle avait examiné les gens autour d'elle. La majorité semblait plus ou moins se connaître et le bruit des conversations était devenu infernal. Elle s'était dit que ce ne serait qu'un mauvais moment à passer et avait décidé de faire contre mauvaise fortune bon cœur. Elle n'allait pas se laisser abattre par quelques heures d'inconfort dans un train bondé. D'ailleurs, l'anticipation de sa toute nouvelle carrière lui avait permis de s'évader facilement dans ses rêves et ses projets d'avenir, qui se concrétisaient davantage à chaque nouvelle étape de son voyage.

Après de nombreux arrêts dans chaque petite municipalité que traversait la voie ferrée, on annonça la gare d'Authier. L'homme de couleur, dont elle ne savait toujours pas le nom, lui avait demandé si c'était bien là qu'elle descendait. Devant sa réponse affirmative, il avait transporté ses bagages et les avait déposés sur le quai de la gare, martelée par une pluie battante. Elle vit également quelqu'un sortir sa grosse malle et sa bicyclette du wagon à bagages et les déposer sur le quai, où elle se retrouvait debout sous la pluie froide, dans un endroit inconnu.

Autour de cette plate-forme de bois, il n'y avait que boue et longs brins de foin épars. En tombant, la pluie éclaboussait de traînées grisâtres ses petits bottillons de cuir brun dont elle était si fière, hier encore, mais qui lui semblaient tout à fait déplacés en ce moment, sur ce triste quai de gare. Des mèches de cheveux lui collaient au front et, à travers ses longs cils noirs collés les uns aux autres par la pluie, elle apercevait au loin un semblant de village, un amas de maisons disparates séparées par des rivières de boue. Mais aucune trace d'un quelconque postillon.

Le chef de gare vint vers elle, la seule voyageuse de l'après-midi à descendre à Authier, et lui offrit de venir attendre à l'intérieur en même temps qu'il y transportait la valise et la bicyclette. Mais elle demeurait là, figée, incapable de réfléchir raisonnablement. Son joli manteau beige lui collait aux jambes et le collet de satin brun pendait lamentablement sur ses épaules. Elle finit pourtant par suivre l'homme jusqu'à la porte entrouverte :

– C'est quand, le prochain train vers Québec ?

– Pas avant demain, répondit calmement le chef de gare, de cette voix lente des gens qui ont du temps, beaucoup de temps. C'est ce même train qui va virer à Cochrane en Ontario et qui revient. Celui d'aujourd'hui est déjà passé.

Elle rétorqua, sous une pluie de plus en plus intense :

– Et le postillon de Saint-Mathieu-du-Nord, vous croyez qu'il va venir ?

Debout dans la porte entrebâillée, le chef de gare souleva la visière de sa casquette rayée avant d'ajouter d'une voix imprégnée de certitude :

– Il vient toujours. Souvent en retard, mais il vient. Vous savez, vous devriez entrer dans la gare. Il y fait plus chaud et ma femme pourrait vous faire une bonne tasse de thé.

– Votre femme habite ici ? demanda Rosalie au comble de l'étonnement. Elle habite sur ce quai de gare avec les trains qui passent sans arrêt ?

L'air rieur, l'homme s'empressa de dire de son même timbre de voix monocorde :

– Mais bien sûr ! Elle habite ici avec moi. Je ne dirais pas sur le quai, mais tout près, en fait. Les enfants aussi habitent avec nous. J'en ai six. Et les trains ne passent pas si souvent. Il y en a un l'après-midi, celui dont vous êtes descendue à l'instant, et un le lendemain un peu après l'heure du dîner, qui se dirige vers Québec. Et parfois il y a des trains de marchandises.

Rosalie le suivit finalement à l'intérieur. Il lui avait suffi d'un regard pour évaluer la grandeur de cette gare et aussitôt elle avait renoncé à comprendre comment huit personnes pouvaient y loger. Elle était trop préoccupée en ce moment à se demander si elle devrait partager cet espace restreint avec la famille du chef de gare pour analyser quoi que ce soit. Elle réprima difficilement un sanglot en se faisant la réflexion amère que, si elle continuait de retenir ainsi ses pleurs, elle allait sûrement avoir le hoquet. Ça lui arrivait souvent quand elle avait envie de pleurer et c'était gênant. Elle s'en voulait de ce sentiment de tristesse. Après tout, il fallait bien s'attendre à ce que cet endroit ne soit pas la gare du Palais avec ses marbres et ses mosaïques. S'il n'y avait pas eu cette pluie, son arrivée dans sa nouvelle région aurait sans doute été plus agréable. Aussi, elle tenta de s'encourager et sourit du mieux qu'elle put au chef de gare, qui ne lui prêtait déjà plus la moindre attention, occupé qu'il était à trier le courrier reçu.

Au même instant, sorti de nulle part, arriva un gros bonhomme jovial qui s'ébroua en riant sur le plancher de bois :

– Je parie que vous êtes notre bonne garde Lambert. Bienvenue, mademoiselle, bienvenue ! Permettez que je vous embrasse pour vous dire à quel point nous sommes heureux de votre arrivée.

Sans qu'elle ait pu faire le moindre geste, Rosalie se retrouva entre les bras de l'homme tout mouillé, et deux grosses bises résonnèrent sur chacune de ses joues. Déséquilibrée, encore sous le choc, elle aperçut à l'extérieur une vieille automobile à la couleur incertaine. Pour ce qui était de l'homme, elle ne se souvenait pas d'avoir déjà vu quelqu'un habillé de la sorte, surtout chaussé de telles bottes, lesquelles étaient d'un brun verdâtre, un peu couleur de boue ; elles étaient lacées et lui montaient jusqu'aux genoux. Deux horreurs. Pourtant, à ce moment-là, elle aurait bien aimé en avoir de semblables. Sa tenue en aurait été mieux adaptée à l'état du terrain.

Elle s'avança vers le bout du quai et posa résolument un premier pied dans la boue, puis le second. Elle s'arrêta. L'horreur brune et mouvante montait par-dessus ses bottillons. Les sanglots revinrent nouer sa gorge et avec eux la peur du hoquet. Elle n'avait pas imaginé son arrivée en Abitibi de cette façon. Dans ses rêves, il y avait toujours du soleil et des chants d'oiseaux. Il fallait croire que la réalité rejoignait parfois les rêves d'une façon bien différente de celle que notre imagination nous avait fait entrevoir.

L'homme jovial, Roland Lamothe sans doute, la regarda, amusé :

– Vous voulez que je vous porte, mamzelle ? Vous savez, un p'tit paquet comme vous, ça me pèse pas au bras.

Rosalie le foudroya du regard. Bravement, elle extirpa une botte de la boue, puis la seconde, et elle s'avança péniblement et le plus dignement possible vers le véhicule sans âge qui l'attendait, la porte côté passager ouverte pour l'accueillir. Elle cherchait à retrouver à l'intérieur d'elle-même la motivation et la détermination qui l'avaient amenée là.

« Il doit pleuvoir, à l'intérieur de cette guimbarde », pensa-t-elle, prête à affronter le pire.

Elle se glissa sur la banquette en tentant de laisser le plus de boue possible à l'extérieur du véhicule, pendant que le postillon installait péniblement sa grosse malle et sa bicyclette à l'arrière.

Par bonheur, il faisait chaud dans la vieille automobile et l'humeur de Rosalie se réchauffa aussi. Son compagnon de route était un homme simple, mais de compagnie agréable. En sautant du coq à l'âne, il lui parla des habitants de Saint-Mathieu-du-Nord. Il lui révéla la peur des femmes enceintes, qui étaient obligées d'accoucher seules ou avec l'aide d'une sage-femme sortie de nulle part chez qui les mesures d'hygiène laissaient parfois à désirer. Il parla aussi de la crainte de se blesser à la scierie qu'éprouvaient les hommes, eux qui ne pouvaient compter que sur leur épouse ou leur mère pour les soigner. Volubile, il appuyait ses dires sur une multitude d'anecdotes. La jeune infirmière savait bien qu'elle retiendrait peu de chose de ce qu'il lui disait, mais elle essayait tout de même de conserver quelques noms en mémoire.

– Et aussi, dit Lamothe avec une voix légèrement altérée, vos services nous seront très utiles lorsqu'il faudra arracher des dents. Justement, hier, j'ai dû conduire un employé de la scierie chez le docteur Bernard. Il avait une telle rage de dents qu'il n'arrivait plus à travailler depuis plusieurs jours.

Rosalie tressaillit sur son siège :

– Quoi ? Vous parlez sérieusement ?

Son compagnon sembla amusé par sa réaction et ce fut avec un petit rire retenu qu'il lui demanda :

– Vous n'avez jamais arraché de dents ? Il va falloir apprendre, p'tite mamzelle.

– Disons que c'est plus naturel pour moi d'assister un accouchement ou de donner un vaccin.

Rosalie devint tout à coup silencieuse. Roland Lamothe la regarda du coin de l'œil et se dit que ce petit bout de femme allait avoir besoin de toute la compréhension des gens du village pour réussir dans sa tâche. Comme elle était attendue avec beaucoup d'impatience, par les femmes surtout qui devaient aussi bien accoucher que servir de médecin à leur mari et à leurs enfants, il ne doutait pas un instant que chacun allait s'évertuer à lui rendre la vie facile afin de la garder dans la paroisse.

Une demi-heure plus tard, ils arrivèrent à destination. La pluie avait cessé et un soleil éclatant avait pris toute la place. La nature fraîchement lavée par toute cette eau tombée du ciel était éblouissante et sentait bon la fraîcheur du soir. Même la maison de bardeaux rouges devant laquelle son chauffeur la fit descendre sembla accueillante à Rosalie.

– Je pense que votre dispensaire n'est pas encore tout à fait prêt, lui fit remarquer Lamothe. Vous dormirez ici cette nuit. C'est la maison des Robidoux et c'est aussi notre bureau de poste.

Rosalie était enchantée. Elle préférait la compagnie de quelqu'un pour sa première nuit en Abitibi. Dès qu'elle arriva en haut de l'escalier, la porte s'ouvrit en coup de vent pour laisser apparaître une très belle jeune fille, admirablement vêtue pour ce coin perdu. Elle accueillit Rosalie à bras ouverts comme s'il s'agissait d'une vieille amie qui revenait au bercail. Elle avait des yeux verts immenses, pétillants, et de lourds cheveux d'un roux flamboyant tombaient en cascade sur ses épaules. Rosalie en eut presque le souffle coupé tellement cette apparition était resplendissante. Mais le plus grand attrait de ce merveilleux visage était des lèvres pleines et ourlées qui s'ouvraient sur des dents d'une blancheur éblouissante.

La magnifique jeune fille saisit Rosalie par la manche de son manteau et la tira à l'intérieur de la maison. L'infirmière eut à peine le temps d'apercevoir quelques cases postales au passage ; elle se retrouva au beau milieu de la cuisine, où l'avait entraînée sa compagne en exécutant quelques pas d'une danse inconnue.

– Mademoiselle Rosalie, je suis si heureuse de vous voir ! Vous allez me parler de Québec. C'est tellement ennuyeux, la vie ici. Et mes parents ne veulent pas que j'aille vivre ailleurs. Je vais en mourir, je pense. Heureusement, vous êtes là. Nous deviendrons de grandes amies, n'est-ce pas, mademoiselle Rosalie ?

Emportée par le tourbillon, l'infirmière n'avait pas eu le temps d'apercevoir l'imposante femme qui était entrée dans la cuisine en même temps qu'elles.

– Héloïse-Marie, laisse mademoiselle tranquille, allons, dit la grosse femme avec une immense affection dans la voix. Je vous prie de l'excuser. Ma fille est une véritable pie et, malgré toute l'énergie que nous dépensons à essayer d'en faire quelqu'un de bien, c'est l'échec total. Je me présente : Augustine Robidoux. Je suis la maîtresse de poste du village.

Rosalie détailla la nouvelle venue. Elle était aussi vêtue avec raffinement. Un col blanc en frivolité rehaussait une robe grise au tissu chatoyant. Intriguée, Rosalie se demanda si c'était là sa façon coutumière de se vêtir ou si la toilette avait été enfilée pour la recevoir. Mais, l'avenir le lui apprendrait, Augustine Robidoux était toujours vêtue avec autant de recherche. Son rôle de maîtresse de poste exigeait une tenue soignée. Rosalie remarqua aussi la grande ressemblance entre la mère et la fille, la taille exceptée, puisque Héloïse-Marie était toute menue.

Augustine la prit affectueusement par le bras et la conduisit au fond de la cuisine vers une porte entrouverte.

– Mademoiselle Rosalie, ou devrais-je dire garde Lambert…

– Appelez-moi Rosalie tout court. Ce sera plus simple.

La femme poussa la porte devant elle et poursuivit :

– Ce soir, vous coucherez ici. C'est en ce moment la chambre de notre nouveau curé. Comme son presbytère n'est pas encore prêt à le recevoir, mon mari et moi le logeons en attendant. C'est un saint homme. Il est présentement en retraite fermée à Amos. Vous pourrez donc dormir dans son lit. J'ai changé les draps, bien entendu. Nous sommes tellement chanceux, cette année. Je crois que le ciel a entendu nos prières. Un nouveau curé. Je devrais dire un curé, plutôt. C'est la première fois que notre évêque nous en envoie un à résidence. Avant, c'était le curé de Macamic qui venait de temps en temps. Il paraît que le bon Dieu n'est pas regardant sur la fréquentation assidue de la messe quand il n'y a pas de curé dans les paroisses. En tout cas, pour nous, c'est réglé. Notre bon curé Aubert est là pour rester… Enfin, je l'espère. Et puis vous ! Enfin une garde-malade au village ! Le bon Dieu est vraiment charitable envers nous.

Sur ces paroles, Augustine fit un signe de croix. Rosalie la regardait en souriant. Elle pouvait bien parler du papotage de sa fille.

C'était une vraie pie elle-même. D'emblée, elle les aima bien, ces deux femmes. Finalement, elle allait sûrement s'habituer à sa nouvelle vie à la campagne. Dans la maison, il faisait chaud et de bonnes odeurs de cuisine ouvraient l'appétit.

Elle était à peine sortie de sa chambre pour le souper que déjà Héloïse-Marie trottait à ses côtés. La maison des Robidoux était charmante. Elle était même pourvue d'un luxe étonnant dans une paroisse aussi reculée. Une grande salle à manger avec de beaux meubles en acajou ouvrait des portes invitantes à la jeune Rosalie, affamée par le voyage. La famille Robidoux était chaleureuse. Le père, Ernest, était contremaître à la scierie et les deux garçons, plus jeunes qu'Héloïse-Marie, semblaient être de petits messieurs charmants.

– Depuis une dizaine d'années surtout, il arrive beaucoup de colons en Abitibi, dit Ernest Robidoux, à peine assis à sa place au bout de la table. Vous savez, c'est très jeune, l'Abitibi. Ce n'est qu'aux environs de 1912, il y a à peine trente ans, que l'abbé Caron, secondé par Hector Authier, un agent des terres courageux et déterminé, a conduit ici le premier contingent de futurs agriculteurs. Eh oui ! Un avocat et un curé ! Il aura fallu la coopération du gouvernement et de l'Église catholique, deux puissants alliés, pour amorcer le développement des terres. Comme dit souvent ma femme, c'est l'union de la croix et de la charrue.

Il éclata de rire, alors qu'Augustine sourit à peine. Elle n'aimait pas qu'on se moque de l'Église. Elle poursuivit à son tour l'histoire commencée par son mari :

– Pendant la grande crise des années trente, beaucoup de gens ont quitté la ville pour venir s'établir sur des terres, ici, en Abitibi. Ces gens fuyaient la misère. Il paraît qu'au cours des dix dernières années la population de notre région aurait triplé.

La maîtresse de poste se lança dans une longue tirade. Elle s'efforça de dresser à l'intention de Rosalie un résumé de l'histoire de l'Abitibi, celle de sa colonisation surtout, encouragée par les gouvernements dont le but était bien davantage de faire diminuer le chômage que de favoriser le défrichage. Elle expliqua comment le développement de la région, après avoir été tributaire de la crise économique, était devenu le rêve de gens courageux que les défis galvanisaient. L'Église avait encouragé la colonisation du poids de son autorité.

Bien entendu, il avait bientôt fallu créer des services sanitaires pour ces nouvelles populations, le service médical aux colons, dont l'accès était gratuit pour ceux qui possédaient leur carte de colons, qui leur était remise au moment de leur départ pour l'Abitibi. Aussi, des dispensaires avaient-ils été construits dans plusieurs paroisses.

– Il y a bien une unité sanitaire à Amos depuis 1932 pour la vaccination et les soins de première ligne, mais, comme toutes les paroisses sont éloignées les unes des autres et que les routes ne sont pas toujours praticables, surtout en hiver, je peux vous assurer, mademoiselle Rosalie, que vous êtes la bienvenue chez nous.

– Vous parliez d'un monsieur Authier, tantôt, un agent des terres très connu ici. C'est en son honneur, j'imagine, qu'on a donné son nom à ce petit village où je suis descendue du train ?

– En effet. C'est un homme important, ici. C'est grâce à des travailleurs infatigables comme lui que la région s'est développée... Mais mon bavardage doit vous ennuyer !

– Au contraire. Je suis bien contente de mieux connaître l'histoire de ce coin de pays, que je considère déjà comme ma patrie.

Cette remarque fut appréciée de toute la famille, qui souhaitait ardemment garder l'infirmière parmi eux.

– Votre nouveau curé, questionna Rosalie, il vient aussi de la ville ?

– Non, c'est un petit gars de l'Abitibi et nous en sommes bien contents ; ce sera plus facile pour lui de comprendre les gens d'ici.

– Je suppose que lui aussi était attendu avec impatience ?

Augustine s'empressa de répondre avec beaucoup de respect dans la voix.

– En effet, garde Lambert. Notre paroisse a vu le jour au milieu des années dix. Comme à cette époque il n'y avait pas de curé dans le contingent de nouveaux arrivants et que nous étions une trop petite paroisse pour avoir un prêtre résident, nous avons dû attendre la construction de la scierie l'année dernière, qui a permis à notre agglomération d'atteindre la population nécessaire à la construction d'une église. Nous sommes donc très heureux de l'arrivée du curé Aubert.

Rosalie appréciait ces commentaires. Grâce à ses hôtes, elle découvrait l'histoire du territoire sur lequel elle venait d'arriver. Elle se rendait compte qu'elle était partie comme ça à l'aventure sans vraiment se renseigner sur le type de personnes qu'elle aurait à soigner. Seul lui avait importé son désir d'autonomie et de liberté. Elle se trouvait bien chanceuse d'être entourée de gens intelligents, prêts à l'aider dans son travail. Elle remercia chaleureusement ses hôtes de leur accueil.

– Tu n'auras pas le temps de t'ennuyer, intervint Héloïse-Marie. Mais moi, je vais t'aider autant que tu voudras.

– Avec ta peur du sang ? ricana le jeune Adrien. Tu as perdu connaissance la semaine dernière quand le chat est revenu avec une patte blessée.

Un éclat de rire général salua ce trait. Rosalie se sentait déjà à l'aise dans cette famille et surtout elle devinait quelle importance aurait son travail et quelle valorisation elle allait en retirer. Elle était fière d'être ainsi attendue et elle se promettait de mettre toutes ses énergies à la disposition de ses nouveaux concitoyens.

Après le souper, une fois la vaisselle terminée, on passa au salon.

– C'est une pièce fermée, d'habitude, fit remarquer Adrien. Elle est ouverte uniquement lors des grandes occasions comme celle de ce soir.

– J'en suis flattée, dit Rosalie avec un sourire à l'adresse du jeune garçon.

À peine assise, elle remarqua le très beau piano qui occupait une grande place dans le salon.

– Vous en jouez souvent ? s'informa-t-elle en jetant un regard à la ronde afin de découvrir le musicien de la famille.

Augustine s'empressa de répondre.

– Ce piano est un héritage familial. Depuis le décès de ma mère, la musicienne de la famille, il est resté muet.

Rosalie admira le vieil instrument en connaisseuse. La musique était sa passion, et le piano, son instrument préféré. Bien qu'elle eût suivi des cours durant quelques années, elle en jouait aussi à l'oreille.

– Si vous le permettez, je vais risquer quelques notes. En revanche, si personne ne s'en est servi depuis longtemps, il est peut-être désaccordé. Vous permettez quand même que je l'essaie ?

Augustine semblait ravie :

– Ma mère serait sûrement bien heureuse de l'entendre résonner à nouveau. Elle a tellement regretté que personne d'entre nous n'ait son talent pour la musique !

Elle se dirigea aussitôt vers le piano et en ouvrit le couvercle, laissant apparaître les touches blanches un peu jaunies par les années. Son geste souleva une fine poussière qui dansa dans les rayons du soleil filtrant à travers le rideau de dentelle blanche.

Rosalie ajusta le banc à sa hauteur en le faisant tourner d'un doigt, s'assit et frappa doucement quelques notes en se déliant les articulations. Le vieil instrument oublié répondit aussitôt, lançant dans l'air la pureté de sa résonance cristalline. Emportée par la beauté des sons, elle amplifia la force de ses touches et la maison s'emplit de notes mélodieuses.

– Vous aimez chanter ?

Devant l'acquiescement général, elle chercha dans les cahiers de *La Bonne Chanson* qu'Augustine venait de lui remettre une mélodie connue, et ses doigts s'élancèrent sur les touches avec dextérité. Ernest Robidoux le premier, de sa belle voix de baryton, entonna avec elle *Un Canadien errant*. Augustine s'empressa aussitôt de joindre sa voix à celle de son mari, tandis qu'Héloïse-Marie exécutait de jolis pas de danse en chantant. Ravis, les deux plus jeunes demeurèrent assis, sans émettre un son, de crainte de rompre le charme.

Le reste de la soirée se passa ainsi à fredonner des mélodies diverses, que les passants, attirés par la musique sous les fenêtres du salon, reprenaient parfois. Chacun reconnaissait ces vieux airs de son enfance. Héloïse-Marie avait tiré les rideaux et ouvert toutes grandes les croisées. C'est ainsi que, toute joyeuse, Rosalie entra dans la vie de sa nouvelle communauté.

Après ce concert improvisé, Augustine la présenta avec beaucoup de gentillesse aux quelques personnes encore présentes au pied de l'escalier.

– Voici Rosalie Lambert, notre infirmière qui est arrivée par le train cet après-midi.

Rosalie fut très émue de serrer ces mains tendues vers elle.

– Je suis bien contente d'être parmi vous et je vais faire tout mon possible pour vous assurer les meilleurs soins, dit-elle en remarquant que sa jeunesse semblait en surprendre plusieurs.

Roland Lamothe, qui était venu la chercher quelques heures plus tôt, était là. Il lui présenta sa famille avec la même bonhomie qu'il avait démontrée sur le quai de la gare.

– Ma bonne p'tite garde, c'est un plaisir de vous présenter ma femme Aurélie. Et aussi mon fils Henri et son épouse Gisèle.

Rosalie tendait la main et tâchait de retenir le plus de noms possible. Elle souriait à la ronde et recevait en retour une grande vague de sympathie de la part de tous ces gens réunis pour l'accueillir.

Moins de une heure plus tard, épuisée, elle était couchée dans le lit du curé. Elle était certaine qu'elle allait aimer Saint-Mathieu-du-Nord et toute cette population sympathique qui comptait sur elle. Ce fut sa dernière pensée avant de couler doucement dans les bras accueillants de la nuit.

Très tôt le lendemain, Rosalie fut réveillée par un impertinent rayon de soleil qui s'était glissé par une fissure de la toile jaune recouvrant sa fenêtre. Elle joignit ses mains par-dessus la courtepointe et fit au ciel la promesse de devenir la meilleure infirmière de tout l'Abitibi, et pourquoi pas du monde entier. Elle se leva, s'empressa de s'habiller et se rendit à la cuisine où Augustine, déjà coiffée, bien corsetée et vêtue d'une robe marine du plus grand chic, s'activait aux fourneaux.

– Ça sent bon, chez vous, madame Augustine.

– Assoyez-vous, garde, je vais vous servir de bonnes crêpes toutes chaudes avec du sucre du pays.

Elle déjeuna copieusement, après quoi elle voulut visiter son dispensaire. Sortie de nulle part, Héloïse-Marie, malgré les admonestations de sa mère l'invitant à se vêtir plus soigneusement et à manger avant de quitter la maison, se précipita au-devant de Rosalie et l'entraîna à l'extérieur. Elles marchèrent rapidement vers la sortie du village, où elles aperçurent aussitôt la modeste construction érigée sur le bord de l'eau. Pour Rosalie, le dispensaire semblait féerique dans la lumière diffuse de ce début de matinée et dans le brouillard de la rivière qui montait en de longues volutes d'humidité.

Le bâtiment était flambant neuf. Il sentait bon le bois et la peinture fraîche. Émue, le cœur un peu serré, Rosalie pénétra à l'intérieur. Elle caressa les murs de son nouveau chez-soi. C'était rustique, mais accueillant. Elle gagnerait quinze dollars par semaine, aurait le logement fourni, et le bois de poêle pour l'hiver serait livré à sa porte. Il y avait aussi sur son contrat, écrit noir sur blanc : *Vous devez vous conformer à la morale, donner l'exemple de la vertu et surtout ne recevoir aucun homme en vue de fréquentations à votre dispensaire, qui est la propriété de l'État.* Comme elle était venue là pour faire carrière et non pour trouver le bon parti à épouser, cette directive l'avait bien fait rire. Et c'était cet avertissement qui lui revenait en tête à présent et lui dessinait un sourire ironique.

Soudain, une jeune femme à l'air fort sympathique entra et lui tendit la main en souriant.

– Je suis Madeleine Béland. J'étais sortie quelques minutes. Comme c'est la première fois que vous entrez chez vous, garde Lambert, il vous faut faire un vœu.

Rosalie ferma les yeux et en fit un, le premier qui se présenta à son esprit, sans trop y accorder d'importance.

– Le comité de la paroisse m'a engagée pour faire le ménage de votre nouvelle demeure. Tout devrait être prêt ce soir. Vous pourrez sûrement dormir ici la nuit prochaine. Vous voyez, dehors, il y a madame Duclos et son fils Vianney. Ils cordent votre bois pour l'hiver.

Rosalie jeta un coup d'œil par la fenêtre entrouverte et, intriguée, s'informa :

– Ce sont des Indiens ?

– Non ! répondit en riant Madeleine. Vous savez, même si ces gens ont l'air de vivre dans des tentes et ont la peau brûlée par le soleil comme des Indiens, ce sont des Québécois pure laine. Madame Duclos est précisément la sage-femme de la paroisse depuis de nombreuses années.

– Mais vous plaisantez ! s'exclama Rosalie.

– C'est la stricte vérité. Elle m'a même aidée lorsque j'ai accouché de mon dernier bébé. Bien sûr, je trouve que sa propreté laisse à désirer, mais vaut mieux elle que personne. Mon mari, Raoul, l'a obligée à se laver les mains. Malheureusement, il ne pouvait pas faire beaucoup plus. Vous savez, je vais sûrement vous faire rire… Elle dépose toujours une hache à deux tranchants sous le lit en entrant dans la chambre d'une future maman. Pour couper les mauvais sorts, à ce qu'elle dit.

Rosalie était surprise. Elle ne savait pas si elle devait rire. Elle trouvait cette pratique plutôt bizarre, mais ses professeurs, à Québec, l'avaient informée de ce genre de choses. Elle ne s'attendait pas à être mise en face de telles superstitions aussi rapidement.

– Mes deux premiers sont nés à Macamic, poursuivit Madeleine. Là-bas, je me sentais en sécurité. Le docteur Bernard est un bon médecin. Tous les gens l'aiment et plus particulièrement les femmes enceintes.

– Pourquoi avez-vous quitté Macamic, demanda Rosalie.

– Mon mari, Raoul, est draveur[1]. Quand la scierie a ouvert à Saint-Mathieu-du-Nord, l'année dernière, nous sommes venus nous installer ici. Je dois avouer que je m'ennuie beaucoup. Mon Raoul part tout l'hiver aux chantiers. Avant mon mariage, j'enseignais à Macamic dans un rang, mais, puisque la commission scolaire refuse les femmes mariées comme maîtresses d'école, j'ai dû renoncer à mon emploi. De toute façon, avec mes trois enfants et le quatrième qui est en route, je n'aurais pas le temps d'enseigner. Je suis bien contente que vous vous installiez parmi nous, garde Lambert, et je pense que toutes les femmes, sauf peut-être madame Duclos, vont vous recevoir les bras grands ouverts.

– Appelez-moi Rosalie. Je pense que nous sommes à peu près du même âge. Nous pourrions devenir de bonnes amies.

– J'ai vingt-six ans… Heureusement, vous êtes arrivée ! Raoul va mieux dormir. J'ai eu beaucoup de difficultés à mon dernier accouchement. Je pense qu'il a eu très peur de me perdre.

1. Bûcheron qui travaille au flottage, transport du bois par les cours d'eau.

Rosalie lui adressa un sourire chaleureux et se mit à réfléchir au fait qu'elle n'avait encore jamais assisté seule un accouchement. Mais elle était animée par une confiance à toute épreuve, due en grande partie à sa personnalité et à sa jeunesse, et davantage encore aux longues études consciencieuses qu'elle venait de terminer.

Elle sortit et alla vers la sage-femme et son fils, toujours en train de corder le bois. La femme avait les mains noires de terre ; la sueur lui dégoulinait sur le front et traçait sur sa peau burinée de longues rigoles brunâtres. Elle leur tendit la main à tour de rôle avec un intérêt sincère. Si la mère lui jeta un regard glacé, le fils, en revanche, la détailla avec insistance, ce qui la mit mal à l'aise. Elle s'adressa à lui :

– Tu as l'air d'un jeune homme très fort. Je suis bien heureuse de te connaître.

Le visage du garçon s'illumina l'espace d'un court instant. Il avait sur la joue droite une profonde cicatrice, et Rosalie se demanda comment il avait pu être ainsi défiguré. En le voyant baisser les yeux précipitamment la seconde d'après, elle comprit que ce garçon avait une très faible estime de lui-même. Il murmura sans la regarder :

– Je vous ai entendue jouer du piano hier soir, et chanter aussi, chez les Robidoux.

– Et tu as aimé ?

– Oh oui, beaucoup...

– Tu chantes aussi ?

Sans hésiter, le jeune homme se dressa très droit, enleva sa casquette et, sans pourtant lever les yeux, il entonna l'*Ô Canada*. Ce spectacle inattendu fit éclater de rire sa mère et Madeleine. Rosalie s'empressa de leur faire signe de ne pas le déranger. Vianney avait vraiment une très belle voix.

– J'espère que nous aurons l'occasion de chanter ensemble, lui dit Rosalie.

À nouveau, le garçon croisa son regard brièvement et une fugace lueur de bonheur pétilla dans ses yeux. Puis, gêné de s'être donné en spectacle, il partit en courant à toutes jambes.

– Bon, vous avez réussi à le faire fuir, dit sa mère d'une voix aigrie. Je vais devoir finir toute seule de corder le bois. Heureusement que j'achève le travail.

Elle eut un regard méprisant pour la jeune infirmière. Devant cette attitude froide, Rosalie sentit un frisson glacé lui parcourir l'échine.

* * *

Elle était maintenant confortablement installée dans son dispensaire. Le conseil de la paroisse lui avait donné un lit, une table, quatre chaises, un bureau et une armoire de rangement, ainsi que quelques ustensiles. D'autres chaises meublaient son cabinet de consultation. Des dames venues faire sa connaissance avaient installé des rideaux aux fenêtres de sa chambre. Elles avaient mis une nappe sur la table de la cuisine et déposé dessus un assortiment de galettes et du sucre à la crème.

– J'ai posé un miroir dans votre chambre, avait dit Gisèle Lamothe. J'imagine qu'une jolie fille comme vous en aura besoin. Les hommes ne pensent pas à ce genre de choses. Si vous avez besoin de quoi que ce soit, demandez-le-nous sans hésiter. Mon beau-père va à Macamic toutes les semaines et il peut s'occuper de vos achats. Vous pourrez même l'accompagner quand vous aurez besoin de rencontrer le vieux doc Bernard.

Justement prévenu de son arrivée, le médecin vint lui rendre visite deux jours plus tard. C'était un homme sympathique et il n'était pas si vieux que cela. À peine la fin de la cinquantaine. Quand Rosalie lui demanda pourquoi les gens l'appelaient le vieux doc, il rit et lui répondit qu'il exerçait en Abitibi depuis au moins un quart de siècle.

– Mais, vous savez, je pense qu'ils m'ont toujours appelé le vieux docteur. En tout cas, je ne me souviens pas d'avoir été le jeune. Mais comme un vieux a beaucoup d'expérience, n'hésitez pas à me demander conseil, ma fille.

– Justement, il y a quelque chose qui me tracasse. À mon arrivée, monsieur Lamothe m'a dit que je devrais arracher des dents. Est-ce que c'était sérieux ?

Léopold Bernard regarda la toute petite personne à ses côtés. Il remarqua ses longues mains fines et délicates et se dit que cette jeune femme avait vraiment du courage et de l'audace pour venir travailler dans un dispensaire de colonie.

– Il ne vous a pas induit en erreur. J'imagine que vous n'avez jamais fait ça…

– Non, jamais.

– Alors, je vais vous montrer. Ça s'apprend comme le reste. La prochaine fois qu'un cas de rage de dents se présentera à vous, vous l'amènerez à mon cabinet et je vous enseignerai comment faire. Vous êtes à l'aise avec ça ?

Ce fut avec le plus de détermination possible qu'elle lui répondit :

– Vous avez raison. C'est un soin comme un autre et ça s'apprend.

– En même temps, je vous enseignerai comment faire une anesthésie légère à l'éther. Ça aussi, dans certains cas, ça pourra vous être très utile. Surtout pour éviter de vous faire mordre quand vous arracherez des dents.

Il éclata de rire. La jeune fille acquiesça en riant à son tour aux éclats. Le docteur Bernard se sentit en confiance avec Rosalie. Il était bien heureux d'avoir choisi de l'installer à Saint-Mathieu-du-Nord.

Ensemble, ils rangèrent sous clé les médicaments apportés par le médecin et disposèrent les instruments nécessaires à sa pratique dans son cabinet de consultation. Avec un air quelque peu goguenard, il l'engagea à faire son travail en toute conscience et à ne pas toujours suivre à la lettre les directives du curé.

– Il a les âmes entre ses mains, dit-il, mais nous, nous avons entre les nôtres la vie des corps. Si nous ne nous mêlons jamais de la santé des âmes, ils ont malheureusement tendance à se mêler de celle des corps.

– Je ne connais pas encore le nouveau curé. Il est en retraite à Amos. Vous pensez vraiment qu'il va s'ingérer dans mon travail ?

– Autrement, ce serait bien le premier qui n'interviendrait pas dans les soins aux malades. Surtout en ce qui concerne les femmes et la famille. Mais ce sera toujours vous la responsable des corps. Gardez ça en mémoire, ma petite Rosalie, et n'hésitez jamais à faire valoir votre autorité dans ce domaine.

Dans son regard, elle lut sans peine l'immense bonté de cet homme. Il avait le visage raviné par le temps et les longues nuits sans dormir au chevet de ses patients. Il était vrai qu'en plein soleil il paraissait plus que son âge.

Avant de partir, il lui donna deux grosses bises, une sur chaque joue. Rosalie se dit que, décidément, ce devait être là une habitude de l'Abitibi que de donner comme ça des bises à tout un chacun.

Après le départ du docteur, elle afficha sur la porte avant de son dispensaire un horaire de consultation, ce qui fit pouffer d'un grand rire la belle Héloïse-Marie, demeurée tout près pendant l'entretien de Rosalie avec le docteur Bernard.

– Presque personne ne sait lire, ici, s'empressa-t-elle de lui faire remarquer. Tu ferais mieux de donner ton horaire au curé, qui pourra le communiquer en chaire dimanche prochain. Tout le monde vient à la messe. C'est la meilleure façon de faire passer ton message. Tu pourrais aussi afficher ton horaire au bureau de poste. Maman sera ravie de le rappeler régulièrement aux gens de la paroisse. Tu sais, ils viennent tous chez nous. Le bureau de poste est le lieu de rendez-vous de tous les habitants, ici, à Saint-Mathieu-du-Nord. Même si la majorité d'entre eux ne reçoivent jamais quoi que ce soit et ne postent presque jamais rien, je pense que le courrier distribué les fait rêver. Et maman reçoit *Le Soleil* tous les jours et le laisse traîner sur la table de l'entrée. Certains le lisent, d'autres en regardent les images, mais chacun y va de ses commentaires. Avec la guerre qui sévit en Europe présentement, tout le monde est intéressé par les nouvelles. Ici, nous ne la sentons pas trop, la guerre. Mais elle est là et elle fait peur.

– Tu as raison, répondit Rosalie. Certaines de mes compagnes sont en entraînement actuellement pour aller prêter main-forte à l'armée, de l'autre côté de l'Atlantique, en Angleterre. Je te remercie pour tes conseils. Je vais passer au bureau de poste et laisser mon horaire à ta mère. Dès le retour du curé, je lui demanderai d'en parler en chaire. Tu m'es très utile, Héloïse-Marie, et ça me fait bien plaisir de t'avoir tout près pour m'aider à m'installer ici.

La jeune fille était ravie. Elle n'avait pas vraiment d'amies dans la paroisse et elle se disait que l'arrivée de Rosalie était une bénédiction pour elle. Enfin, elle aurait quelqu'un à qui parler et avec qui partager ses rêves. Comme sa mère était la postière, et son père, le nouveau contremaître de la scierie, ils se sentaient un peu supérieurs aux autres habitants du village et n'acceptaient pas que leur fille unique se mêle trop à la jeunesse de la paroisse, surtout pas aux garçons.

III

Deux jours s'étaient écoulés depuis l'arrivée de Rosalie au village et personne encore n'avait frappé à sa porte pour recourir à ses soins. Sans doute les gens n'étaient-ils pas encore très à l'aise de la consulter. C'était le début de septembre et la journée s'annonçait ensoleillée. La veille, avant d'aller au lit pour la première fois dans sa maison de bois, elle avait préparé sa trousse d'urgence qui allait l'accompagner partout dans ses déplacements.

Rosalie décida de garnir le classeur de son dispensaire. En turlutant[1] un air de la Bolduc[2], elle entreprit d'y placer en bon ordre les dossiers vierges que le docteur Bernard lui avait remis et aussi les formulaires prescrits pour son rapport hebdomadaire au ministère de la Santé du Québec. La chaleur un peu lourde de la matinée faisait ressortir l'odeur du bois et de la peinture, et cela la rendait particulièrement joyeuse.

Perdue dans ses pensées, elle n'entendit pas venir derrière elle. Lorsque la voix de l'intrus s'éleva, elle bondit et échappa sur le sol tous les papiers qu'elle tenait dans les mains. Elle les vit virevolter dans les airs et retomber au pied d'un homme en soutane noire qui

1. Au Canada, imiter le son de la flûte.
2. Pseudonyme de Mary Travers (1894-1941), chanteuse qui connut un très grand succès au Québec.

se tenait dans l'encadrement de la porte, un sourire au coin des lèvres. Le prêtre parut surpris lorsqu'elle lui fit face et demeura quelques instants sans parler. Un peu gênée par cette présence inattendue, et davantage par le regard insistant que le prêtre portait sur elle, Rosalie s'empressa d'arracher le fichu fleuri qu'elle avait mis sur sa tête. Ses boucles brunes retombèrent en cascade sur ses épaules. Devant le silence persistant de l'homme d'Église, elle pensa qu'il allait sans doute lui dire à son tour qu'il la trouvait trop jeune pour occuper cet emploi.

– Bonjour, garde Lambert, dit-il en secouant enfin l'atmosphère un peu lourde qui s'était installée entre eux.

Il retrouva son sourire devant les yeux inquiets de la jeune infirmière.

– Je suis Charles-Eugène Aubert, le curé de la paroisse. Je suis heureux de faire votre connaissance.

Il lui tendit une main amicale que la jeune femme s'empressa de prendre dans la sienne et de serrer. Elle était contente de faire enfin la connaissance du curé, nouveau lui aussi et dont tout le monde ou presque lui avait parlé depuis son arrivée. Rassurée, elle lui offrit à son tour un sourire cordial.

– Garde Lambert, si vous voulez bien vous agenouiller, je vais vous bénir, ainsi que votre dispensaire, dit le nouveau venu d'une voix qui ne laissait place à aucun refus.

Surprise, Rosalie recula en se demandant si elle avait bien entendu. Surmontant son étonnement, elle s'agenouilla sans grande conviction. Elle le vit lever la main droite et tracer dans l'air un signe de croix. Cette pratique de bénir les gens et les lieux était courante, mais elle la percevait comme une sorte de soumission qu'exigeait le clergé de ses ouailles. Sans doute un péché d'orgueil de sa part. Elle fit le signe de croix à son tour et se releva rapidement. Elle se sentit mal à l'aise en face de cet homme. Il posait sur elle un regard intrigant qui semblait l'évaluer et elle n'aimait pas cela. Pourtant, il lui paraissait sympathique et elle espérait de tout cœur lui faire bonne impression. Aussi fut-elle ravie quand ses traits s'adoucirent et qu'il lui dit :

– Je crois que ce village avait un grand besoin de nous deux. Vous pour les corps et moi pour les âmes. Si nous joignons nos efforts, je pense que nous pourrons effectuer ici un très bon travail.

Rosalie le détailla attentivement sans qu'il y parût. « Il n'a guère plus de trente ans, il est grand et beaucoup trop beau pour un curé », pensa-t-elle en rougissant. Il avait de magnifiques yeux bleus et, ce qu'elle remarqua surtout, ce furent ses mains. Elles étaient étroites et avaient de longs doigts ; elles étaient soignées et il les bougeait agréablement en parlant. Il n'y avait que son sourire qu'elle n'arrivait pas à définir. Finalement, elle le trouva sympathique. Elle sentait qu'elle était prête à joindre ses efforts aux siens pour œuvrer au bien-être des gens de la paroisse.

Soudain, une voiture entra dans la cour du dispensaire dans un nuage de poussière. L'homme qui en sortit courait déjà vers eux en criant à tue-tête des mots épars sans arriver à former une phrase complète.

– Reprenez votre souffle, lui dit le curé très calmement, et racontez-nous ce qui vous arrive.

– Il y a eu un accident à la scierie, dit l'homme dans un hoquet. Je pense que c'est grave.

Il n'avait pas terminé sa phrase que Rosalie avait déjà saisi sa trousse et, suivie du curé, se dirigeait vers la voiture.

– Passez d'abord par le presbytère, je vais aller chercher les saintes huiles. Si c'est aussi grave que vous le dites, cet homme va peut-être rendre l'âme et je veux lui administrer les derniers sacrements.

Rosalie eut envie de lui dire que chaque minute comptait, s'il s'agissait de sauver la vie de l'homme accidenté, mais elle n'osa pas. S'il venait à mourir sans avoir reçu l'extrême-onction, elle se le reprocherait jusqu'à la fin de ses jours et le curé aussi, bien sûr. Elle sentait monter en elle une fébrilité inaccoutumée. Pour la première fois, elle allait faire face à un drame, seule, avec l'unique support de ses connaissances. C'était comme si elle devait subir un examen très important qu'elle ne devait surtout pas échouer.

À l'intérieur de la scierie, une vision d'horreur attendait l'infirmière et l'homme d'Église. Un ouvrier plutôt jeune, livide et immobile, reposait sur le sol dans du bran[1] de scie imbibé de sang, tandis qu'autour de lui les autres ouvriers, horrifiés, semblaient pétrifiés sur place. Il avait la main droite complètement sectionnée et s'était vidé de son sang. Pendant que sur le bras encore valide Rosalie cherchait un pouls inexistant, le curé Aubert s'était agenouillé près du blessé et récitait les prières des agonisants. La jeune infirmière ne put rien faire de plus que constater le décès de la victime qu'elle ne connaissait pas encore et qu'elle ne connaîtrait jamais. Dans la chaleur de la scierie, où les résidus de bois chauffés par le soleil laissaient échapper une odeur pourtant agréable, elle frissonnait en essayant de cacher son chagrin aux gens qui l'entouraient.

Elle ne reconnut pas tout de suite l'homme penché lui aussi au-dessus du corps et qui était arrivé en même temps qu'elle. Sous ses habits de travail et sa barbe un peu longue, Philippe Bergeron n'avait plus rien du personnage élégant rencontré à bord du train, sauf bien sûr la sympathie de son regard, qu'il tournait maintenant vers la jeune infirmière agenouillée à ses côtés.

– Une bien triste occasion de vous revoir, mademoiselle.

Tandis que le curé Aubert et les autres employés s'occupaient du défunt, Bergeron l'aida à se relever en la tenant par le bras. Elle fit avec lui quelques pas. Elle avait les yeux remplis de larmes et tremblait légèrement. L'homme à ses côtés comprit son malaise et l'entraîna dans la cour.

– Prenez votre temps, mademoiselle, et respirez un bon coup. Je comprends que c'est un baptême du feu que vous venez de vivre là. Ce n'est vraiment pas comme ça que je voulais vous recevoir à mon lieu de travail.

Rosalie était atterrée. C'était la première fois qu'on faisait appel à ses services et c'était pour constater un décès. Elle regardait autour d'elle et réalisait à quel point les hommes prenaient des risques. Certains étaient penchés sur les billots qui entraient dans la scierie, et ce sans aucune protection contre les chutes. De grandes scies tournaient à une vitesse hallucinante et les hommes poussaient le bois vers leurs

1. Sciure de bois.

dents acérées sans rampe de retenue. En plus, des tas de copeaux disséminés un peu partout constituaient de véritables nids à incendie.

– Monsieur Bergeron, dit-elle, vous ne croyez pas que certaines améliorations pourraient être apportées pour rendre le travail des hommes plus sécuritaire ?

Il lâcha son bras et parut offusqué.

– Si vous voulez, nous pourrions regarder ensemble ce qu'on pourrait faire ! poursuivit-elle.

L'homme se campa devant elle et, du haut de sa stature imposante, il la regarda droit dans les yeux.

– Écoutez, ma petite garde, vous êtes très sympathique et vous aurez de quoi vous occuper avec les gens de la paroisse. Mais ici, dans cette scierie, c'est moi le patron et c'est à moi de décider ce qui doit ou ne doit pas être fait. Nous ne sommes pas dans une cour d'école. Ces hommes ne sont pas des enfants de chœur qui turlutent à l'église. Ils sont habitués aux risques et au danger. Ça fait partie du métier quand on travaille dans une scierie. Vous pouvez être certaine que chacun est bien content d'avoir du travail. Personne ne se plaint.

Rosalie resta sans voix. L'homme à ses côtés n'avait plus rien du gentleman en habit rencontré à bord du train. Il était devenu le patron de la scierie, qui incitait ses hommes à la performance et au rendement.

– Vous savez, continua-t-il, mes employés sont bien heureux d'être ici, et non pas à la guerre. C'est sur les champs de bataille en Europe qu'ils risqueraient leur vie. Ici, pour eux, c'est presque un jeu d'enfant comparé à ce qu'ils vivraient là-bas.

Rosalie préféra ne pas insister. Elle regarda vers l'entrée de la scierie. Les ouvriers faisant partie de l'équipe du défunt étaient réunis autour d'une civière improvisée. Elle entendit le curé Aubert leur parler des desseins impénétrables de Dieu, qui frappait toujours comme un voleur. Elle avait le cœur lourd. Toujours accompagnée de l'entrepreneur, elle revint lentement vers le groupe qui entourait la victime. Deux ouvriers partirent avec le brancard vers la sortie, tandis que, d'une voix forte, le patron ordonna aux autres de retourner au travail. Elle se retrouva seule avec le curé au milieu de la sciure de bois rougie de sang qu'on n'avait même pas pris la peine de balayer. Après un bref salut, Bergeron remonta à son bureau.

En revenant vers le village à pied avec Charles-Eugène Aubert, elle s'informa des procédures à suivre dans le cas d'un décès comme celui-ci.

– Quand il n'y a pas de doute sur les causes de la mort, je pense que vous n'avez qu'à remplir et signer l'acte de décès afin que la famille puisse procéder à l'inhumation du corps. Il faudra vous informer auprès du docteur Bernard pour plus de certitude, mais il lui est impossible de constater lui-même tous les décès sur un territoire aussi grand que l'Abitibi-Ouest. Je crois que signer un acte de décès fait partie de vos tâches.

La jeune fille était bien triste. Elle aurait préféré que sa première intervention auprès de la communauté de Saint-Mathieu-du-Nord soit plus joyeuse. La remarque suivante du jeune curé vint mettre un peu de baume sur son cœur chagriné.

– Je vous ai regardée agir, à la scierie. Permettez-moi de vous dire que votre sang-froid m'a impressionné. Quand vous êtes entrée, j'ai senti que votre seule présence calmait toute l'agitation et la nervosité qui régnaient là. Vous m'avez fait penser à un ange de douceur penché sur le destin tragique de cet homme. Je suis convaincu que tous ont pensé la même chose. Ça se sentait dans leur silence et ça se voyait sur leur visage tourné vers vous. Ils vous accordaient toute leur confiance, c'était tangible.

– Merci, monsieur le curé, j'ai bien besoin de vos paroles encourageantes en ce moment.

Tous deux se regardèrent avec estime. Rosalie comprenait le sens profond des paroles qu'ils avaient échangées quelques heures plus tôt à son dispensaire. C'était bien vrai qu'ils allaient ensemble former une équipe indissociable. Elle regardait autour d'elle les petites maisons toutes simples de bardeaux rouges ou bleus. Les gens étaient pauvres, mais fiers et généreux. Et ils avaient besoin d'elle et de ses connaissances médicales. Heureusement, toutes ses interventions auprès des gens de la paroisse ne seraient pas aussi dramatiques que celle qu'elle venait de vivre.

* * *

Octobre arriva avec ses premières neiges et ses vents froids. Dans son dispensaire aux murs insuffisamment isolés, Rosalie frissonna. Elle avait vite compris que la seule chaleur de ce lointain Abitibi se trouvait dans le cœur de ses habitants. Elle recevait beaucoup d'invitations à partager un repas avec les familles de la paroisse et, souvent, le curé Charles-Eugène était invité également. Les habitants se sentaient tellement en sécurité de les savoir parmi eux qu'ils faisaient tout ce qu'ils pouvaient pour leur rendre la vie agréable.

La paroisse lui avait fourni une voiture avec un abri de toile pour les jours de pluie, et les Robidoux mettaient à sa disposition un cheval qu'elle pouvait atteler pour se rendre auprès des gens malades.

– Nous le gardons ici dans l'écurie derrière le bureau de poste. Vous pouvez l'utiliser aussi souvent que vous en avez besoin. J'imagine que je dois vous montrer comment l'atteler !

Ernest avait affiché un air taquin sur ces derniers mots.

Et Rosalie avait appris comment sortir le cheval de l'écurie, lui mettre l'attelage et assujettir le collier aux brancards de la voiture. Elle aimait effectuer ces tâches. C'était toujours avec beaucoup d'attention qu'elle suivait les conseils qu'on lui donnait. De cette façon, elle avait l'impression de s'intégrer à la communauté. Aussi, elle aimait bien acquérir toutes ces nouvelles connaissances. Cette partie de sa vie ressemblait plus à un jeu et cela la distrayait de la lourdeur des soins qu'elle devait prodiguer.

Un matin, en voyant passer au grand galop devant son dispensaire le jeune Vianney Duclos juché sur sa monture, Rosalie eut envie de faire comme lui. Elle se disait que, de cette façon, ce serait moins compliqué pour elle et plus rapide de se rendre auprès des malades qui habitaient au fond des rangs. La voiture avait parfois de la difficulté à passer sur les chemins boueux. Elle en avait fait l'expérience pendant les pluies abondantes de la fin de septembre et elle craignait parfois de rester coincée sur la route.

– Dis-moi, Vianney, est-ce que tu pourrais m'enseigner à monter à cheval, comme tu le fais si bien ?

Dès ce moment, le jeune homme lui voua une affection indéfectible. Tout le monde se moquait de lui, mais cette belle jeune femme lui faisait confiance en lui demandant de l'aider. Timidement, mais avec beaucoup d'application, il lui enseigna ce qu'il connaissait de l'équitation. Héloïse-Marie avait aussi voulu profiter de ses cours et, comme elle serait en compagnie de Rosalie, l'infirmière de la paroisse, sa mère avait accepté.

Rosalie était une bonne élève. Surtout, elle n'avait aucune crainte des chevaux, encore moins de ce doux Prince Arthur qu'Ernest Robidoux mettait à sa disposition pour ses visites aux malades et qu'elle avait apprivoisé sans aucune difficulté. Mais il n'en fut pas de même pour Héloïse-Marie, toujours empêtrée dans ses jupes et la plupart du temps peu rassurée en présence d'un cheval. Elle avoua bien vite que cette façon de se déplacer ne lui convenait pas du tout et elle laissa Rosalie poursuivre toute seule sa formation.

Malgré quelques réticences à la laisser monter, le curé Aubert finit par l'autoriser à se déplacer à cheval et lui trouva même une selle dans la grange du presbytère. Aussi longtemps que le temps le permit, Rosalie se déplaça donc de cette manière. Elle se fit même coudre une jupe-culotte par Madeleine Béland. Ainsi, elle pouvait chevaucher plus confortablement. Mais, avec les premières neiges et les vents froids, elle dut se résigner à utiliser la calèche ou encore à profiter de la voiture de ceux qui requéraient ses services.

Elle s'absentait parfois de longues heures et l'horaire de ses consultations s'en trouvait chambardé. Certains jours, elle recevait des gens jusque tard dans la soirée et se couchait épuisée, pour être de nouveau réveillée au milieu de la nuit par un mari affolé dont la femme était sur le point d'accoucher. Elle ne revenait qu'au petit matin dans un dispensaire glacé, alors que le poêle de la cuisine, seule source de chaleur, était éteint depuis longtemps. Pourtant déjà mince, elle se voyait fondre à vue d'œil. Elle avait à peine le temps de cuisiner et encore moins celui de terminer ses repas.

Comme elle avait développé une grande amitié avec Héloïse-Marie, elle osa lui demander, un matin où elle était particulièrement épuisée et frissonnante :

– Dis-moi, est-ce que tu crois que tes parents te laisseraient venir habiter avec moi ? Tu pourrais m'aider à tenir maison, à préparer les repas, à recevoir les gens, aussi. Et surtout, tu pourrais entretenir le feu dans le poêle pendant mes absences.

La jeune fille rousse fut ravie de la proposition. Depuis le temps qu'elle rêvait d'une vie un peu plus palpitante, elle s'empressa de répondre :

– Compte sur moi, Rosalie, je vais les convaincre. Tu es tellement gentille de m'offrir de travailler avec toi !

– Je vais aussi te donner un salaire.

– Ce n'est pas nécessaire, voyons. Tu ne pouvais pas me rendre plus heureuse.

Elles éclatèrent de rire et se mirent à danser au milieu de la salle d'attente. Leur jeunesse s'exprimait dans cette amitié qui les unissait et Rosalie se trouvait bien chanceuse de pouvoir compter sur une personne aussi bien élevée pour la seconder. Elle savait que madame Augustine superviserait le travail de sa fille et cela la mettait en confiance.

La jeune infirmière avait aussi développé une franche amitié avec Madeleine Béland. Cette femme instruite et réservée était devenue sa confidente. Elle appréciait sa conversation, sa facilité à discourir sur différents sujets, son opinion toujours sensée et à propos.

– Tu ne trouves pas ça difficile, lui demanda un jour Madeleine, de vivre dans une communauté où la grande majorité des gens n'ont pas ton instruction et surtout ta culture ?

– C'est vrai que si j'avais voulu fréquenter les théâtres et les musées je serais restée par en bas, comme vous dites ici. Mais j'avais vraiment envie de connaître autre chose et, à cet égard, je suis servie. Et il y a toi, ma chère Madeleine. J'ai bien du plaisir en ta compagnie.

La jeune femme devait accoucher vers la mi-décembre. À sept mois de grossesse, elle était déjà énorme, ce qui inquiétait un peu Rosalie.

– J'aimerais bien que tu arrêtes de manger des sucreries, ces succulents desserts que tu cuisines pour ta famille. Ce n'est pas bien de prendre trop de poids quand on est enceinte. Tu ne dois accoucher que dans deux mois et je trouve que tu es bien grosse.

– Deux mois et demi, s'empressa de préciser Madeleine. Je veux attendre mon Raoul qui ne reviendra du chantier que pour Noël.

Un rire joyeux leur vint spontanément.

– Ce n'est pas toi qui décides. Il y a là-dedans une petite personne qui va déclencher ça selon sa convenance.

Après la grand-messe du dimanche de l'Action de grâces, Rosalie resta dans l'église. Elle était invitée à dîner chez les Robidoux. Avec Héloïse-Marie, elle attendait le curé pendant qu'il enlevait ses vêtements sacerdotaux. Il était aussi convié à partager le repas dominical de la famille. L'infirmière eut l'idée d'essayer le vieil harmonium qui trônait tel un roi déchu dans un coin de l'église. Elle l'avait remarqué la première fois qu'elle était entrée dans le lieu saint, mais jamais l'occasion ne s'était présentée d'en jouer.

– Tu sais qui a installé cet harmonium ici ? demanda-t-elle à son amie. L'église est une construction toute récente et cet instrument a l'air d'un vieux meuble ayant trop servi qu'on aurait abandonné à son sort.

– Il nous a été donné par le docteur Bernard. Je pense que sa femme Catherine, qui est une très bonne musicienne, a acheté un piano l'année dernière. Et comme nous venions de construire l'église, le docteur a pensé que quelqu'un du village pourrait en jouer à la messe et aux cérémonies religieuses. On ne pouvait pas refuser ça, comme a dit maman.

Rosalie essuya le banc de bois qui n'avait encore jamais servi dans cette église et se glissa sous la console. Devant une Héloïse-Marie intriguée, elle actionna deux ou trois tirettes et pédala un instant avant de poser les mains sur le clavier. Le vieil instrument produisit un son vibrant très agréable, ponctué malheureusement de quelques fausses notes. Elle prit un cahier de chants religieux et se mit à jouer en regardant son amie du coin de l'œil. Quelques hommes qui étaient restés à discuter sur le perron de l'église rentrèrent en entendant résonner les mélodies connues.

– Vous n'avez jamais pensé à exercer un chœur de chant ? lui demanda Roland Lamothe, son vieil ami des premières heures, toujours là pour l'aider de son mieux. Vous avez du talent pour la musique, vous savez, et il y a dans la paroisse de très belles voix d'hommes. Si le projet vous tente, on pourrait faire accorder cet harmonium. Je serais ravi de faire pour vous le recrutement d'une chorale.

Au cours du repas chez les Robidoux, la proposition revint sur la table et Rosalie promit d'y penser. Mais, en ce jour d'Action de grâces, la légèreté de sa jeunesse lui donnait plutôt envie de s'amuser, de rire et de chanter. Comme elle disposait d'un court répit dans l'exercice de sa profession, ce qui était plutôt rare, elle suggéra une séance de chant. Dans le salon au mur tapissé de papier de velours beige, elle s'assit au piano et se mit à jouer un air de polka que sa tante Mathilde appréciait particulièrement. Elle connut une minute de nostalgie en pensant à la vieille dame.

Toute la famille et les quelques amis présents se mirent à danser. Le regard sombre, l'abbé Charles-Eugène Aubert n'osa pas les en empêcher, tandis que la jeune Héloïse-Marie le pressait de se joindre à la farandole. Il refusa de se laisser entraîner et prit bien soin de faire la remarque que ce genre de danse de groupe n'était pas défendu par l'Église comme les danses qui permettaient aux couples de trop se rapprocher et qui n'étaient que des occasions de péché. Il quitta bien vite la maison des Robidoux. Augustine se sentit un peu mal à l'aise de le voir partir sans saluer la maisonnée. Elle n'aimait pas lui déplaire, mais elle n'osait pas davantage empêcher les jeunes d'avoir un peu de plaisir en ce beau dimanche d'octobre.

Quelques jours plus tard, une annonce au bureau de poste invitait les hommes qui le désiraient à s'inscrire au chœur de chant que garde Lambert avait décidé de faire répéter en prévision de la messe de minuit. Roland Lamothe, qui avait pris les choses en main, faisait le tour des rangs pour récolter le plus de voix possible. Rosalie regrettait infiniment que les voix féminines ne puissent se joindre à la chorale, mais, comme les femmes n'avaient pas le droit de chanter dans les églises, elle dut se résigner à ne prendre que des hommes. Quand elle reçut la liste des gens inscrits, elle fut surprise de constater que le nom de Vianney Duclos n'y figurait pas. Il avait une si jolie voix, ce jeune homme !

Le samedi suivant fut une magnifique journée d'automne, étonnante pour la saison, surtout dans cette rude région. La neige tombée dans les premiers jours d'octobre avait fondu et les routes étaient redevenues praticables. Rosalie décida de seller le cheval et de se rendre chez les Duclos pour inviter Vianney à faire partie de sa chorale.

Sur la route, elle croisa la voiture du curé qui sortait justement du rang 10, celui où habitaient les Duclos. Elle mit pied à terre pour le saluer.

– Vous voilà encore en pantalon, garde Lambert, lui dit le curé en guise de salutation. Je vous ai autorisée à monter à cheval, pas à porter ce vêtement d'homme.

– Monsieur le curé, vous ne voudriez tout de même pas que je monte en jupe et que tous vos paroissiens voient que leur infirmière porte une culotte aussi blanche que sa coiffe, répliqua Rosalie en éclatant de rire.

Elle regretta aussitôt ces mots et ce rire en voyant le regard sombre du jeune curé.

– Vous avez raison, garde Lambert, il y a plus à faire que de parler chiffon. J'arrive de chez les Dufour avec une bien triste nouvelle. Vous savez que Fernand est marié avec la nièce de madame Duclos.

– Oui, je sais. Elle est même enceinte. Je lui ai demandé plusieurs fois après la messe de venir me voir au dispensaire… Vous n'allez pas me dire qu'elle a perdu son bébé !

– En effet, reprit le curé. On m'a fait venir pour les derniers sacrements. Le bébé est mort et la maman aussi. Ces gens ont préféré faire confiance à la sage-femme et je pense qu'il y a eu des complications. Ils vont avoir besoin de vous pour les certificats de décès.

Écrasée par cette nouvelle, Rosalie ne prononça pas une seule parole. Elle se remit en selle et repartit au pas de sa jument sans même jeter un regard au prêtre. Le curé la suivit des yeux un long moment. Il aimait bien Rosalie. Elle avait du caractère et un sens aigu du devoir. Mais il savait, étant un fils de l'Abitibi, que les mœurs seraient difficiles à changer. Les gens avaient des habitudes. Pendant de longues années, ils n'avaient pu compter que sur eux-mêmes et ils avaient appris à se passer de toute aide extérieure. Il aurait bien aimé lui mettre une main sur l'épaule et lui dire quelques paroles d'encouragement. Mais il n'avait pas osé. Si parfois il se permettait ce geste familier avec une vieille dame comme Hortense, la gouvernante du presbytère, jamais il ne le ferait avec la si jolie Rosalie.

Il lui arrivait de penser, pour bien vite le regretter au point de vouloir s'en confesser, que c'était une femme comme celle-là qu'il aurait choisie si la prêtrise n'était pas venue lui interdire l'amour humain. Il pouvait le cacher aux autres, mais il ne pouvait se leurrer lui-même. Certains jours, ce douloureux besoin de contact physique venait le torturer, et plus encore certaines nuits. Mais la plus grande absente de sa vie était la tendresse. Il avait si peu côtoyé ce sentiment, qu'il imaginait doux et réconfortant ! Sa mère était morte alors qu'il avait cinq ans. Il n'avait connu que les pensionnats, aussi froids dans les canicules de l'été que dans les rigueurs de l'hiver. Mais il avait toujours gardé en mémoire, dans un repli de son cerveau, la douceur des caresses maternelles.

Rosalie poursuivit son chemin, mais elle ne se rendit pas chez les Duclos. Elle descendit de cheval et s'assit à l'orée du bois. Un vent léger agitait les branches dénudées des arbres et s'amusait aussi dans ses boucles brunes. Elle avait le sentiment d'avoir manqué à son devoir. Elle aurait dû insister pour rencontrer madame Dufour et lui faire un examen sérieux. Sans doute aurait-elle pu déceler l'anomalie de sa grossesse et peut-être que ni la jeune femme ni son enfant ne seraient morts.

Le vent se faisait plus insistant et l'esprit de Rosalie s'attardait dans les bruissements de la forêt. Doucement, le tumulte fit place à une paix intérieure. Elle avait du caractère, elle le savait. Mais elle avait aussi une grande faiblesse : cette sympathie qu'elle avait pour les gens. Pendant ses études, de nombreux professeurs avaient essayé de lui faire comprendre que pour survivre dans ce métier, qui la mettrait tous les jours en contact avec la mort, il lui faudrait remplacer ce sentiment envers ses semblables par un peu plus de détachement. Elle devait travailler davantage sur son empathie.

– Ma fille, il va falloir vous endurcir, lui avait dit le docteur Bernard quand elle lui avait raconté l'accident qui avait coûté la vie à un homme, à la scierie. Ne vous mettez pas sur les épaules toutes les erreurs de l'humanité. Et surtout n'en souffrez pas toutes les douleurs. Un jour, vous aurez bien assez des vôtres, croyez-moi. La vie n'épargne personne.

– Vous semblez prophétiser que ma vie sera difficile, avait enchaîné Rosalie, l'œil moqueur.

– Bien sûr que non, s'était empressé d'ajouter le sympathique docteur. Votre vie sera belle et douce, à votre image. Mais chaque vie est une sorte de roman et il y a toujours quelques pages un peu plus sombres que les autres. Surtout, ne vous inquiétez pas, ce sont les propos d'un vieil imbécile. Votre vie sera merveilleuse et je vois déjà une ribambelle d'enfants courir autour de vous.

Rosalie avait souri. Heureusement qu'il était là, ce docteur si gentil et tellement humain, pour l'écouter de temps à autre ! Elle se rendait le visiter à Macamic pour se redonner du courage. Aussi, elle aimait bien Catherine, son épouse, qui semblait beaucoup plus jeune que lui même si dans les faits elle n'était sa cadette que de deux ans. Ils avaient des enfants qu'elle n'avait jamais rencontrés, deux garçons et une fille qui étudiaient à Montréal. Des photos sur le manteau de la cheminée emplissaient la pièce de leur jeunesse. Madame Docteur, comme l'appelaient les gens de Macamic, tournait un regard attendri vers le salon chaque fois qu'elle parlait de ses enfants.

Notre plus vieux, Jean-Marie, étudie en médecine, comme son père, et le deuxième, Marc-Olivier, fait son droit. Joséphine est encore à son cours classique.

Ce jour-là, elle avait ajouté, en pressant tendrement Rosalie contre sa maigre poitrine :

– Il vous faudra penser au mariage, Rosalie. Je ne peux imaginer une vie de femme sans enfants.

L'air réprobateur, le docteur avait repris :

– Laisse-lui le temps. Elle est encore si jeune !

Rosalie s'était amusée de les voir se chamailler gentiment en refusant fermement de changer d'opinion. Elle aimait bien ce couple d'âge mûr. Si sa mère avait vécu, elle et son notaire de père auraient certainement ressemblé à ces gens-là. À cette pensée, une grande nostalgie se glissait dans son cœur. À bien des occasions, cet automne-là, elle s'était imaginée faisant ses bagages et rentrant chez elle auprès de son père et de sa tante Mathilde. Mais, comme son père le lui avait souvent répété : « Quand tu as pris une décision, va de l'avant », elle se retournait vers l'avenir et une nouvelle journée commençait. La plupart du temps, elle n'avait pas le temps de penser, ce qui l'aidait à continuer.

Et il y avait son chœur de chant auquel elle consacrait tous ses temps libres. Avec la coopération du curé, elle lui avait fait répéter toutes les parties chantées de la messe. S'il se montrait très sévère en ce qui regardait l'observance de la religion et de ses exigences, Charles-Eugène Aubert s'avérait un compagnon agréable dans toutes les activités qui ne touchaient pas le domaine sacré. Héloïse-Marie assistait à toutes les rencontres. Elle en profitait pour aider la vieille Hortense dans son travail de sacristaine. Il y avait aussi les répétitions de la messe de minuit tous les dimanches après la grand-messe. La première fois, Vianney, intrigué, s'était assis dans un banc à l'arrière de l'église. Il avait paru intimidé quand Rosalie lui avait demandé de se joindre aux autres hommes présents.

– Ma mère m'a dit que j'étais trop niaiseux pour chanter à l'église, s'était-il empressé de répondre, ce qui avait provoqué l'hilarité générale.

Rosalie l'avait pris par la main et conduit devant le groupe, mais elle s'était bien vite ravisée. Comme il était le plus grand, elle l'avait placé à l'arrière et lui avait demandé de chanter ce qu'il pouvait pour commencer, en faisant signe aux autres de ne pas rire. Il faisait froid dans l'église et les hommes gardaient leur chapeau sur la tête et un foulard autour du cou. Pour sa part, elle avait réussi à se faire tricoter une paire de gants sans bouts de doigt. Madeleine avait bien ri de la demande, mais elle s'était exécutée et Rosalie appréciait ses gants de laine à l'allure étrange.

Dès les premières mesures du *Minuit, chrétiens,* elle fut surprise d'entendre Vianney chanter d'une magnifique voix de baryton les premières paroles du cantique sans une seule erreur. Les autres choristes s'étaient d'ailleurs tus pour l'écouter. L'idiot du village s'était transformé en un chanteur à la voix superbe. Mais dès qu'il avait pris conscience qu'il était seul à chanter, il avait baissé la tête et son dos avait repris la courbure qui lui était habituelle, comme s'il pliait sous le poids d'un fardeau.

En rentrant chez elle ce soir-là, Rosalie confia à Héloïse-Marie, qui venait toujours dormir au dispensaire depuis qu'elle était devenue sa dame de compagnie, à quel point elle trouvait triste la timidité de Vianney.

– Tu sais, Rosalie, lui dit la jeune fille, il ne serait pas si fou que ça, Vianney Duclos, s'il avait eu une vie normale. C'est son père qui l'a rendu comme ça.

– Vraiment ? Pourquoi dis-tu ça ?

– Je me souviens, il y a quelques années, mon père et mon frère Armand ont participé à une battue après qu'il eut disparu dans la forêt. Ils ont fini par le retrouver trois jours plus tard. Il était couvert de sang séché et il se cachait dans une vieille cabane abandonnée. C'est Roselyne, sa sœur jumelle, qui nous a dit qu'ils jouaient souvent ensemble à cet endroit. Son père, ivre mort, lui avait ouvert la joue avec un tisonnier brûlant dans un accès de colère. Je m'en souviens parce que papa l'a amené chez nous. Comme les Duclos refusaient d'aller voir le médecin, c'est maman qui lui a mis des pansements. La grande cicatrice qu'il a au visage du côté droit, c'est un souvenir de son père. Il me fait pitié. C'est pour ça que je me montre gentille avec lui.

Rosalie regarda son amie. Avec le temps, elle avait appris à aimer cette jeune fille. Elle l'avait d'abord prise pour une poupée trop jolie gâtée par sa mère, mais, au contraire, c'était une personne intelligente, avide de connaître et d'apprendre. Souvent, le soir, quand c'était tranquille au dispensaire, elles se racontaient leurs rêves. Rosalie se sentait un peu privilégiée. Elle avait un métier et pouvait quitter l'Abitibi dès la fin de son contrat.

– Moi, je suis coincée ici, se lamentait souvent Héloïse-Marie. Ma mère refuse catégoriquement que j'aille travailler en ville. Comment veux-tu que je rencontre un mari dans ce trou perdu ? À part Vianney qui est fou de moi, je n'ai aucun soupirant. De toute façon, maman leur ferait bien trop peur ! Est-ce que tu sais comment mon frère Armand a fini par épouser Delphine ?

– Non, pas vraiment, mais je crois que les parents de Delphine habitent aussi Saint-Mathieu-du-Nord. Est-ce que ce ne sont pas eux qui vivent dans la maison rouge du rang 8, juste à côté de l'école du rang ? Ça m'a l'air d'être des gens très pauvres.

– En effet, ce sont eux et ils ne sont pas riches. Maman les trouvait beaucoup trop colons, selon ses termes, pour son fils qui est allé étudier au collège à Victoriaville. Elle aurait aimé qu'Armand ne revienne pas par ici et rencontre une fille de bonne famille dans la région de Québec ou de Montréal.

– Et lui, il aimait Delphine ?

– Je pense que oui. En tout cas, elle est tombée enceinte. Ce fut un drame épouvantable. Maman était tellement fâchée qu'elle a refusé de croire qu'elle avait été mise dans cet état par son saint fils Armand. Lui, il avait très peur de maman et n'osait rien dire. Delphine a eu son bébé et tout le monde riait d'elle dans la paroisse. On la traitait de fille perdue.

– Ça me fait toujours mal quand j'entends toutes ces horreurs sur les filles mères, qui doivent se cacher et qu'on ridiculise. Alors que les garçons, aussi fautifs, continuent leur vie comme si de rien n'était, et ce même si toute la paroisse est au courant de leur paternité.

– Tu as bien raison, Rosalie. Mais la mère de Delphine est allée voir le docteur Bernard pour lui en parler. Après avoir rencontré la fille, il a logé une plainte à l'évêché.

– Vraiment ? Et ça a donné un résultat ?

– Effectivement. Un dimanche matin, un policier de Montréal est arrivé chez nous et a demandé à Armand s'il était le père du bébé. Maman n'était pas à la maison ; elle était partie à la messe à Macamic avec papa. Pris par surprise et aussi parce qu'il aimait Delphine, sans doute, Armand a dit oui. Alors, le policier lui a donné une semaine pour épouser Delphine, sinon il l'emmenait en prison.

– Tu es sérieuse ?

– Très sérieuse. Maman a dit que c'était juste des menaces et que jamais les policiers n'auraient pu l'arrêter pour ça.

– J'imagine qu'elle avait raison, dit Rosalie en riant. C'est bien la première fois que j'entends parler d'une affaire comme celle-là.

– Finalement, c'est comme ça que mon frère Armand a eu le bonheur d'épouser Delphine. Cet événement est encore aujourd'hui une grosse épine au pied de ma mère. Elle qui est si bonne d'habitude, elle ne parle jamais à Delphine, même quand elle vient à la maison avec mon frère. Au début, elle ne voulait même plus les voir. C'est mon père, qui s'est imposé, et elle a dû les accepter. Comment veux-tu que, moi, je trouve le grand amour ? Dans un colis au bureau de poste, peut-être ?

Rosalie riait maintenant de bon cœur. Elle imaginait Augustine Robidoux régnant sur son royaume.

– Arrête de rire, Rosalie ! Ma vie n'est pas une comédie. C'est un drame !

– Ne t'en fais pas, s'empressa d'ajouter l'infirmière en prenant son amie dans ses bras. Jolie comme tu es, tous les hommes doivent être fous de toi. Et en plus tu es intelligente et tu as de la personnalité.

– À quoi ça sert, s'il n'y a personne d'intéressant pour le voir ?

– Tu es encore bien jeune pour t'alarmer. Le hasard fait bien les choses. Tu sais, il suffit d'une fraction de seconde pour rencontrer quelqu'un. Un beau jeune homme, un jour, viendra à la scierie ou au bureau de poste et demandera qui est cette jolie fille. Et toi, tu seras déjà amoureuse. Et bla-bla-bla.

Héloïse-Marie sourit à ces paroles et se mit à rêver du grand amour.

Ce fut ainsi que le premier automne de Rosalie en Abitibi s'enfuit, en même temps que toutes les feuilles qu'il arrachait sur son passage. L'hiver s'installa définitivement dans toute sa rigueur. Les fenêtres du dispensaire étaient couvertes de givre et les murs craquaient sous la froidure. Certains soirs, Rosalie et sa compagne s'amusaient de longs moments à découvrir des chefs-d'œuvre d'artistes à travers les arabesques des fenêtres gelées. Elles avaient surnommé le dispensaire aux carreaux givrés le musée des Glaces. Elles étaient heureuses.

IV

Philippe Bergeron riait aux éclats.

– Voulez-vous bien me dire ce que c'est que ce drôle de véhicule ? lui demanda Rosalie.

Elle tournait autour de l'étrange engin bleu stationné devant chez elle et n'en revenait tout simplement pas. Jamais elle n'aurait pu imaginer une voiture ainsi conçue, avec deux skis à l'avant et des roues recouvertes de chenilles de caoutchouc à l'arrière.

– C'est un B7 de Bombardier, une autoneige, si vous préférez. C'est fascinant, n'est-ce pas, comme véhicule ? On peut y faire monter jusqu'à sept personnes. C'est de là que vient son nom : B pour Bombardier et 7 pour le nombre de passagers. J'ai acheté celui-ci l'année dernière pour monter à mes chantiers sans crainte de la neige et des tempêtes.

– Vous voulez bien me le faire essayer ? demanda Rosalie, fascinée.

– Avec plaisir, garde Lambert ! Justement, je venais vous chercher pour aller au chantier de Saint-Janvier. Quelqu'un s'est blessé un pied. Un coup de hache maladroit.

– Vous auriez dû me l'amener. Ça aurait été plus facile.

– Je ne pouvais pas. Je vais vous expliquer en route. Habillez-vous chaudement et apportez votre nécessaire pour la nuit, tout à coup qu'on ne pourrait pas revenir ce soir. L'hiver, on sait quand on part, mais jamais quand on revient.

Rosalie prit ses affaires et sa trousse et monta dans l'étrange véhicule. Il fallait se pencher pour aller s'asseoir, car le plafond était plutôt bas. Bergeron ferma la porte, s'installa derrière le volant, curieusement situé au centre, et le véhicule démarra dans un tourbillon de neige. Elle était ravie de l'expérience. Le long de la route, elle regarda défiler le paysage. C'était féerique. Les arbres recouverts de givre et de neige scintillaient sous le soleil de cette splendide journée d'hiver. Elle aperçut un orignal au passage et en fut émerveillée. L'entrepreneur s'amusait de la joie qu'elle manifestait. Ils arrivèrent finalement au camp de bûcherons numéro cinq, celui qu'on appelait le camp de Saint-Janvier. C'était là que Raoul Béland, le mari de son amie Madeleine, passait l'hiver.

Le camp n'avait rien d'un hôtel de luxe. Le dortoir des hommes était une longue cabane en bois faite d'un seul rang de planches calfeutrées avec de l'étoupe, sans isolation aucune. Les constructions étaient temporaires ; il fallait les déménager tous les trois ou quatre ans, c'est-à-dire dès que la forêt environnante avait été totalement coupée.

Les hommes dormaient dans des lits superposés et un feu brûlait en permanence dans une « truie » posée au centre de la pièce, c'est-à-dire un poêle rudimentaire fait d'un bidon de métal posé à l'horizontale sur quatre pattes et dont une extrémité avait été découpée de manière à y aménager une porte ; un autre trou sur le dessus auquel était assujetti un tuyau de tôle permettait l'évacuation de la fumée. À tour de rôle, les hommes dormaient près de cette truie et avaient la tâche de l'alimenter en bois au cours de la nuit. Les lits le plus près du poêle étaient assignés en fonction de l'ancienneté des travailleurs. Même si le soir les hommes n'enlevaient que leurs bottes et se glissaient tout habillés dans un sac de plumes ou de duvet, les derniers arrivés, qui devaient se contenter de dormir au fond de la pièce, ne pouvaient s'empêcher de grelotter une grande partie de la nuit. Souvent, quand le papier noir de la couverture était arraché par le vent, les hommes des lits supérieurs pouvaient compter les étoiles par les fentes. « De véritables glacières », disaient les bûcherons. Mais personne ne se plaignait, puisque c'était la même chose dans tous les chantiers.

Seule la *cookery*[1] était accueillante et bien chauffée. Philippe Bergeron se glorifiait de toujours trouver le meilleur cuisinier de la province pour chacun de ses chantiers. En entrant dans cette étrange cuisine, Rosalie fut accueillie par une bonne odeur de pain frais qui la fit saliver et lui ouvrit l'appétit. Mais, déjà, l'industriel l'entraînait au fond de la salle, vers un petit couloir sur lequel s'ouvraient trois portes de bois.

– Là, c'est mon bureau et, ici, ma chambre à coucher, dit-il en poussant la deuxième porte.

À l'intérieur, Rosalie aperçut un homme qu'elle ne connaissait pas, au début de la vingtaine, étendu sur le petit lit de bois. Très pâle, il avait le pied droit enveloppé dans un gros bandage de serviettes grises. L'entrepreneur ferma la porte derrière eux. Rosalie s'approcha du lit et se présenta.

– Je suis Rosalie Lambert, l'infirmière de Saint-Mathieu-du-Nord.

Le jeune homme lui fit un timide sourire. En lui prodiguant ses soins, elle lui demanda son nom pour le rapport qu'elle aurait à rédiger. Elle le vit regarder vers le patron du chantier et crut déceler dans ses yeux une sorte d'interrogation inquiète. Bergeron s'approcha d'elle et lui dit tout bas que ce garçon était son neveu.

– Garde Lambert, je vais vous demander une faveur. J'aimerais que vous ne parliez à personne de la présence de mon neveu ici. Pour les hommes du chantier, c'est un aide-cuisinier que j'ai engagé et tous l'appellent le boy sans rien demander de plus. Mais si son nom apparaît sur un rapport médical, on pourrait questionner sa présence en ces lieux.

– Pourquoi ces mystères ? demanda Rosalie. Vous n'êtes pas recherché par la police, au moins ?

– Ne vous inquiétez pas, mademoiselle Rosalie. Je ne veux simplement pas que la présence de mon neveu sur ce chantier soit connue du gouvernement. Ma sœur est très inquiète ; elle a peur que

1. Cuisine.

la conscription soit votée comme lors de la Première Guerre mondiale et que son fils unique soit obligé de partir outre-mer. Vous saviez que Mackenzie King a décidé de tenir un plébiscite demandant aux Canadiens de libérer le gouvernement de sa promesse de ne pas avoir recours à la conscription ?

– Non, répondit Rosalie. Je dois avouer que je n'ai guère le temps de lire les journaux.

– C'est pour ça que je le cache ici. Ma sœur a vu son mari forcé de s'enrôler lors de la conscription de 1917. Il est parti en février 1918 pour l'autre bord et nous ne l'avons jamais revu. Il repose aujourd'hui en terre étrangère, lui qui n'avait jamais quitté son village de Saint-Hyacinthe. Faut la comprendre : elle ne veut pas que la même chose arrive à son fils. Il avait juste un an quand son père est parti. J'ai promis de l'aider.

Rosalie lut une profonde inquiétude dans le regard des deux hommes. Elle n'avait pas à juger qui que ce soit et sa décision fut prise en un instant.

– Disons que je suis venue ici pour inspecter vos chantiers. Comme vous ne m'avez pas dit le nom de ce jeune homme, je ne pourrai donc pas l'inscrire sur un rapport quelconque.

L'entrepreneur lui sourit, complètement rassuré.

– J'ai su tout de suite, à bord du train, que vous étiez une personne de décision. Sans cela, une toute jeune fille comme vous ne serait pas ici à soigner des gens dans le fin fond de l'Abitibi.

Il était cinq heures de l'après-midi quand ils furent prêts à repartir vers le village de Saint-Mathieu-du-Nord. La nuit était déjà tombée, mais, comme il faisait un beau clair de lune, Philippe Bergeron n'éprouvait aucune crainte à reprendre la route. Au moment où elle allait se glisser à l'intérieur du véhicule, elle entendit quelqu'un l'appeler.

– Bonjour, Rosalie. Quel plaisir de vous voir ici !

Rosalie se retourna, surprise d'être interpellée par son prénom sur ce chantier. Elle ne reconnut pas l'homme qui se tenait devant elle. La barbe longue et parsemée de glaçons, une tuque enfoncée jusqu'aux oreilles, il se frappait les mains l'une contre l'autre et lui souriait.

– Comment va ma femme ? Est-ce qu'elle a accouché ?

Rosalie éclata de rire. C'était Raoul Béland, le mari de son amie Madeleine. Cet homme, qu'elle trouvait particulièrement beau, lui paraissait tout à coup un homme des cavernes. C'était un vrai bûcheron, en fait, pour qui l'apparence était devenue bien secondaire. Elle fut ravie de le retrouver là et de lui donner des nouvelles de sa femme, qui n'avait toujours pas accouché en ce 14 décembre, mais dont le bébé était attendu d'un jour à l'autre. Elle vit de la tristesse dans les yeux de l'homme. La vie des colons en Abitibi était difficile. Après avoir travaillé sur leur ferme tout l'été, les hommes partaient après l'Action de grâces avec leurs chevaux pour se rendre dans les chantiers. Certains avaient la chance d'habiter assez près pour revenir dans leur famille à Noël, mais la majorité d'entre eux restaient sur place. Pour éviter qu'ils aient envie de déserter avant la fin de leur période de travail, on ne leur remettait leur salaire qu'à la fin de l'hiver.

– Dis bien à Madeleine que je serai là la veille de Noël, lui dit Raoul, un trémolo dans la voix.

– Ne t'inquiète pas, Raoul, je vais faire ta commission. Madeleine va être heureuse d'avoir de tes nouvelles.

– Elle va bien, au moins ?

– Oui. Tout se présente bien pour l'accouchement. Sa tension artérielle s'est stabilisée. Ça m'inspire confiance. Mais elle t'attend, tu sais ?

L'homme lui sourit en agitant la main en signe d'au revoir.

Rosalie rentra à son dispensaire vers neuf heures du soir. Il faisait chaud dans la cuisine de sa maison. Bien enroulée dans plusieurs couvertures de laine, Héloïse-Marie dormait par terre devant le poêle. Rosalie remit quelques bûches au feu et se blottit près de son amie.

Elle fut réveillée le lendemain matin par Adrien Robidoux. Le curé lui demandait de passer à son presbytère le plus vite possible au cours de la journée. Comme elle n'avait pas de consultations ce matin-là, elle se rendit chez le curé tout de suite après le déjeuner.

L'abbé Aubert la fit entrer et passer à son bureau. Autant de solennité lui causa un léger malaise.

– J'ai su que vous étiez allée aux chantiers avec monsieur Bergeron hier.

Comme elle se méfiait des intentions du prêtre et qu'elle gardait à l'esprit le neveu caché au chantier de Saint-Janvier, elle s'empressa de répondre :

– Oui, effectivement. C'était une visite prévue depuis l'automne, qu'avait souhaitée monsieur Bergeron. Il voulait que je vérifie les mesures d'hygiène, la trousse de premiers soins et aussi la salubrité de la *cookery*. J'en ai profité pour laisser des sirops pour la grippe, de l'aspirine et des choses du genre.

– Je sais, garde, que vous êtes allée là de bonne foi, mais un chantier n'est vraiment pas la place d'une jeune fille seule.

– Mais je n'étais pas seule ! Monsieur Bergeron était avec moi et il y a au moins une cinquantaine d'hommes sur ce chantier.

– Justement. Seulement des hommes. Vous auriez dû me demander de vous accompagner. Avez-vous songé à toutes les mauvaises pensées que la présence d'une jeune fille peut susciter dans l'esprit de ces hommes qui n'ont pas vu de femme depuis l'automne ?

Rosalie éclata de rire.

– Mais vous êtes un homme aussi.

L'air déjà sévère depuis le début de la conversation, le curé à présent fulminait.

– Je suis un homme de Dieu, dit-il entre ses dents.

– Et moi une infirmière, répondit Rosalie en haussant légèrement le ton, choquée par les insinuations du curé.

– Le fait d'être infirmière ne vous met pas à l'abri des mauvaises pensées. Les vôtres et celles que vous provoquez chez les hommes.

– Comment croyez-vous que j'aurais pu provoquer de mauvaises pensées chez quelqu'un ? Avec toutes mes fourrures et mes chandails, je ressemblais à l'abominable homme des neiges. Il était même difficile avec tous ces vêtements de deviner si j'étais une femme ou un homme.

– Vous êtes de mauvaise foi, garde Lambert. Par sa seule présence, une femme peut être une cause de péché, surtout dans un chantier où les hommes n'en ont pas vu depuis des semaines. Une femme doit prendre toutes les précautions pour ne pas provoquer les hommes. Je ne veux plus que vous montiez dans les camps de bûcherons sans moi.

Rosalie était en furie. Elle retenait de toute la force de son caractère une réplique cinglante qu'elle aurait bien aimé lancer au visage de ce curé arrogant. Les mauvaises pensées étaient dans sa tête à lui ! Pour couronner le tout et la pousser vraiment à bout, il ajouta le plus sérieusement du monde :

– Si vous voulez vous confesser, je suis à votre disposition.

Rosalie bondit de son siège et regarda l'homme d'Église avec des éclairs dans les yeux. Elle tourna les talons et sortit de la pièce en claquant la porte derrière elle. Elle maudissait silencieusement cette stupide habitude des curés, et particulièrement de celui-ci, de voir ainsi des sources de péchés dans chaque femme. À croire que tous les hommes étaient des saints dont il fallait préserver l'innocence ! Heureusement, elle n'eut pas le temps de tempêter trop longtemps, car une carriole l'attendait devant son dispensaire. C'était Armand Robidoux. Elle le vit de loin sortir en courant.

– Dépêchez-vous, Rosalie, Delphine va accoucher.

Derrière son frère Armand, Héloïse-Marie lui tendait sa trousse d'infirmière. Rosalie oublia le curé et ses remontrances pour la remercier de son efficacité.

– Je me demande bien ce que je ferais sans toi, Héloïse-Marie. Mais dépêche-toi de rentrer, tu n'as même pas de manteau ! Tu vas geler.

La jeune fille eut un grand sourire en se redressant, toute fière du compliment. Devant son frère, une si gentille remarque de la part de Rosalie était encore davantage appréciée. Le jeune homme lui adressa une mimique de complicité pour lui signifier son plaisir de la voir si compétente auprès de l'infirmière de la paroisse.

* * *

Raoul Béland revint des chantiers avant l'aube du 24 décembre. Avec son autoneige, Philippe Bergeron était allé chercher les hommes qui pouvaient passer Noël dans leur famille et les déposait à leur porte un à un. Mais avant qu'ils ne montent à bord de son précieux véhicule, il avait exigé que tous fassent d'abord leur toilette. Les camps de bûcherons étaient toujours situés près d'un lac et les ouvriers y entretenaient un trou tout l'hiver pour y puiser l'eau nécessaire à la cuisine. On désignait en effectuant une rotation ceux qui, le soir, après leur travail, devaient aller puiser l'eau qu'ils rapportaient dans des barils fixés à des traîneaux. Cette corvée était impérative et ceux qui auraient eu l'idée de se défiler auraient privé tout le camp de repas et encouru la colère générale.

Ce jour-là, au camp numéro cinq, les privilégiés qui retourneraient chez eux avaient donc dû aller s'approvisionner en eau pour leur toilette personnelle. Ils avaient aussi changé de vêtements avant de s'entasser dans l'autoneige du patron, emportant avec eux un baluchon grossièrement roulé de linge sale que leur femme laverait.

Raoul entra chez lui sur la pointe des pieds et, sans faire de bruit, se glissa dans la chambre pour surprendre sa femme endormie et faire la connaissance de son nouveau bébé qui devait déjà être là depuis une bonne semaine au moins. L'homme se glissa entre les draps et, en embrassant sa femme sur la nuque, il posa la main droite sur sa hanche et rencontra le ventre toujours énorme de son épouse.

– Je t'ai attendu. Je te l'avais promis, murmura Madeleine en se retournant vers son mari, heureuse de le revoir et de le serrer contre son cœur.

Elle sentit au même moment un liquide chaud couler entre ses cuisses, et Raoul s'en rendit compte lui aussi. Tous les deux éclatèrent de rire.

– Je ne peux rien faire sans toi, mon Raoul chéri !

Madeleine se glissa, toute chaude, contre le corps de son mari.

– Il faut que tu me promettes de ne jamais me quitter. Il faut aussi que tu me promettes d'arrêter de faire la drave. Ce n'est sans doute pas le moment d'en parler, mais quand tu montes au chantier je suis toujours certaine de te revoir. En revanche, quand la drave commence, au printemps, je ne vis plus jusqu'à ce que ce soit fini.

En retenant une grimace de douleur, elle ajouta :

– Pour le moment, je vais avoir besoin de Rosalie. La veille de Noël ! Il va falloir que je fasse vite ; je ne dois pas l'empêcher de diriger son chœur de chant à la messe de minuit. J'ai bien hâte que tu entendes cette messe de Noël qu'elle a préparée ! Et tous ces cantiques ! C'est de toute beauté !

Raoul se leva en vitesse et se prépara à partir chercher l'infirmière. Il aperçut son fils Donat debout dans l'embrasure de la porte et il lui tendit les bras. Frémissant de joie, le petit garçon lui sauta au cou et l'embrassa avec effusion. Raoul le remit par terre.

– Tu veux bien prendre soin de maman le temps que papa aille chercher Rosalie ? On va avoir un petit frère ou une petite sœur aujourd'hui.

– Un bébé qui va venir au monde à Noël ? Comme le petit Jésus ?

Raoul fit un clin d'œil à son fils. Il le trouvait vraiment intelligent, ce petit bout d'homme.

– Exactement. Comme le petit Jésus.

Rosalie arriva à la maison des Béland vers neuf heures du matin. Pendant l'absence de son mari et entre ses contractions, Madeleine avait réussi à préparer une soupe aux légumes pour sa maisonnée. Rosalie la gronda.

– Va vite te mettre au lit. Je ne veux pas que tu te fatigues.

L'accouchement de Madeleine était le premier qui lui causait une certaine inquiétude. La femme de vingt-sept ans était particulièrement grosse et ses jambes étaient très enflées, ce qui ne présageait rien de bon. Sa tension artérielle avait recommencé à se tenir beaucoup trop haut. Elle redoutait une crise d'éclampsie et, avec le peu de moyens dont elle disposait, le risque d'une telle complication pour la maman était bien réel.

– Ne t'inquiète pas, Rosalie, je vais faire ça comme une grande fille. Et je vais essayer de me dépêcher. Il ne faut surtout pas que tu manques ta messe de minuit. Toute la paroisse serait fâchée contre moi. Les gens ont tellement hâte à cette première messe de Noël dans le village ! Surtout que ce sera une belle messe avec un chœur de chant. Ils ne parlent plus que de ça depuis des semaines au bureau de poste et ailleurs. Nous sommes bien chanceux de t'avoir avec nous.

Mais l'accouchement fut très long et Rosalie dut se dépenser sans compter auprès de son amie. Raoul entretenait le feu dans le poêle de la cuisine et s'occupait des enfants. Rosalie surveillait attentivement la respiration de Madeleine, de crainte que l'œdème ne gagne ses poumons et ne l'étouffe. Mais la jeune femme semblait résister et, par bonheur, sa tension artérielle n'augmentait pas de façon inquiétante. Tout à coup, elle poussa un grand cri qui fit accourir son mari. Il arriva juste à temps pour voir le bébé, une fille, quitter le ventre de sa maman. La petite Nicole poussa son premier cri en même temps qu'une tempête de neige se levait à l'extérieur. Le bruit du vent sifflant à la fenêtre vint se mêler aux vagissements du nouveau bébé. Des deux femmes, Rosalie semblait la plus fatiguée.

– Tu as encore le temps de te rendre à l'église, lui dit Madeleine en riant.

Mais l'infirmière était inquiète. Malgré les légers massages qu'elle pratiquait à l'abdomen de la parturiente, le placenta n'apparaissait toujours pas et Madeleine saignait abondamment. Rosalie finit par suggérer à son amie de se lever et de faire quelques pas autour du lit. C'était risqué, puisque cela pouvait aggraver les saignements, mais elle ne voyait pas d'autre solution. Madeleine était épuisée. Elle fit un effort pour se lever. Aussitôt debout, elle sentit la masse placentaire se décoller. Rosalie se mit à pleurer de bonheur et de soulagement en recevant le placenta dans une serviette. Il était complet. Les saignements diminuèrent immédiatement. Elle pouvait respirer.

– Sèche tes larmes, Rosalie. Tout va bien, maintenant. Et Raoul va te conduire à l'église.

– Laisse-moi pleurer, Madeleine. Devant toi, je peux bien me permettre cette faiblesse, n'est-ce pas ?

Son amie lui fit un sourire compréhensif. Épuisée, Rosalie alla s'asseoir près de la fenêtre et regarda tourbillonner la neige. Elle entendait Madeleine et Raoul, entourés de leurs enfants, célébrer leur bonheur. Donat, le plus vieux, berçait sa petite sœur Angèle en lui parlant du nouveau bébé, une fille comme elle et qui lui ressemblait. Raoul tenait dans ses bras le petit Claude, qui ne semblait pas comprendre qu'à quinze mois il venait de perdre sa place de bébé dans les bras de sa maman. Il pleurait à tue-tête pour la retrouver. Rosalie se sentait soulagée et nostalgique tout à la fois. Elle venait d'aider cette femme, sa grande amie, aussi douce que la Vierge Marie, à mettre au monde son Enfant Jésus. Dans à peine deux heures, dans l'église illuminée, les gens de la paroisse célébreraient la naissance d'un autre enfant, né dans le dénuement, mais aussi dans la joie et l'espérance, comme c'était le cas chez les Béland.

Elle demanda à Raoul, qui était venu lui tendre un verre de lait et un biscuit comme si elle était le Père Noël, si la tempête allait empêcher la célébration de la messe de minuit. Il se mit à rire.

– Ce sera la première fois depuis l'ouverture de la paroisse, il y a douze ans, qu'une messe de minuit sera célébrée à Saint-Mathieu-du-Nord. Ne t'en fais pas, tout le monde sera là et je te dois bien de te conduire à l'église. Je vais préparer la cabane chauffée et je t'attendrai à ta porte le temps que tu te changes pour la messe. La tempête ne fait que commencer. Les routes sont encore praticables. Et surtout, merci pour ma belle petite fille.

Rosalie eut envie de dire qu'elle n'y était pas pour grand-chose, mais elle se contenta de serrer davantage son châle autour de ses épaules et commença à croquer le biscuit en jetant vers Madeleine un regard de tendresse. Blottie dans son lit, la maman tenait avec amour sa nouveau-née contre sa poitrine, un sourire aux lèvres.

Raoul s'adressa à son fils qui tournait autour de lui.

– Dis-moi, Donat, maintenant que tu es un grand garçon, est-ce que ça te dirait de venir à la messe de minuit avec Rosalie et papa ?

L'enfant sauta de joie en tapant des mains.

– Oh oui, papa. Je veux y aller.

Angèle et Claude s'étaient endormis au pied du lit de leur mère. Raoul les transporta dans leur chambre et dit à Donat d'aller s'habiller chaudement.

– Tu vas voir, c'est très froid, dehors, la nuit.

– Est-ce qu'on va voir passer le Père Noël ? demanda le petit garçon.

Les adultes éclatèrent de rire.

– On ne sait jamais, répondit Raoul. Il va falloir regarder vers le ciel.

Quelques minutes plus tard, Rosalie, Raoul et Donat étaient dans la cabane chauffée. C'était une sorte de petite maison sur patins de bois et de métal dans laquelle il y avait un poêle rudimentaire à l'avant. Deux ouvertures laissaient passer les guides du cheval et permettaient au conducteur de voir la route. Raoul avait bien emmitouflé ses passagers dans une couverture de laine, et le poêle dégageait déjà une chaleur bienfaisante. Des briques chaudes à ses pieds, Rosalie était détendue et rassurée, en compagnie de cet homme qui connaissait bien la route et les tempêtes de l'Abitibi. Elle appréciait la chaleur du garçonnet pressé contre elle et s'émerveillait de voir tant de bonheur dans ses grands yeux. Il en était muet de plaisir. Pour la première fois de sa vie, Rosalie sentit sa fibre maternelle lui transmettre un message d'amour.

Elle arriva à l'église une vingtaine de minutes avant le début de la messe. Les hommes étaient affairés à dételer les chevaux pour les mettre à l'abri dans l'écurie des Robidoux, juste en face du presbytère. À son arrivée, on la salua avec effusion.

– Nous avions tellement peur que vous ne soyez pas à temps pour la messe, mamzelle ! lui cria Roland Lamothe par-dessus les bourrasques qui prenaient de plus en plus de vigueur.

À minuit tapant, alors qu'on entendait le vent siffler aux fenêtres et le bois de l'église craquer, Vianney entonna le *Minuit, chrétiens*. En l'accompagnant à l'harmonium, Rosalie observait le jeune homme, dont les yeux demeuraient fixés sur la crèche. Il chantait de sa voix merveilleuse le plus beau des cantiques de Noël. Il était transfiguré et n'avait aucune conscience de la foule qui retenait son souffle, de crainte d'interrompre le miracle de son chant. Elle porta ensuite son regard vers le curé Aubert qui se tenait solennellement à côté de l'autel. Elle fut ravie du sourire à peine esquissé qu'il lui adressa en guise de remerciement pour la beauté grandiose de cette messe. Malgré sa dernière rencontre avec lui, elle appréciait ce jeune curé. Il ne fallait pas trop lui en vouloir pour sa sévérité. Il ne faisait que son devoir, appris et dicté par l'Église catholique dominatrice, qui maintenait son autorité par la peur et la soumission.

Après la deuxième messe, tandis que le curé Aubert s'apprêtait à chanter seul la messe de l'aurore, les paroissiens s'attardèrent dans le portique pour féliciter Rosalie. Les chants magnifiques qui avaient accompagné la cérémonie les avaient émus profondément et l'infirmière en retirait une grande fierté. Elle se considérait comme largement récompensée des efforts investis dans la mise sur pied de la chorale et se disait bien heureuse d'être une infirmière de colonie. Même si parfois elle était débordée par les soins à donner, ici, elle se sentait unique et valorisée. Elle n'était pas, comme dans tous les hôpitaux, une infirmière parmi les autres, un simple numéro. Elle était Rosalie Lambert, l'infirmière du dispensaire de Saint-Mathieu-du-Nord.

Comme la tempête faisait maintenant rage et qu'on ne voyait plus ni ciel ni terre, les paroissiens des rangs, incapables de rentrer chez eux, se rendirent chez les Robidoux. Les hommes et les garçons s'installèrent dans la grange où le père Ernest distribuait en riant son bon vieux vin Saint-Georges. De leur côté, les femmes, les filles et les enfants attendaient l'aurore dans le bureau de poste.

– Quand il fera jour, avait dit Lamothe, ce sera plus facile pour chacun de rentrer chez soi.

Raoul Béland avait voulu repartir malgré la tempête, mais les hommes l'avaient dissuadé de tenter l'aventure, surtout avec son petit garçon.

– Ta femme sera bien heureuse de vous revoir en vie demain matin et non perdus dans la tempête, lui avait dit Ernest Robidoux en l'entraînant vers la grange.

Rosalie ouvrit la porte qui séparait le bureau de poste des appartements privés, se rendit au salon, s'installa au piano et joua en sourdine tous les airs de Noël qu'elle connaissait. Elle pensait à son père, le vieux notaire, dans sa grande maison décorée pour Noël, et à sa tante Mathilde qui avait bien dû verser quelques larmes à cause de son absence. Rosalie fêtait son premier Noël en Abitibi. Elle était nostalgique, mais heureuse.

Elle regarda Donat, endormi sur le divan. Ce petit bonhomme abandonné dans le sommeil en cette nuit de Noël était l'image même de la confiance et de l'amour véritable. C'était précisément là ce qu'elle avait trouvé parmi ces gens simples et accueillants.

V

À la mi-avril, les glaces de la rivière commençaient à fondre et quelques billots glissaient déjà dans le courant. Rosalie s'émerveillait de voir passer ces billes de bois dans le couloir tumultueux au centre de la rivière. Rapidement, le courant d'eau s'élargit en raison de la fonte précoce de ce printemps-là et les billots par centaines se mirent à s'entrechoquer dans un vacarme assourdissant qui se mêlait au chant de la rivière débordante.

Des embâcles se formèrent à plusieurs endroits et Raoul Béland, le meilleur draveur de la scierie de Saint-Mathieu, revint précipitamment des chantiers avant que la tâche de dégager les billots ne devienne mission impossible. Le bois avait commencé à entrer à la scierie, qui s'était remise à fonctionner à plein régime.

Tous les jours, Rosalie passait par là en revenant de ses tournées. Elle se risquait parfois à donner un conseil de sécurité à un travailleur, mais toujours sans s'imposer. Elle aimait aussi faire un brin de causette avec Philippe Bergeron. C'était un homme très imposant, sévère avec ses employés. En revanche, en société, et particulièrement avec elle depuis leur visite au camp de bûcherons, il était d'une grande courtoisie. Il lui avait révélé que son neveu passerait l'été dans un chalet au bout de sa terre. Les rumeurs de conscription se précisaient et sa sœur ne voulait surtout pas exposer son fils à un éventuel recrutement.

Un après-midi de la fin d'avril, en revenant d'une visite à Delphine Robidoux, Rosalie s'arrêta saluer Madeleine. Avec les enfants, elles décidèrent d'aller faire une promenade. Rosalie hissa un Donat ravi sur la selle de Prince Arthur et prit le cheval par la bride pour l'entraîner à leur suite. Ils longèrent la rivière pour observer le travail des draveurs. Un long pic entre les mains, les hommes sautaient d'une bille de bois à l'autre pour remettre les billots récalcitrants face au courant et éviter ainsi qu'ils ne s'entremêlent et forment un nouvel embâcle.

Un peu plus bas vers la scierie, les deux femmes aperçurent Raoul, torse nu, sous le froid soleil d'avril. Il avait noué sa chemise sur ses hanches, tant il avait chaud. Il se démenait pour séparer les billots entrelacés. Rosalie fut émerveillée de la force de cet homme. Dans le soleil orangé de cette fin de journée, il était beau. Il gonflait ses muscles pour pousser les billes de bois et pour se maintenir debout sur le plancher toujours mouvant des billots qui descendaient la rivière. Madeleine ne le regardait pas. Comme toujours, une peur incontrôlable lui nouait l'estomac. Heureux, le jeune Donat criait à son père.

– As-tu besoin d'aide, papa ? demandait-il, déjà prêt à sauter à son tour sur ce plancher mouvant.

– J'ai peur de l'eau, dit Madeleine à Rosalie. J'ai souvent un mauvais pressentiment. Je n'arrive pas à chasser les pensées qui tournent dans ma tête et qui parfois m'empêchent d'être heureuse et de profiter de la vie. Je sais que Raoul est habile et je sais surtout que jamais il ne ferait un geste qui mettrait sa vie en danger. Mais cette sorte de peur ne se maîtrise pas.

– Tu as raison, Madeleine, répliqua Rosalie en glissant son bras sous le coude de son amie. La peur, c'est un sentiment qui nous étreint tous à des degrés différents. Essaie de chasser tes vilaines pensées. Tu as une belle famille et un bon mari, que je t'envie, d'ailleurs. Ils sont rares, les hommes de sa trempe. Remercie le ciel de tous les cadeaux qu'il t'a faits et arrête de te torturer les méninges. C'est un ordre de ton infirmière.

Elles se mirent à rire de bon cœur. Puis Madeleine redevint très sérieuse et regarda Rosalie avec intensité.

– Rosalie, il y a quelque chose dont je veux te parler.

– Tu veux parler à l'amie ou à l'infirmière ?

– Un peu aux deux, bien sûr. Mais surtout à l'infirmière.

– Je t'écoute.

Madeleine hésita un instant.

– La semaine dernière, je suis allée me confesser.

– Et il y a quelque chose dont tu veux me parler. Tu es certaine que tu ne devrais pas en parler à notre curé ?

– Non, justement. C'est à cause de lui si je me sens aussi mal à l'aise. Je lui ai dit que Raoul et moi avions décidé d'attendre un peu avant d'avoir un autre enfant. Comme mon dernier accouchement a été très difficile, j'ai peur de me retrouver enceinte trop rapidement… J'ai peur d'en mourir et de laisser mes enfants seuls.

Rosalie resserra son étreinte sur le bras de son amie.

– Et il a été d'accord ?

– Non, pas du tout. Il m'a dit que c'était mon devoir de mettre des enfants au monde. Il a semblé insulté que je lui parle de retarder la famille. Il a même ajouté que la seule utilité des femmes est de mettre au monde les enfants des hommes et de les élever. Que c'est un devoir sacré et que Dieu ne peut m'accorder l'absolution de mes fautes si je refuse la famille.

– Il t'a refusé l'absolution ?

– Oui. Il m'a dit qu'il voulait d'abord parler à Raoul.

– Je n'arrive pas à croire ce que tu me dis ! C'est vraiment très dangereux pour toi d'avoir un autre enfant ! À Noël, quand tu as accouché de Nicole, j'ai eu vraiment peur que tu fasses une crise d'éclampsie. En outre, ton utérus est demeuré inerte un long moment avant l'expulsion du placenta. Tu as bien failli faire une hémorragie. Tu as été à deux cheveux d'y laisser ta vie.

– Je sais tout ça, Rosalie. Et j'ai très peur de mourir si j'ai un autre enfant. Mais j'ai peur de l'enfer aussi. Je ne sais vraiment pas quoi faire.

Rosalie se disait que la religion catholique ne pouvait pas exiger d'une femme de mettre au monde un enfant au péril de sa vie. Madeleine avait tout de même fait sa part avec quatre accouchements en six ans de vie commune avec Raoul !

Au même moment, le curé Aubert, qui revenait de faire sa visite aux malades, passa près d'eux. Après avoir salué Madeleine et toute sa marmaille, il invita Rosalie à faire route avec lui pour revenir au village. Elle attacha Prince Arthur à la carriole et s'assit sur la banquette à côté de l'homme d'Église. Chaque fois qu'ils en avaient la chance, ils profitaient de moments comme celui-là pour faire le point sur leurs services respectifs auprès des gens du village. Rosalie sentait bien que le curé essayait toujours d'imposer sa supériorité par des remarques ou des conseils sur son rôle d'infirmière, mais elle avait fini par s'y faire et n'y prêtait plus guère attention. Justement, cet après-midi-là, il semblait particulièrement contrarié.

– Garde Lambert, je trouve extrêmement déplacé que vous portiez un pantalon, comme aujourd'hui. Vous êtes une femme distinguée, dévouée et pleine de talents. Je pense que les hommes doivent voir ça comme une provocation de votre part, quand vous portez un vêtement qui leur est réservé.

– Vous n'allez quand même pas me dire que porter un pantalon est aguichant pour une femme ?

– Dans un sens, si, puisque ça attire le regard des hommes sur vous. Les jeunes filles de votre âge doivent être très prudentes afin de préserver leur vertu.

– Aussi bien dire que votre calèche est aguichante uniquement parce qu'elle est du genre féminin, répondit Rosalie en tentant à grand-peine de maîtriser un accès de fou rire.

Elle eut l'impression de voir un léger sourire au coin des lèvres du prêtre, mais elle n'en était pas certaine. Aussi, elle s'empressa d'ajouter :

– Disons que je vais faire un effort pour ne pas me vêtir ainsi trop souvent.

Le prêtre ne parut pas très rassuré et son regard demeura fermé. Mais Rosalie était préoccupée par autre chose et elle ne voulait surtout pas l'irriter. Elle tenait à lui parler de la santé de son amie et à essayer de le faire changer d'idée quant à l'obligation pour les femmes de faire un enfant chaque année. Aussi, elle prit une voix douce et amicale.

– Madeleine vient de me raconter que vous lui avez refusé l'absolution sous prétexte qu'elle ne veut pas avoir un autre enfant pour le moment.

Le prêtre la foudroya du regard. Ses yeux bleus s'étaient rétrécis pour ne devenir que deux fentes. Elle sentait bien qu'il avait envie d'exploser et de lui dire de se mêler de ses affaires. Mais il se contenta de demander en pesant chacun de ses mots :

– Et ce n'est pas ce qu'elle fait, en ce moment, empêcher la famille ?

– Vous savez aussi bien que moi que sa vie sera en danger si elle tombe enceinte dans la prochaine année. Comme je vous l'ai indiqué après Noël, elle courrait même à une mort certaine. Son utérus est épuisé et n'a plus de tonus.

– Garde Lambert, je n'ai pas besoin d'un cours d'anatomie, je connais très bien ce domaine ! Le devoir d'une femme est de mettre des enfants au monde et elle ne peut pas s'y soustraire sous prétexte qu'elle a peur de la mort.

– Et vous ne trouvez pas que cette femme a fait son devoir ? Quatre enfants en six ans de mariage ?

– Madeleine est une bonne catholique et je sais qu'elle ne va pas discuter la volonté de Dieu.

– Eh bien, justement ! Je ne crois pas que de mettre des enfants au monde chaque année soit la volonté de Dieu. Encore moins si une nouvelle grossesse met la vie d'une maman de quatre enfants en jeu.

– Je regrette, garde Lambert, mais ce n'est pas à vous de juger du bien ou du mal dans le domaine de la religion. Je suis là pour ça.

– Je vous l'accorde, monsieur le curé. Mais ici ce n'est plus le domaine de la religion, c'est celui de la médecine. Et je vais conseiller à Madeleine de ne pas avoir d'enfant, au moins pendant la prochaine année.

– Garde Lambert, je vous interdis de vous mêler de ça, sinon je devrai vous refuser l'absolution à vous aussi. Vous êtes une femme et vous devez être consciente qu'une épouse a le devoir de faire des enfants.

Il ajouta avec force :

– La discussion est close. Je ne veux plus parler avec vous de l'examen de conscience de mes paroissiennes.

Il y eut un long silence. Même les petits oiseaux semblèrent se taire, indignés. Lorsqu'il reprit la parole, le curé aborda un autre sujet, comme si ce dont ils venaient de parler était définitivement réglé.

– Je ne connais pas vos intentions au sujet de votre contrat avec le gouvernement, garde Lambert, mais je souhaite, et toute la paroisse aussi, que vous le renouveliez pour une autre année. Et plus encore. Si vous vous plaisez parmi nous, bien sûr.

Rosalie eut envie de le narguer et de lui demander pourquoi il tenait à ce qu'elle reste à Saint-Mathieu, puisqu'elle était un si mauvais exemple pour les femmes de la paroisse avec son pantalon et ses conseils sur la limitation des naissances. Elle se contenta pourtant de lui sourire. Elle n'aimait pas la guerre. Surtout pas avec un prêtre. Mais elle était bien déterminée à s'en tenir à sa position en ce qui concernait Madeleine. Pour ce qui était de sa décision de rester à Saint-Mathieu-du-Nord, elle était prise depuis longtemps. Mais elle préférait attendre la fin de son actuel contrat d'un an pour en faire part au comité de la paroisse.

– J'espère que quelqu'un pourra prendre la relève à l'harmonium quand vous nous quitterez ! Ce serait dommage que la paroisse perde son chœur de chant. Vous savez, on en parle jusqu'à l'évêché et j'ajouterais même qu'on évoque notre messe de minuit avec une pointe d'envie.

Rosalie était bien consciente de l'appréciation de tous les gens de la paroisse, mais de savoir qu'on parlait d'elle jusqu'à l'évêché d'Amos la flatta particulièrement. Elle aimait bien se sentir importante. Elle avait un caractère de chef de file, et ce travail d'infirmière de colonie lui conférait l'autorité à laquelle elle aspirait. Et, comme la musique était sa passion, elle avait trouvé une manière bien agréable et surtout valorisante de mettre ses talents à profit.

Elle prit un court moment et réajusta son parka de laine rouge. Puis elle releva le col de fourrure afin de se protéger de la brise d'avril un peu fraîche.

– Je pense qu'Héloïse-Marie a beaucoup de talent pour la musique. Elle refuse toujours de jouer à l'église parce que l'harmonium lui fait un peu peur, mais elle accompagne souvent la maisonnée quand nous chantons le soir après le souper, chez elle. Au début, elle était craintive et n'osait pas toucher le piano. Mais depuis que je lui ai donné quelques notions de musique, elle m'épate par son talent. Un talent naturel et une oreille vraiment étonnante. Un héritage de sa grand-mère maternelle, sans doute. D'ici quelque temps, je vais lui demander de me remplacer de temps à autre à l'harmonium de l'église. Je lui enseigne déjà les rudiments de cet instrument.

– Peut-être, reprit le curé, mais une aussi jolie fille aura bientôt un prétendant et je ne crois pas que ce soit quelqu'un d'ici. Elle est beaucoup trop raffinée pour les colons ou les bûcherons de Saint-Mathieu. Augustine veille sur sa fille unique comme une louve sur son louveteau et c'est très bien ainsi. Il faut protéger les petits chaperons rouges des grands méchants loups.

Cette dernière remarque fit éclater Rosalie d'un grand rire communicatif, puisque aussitôt le prêtre se mit à rire à son tour.

– Je ne savais pas, monsieur le curé, que vous connaissiez les contes de Perrault.

– J'ai été un enfant, ne l'oubliez pas. Plus sérieusement, ajouta-t-il en baissant le ton, je suis un homme aussi et je sais reconnaître la qualité chez une femme.

Ses yeux bleus frangés de longs cils noirs s'étaient tournés vers le soleil couchant. Vivre seul n'était pas toujours facile. Rosalie le savait bien. Certains soirs, il lui arrivait de rêver de la tendresse chaude d'un homme dans son lit. Malgré son état, le curé ressentait certainement ce besoin lui aussi. Si certaines bonnes gens de la paroisse pensaient que le fait de revêtir la soutane faisait des curés de saints hommes à l'abri de toutes les tentations, Rosalie savait que la religion ne faisait pas taire toutes les pulsions naturelles.

Elle le regarda du coin de l'œil. Des mèches de ses cheveux noirs virevoltaient dans le vent. Il avait l'air d'un petit garçon et elle l'admirait, ce jeune curé, pour tous les renoncements que son sacerdoce lui imposait. Ce ne devait pas être facile, au milieu de la trentaine, de rester chaste. Surtout qu'à cet âge la sève de la jeunesse éclatait en lui dans toute sa plénitude. « Les curés sont des hommes », pensa-t-elle.

Bien sûr, aucune pensée concupiscente à son égard n'aurait pu l'effleurer. Pour elle, c'était un frère, un ami, un être sans sexe, comme l'étaient tous les hommes de Dieu pour la majorité des gens. Elle pensa que c'était peut-être la frustration engendrée par l'obligation de demeurer chaste le reste de sa vie qui lui faisait considérer les femmes uniquement comme reproductrices de la belle race canadienne-française catholique.

Une fois de retour dans son dispensaire, Rosalie s'apprêtait à ouvrir les fenêtres pour aérer un peu quand elle aperçut la carriole du curé qui revenait dans un nuage de poussière. Instinctivement, sentant qu'un drame était survenu, elle saisit sa trousse et sortit sur la galerie entourant sa maison.

– Montez vite ! dit le curé. Ma servante, Hortense, est inconsciente. Je l'ai trouvée étendue par terre en rentrant après vous avoir déposée.

En un bond, elle fut dans la carriole qui déjà reprenait à bride abattue le chemin inverse. Ils furent au presbytère en quelques minutes à peine. En y entrant, Rosalie fut étonnée de l'obscurité qui y régnait. Le prêtre lui indiqua sa chambre. Dans cette pièce, il faisait plus clair.

– Je l'ai couchée sur mon lit. Elle respirait péniblement et je n'avais pas la force de la monter à l'étage dans sa propre chambre.

Héloïse-Marie, du bureau de poste situé juste en face du presbytère, avait eu connaissance du remue-ménage et se tenait à présent dans l'embrasure de la porte. Après avoir examiné la vieille dame, Rosalie se tourna vers le prêtre :

– Je pense, monsieur le curé, qu'il faudrait lui administrer les derniers sacrements. Son cœur est très faible et les battements s'espacent de plus en plus.

Deux heures plus tard, Rosalie constatait le décès d'Hortense. En posant le drap sur son visage, Charles-Eugène Aubert paraissait très ému. Il se laissa tomber sur la chaise près d'elle en lui tenant toujours la main sous le drap.

– Je la connaissais depuis bien peu de temps, mais Hortense me traitait comme son fils. Au début, elle bougonnait toujours après moi, me disant que je laissais tout traîner, que j'avais été mal élevé ou que ma mère ne méritait pas une médaille pour mon éducation. Après que je lui eus raconté que j'avais perdu ma mère très jeune, elle s'est mise à me traiter avec douceur. Le soir, quand j'entrais dans ma chambre, je trouvais souvent un morceau de gâteau sur cette table près de mon lit, ou du sucre à la crème. J'ai très peu connu ma mère, mais j'ai toujours gardé le souvenir de sa tendresse, qui ressemblait à celle d'Hortense. Je lui disais souvent qu'elle était une maman pour moi. Ça la faisait sourire. Il lui est même arrivé une fois ou deux de m'ébouriffer les cheveux et de se sauver ensuite, toute gênée.

Héloïse-Marie regardait le curé avec des larmes dans les yeux. Elle n'avait pas souvent vu la mort en face et la peine de ce prêtre la touchait profondément. La grande fenêtre ouverte sur le soleil couchant jetait encore sur le lit de timides rayons de lumière. Ils semblaient caresser avec douceur le drap blanc qui recouvrait le corps de la vieille dame.

* * *

Quelques jours plus tard, Augustine Robidoux eut une surprise de taille. À la demande du curé, Héloïse-Marie et Rosalie faisaient le ménage de la chambre d'Hortense lorsque Rosalie découvrit au fond d'un tiroir une lettre adressée à la maîtresse de poste, qui était aussi la meilleure amie de la défunte. La missive disait seulement qu'elle et le curé Charles-Eugène Aubert devaient se présenter à Macamic chez le notaire Tremblay pour la lecture de son testament.

Les gens d'origine modeste comme Hortense laissaient habituellement si peu de chose à leur décès que cette nouvelle de la présence d'un testament, ébruitée par Héloïse-Marie au grand dam de sa mère, fit bien vite le tour de la paroisse. Comme la vieille dame n'avait jamais parlé d'elle-même et qu'en plus elle avait un accent étranger, on se mit à dire que c'était peut-être une princesse russe venue se réfugier au Canada après la révolution. À cette époque, certains Polonais, les *Polock*, comme les appelaient les gens de la région, et quelques Russes achetaient des terres dans ces paroisses éloignées de l'Abitibi et vivaient un peu en retrait de la société.

L'étude du notaire était une pièce sombre qui sentait l'encre et le papier. Une poussière fine voletait doucement dans les quelques rayons de lumière qui réussissaient à s'infiltrer à travers les trous de la toile, baissée en permanence comme pour cacher les secrets des gens qui venaient là pour dicter à voix basse leurs dernières volontés.

Derrière son bureau de bois foncé, le notaire Tremblay dépliait avec soin quelques bouts de papier et les replaçait les uns par-dessus les autres avec le sérieux d'un pape rédigeant une encyclique. De temps à autre, ses yeux s'attardaient sur les deux personnes assises en face de lui, puis il retournait à ses papiers. Ce ne fut qu'après un long moment, une fois les documents bien rangés devant lui, qu'il s'adressa à ses visiteurs.

– Madame Hortense de La Chevrotière, dit-il de sa voix lente et à peine audible, a hérité il y a quelques années d'un pécule laissé par son père. Elle était fille unique. Elle avait quitté la paroisse de Deschambault, à ce qu'elle m'a dit, pour échapper au despotisme de son père qui, après la mort de sa mère, une femme d'origine russe, la traitait comme la dernière des servantes. Elle ne s'est jamais mariée. À ma connaissance, elle a toujours travaillé comme servante dans les presbytères. Il est vrai qu'elle a quitté la maison paternelle passé cinquante ans, pour rejoindre une cousine qui travaillait dans un évêché. C'est ainsi qu'elle a fait la connaissance de l'évêque d'Amos, qui lui a demandé de s'occuper de votre église et de votre presbytère, monsieur le curé, à Saint-Mathieu-du-Nord.

Après avoir fourni ces quelques explications, le notaire fit la lecture du testament où il était spécifié que la servante laissait à Augustine Robidoux tous ses biens matériels, incluant les bijoux hérités de sa mère, de belles pièces venant directement de Russie, pour la remercier de son amitié sincère et surtout des agréables dimanches après-midi passés en sa compagnie. Au curé Aubert elle laissait son argent, soit la somme de vingt mille dollars. « Il a été le fils que j'aurais aimé avoir, avait-elle écrit, et je sais que dans sa bonté il fera profiter ses ouailles de ma générosité. »

Charles-Eugène fut renversé. Jamais il n'aurait pu imaginer qu'il recevrait un jour une telle somme d'argent. Sous le choc de cet héritage qui lui tombait du ciel de façon inattendue, il s'écria :

– Monsieur le notaire, c'est de toute une fortune, dont vous parlez ! Quand je pense qu'une infirmière comme garde Lambert gagne soixante dollars par mois pour le travail qu'elle accomplit dans la paroisse et moi à peine vingt... Je ne comprends pas pourquoi c'est moi qu'elle a choisi comme héritier. Il y a un an, je ne la connaissais même pas.

– Je pense, dit le notaire, qu'elle avait dans un premier temps légué cet argent à des œuvres de charité. Après Noël, au début de cette année, elle est venue à mon étude et m'a dit qu'elle avait enfin trouvé une famille et que c'était à elle qu'elle voulait léguer ses biens. Elle a dit être certaine que cet argent, qu'elle n'avait jamais voulu ni utilisé, pourrait profiter à la communauté par l'intermédiaire de la personne qu'elle avait choisie comme héritier. Vous savez, quand on vit seul, il est parfois difficile de choisir à qui laisser ses biens. Souvent, c'est le cœur qui choisit pour vous.

Debout près de la fenêtre, le prêtre semblait regarder vers un horizon imaginaire à travers le tissu de la toile baissée.

– J'aimerais pour le moment que vous placiez cet argent pour moi, notaire. Je déciderai un autre jour de ce que je pourrais bien faire avec.

Il se tourna vers Augustine.

– Et à vous, madame, je demanderais de garder le secret. Je ne veux pas faire jaser dans le village.

La femme s'approcha de lui et mit la main droite sur son épaule.

– Je vous promets, monsieur le curé, que je ne parlerai jamais de ce qui s'est dit ici aujourd'hui. Je suis une personne assermentée et j'ai l'habitude de la discrétion.

Charles-Eugène Aubert était pensif. Il avait l'obligation d'aviser son évêque de cet héritage, puisqu'il avait fait vœu d'obéissance à l'Église. Il devait aussi se détacher des biens matériels. Pourtant, il ne se sentait pas obligé de dévoiler tout de suite sa bonne fortune. Son évêque se chargerait de distribuer l'argent aux pauvres, mais il s'interrogeait. Il n'était pas certain que l'évêché n'en garderait pas une bonne partie pour lui-même et pour ses propres œuvres. Et voilà que, tout à coup, l'argent le faisait douter du désintéressement de son supérieur. En outre, pour une raison qu'il ne s'expliquait pas encore, il se sentait léger, heureux de sa richesse soudaine, sûrement parce qu'il n'avait jamais rien possédé.

Il pouvait faire confiance à Augustine : jamais elle ne parlerait. Ses fonctions de maîtresse de poste garantissaient sa discrétion.

En rentrant au presbytère cette nuit-là, le curé se sentait particulièrement joyeux. Il avait envie de danser, de fêter l'événement, en se demandant comment l'argent pouvait lui faire le cœur aussi léger. Il s'offrit même quelques verres de vin de messe. C'était à peine croyable que sa servante lui ait laissé en héritage une telle fortune, alors qu'elle le connaissait depuis à peine un an. Il était vrai, comme l'avait spécifié le notaire de Macamic, que la vieille dame pensait qu'il allait en faire profiter toute la communauté. Mais ce soir il avait bien l'intention de garder cette richesse pour lui. Reconnaissant, il leva son verre à la mémoire d'Hortense de La Chevrotière, qu'il avait si peu connue, finalement.

Avant de sombrer dans le sommeil, un peu étourdi par les vapeurs de l'alcool, il se surprit à se demander si, en supposant qu'il ait été riche, il aurait choisi la prêtrise. Comme il était issu d'une famille très pauvre et qu'il était devenu orphelin dès sa plus tendre enfance, ses études avaient été payées par le curé de sa paroisse et jamais il n'avait remis en question la vocation choisie pour lui par un vieux prêtre de campagne. Il avait bien senti quelquefois l'appel de la chair et s'en était confessé. Dans ce séminaire où, sans famille pour l'accueillir, il demeurait même durant les grandes vacances, jamais il n'avait côtoyé de jeunes filles. À vingt-six ans, il était prêtre. Cette nuit, à trente-trois ans, il ressentait le profond regret de n'avoir jamais connu la chaleur d'une femme entre ses bras.

* * *

Rosalie revenait d'un accouchement, très tôt le matin. Gisèle, la bru de Roland Lamothe, avait accouché d'un premier enfant. Une brume légère flottait sur la terre encore gelée par endroits, même si juin avait pointé son nez depuis déjà près de deux semaines. Ce serait bientôt l'été. L'air sentait bon dans le sentier menant au village. Elle humait les odeurs de sapin et d'abattis de la veille. Elle s'arrêta près d'un ruisseau, descendit de sa monture et demeura pensive un long moment, pendant que le cheval piaffait d'impatience, prêt à reprendre la route. Elle était heureuse. L'accouchement s'était bien passé. Le père du bébé, Henri Lamothe, n'avait cessé de la louanger et de la remercier, lui prenant les mains à maintes reprises pour les embrasser. Il lui avait aussi dit qu'il la considérait comme une sainte, ce qui l'avait bien fait rire. Ce matin, pourtant, elle se sentait bien humaine et elle eut tout à coup une folle envie de liberté et, pourquoi pas, de vivre dangereusement.

– Tu veux galoper ? demanda-t-elle au cheval. Moi aussi. On y va !

Elle sauta en selle, secoua les rênes et, enivrée par la vitesse, partit au grand galop dans le sentier étroit et raboteux. Le vent lui fouettait le visage, de même que quelques branches. Une chaleur réconfortante envahissait son corps. Elle volait littéralement sur le sentier. Elle se sentait comme une sorte de Jeanne d'Arc au siège d'Orléans ou une Lady Marianne dans la forêt de Sherwood.

Toute à la griserie de sa chevauchée, elle ne vit pas venir l'automobile sur la route perpendiculaire, au bout du sentier. Aussi surpris qu'elle, le cheval s'arrêta brusquement et se cabra. Rosalie échappa les rênes, s'éjecta des étriers et tomba sur le dos dans la gadoue. Elle roula dans le fossé où elle demeura étendue de tout son long dans les aiguilles de sapin. Au-dessus de sa tête, elle ne voyait que des branches d'arbres s'agiter doucement sur un fond de ciel bleu. Elle sentait aussi que ses fesses baignaient dans l'eau froide du ruisseau.

Elle entendit une automobile freiner et une portière claquer. Mais elle n'osait pas bouger de sa position précaire. Elle remuait doucement les bras et les jambes, essayant d'évaluer les dommages subis. Elle ne semblait pas avoir de blessure majeure. Dans un rayon de soleil, elle vit d'abord Prince Arthur qui tendait le museau pour s'assurer que son amie la cavalière n'allait pas trop mal. Puis elle aperçut contre l'encolure de la bête le visage inquiet d'un jeune homme totalement inconnu. Peut-être Robin des Bois ! Elle se mit à rire. Il en avait la beauté et la classe. Mais il n'était pas vêtu de vert. Quel dommage…

Surpris par ce rire inattendu, le jeune homme murmura d'une voix nouée par l'inquiétude :

– Comment allez-vous, mademoiselle ? Je suis tellement désolé ! Je ne vous ai jamais vue venir. Je ne roulais pas vite, pourtant, je vous assure. Pensez-vous être capable de vous relever ? Si vous ne le pouvez pas, ne bougez pas, je vais vous couvrir et aller chercher de l'aide… Non, c'est vrai. Je ne peux pas vous laisser là toute seule. Voulez-vous essayer de vous mettre debout ? Je vais vous aider.

Rosalie se sentait bien ridicule, ainsi couchée dans les branches de sapin, le postérieur dans l'eau, sur le bord de la route. Aussi, afin de ménager son orgueil, elle fit mine d'éprouver plus de difficulté qu'elle n'en avait réellement à se relever de sa fâcheuse position. Le jeune homme osait à peine la toucher pour l'aider à s'extirper du fossé, mais il semblait noter tous ses efforts et évaluer la nature de ses blessures.

– Vous êtes blessée au genou, constata-t-il en remarquant son pantalon déchiré et le filet de sang qui apparaissait au centre de l'accroc.

– Et j'ai une bosse derrière le crâne, ajouta Rosalie en se frottant la tête.

– Et quelques égratignures au front, ajouta le jeune homme en sortant son mouchoir et en épongeant délicatement le visage de Rosalie. Vous allez monter dans mon automobile et nous allons attacher votre cheval derrière. Je conduirai lentement pour qu'il puisse nous suivre. Je vous amène au dispensaire de Saint-Mathieu, tout près d'ici. Mon père m'a dit que la garde-malade est nouvelle et qu'elle est très compétente. Je veux être certain que tout ira bien pour vous.

Rosalie ne dit mot et le laissa faire. Elle s'appuya avec plaisir contre le bras offert en observant discrètement la beauté de ce profil masculin qui se découpait dans la luminosité éblouissante du matin.

L'homme était délicat et attentionné. Il avait mis sa main par-dessus la sienne, comme distraitement, et elle en sentait la chaleur. Elle marchait très lentement pour profiter au maximum de cet instant de grâce, oubliant même les douleurs à son genou et à sa tête. Elle monta dans la voiture et se laissa conduire jusqu'à son dispensaire avec l'air coquin de quelqu'un qui s'apprête à jouer un bon tour.

À cause du véhicule qu'elle connaissait bien, elle avait deviné que l'homme était l'un des fils du docteur Bernard. Il y avait si peu d'automobiles en Abitibi dans les années quarante qu'il était facile de les reconnaître. Lui, en revanche, jetait souvent un coup d'œil interrogateur vers elle en se demandant bien comment une aussi jeune femme pouvait se trouver seule sur la route en ce début de matinée, et en pantalon de surcroît. Jamais il n'avait vu sa sœur vêtue de la sorte. Sa mère n'aurait jamais autorisé un tel accoutrement.

Il s'arrêta devant le dispensaire et lui demanda poliment d'attendre qu'il aille chercher la garde. Rosalie s'apprêtait à lui révéler le quiproquo quand un bruit répété d'avertisseur les fit sursauter. Dans un tourbillon de poussière, Roland Lamothe venait de se stationner à côté de la voiture du docteur Bernard.

– Dépêchez-vous, garde ! cria-t-il. Il y a eu un accident près de la scierie.

Abasourdi, l'homme qui était venu à la rescousse de Rosalie la vit bondir hors de l'automobile, se précipiter vers le cheval attaché derrière, soulever une couverture, attraper une trousse de médecin et se précipiter vers le véhicule de Lamothe. Avant même qu'il ait pu articuler une parole, l'automobile avait fait demi-tour et fonçait à toute vitesse vers la scierie de Saint-Mathieu dans un nuage de poussière. Sans réfléchir, il détacha le cheval qu'il rattacha à un barreau de la galerie et il partit à leur suite. Il avait compris que la femme était en fait garde Lambert. Sa mère lui avait parlé de la jeune fille dévouée qui œuvrait avec bonté et douceur auprès des gens du village de Saint-Mathieu. Elle n'avait omis qu'une chose : elle ne lui avait pas dit à quel point elle était jolie.

Non loin de la scierie, en descendant de l'automobile, Rosalie aperçut une dizaine de personnes penchées vers la rivière.

« Quelqu'un est tombé à l'eau ! » lui cria une dame sur son passage.

À mesure qu'elle avançait vers la rive, les gens la reconnaissaient et lui ouvraient le passage.

– Raoul, murmura-t-elle, la voix éteinte. Mon Dieu, faites que ce ne soit pas lui.

Non, il était là. Ce fut lui qu'elle aperçut en premier dans la rivière. Il était immergé jusqu'à la taille. Il plongea dans l'eau encore très froide de ce mois de juin à la recherche de la personne que la rivière avait engloutie. D'autres hommes autour de lui plongeaient à leur tour. Une chaloupe mise à l'eau par un voisin glissait rapidement vers eux. Tout à coup, Rosalie entendit distinctement une voix crier :

– J'ai trouvé le garçon !

Déjà, la chaloupe glissait vers cet appel et un petit corps était hissé à bord. Rosalie se précipita près de la rive pour recevoir l'enfant qu'ils avaient extirpé des flots. Les hommes le déposèrent sur la grève et l'infirmière s'agenouilla près de lui. Tout de suite, elle reconnut Donat, le fils aîné de Raoul et de Madeleine. Il venait d'avoir six ans. Elle aperçut le fils du docteur Bernard dans la foule et lui fit signe de venir auprès d'elle. Elle lui indiqua comment donner la respiration artificielle pendant qu'elle procéderait aux manœuvres de réanimation. Dans la masse de visages épars, elle distingua celui de Raoul, penché vers eux. Il était livide. Elle l'entendit vaguement crier :

– Je vais chercher Madeleine !

Et, chancelant, il disparut dans la foule qui se refermait derrière lui, se dirigeant à nouveau vers la rivière.

Près d'une demi-heure plus tard, épuisée, Rosalie ne put que constater le décès du jeune garçon. Ce fut alors seulement qu'elle remarqua les hommes qui fouillaient toujours la rivière. Concentrée sur sa tâche, elle avait fait le vide autour d'elle et n'avait pas eu conscience des recherches qui se poursuivaient.

– Que se passe-t-il ? demanda-t-elle en s'adressant au fils du docteur Bernard, toujours agenouillé à ses côtés.

– Je pense qu'ils cherchent toujours la mère de l'enfant, dit-il en la regardant tristement.

D'un bond, Rosalie fut debout, courant vers la rive. Sans hésiter, elle entra à son tour dans l'eau tumultueuse. À peine avait-elle fait quelques pas qu'elle perdit pied. Elle tomba d'épuisement et faillit à son tour être emportée par le courant. Heureusement, le jeune Marc-Olivier Bernard, entré dans l'eau à sa suite, l'attrapa par les épaules alors qu'elle glissait vers le large. Il la prit dans ses bras et la déposa avec précaution sur la rive.

– Vous savez, garde Lambert, votre devoir ne vous en demande pas autant. Attendez que les hommes la trouvent. C'est après qu'ils auront besoin de vous.

Rosalie s'était assise sur la grève et pleurait sans bruit. Bien que la température matinale fût plutôt chaude, elle frissonnait dans ses vêtements trempés. Marc-Olivier posa son veston sur ses épaules et, en silence, il attendit avec elle l'issue des recherches. Ce ne fut qu'un peu avant midi que le corps de Madeleine fut retrouvé et amené sur la grève près de Rosalie. Raoul la serrait dans ses bras en pleurant. Ses cheveux mouillés se mêlaient à ceux de sa femme. Rosalie les regarda en silence sans oser les séparer. De toute façon, elle savait bien que son amie était morte. Elle ne voyait que ses mains qui pendaient inertes vers le sol. Plus jamais Raoul ne sentirait la chaleur de sa femme, qui riait de bonheur avec lui autant qu'elle pleurait sur leurs chagrins. L'homme éploré n'entendit pas sonner l'angélus dans le lointain. Il vit à peine le curé s'agenouiller près d'eux et bénir Madeleine en récitant les prières des derniers sacrements.

Pour les séparer, il fallut amener la petite Nicole auprès d'eux. Rosalie mit la main sur l'épaule du pauvre homme et lui murmura :

– Raoul, regardez, c'est votre fille.

Sortant de sa torpeur, il se tourna vers Rosalie et demanda, les yeux hagards :

– Et mon Donat ? Il est mort aussi ?

– Je suis désolée, murmura Rosalie des larmes plein les yeux.

Il abandonna la dépouille de son épouse entre les bras du curé qui la déposa sur le sol avec douceur. Marc-Olivier la recouvrit avec précaution d'une couverture trouvée dans l'auto de son père. Raoul se leva et prit Nicole dans ses bras. Il regarda fixement la rivière et de lourdes larmes coulèrent sans retenue sur ses joues. Il imaginait facilement Madeleine se promenant au bord de la rivière avec les enfants. Il voyait aussi Donat qui voulait faire comme son père. Il avait sans doute échappé à la surveillance de Madeleine et avait sauté sur un billot qui passait près de la rive. Raoul aurait aimé effacer la suite : son fils tombant dans les flots et sa femme chérie arrêtant le carrosse des bébés dans l'herbe haute en intimant à Angèle l'ordre de les surveiller. Il la voyait sauter à son tour sans l'ombre d'une hésitation dans la rivière tumultueuse à la rescousse de son fils aîné. Raoul ne pleurait plus, il avait trop mal. Angèle s'agrippait à une de ses jambes, tenant de l'autre main son frère Claude, un bébé d'à peine deux ans. Ils étaient tous silencieux comme des statues de bronze coulées dans le drame. Chaque personne présente sur cette berge, en ce milieu de journée, savait bien que jamais elle n'oublierait cette image de la douleur humaine, représentée par ce père et ses enfants rendus muets par la stupeur et l'incompréhension.

VI

Marc-Olivier Bernard n'arrivait pas à chasser de son esprit l'image de la jeune infirmière rencontrée à Saint-Mathieu deux semaines auparavant. Ils avaient à peine échangé quelques mots, emportés dans le tourbillon des événements dramatiques qu'ils avaient vécus. Il la revoyait toujours avec son pantalon déchiré, tenant la main de Madeleine sous la couverture, alors que des voisins la transportaient chez elle sur un brancard improvisé. Il aurait pu repartir pour Macamic et laisser tous ces inconnus à leur chagrin, mais la présence de cette fille l'en avait empêché. Au milieu de ces gens abasourdis par la douleur et l'absurdité de la mort, elle lui avait semblé un ange de douceur dont la seule présence suffisait à tremper le courage de ses concitoyens.

C'était elle qui avait commandé un brancard de fortune pour y déposer Madeleine. Raoul avait remis le bébé à Blanche Lacerte et pris son enfant décédé dans ses bras, et le triste cortège avait suivi en sens inverse la route qu'avait empruntée la famille le matin même.

Sans un mot, Marc-Olivier avait suivi le groupe à l'intérieur de la maison, dans une grande pièce très propre illuminée par le soleil de l'après-midi. Tout dans cette cuisine parlait de la jeune femme emportée dans la mort après avoir sauté dans la rivière pour secourir son fils. De jolis rideaux de dentelle blanche volaient au vent et l'air de la maison était imprégné de l'odeur d'un rôti oublié au four, qui avait donc cuit un peu trop. Sur le comptoir près de la pompe à eau, il y avait deux grosses miches de pain sans doute préparées le matin même, peut-être à l'instant où son irruption soudaine renversait Rosalie dans le fossé. C'était alors une Madeleine bien vivante, heureuse de cuisiner pour sa famille, qui s'affairait dans sa cuisine.

Le curé Aubert était aussi entré. Il tenait le mari par le bras et il le fit asseoir près de la fenêtre, dans la berceuse où la morte avait dû bien souvent serrer ses enfants contre elle en leur chantonnant des comptines. Le rideau de dentelle soufflé par le vent venait de temps à autre lui caresser la tête. De son côté, il tenait distraitement un petit garçon endormi sur ses genoux. Entendait-il, comme tous les gens présents, le curé Aubert lui parler d'une voix éteinte de la volonté de Dieu ?

– Les desseins de Dieu sont impénétrables. Mon cher Raoul, vous avez maintenant deux anges au ciel qui veilleront sur vous et sur les enfants qui vous restent.

Dans un coin, assise par terre, la petite Angèle oubliée là par les adultes pleurait en silence et répétait comme une litanie :

– Maman, je veux maman.

À un certain moment, l'enfant s'était levée et était venue vers Rosalie. Elle avait tiré sur son pantalon déchiré en suppliant :

– Rosalie, tu veux réveiller maman ?

Interrompu un court instant par la voix d'Angèle, le curé avait repris ses exhortations à accepter la volonté divine. C'était alors que l'infirmière avait éclaté en sanglots et crié sa détresse en prenant à partie le prêtre qui ne faisait finalement que son devoir. Néanmoins, Marc-Olivier avait lui aussi trouvé la litanie du curé impersonnelle et dénuée de tout sentiment. Il entendait encore Rosalie crier, des sanglots plein la voix.

– Parlons-en, de votre bon Dieu !

Charles-Eugène Aubert s'était tourné vers elle, le visage impénétrable.

– Il était où ce matin, votre sacré bon Dieu, quand Donat est tombé dans la rivière ? Il était où quand sa maman a sauté dans la mort avec lui ? Vous allez nous faire croire que c'est un Père ?

Vraiment ? J'en ai assez de cette comédie de religion qui nous oblige toujours à baisser la tête et à tout accepter sans dire un mot !

Roland Lamothe, qui allait sortir de la maison, était resté la main sur la poignée de la porte. Blanche Lacerte, la voisine d'en face, venue chercher Nicole, avait resserré son étreinte sur le bébé endormi. Tous les gens présents s'étaient immobilisés et avaient regardé avec étonnement la jeune fille qui avait osé exprimer tout haut leur désarroi. Ils semblaient attendre la réponse du curé qui, certainement, ne tarderait pas. Un profond malaise s'était glissé en chacun, un malaise bien connu de ces gens chez qui la religion étouffait toute rébellion. À la surprise générale, le curé avait baissé la tête et n'avait rien dit. Il avait fait quelques pas en direction de la porte, s'était retourné un court moment vers la jeune femme en pleurs qui l'abreuvait de reproches et avait ouvert la bouche comme pour énoncer quelque chose. Mais ses deux bras étaient retombés le long de son corps et il avait quitté la maison.

C'était le moment que, lui, Marc-Olivier Bernard, avait choisi pour se manifester. Il s'était approché de Rosalie, l'avait prise doucement par le bras et entraînée vers l'extérieur. L'infirmière s'était accrochée à lui. Ses vêtements étaient encore humides. Elle était chaude, aussi. Il n'avait pas osé poser sa main sur son front pour vérifier si elle était fiévreuse. Sans un mot, il l'avait installée auprès de lui dans l'auto, sur la banquette du passager. Elle s'était immédiatement recroquevillée en continuant à pleurer à petits coups, semblant ignorer sa présence à ses côtés. Il avait aimé son visage inondé de larmes et son regard vert tourné vers cette amie à jamais perdue. Il avait pensé en cet instant fugitif qu'il serait merveilleux d'être aimé de cette âme sensible. Dès leur arrivée au dispensaire, Rosalie était descendue de l'automobile en murmurant un vague merci. Il s'était empressé de l'accompagner jusqu'à sa porte, retardant ainsi le moment de prendre congé d'elle. Une jeune fille rousse était alors arrivée en courant et Rosalie s'était jetée dans ses bras. Elles étaient entrées toutes les deux dans le dispensaire et il était resté là, au milieu de la cour, attendant un sourire ou une parole qui n'étaient pas venus. Il n'osait bouger, comme si le drame auquel il venait d'assister l'avait vidé de toute énergie.

Plusieurs minutes plus tard, Rosalie était ressortie et était venue vers lui.

– Je suis désolée, monsieur Bernard, j'aurais dû vous remercier de m'avoir sauvé la vie, tantôt, quand j'ai sauté dans la rivière.

– Ce n'était que justice, vu que j'avais failli vous l'enlever quand mon automobile a effrayé votre cheval.

– C'est vrai, j'avais oublié ! ajouta-t-elle en baissant la tête vers son pantalon déchiré et trempé.

– Au revoir, garde Lambert, avait-il murmuré, ne sachant si elle lui en voulait ou non.

– Êtes-vous Jean-Marie ou Marc-Olivier ? demanda-t-elle.

– Marc-Olivier.

– L'avocat... Je préfère..., avait-elle conclu.

Sans un mot de plus, elle s'en était retournée. Elle avait péniblement monté les quelques marches, comme une vieille dame croulant sous le poids des chagrins accumulés. Et la porte de bois s'était refermée sur elle.

Quelques jours plus tard, il était retourné à vélo à Saint-Mathieu-du-Nord prendre des nouvelles de l'infirmière. Il avait frappé à sa porte, mais n'avait reçu aucune réponse. En repartant, fort déçu de n'avoir pas rencontré la jeune fille, il avait croisé la jolie rousse venue l'autre fois à la rencontre de son amie.

– Vous cherchez sans doute garde Lambert ? lui avait-elle demandé. Elle a pris le train après la mort de Madeleine ; elle est partie se reposer chez son père. Nous espérons tous qu'elle reviendra bientôt.

– Vous pensez qu'elle pourrait ne pas revenir ? s'était informé Marc-Olivier, tout à coup inquiet.

– Non, je suis certaine qu'elle reviendra. De toute façon, elle allait partir en vacances quelques semaines. Elle n'a fait que devancer son départ.

En revenant vers Macamic, Marc-Olivier Bernard avait senti naître en lui de bien agréables sentiments. Il éprouvait une sorte de peur indescriptible que Rosalie ne revienne pas. Il avait tant de choses à lui dire ! En fait, quand il y pensait sérieusement, il ne savait pas vraiment ce qu'il avait à lui dire, sauf qu'il la trouvait bien jolie et bien courageuse. Il la revoyait dans les aiguilles de sapin, tombée de son cheval, étourdie par le choc. Il se souvenait de la douceur de sa main quand il l'avait aidée à se relever de sa fâcheuse posture. Il sentait encore l'odeur de ses cheveux alors qu'il se penchait avec elle sur le corps inanimé du petit garçon tombé dans la rivière. Il la revoyait se jeter dans les flots pour sauver son amie Madeleine, puis repensait à sa colère contre le curé qui prêchait la soumission à la volonté de Dieu. En y réfléchissant bien, il constatait que c'était à ce moment qu'il en était tombé amoureux. Mais elle, l'avait-elle seulement remarqué ? Il pensait la revoir ce jour-là et lui demander de venir rouler à vélo avec lui. La journée était belle. La chaleur de juillet caressait sa peau et lui donnait le goût des lèvres de la jeune fille. Bien sûr, il n'aurait pas osé tout de suite un tel geste, mais il en ressentait le désir. Lui parler aurait suffi. Peut-être effleurer son épaule en marchant à ses côtés.

Marc-Olivier Bernard en était là de ses réflexions quand il arriva devant la maison de ses parents et qu'il aperçut sa mère en train de lire sur la grande galerie toute blanche entourant leur demeure. Elle se leva et vint vers lui. Comme si elle avait deviné les pensées de son fils, elle s'empressa de lui dire que son père venait de recevoir une lettre de garde Lambert. Elle serait de retour à Saint-Mathieu-du-Nord fin juillet. Elle avait même signé un contrat pour les deux prochaines années.

– Merci, maman, répondit-il en dissimulant bien mal sa joie à l'annonce de cette bonne nouvelle.

Catherine Bernard ne perdit rien de cette lumière qu'elle venait de voir s'allumer dans les yeux de son fils, ni du sourire presque imperceptible qui s'était dessiné sur ses lèvres. Avec toute la sensibilité de son cœur de femme, elle se souvenait avec nostalgie de ses premiers émois amoureux quand elle avait connu Léopold, son époux.

« Les premières caresses de l'amour sont si douces sur un cœur à peine sorti de l'adolescence ! » pensa-t-elle tout bas en adressant à son fils son plus tendre sourire.

VII

Il était sept heures trente du matin ce 18 juin 1942 et le notaire Azarie Lambert arpentait tranquillement le quai de la gare de Saint-Marc-des-Monts. Il attendait sa fille. Comme à chaque rendez-vous auquel il devait se présenter, il était en avance. Il pensait à Rosalie qui revenait vers lui. Quelque chose avait dû perturber sa vie, puisqu'elle avait décidé de devancer de deux semaines ses vacances, qui étaient initialement prévues pour le début de juillet. Il avait reçu un télégramme la veille :

Arrive demain. Stop. Un peu en avance. Stop. Ne t'inquiète pas. Stop. Un peu de fatigue. Stop. Je t'expliquerai. Stop. Bises. Stop. Rosalie.

Effectivement, il ne s'inquiétait pas. Il avait toujours suivi le fil de sa vie comme si elle avait été écrite dans un livre, comme si une ligne toute tracée l'avait toujours dirigé vers une autre page. Il avait étudié le droit notarial comme son père et son grand-père avant lui. Il avait secondé son père quelques années et, à sa mort, il avait repris son étude et continué d'inscrire avec soin, minutie et compétence l'histoire de ses concitoyens dans des livres noirs et poussiéreux.

Il aimait son travail. C'était même une sorte de sacerdoce, si bien que, à quarante ans, jamais une femme ne l'avait intéressé suffisamment pour qu'il lie son destin au sien. Après la mort de son père, il avait gardé sa mère et sa sœur Mathilde avec lui dans la grande maison de pierre où trois générations de notaires Lambert avaient usé le grand bureau de chêne. Les gens le respectaient et le saluaient à la sortie de la grand-messe. Il avait quelques amis très sélects, comme le curé Lepage, le docteur Saint-Pierre, médecin du village, et son épouse Sonia, avec qui il jouait au bridge deux ou trois fois par semaine. Il avait le sentiment que ses concitoyens l'aimaient bien, mais ils lui parlaient peu, comme si tous ces secrets dont il était dépositaire dressaient autour de lui une barrière infranchissable. Et il était très à l'aise avec cet aspect des choses. Il marchait droit et en silence. Il soulevait son chapeau devant les dames, mais sans prononcer une parole. Il demandait rarement aux hommes comment allaient les affaires, puisqu'il le savait, ayant enregistré tous les contrats, testaments, naissances et décès.

Sa mère était décédée à son tour et il était resté seul avec sa sœur Mathilde, sa cadette. Suivant le cours imperturbable des choses, le doyen de la paroisse, Éphrem Thibodeau, était mort lui aussi, à l'âge de quatre-vingt-dix-huit ans. Successivement, le vieil homme avait laissé tous ses avoirs à son fils, qui était mort avant lui, puis à son petit-fils, tué lors de la Grande Guerre, et finalement, à son unique arrière-petite-fille, Ludivine Thibodeau. Pour Azarie Lambert, tout ça n'était que routine. La jeune dame habitait Québec, à une centaine de kilomètres de Saint-Marc-des-Monts. Par courrier recommandé, il avait donc indiqué à la légataire universelle qu'elle devait se présenter à son office. Il lui avait bien spécifié de le prévenir de sa venue, de manière à ce qu'il s'assure d'être présent ce jour-là et qu'elle ne fasse pas le voyage pour rien. En fait, cette précision était pure politesse, puisqu'il ne quittait jamais son étude.

Ludivine Thibodeau était arrivée sans prévenir un dimanche après-midi. Elle avait sonné à la porte de son office comme si elle était attendue depuis toujours. Il ne répondait jamais à cette porte le dimanche. Mais devant l'insistance de la visiteuse à carillonner, il avait ouvert brusquement, une parole de refus toute prête sur les lèvres. La jeune femme avait éclaté d'un joli rire cristallin en énonçant pour seule justification ces paroles qu'il entendait encore après un quart de siècle :

– Ah ! Ça alors ! Vous ressemblez vraiment à un notaire !

– Vous trouvez ? s'était-il entendu répondre comme pour s'excuser de sa tenue noire et tellement stricte devant cette jolie femme vêtue de dentelle blanche.

Pour la première fois de sa vie, il s'était senti mal à l'aise dans ses vêtements guindés.

– J'aime bien les notaires, avait-elle ajouté d'un air espiègle. Vous sentez l'encre et le cuir et j'aime bien ces odeurs. Ça me rappelle mes années d'études. J'adorais l'école.

Il l'avait aimée dès cet instant. Elle devait faire partie de sa ligne de vie puisqu'un an plus tard il lui avait demandé de l'épouser. Il revoyait cette lointaine soirée d'été avec nostalgie. La très belle Ludivine accrochée à son bras, il avait marché sur le cap Lauzon, situé près du vieux presbytère de Deschambault, et tous deux s'étaient dirigés vers l'escalier qui menait à la rive du fleuve en contrebas. Le soleil couchant déployait ses teintes orangées et faisait scintiller de mille feux le majestueux Saint-Laurent qui coulait à leurs pieds. Une légère brume éthérée glissait à la surface des flots. Quelques grands oiseaux déployaient leurs ailes et s'envolaient vers un ciel rougeoyant. Imprégné de cette douceur de vivre, il avait dit simplement :

– Mademoiselle, vous feriez de moi l'homme le plus heureux de la terre si vous acceptiez de devenir ma femme.

Elle l'avait regardé avec tendresse. Dans ses grands yeux noisette où se miraient toutes les couleurs du ciel, il avait lu la réponse attendue. Elle avait avancé son visage vers lui et lui avait offert sa bouche frémissante. Pour la première fois de sa vie, à quarante ans, il avait posé ses lèvres sur celles d'une femme. La magie de l'amour avait allumé des millions d'étoiles dans son cœur. Il avait découvert auprès de cette pétillante jeune femme une joie de vivre qu'il n'avait même jamais imaginée.

Elle avait ouvert toutes grandes les fenêtres de sa vieille maison et, avec Mathilde qui l'aimait comme une sœur, elle s'était amusée à tout décorer autrement. Le grand escalier de chêne au centre de la maison avait retrouvé toute sa splendeur. Elle avait allumé un feu dans le foyer du salon et fait briller le lustre de cristal dans la grande salle à manger. Ils avaient reçu pour leur premier Noël ensemble le curé du village, le docteur Saint-Pierre et son épouse, ses copains de bridge. Il avait découvert, émerveillé, le plaisir de partager des moments de bonheur avec des amis.

Il aimait Ludivine et s'amusait de toutes ses joies. La nuit, elle se glissait entre ses bras, et son cœur de solitaire découvrait toute la tendresse du monde. Lorsqu'elle était devenue enceinte, pendant de longues heures ils avaient parlé de cet enfant, le fruit de leur amour. Elle était si belle avec son ventre rebondi et ses yeux pétillants de bonheur.

– Serre-moi fort, disait-elle souvent. Avec toi, mon amour de notaire, je me sens en sécurité et notre bébé aussi, j'en suis certaine. La vie m'a fait un merveilleux cadeau le jour où j'ai frappé à ta porte.

– Le plus chanceux, ce fut moi, Ludivine. Tu es un ange de tendresse et je n'avais jamais cru aux anges avant toi.

Il pensait encore aujourd'hui, sur ce quai de gare, à ces bien courts moments de bonheur. Des sanglots lui montèrent à la gorge. Il secoua la tête comme pour oublier, mais malgré lui quelques larmes débordèrent. Il y a de ces douleurs qui ne se cicatrisent jamais et qui laissent sur le cœur un poids bien lourd.

Elle était morte quelques jours après la naissance de son bébé. Elle avait eu juste le temps de serrer contre elle cette Rosalie toute fripée et de lui demander, à lui, de l'aimer comme il l'avait aimée, elle.

– Azarie, avait-elle murmuré, je sais que je dois partir. Je me sens si faible !

– Je vais te retenir, mon amour !

Et il l'avait serrée tendrement sur son cœur avec la douceur du désespoir.

– Promets-moi que tu prendras bien soin de notre Rosalie. Je vous aime tant, tous les deux !

Elle était partie dans ses dentelles blanches comme un lys coupé par un jardinier maladroit. Il avait refermé les fenêtres et baissé les toiles. Mathilde avait pris soin du bébé. Il l'avait bien regardée quelques fois, cette enfant vagissante, mais il ne se sentait pas la compétence pour la bercer sans la casser.

La petite avait grandi et pris l'habitude de venir se cacher dans son étude. Elle venait là pour les livres, dont elle ne se lassait pas. Cet amour commun pour la littérature et la poussière de son bureau les avait réunis. Au début, il avait commencé par lui lire des histoires dans des livres immenses qui la couvraient tout entière. Plus tard, toujours assise sur le même vieux divan au fond de la pièce, elle les avait lues elle-même.

Elle ressemblait à sa mère, avec ses lèvres pleines et ses cheveux bouclés. Elle avait cette même image du bonheur au fond des yeux. Comme il l'aimait, cette enfant, belle comme une fleur du printemps ! Combien de fois il aurait voulu la serrer dans ses bras ! Mais il se contentait de la regarder et de lui sourire. Il comprenait bien pourquoi elle était partie à la fin de ses études. Il ressemblait tellement à un notaire, comme l'avait fait remarquer Ludivine au premier instant de leur rencontre, et si peu à un père !

Mais Rosalie se sentait en sécurité dans leur maison. Si elle revenait aujourd'hui, un peu en avance sur son horaire, c'était certainement pour puiser de nouvelles forces dans le calme et la sérénité de son père. Il était heureux d'être ce phare, immobile et toujours allumé, dans les tempêtes imprévues qui pouvaient agiter l'océan de la vie de sa fille, devenue une grande personne trop vite à son goût. « C'est ma façon de l'aimer, ma chère Ludivine, notre enfant à qui tu as donné ta vie », pensa-t-il en plissant les yeux pour ne pas pleurer.

Dans sa vie, l'amour avait été une bien étrange chose. Il avait toujours été plus à l'aise avec ses gros volumes empoussiérés. Il avait rangé ses souvenirs d'un bonheur trop court bien précieusement dans un coin de son cœur et il évitait le plus souvent possible de les ramener à la surface. Pourtant, ce matin-là, ils étaient revenus lui rappeler cruellement à quel point sa femme lui manquait.

Le train entra en gare et Rosalie en descendit. Il aurait aimé courir vers elle, la prendre dans ses bras et l'embrasser avec effusion, comme il en ressentait le besoin dans son cœur. Il se contenta de lui faire la bise sur les deux joues, de prendre sa main toute froide et de la placer sous son bras pour la réchauffer. Ils n'avaient jamais eu de longues conversations ensemble, mais, appuyés l'un contre l'autre, ils sentaient une merveilleuse force les envahir.

Rosalie resta tout le mois de juillet dans la grande maison de Saint-Marc-des-Monts. Sa mélancolie des premiers jours fit vite place à un joyeux babillage. Mathilde et elle remplirent d'immenses bocaux de verre de fraises des champs. La maison embaumait et la vieille cuisinière de fonte au fond de la cuisine retrouvait les odeurs du bonheur.

– Tante Mathilde, tu devrais prendre le train et venir me rendre visite en Abitibi.

– Tu n'y penses pas ! Une vieille fille comme moi à bord d'un train, toute seule parmi ces hommes qui partent pour les colonies !

Rosalie riait en entourant la vieille dame de ses bras. Même si Mathilde se raidissait et l'invitait à cesser ses folies d'enfant, elle devinait l'amour que cette femme solitaire lui vouait inconditionnellement.

Depuis le coin de son étude, le notaire regardait sa fille retrouver sa joie de vivre sans poser de questions. Ce n'était pas nécessaire entre eux. Comme dans son enfance, elle se glissait souvent sur le vieux canapé de velours et il lui souriait. Il aurait bien aimé qu'elle se trouve un emploi à l'hôpital de la ville voisine et qu'elle reste avec lui dans cette grande maison. Mais il était conscient que sa fille avait des rêves et une vie bien à elle. Aussi, il ne dit rien et ne fit aucun geste pour la retenir auprès de lui. Il souhaitait seulement que sa présence et les quelques mots échangés lui redonnent sa joie de vivre.

Il vit son joli minois reprendre toutes ses couleurs et de nouveau il l'entendit rire aux éclats avec sa tante Mathilde. Elle venait parfois le chercher dans son étude et l'obligeait à faire avec elle de longues marches dans les rues de Saint-Marc-des-Monts. Ils allaient bras dessus, bras dessous, sans dire un mot, saluant au passage les gens du village, lui d'un coup de chapeau et elle de son plus charmant sourire. Pour eux, le bonheur, c'était cette présence de l'être cher qu'ils étaient l'un pour l'autre. Quelquefois, elle levait la tête vers lui et lui souriait avec un air complice. Pour ces courts moments d'une joie incommensurable, le vieux notaire remerciait le ciel et sa belle Ludivine.

Un dimanche soir de la fin de juillet, il invita son ami, le curé Lepage, à venir partager leur souper dominical. Sa fille aimait le vieil homme d'Église qui avait été son meilleur conseiller tout au long de son enfance et de son adolescence. Aussi, il fut ravi en les voyant tous deux s'éloigner dans le jardin et causer affectueusement comme autrefois.

Rosalie était heureuse de ce moment de tranquillité avec le prêtre. Elle avait confiance en son jugement ; il avait toujours été de bon conseil avec elle. Elle se hasarda à lui faire part de ses interrogations sur la façon dont elle orientait les femmes qui venaient la consulter, comme l'avait fait Madeleine quelques mois plus tôt.

– Je n'arrive pas à obliger les femmes à faire des enfants au risque de leur propre vie, et ce même si le curé de la paroisse leur interdit formellement d'empêcher ou de retarder les grossesses.

Le curé Lepage la considéra un long moment avec tendresse et affection.

– Tu ne dois te souvenir que d'une chose, ma fille. Quand il est venu sur la terre, le Seigneur ne nous a laissé qu'un seul commandement : « Aimez-vous les uns les autres comme moi-même je vous aime. »

– C'était le message d'un Père, et un Père ne peut vouloir que le bonheur de ses enfants.

– Tu as bien compris. Il faut aimer chacun en le supportant, même malgré ses défauts et ses faiblesses. Il faut donner à la femme le temps de se refaire une santé avant d'exiger d'elle qu'elle mette un autre enfant au monde. Comme tu le dis, Dieu est un Père et Il aime bien que les mamans prennent soin de leurs enfants. À ces couples qui viennent te consulter, tu pourrais par exemple suggérer l'abstinence pendant un certain temps. On ne parle pas de la fréquence des relations entre un mari et sa femme dans les Saintes Écritures. Ainsi, ce serait à eux de décider s'ils sont prêts à faire ce sacrifice ou s'ils veulent prendre le risque d'avoir un autre enfant.

Et il ajouta un peu plus bas à l'oreille de la jeune fille :

– Et le curé n'a rien à vérifier dans leur chambre à coucher.

Rosalie le regarda avec affection. Elle regrettait que tous les représentants de Dieu sur cette terre n'aient pas sa philosophie de vie. Mais au moins ce prêtre venait de lui donner un très bon conseil, dont elle allait faire profiter les couples de sa nouvelle paroisse en Abitibi. Elle appréciait à son mérite la grande sagesse de cet homme et aussi son immense bonté.

Un soir du début d'août, sa valise à la main, elle repartit vers la gare. Avant de monter dans le train, elle posa ses lèvres sur la joue ridée de son père et dit simplement :

– Merci, papa !

Une des rares fois de sa vie, dans un geste spontané, son père la serra très fort contre son cœur et se permit de verser une larme devant elle. Elle leva sa main gantée vers la joue paternelle qu'elle essuya délicatement et le gratifia du plus merveilleux de ses sourires.

– Je vais vous écrire, dit-elle.

Le train partit dans un vacarme d'acier. Le notaire demeura seul sur le quai, la main droite levée, figée dans un geste d'au revoir. Une étrange peur lui comprimait les entrailles. Pourquoi ressentait-il tout à coup cette inquiétude, comme si sa fille partait à la guerre ? Il regarda filer le train aussi longtemps qu'il put le voir. Et, comme il ne pouvait vivre la vie de sa fille à sa place, il rentra tranquillement chez lui, s'installa dans son étude et fit semblant de lire un épais dossier.

VIII

À la demande du docteur Bernard, Rosalie descendit du train à Macamic. Il voulait la rencontrer avant qu'elle ne reprenne son service au dispensaire de Saint-Mathieu. Contrairement au paysage qui l'avait accueillie à sa première arrivée dans cette lointaine région, cette journée du mois d'août 1942 était magnifique. Sur le quai de la gare, il y avait Marc-Olivier Bernard, venu l'attendre avec son magnifique sourire.

Le temps semblait suspendu. Dans le soleil de cette fin de journée, la vieille gare de papier brique rouge semblait presque neuve malgré ses bardeaux déchirés. Le sifflement du train disparaissant dans le lointain ajoutait une note musicale à la peinture de rêve au milieu de laquelle il y avait ce jeune homme élégant, vêtu de couleurs claires, qui lui tendait la main et lui souriait, l'œil pétillant.

– Quel plaisir de vous revoir, mademoiselle Rosalie ! Votre teint basané vous va à ravir !

Il prit ses bagages et l'entraîna gentiment vers le bout du quai. Le soleil descendait sur l'horizon, tandis que les deux jeunes gens avançaient sans se presser sur la route de gravier conduisant à la résidence du docteur Bernard. Quelques oiseaux perchés au sommet des arbres leur offraient un concert de notes cristallines. Ni l'un ni l'autre n'osaient parler. Ils savouraient cet instant de bonheur. La vie offre si peu de ces moments où ni le temps ni les lieux ne semblent réels.

Lorsqu'ils arrivèrent devant la résidence, en apercevant la voiture de son père rangée dans l'allée, Marc-Olivier rompit le silence :

– Vous savez, mon père m'a privé de sa voiture tout l'été suite à mon escapade à Saint-Mathieu, le jour où je vous ai renversée sur la route. Il avait des patients à voir et moi j'ai gardé son automobile toute la journée.

Il s'empressa d'ajouter, confus :

– Oh ! Pardonnez-moi, Rosalie ! Je suis vraiment le pire des gaffeurs. Loin de moi l'idée de vous reparler de cette journée !

– Ne vous tracassez pas, j'ai fait la paix avec ce drame. Si je veux continuer de pratiquer comme infirmière, je dois me dire que de tels malheurs surviendront encore et que je devrai toujours demeurer courageuse. Mais parlons de vous. Vous avez l'air éclatant de santé, maître Bernard.

Elle regardait le jeune homme en contre-jour. Une mèche de cheveux noirs s'obstinait à tomber sur son front, qu'il négligeait de replacer. Rosalie se dit en elle-même qu'elle aimerait bien glisser ses doigts dans l'épaisse chevelure de jais, mais déjà ils étaient parvenus au pied de l'escalier et, suivi de son épouse Catherine, le docteur se pressait pour venir à leur rencontre. Sur la galerie, il y avait aussi le curé Charles-Eugène Aubert, qui affichait un large sourire, heureux de tendre à son tour la main à Rosalie et de lui signifier sa satisfaction de la voir revenir parmi eux. Le souvenir de l'altercation qui avait eu lieu dans la maison de Madeleine semblait s'être dissipé dans le temps et le plaisir de se revoir prenait toute la place.

Une table avait été dressée derrière la maison et le repas dégusté dans la tiédeur d'une des plus belles soirées de l'été fut un ravissement pour chacun. Même si bien souvent la conversation glissait sur cette horrible guerre qui faisait rage en Europe, personne ce soir-là ne semblait se sentir vraiment concerné par ces horreurs d'outre-Atlantique. Léopold venait de se lever de table en récriminant contre ses rhumatismes quand retentit la sonnette à la porte avant de la résidence.

– Qui peut bien venir nous déranger pendant un aussi agréable moment ? marmonna-t-il entre ses dents. Vous savez, Rosalie, je me plains, mais j'ai l'habitude d'être dérangé. C'était même bien étrange que cette soirée se soit passée en toute quiétude jusqu'à présent, sans qu'un quelconque importun ait empoisonné sa belle-mère ou qu'un ivrogne soit tombé de cheval. C'est un bien dur métier, que le nôtre ! N'est-ce pas, ma fille ?

L'urgence semblait extrême. Selon le messager, une jeune fille de treize ans se tordait de douleur dans un lit où elle se vidait de son sang. Le médecin prit la trousse que lui tendait son épouse et demanda à Rosalie si elle voulait bien l'accompagner.

– Je pense que nous ne serons pas trop de deux. Venez aussi, cher curé. Si le cas est aussi grave qu'on le dit, votre présence sera peut-être requise.

Charles-Eugène courut chercher dans sa voiture la trousse qui ne le quittait jamais et alla s'asseoir sur la banquette arrière en compagnie du docteur Bernard. Marc-Olivier prit le volant que son père lui laissa volontiers pour continuer à tirer librement sur son énorme cigare, et ils partirent en trombe vers la maison des Falardeau.

C'était plus un taudis qu'une demeure. Au fond de la seule pièce de la maison, qui empestait les détritus, une jeune fille cachée derrière un vieux rideau crasseux reposait inerte, blanche comme de la cire, les cheveux épars collés dans la sueur de son front. Un petit filet de respiration soulevait de façon irrégulière sa maigre poitrine. Les draps chiffonnés étaient rendus poisseux par un sang rouge écarlate. Dans le coin opposé au lit se tenaient une femme, un homme et deux autres enfants serrés les uns contre les autres, tous muets de stupeur. Le médecin fit sortir tout le monde, sauf la mère, et il signifia au curé qu'il était temps d'administrer les derniers sacrements à cette enfant, tandis qu'il se penchait avec Rosalie vers le lit de la moribonde.

Rosalie sentit un objet sous son pied. Elle s'apprêtait à le pousser au loin quand elle prit conscience qu'il s'agissait d'une aiguille à tricoter tachée de sang. Elle se pencha prestement, la saisit et la montra au médecin qui, au grand étonnement de la jeune fille, lui fit un geste de connivence, prit l'aiguille et la glissa dans sa trousse en jetant un coup d'œil vers le curé, comme pour s'assurer qu'il n'avait rien remarqué ; il valait mieux qu'il ne voie pas cet objet, preuve que l'avortement n'était pas spontané, mais bien provoqué intentionnellement par la mère ou l'adolescente elle-même. Le prêtre n'avait rien vu, mais il restait debout devant la seule fenêtre des lieux, figé comme une statue de marbre.

– Si vous voulez administrer à cette enfant les derniers sacrements, il faudrait vous activer, monsieur le curé, dit le médecin en jetant de nouveau un coup d'œil en biais vers le prêtre qui ne bougeait toujours pas.

Il reporta son attention vers la jeune fille qui glissait doucement vers la mort. Seule une de ses mains s'agitait encore faiblement sur le drap taché. Rosalie prit la main de l'enfant et la serra avec tendresse dans la sienne. Elle sentit une légère pression contre sa paume, et les doigts maigres se firent tout à coup plus lourds. Elle sentit le poids de la mort se glisser insidieusement dans le corps inerte. Seule dans un coin de la chambre, la mère pleurait en silence. Rosalie lui fit signe de s'approcher du lit et posa dans sa main celle de sa fille.

Toujours debout à la fenêtre, le curé n'avait pas bougé un cil. Le visage du docteur Léopold s'assombrit. Lui aussi constatait la mort de l'enfant. Il redressa sa haute stature et se tourna vers le curé.

– Que se passe-t-il, Charles-Eugène ? dit-il d'une voix que Rosalie ne lui connaissait pas. Vous allez laisser mourir ce petit ange sans les secours de la religion ?

Le regard mauvais, le prêtre se retourna enfin.

– Cette jeune fille était enceinte, n'est-ce pas ? finit-il par articuler. Si je ne m'abuse, elle est en état de péché mortel et incapable, si j'en juge par son état, d'en regretter le fait.

Résolument, il tourna de nouveau son regard fermé vers la ligne d'horizon derrière la vitre sale du pauvre taudis. Le visage du médecin était devenu cramoisi. Il s'avança vers le prêtre, le prit brutalement aux épaules et le tourna de force vers le lit où gisait, définitivement immobile, la pauvre fille. Il la lui désigna d'un geste de la main.

– Vous croyez vraiment que cette petite chose inerte est un monstre de luxure ? dit-il en articulant bien chaque syllabe. Il ne vous est pas venu à l'idée, dans votre grosse tête de curé, qu'elle a été abusée ? Comment voulez-vous qu'une enfant, encore à l'âge des poupées même si elle n'en a sûrement jamais possédé une seule, se soit vautrée dans le péché ? Allez chercher vos saintes huiles, Charles-Eugène. Je sais que vous les avez, que vous les traînez toujours avec vous. Permettez à cette pauvre victime de la bêtise humaine d'entrer chez le Père, qui l'attend avec amour.

Comme le curé se refusait toujours à bouger, résolument immobile dans ce qu'il jugeait son devoir de représentant de Dieu sur la terre, le médecin revint vers la morte et se mit à genoux près du lit. Il fut suivi immédiatement de Rosalie et de la mère de l'enfant. Il adressa alors au ciel sa propre prière :

– Si vous êtes un Père, bon Dieu, vous allez recevoir cette enfant dans Votre paradis. Elle est comme Votre fils, une innocente crucifiée par la méchanceté des hommes.

En se tournant vers le prêtre immobile, il ajouta un peu plus haut pour s'assurer d'être bien entendu :

– Et pardonnez à vos représentants ! Ils ne savent ce qu'ils font !

Il se releva, attira à lui la pauvre mère qui pleurait maintenant à chaudes larmes et la serra avec affection dans ses bras.

– Soyez tranquille, madame Falardeau, je vais m'occuper des funérailles de votre enfant. Elle est sûrement déjà au ciel. Dites-vous que plus personne ne va la faire souffrir. C'est maintenant un ange de lumière qui va veiller sur vous.

Attendrie par son geste paternel, Rosalie admirait la bonté du médecin. Son attention se porta vers le prêtre immobile dans le coin de la pièce. Comment un homme de Dieu pouvait-il être aussi sévère ? Était-il à ce point ignorant des réalités humaines ? Elle ne savait que penser. Elle se contenta de sourire tristement à la mère de l'enfant et suivit le docteur Bernard à l'extérieur du taudis.

Dans l'auto, sur le chemin du retour, le silence était pesant. Le docteur Bernard avait fait asseoir à l'avant le curé Aubert dont il ne pouvait plus sentir la présence. Il s'était assis à l'arrière avec Rosalie. Ignorant les détails du drame qui venait de se jouer, Marc-Olivier n'osait rompre ce silence glacial. Il devinait sans peine que tout avait été dit.

Plus tard, de retour chez lui, le docteur Bernard prit Rosalie à part dans son bureau de consultation, tandis que son épouse et Marc-Olivier préparaient la chambre de la jeune fille pour la nuit. Il lui demanda :

– Si c'était toi qui devais remplir le certificat de décès de cette fillette de treize ans, qu'est-ce que tu indiquerais comme cause de la mort ?

Le médecin était bien conscient que Rosalie posait sur lui un regard interrogateur depuis la découverte de l'aiguille ensanglantée. En cette minute, la vie pesait sur ses épaules comme un fardeau trop lourd à porter en solitaire. Il se servit un verre de cognac et en offrit un à Rosalie qui refusa. Il prit une lente gorgée et plongea son regard dans les yeux immenses de sa jeune amie. Il était fatigué, tellement fatigué ! Son impuissance devant la mort et son incompréhension devant une religion au bras vengeur, mais qui pourtant prêchait l'amour, le vidaient de toute énergie.

– Elle a tenté de se faire avorter elle-même ? demanda Rosalie, la voix éteinte.

– C'est ce que je pense, dit le médecin, ou c'est sa mère qui l'a aidée. Nous ne le saurons jamais. Cette enfant de treize ans, c'est l'image même de la misère. Une déchéance que vous ne connaissiez sans doute pas encore, ma fille. Mais vous apprendrez, malheureusement. Cette enfant a sans doute été abusée par un oncle ou son père lui-même. Il en serait capable. Je connais cette famille. Je connaissais aussi cette petite Virginie qui vient de mourir. Je l'ai mise au monde. Elle n'a connu de la vie que violence et mépris. Son père est une sorte de bête qu'il faudrait enfermer. Malheureusement, il n'y a pas de loi qui protège les enfants contre leurs parents et il est difficile de prouver les faits quand les enfants eux-mêmes se taisent, de peur des représailles.

Au bout d'un moment, il ajouta, la voix brisée par l'émotion :

– Ces pauvres petits êtres ne connaissent rien d'autre de la vie que la violence… Vous voyez, je fais ce métier depuis plus de trente ans et je suis encore anéanti devant un drame aussi sordide.

Léopold se tourna vers la fenêtre du salon, par laquelle il apercevait le clocher de l'église éclairé dans la nuit noire. Il voyait là le symbole de la bonté du Christ, perdue dans les sombres méandres des lois inventées en son nom par l'Église. Sans se tourner vers Rosalie, il poursuivit son monologue.

– Si j'ai voulu cacher cette aiguille à tricoter à Charles-Eugène, votre bon curé, dit-il en insistant ironiquement sur le qualificatif, c'est qu'il n'aurait rien voulu entendre et qu'il aurait condamné cette pauvre enfant à être enterrée sans funérailles religieuses et en dehors du cimetière de surcroît. C'est ainsi qu'on traite les suicidés dans notre belle religion catholique. Ainsi que les assassins ! La tête dans le cimetière, car ils ont été baptisés, et le reste du corps hors des limites de ce lieu du dernier repos. Vous avez vu comment il a réagi devant ce petit ange qui n'a connu que la misère ?

– Mais cette malheureuse Virginie ne s'est pas suicidée ! s'emporta spontanément Rosalie. Et elle est encore bien moins un assassin !

Léopold sourit devant la réaction impulsive de Rosalie et déposa son verre de cognac sur le bureau.

– C'est aussi ce que je pense. Mais en se faisant avorter elle a tué son bébé. Et en manquant son coup, elle s'est enlevé la vie. Vous appelez cela comment, ma fille ?

Il avait mis ses deux mains sur les épaules de Rosalie qui, à son tour, commençait à ressentir le poids de ce dilemme.

– J'appelle ça le summum de la misère, dit-elle, les larmes aux yeux.

– C'est pourquoi je vous demande ce que je dois écrire sur ce certificat de décès, dit le médecin en tendant vers elle le papier officiel qu'elle connaissait bien pour l'avoir elle-même rempli à quelques reprises déjà. Dois-je écrire « avortement spontané » ou « avortement provoqué » ? Le choix d'un de ces deux mots va faire toute la différence pour cette enfant et pour sa mère, la malheureuse, une bien brave femme.

– Je pense que nous n'avons pas à juger cette enfant, dit Rosalie fermement. Dieu le fera et avec miséricorde, j'en suis convaincue. Vous croyez que le curé Aubert va s'opposer à votre diagnostic ?

– Non ! Ça ne le regarde en rien. C'est moi le médecin et c'est à moi de déterminer la cause d'un décès. Il peut penser ou dire ce qu'il veut, il ne peut pas contredire ce que j'inscris sur le certificat. Comme je vous l'ai déjà dit, il a le soin des âmes, et nous, celui des corps. Gardez bien ça en mémoire, Rosalie.

Elle lui adressa un sourire en guise d'assentiment. Elle contresignait dans son cœur ce diagnostic. L'homme le comprit.

Marc-Olivier parut dans l'embrasure de la porte. Il venait chercher Rosalie pour la conduire à sa chambre.

– Il est déjà très tard, papa. Si vous ne libérez pas Rosalie, j'ai bien peur que maman ne vienne vous en faire grief.

– Vous avez raison, maître Bernard. J'ai suffisamment abusé de votre témoin. Il est à vous.

Le médecin avait en un instant retrouvé son air jovial. Rosalie suivit Marc-Olivier, qui la conduisit à l'étage de la maison. Dans le grand escalier qui donnait accès aux chambres, il y avait une sorte de galerie de photos, et l'infirmière s'arrêta devant chacune d'elles.

– On dirait qu'il n'y a qu'un seul photographe dans toute la province de Québec. Quand je regarde vos parents le jour de leur mariage, on dirait papa et maman au même moment de leur vie, assis sur le même fauteuil, dans le même décor. Et votre sœur Joséphine, à trois ans, c'est un peu moi, avec la même robe en dentelle et le même gros nœud de rubans sur la tête.

Marc-Olivier riait. Cette présence à ses côtés lui était agréable. Il approchait sa tête de celle de la jeune femme pour regarder les photos et lui dire les noms de chacun. Elle sentait bon le parfum de rose. Il la dirigea doucement vers le fond du couloir.

– Ma chère Rosalie, voici votre chambre.

Il prit une de ses mains entre les siennes et embrassa délicatement le bout de ses doigts. Dans l'obscurité du couloir, ses yeux noirs posés sur ceux de Rosalie étaient imprégnés de toute la tendresse de son amour naissant. Timidement, il se pencha vers elle et l'embrassa sur la joue. De sa main droite, il caressa avec délicatesse le bout de son nez et recula lentement pour prendre congé sans détacher ses yeux des siens. Puis il se ravisa et, attiré par l'aimant du regard de Rosalie, il revint vers elle. Il s'approcha et, avec toute la légèreté du monde, déposa un baiser sur les lèvres entrouvertes qui s'offraient à lui. Il sentit le souffle de la jeune fille effleurer sa bouche et une cascade de vie déferla dans son corps, comme un feu d'artifice à la Saint-Jean.

Un peu gêné de son audace, il recula. Rosalie lui souriait. Encouragé par ce sourire, il attira son corps contre le sien et le pressa entre ses bras. Ils s'abandonnèrent un instant aux délices de ce contact, bien conscients de cet amour nouveau qui réchauffait leurs cœurs et leurs corps et qui, du même coup, semblait leur offrir des ailes pour s'envoler vers le bonheur.

– Dors bien, ma chère Rosalie, dit le jeune homme, le souffle court, en employant pour la première fois le tutoiement.

– Bonne nuit à toi aussi, répondit Rosalie en le tutoyant à son tour.

En esquissant un baiser du bout des doigts, Rosalie disparut derrière la porte close. Marc-Olivier demeura un instant immobile devant cette porte où venait de disparaître la femme de ses rêves. Il savait déjà qu'il allait un jour lui demander de l'épouser. Il avait été tellement inquiet au cours de l'été en pensant que, peut-être, elle n'éprouvait pas les mêmes sentiments que lui ! Et voilà qu'elle lui avait rendu son baiser. Il esquissa un entrechat silencieux et, à contrecœur, se dirigea vers sa chambre, follement heureux.

Ce même soir, Charles-Eugène Aubert avait préféré rentrer chez lui, à Saint-Mathieu. En revenant de chez les Falardeau, le docteur Bernard avait gagné son bureau en compagnie de Rosalie sans même le saluer. Il aurait pu aller coucher au presbytère de Macamic, car le curé de cette paroisse était un ami et les presbytères étaient toujours ouverts aux curés de passage qui avaient besoin d'être hébergés une nuit ou deux. Mais il ressentait un profond malaise et avait hâte de se retrouver seul.

Une fois son véhicule stationné derrière le presbytère, il était entré chez lui dans la nuit noire, sans faire aucune lumière. Le firmament tantôt clair sous la lune pleine s'était assombri et couvert de nombreux nuages. En refermant la porte, il avait jeté un coup d'œil critique à sa vieille voiture. Il aurait eu les moyens d'en changer et de s'offrir le dernier modèle, depuis qu'il avait reçu cet héritage inattendu le printemps dernier. Comme il ne voulait pas que l'évêché se doute de sa bonne fortune, il préférait ne pas faire de dépense excessive qui mettrait la puce à l'oreille de son supérieur.

Les événements de la soirée le laissaient confus et une sorte de rage qu'il n'arrivait pas à identifier se glissait en lui. Il détestait les femmes. Elles étaient pour lui des êtres inférieurs créés par Dieu pour procréer, pour servir l'homme et élever ses enfants. Il trouvait qu'elles cherchaient à prendre trop de place. Il leur reprochait surtout cet instinct bestial qu'elles allumaient chez les hommes pour les entraîner avec elles dans le péché de la chair. Et, comble d'ironie, il sentait ce soir-là dans son propre corps une forte tension, le désir fou du corps d'une de ces créatures diaboliques entre ses bras. Il pensait à Rosalie, surtout, avec son teint basané et ses petits seins fermes sous le fin tissu de sa robe d'été. Elle était si belle, cet après-midi-là, quand elle était arrivée au pied de l'escalier chez le docteur Bernard ! Et ce sourire magnifique qu'elle lui avait adressé ! C'était sans doute pure politesse, mais il n'arrivait pas à chasser de son esprit ses lèvres pleines et ses dents blanches qui brillaient au soleil.

Si les gens de la paroisse pensaient que les curés n'avaient pas de désirs sexuels, ils auraient été bien surpris de voir Charles-Eugène cette nuit-là, le membre gonflé, douloureux, à la limite de l'éclatement. Il avait envie de pleurer, tant le désir déferlait puissamment dans son corps. Il se versa un grand verre de vin et le but d'un trait. Un autre suivit. Il était légèrement ivre, mais le désir restait fermement accroché à son corps. Il se glissa entre les draps. Une chaleur moite lui collait à la peau. Par la fenêtre entrouverte, une odeur de fenil alourdi par la récolte de l'été lui parvenait et semblait le narguer. L'espace d'un instant, il se vit couché dans ce foin qui lui piquait la peau, sous les combles d'une grange où la nuit aurait posé le sceau de son intimité. Il tenait Rosalie dans ses bras. Ses cheveux étaient défaits et son corsage, entrouvert. Ils riaient tous les deux et se caressaient langoureusement.

Sans prévenir, son désir de chair longtemps retenu éclata en cascades de plaisir dans son corps endolori par le renoncement. Il apprécia tous les spasmes bienfaisants de l'orgasme et se sentit flotter au-dessus de son lit. C'était délicieux.

L'instant d'après, il éclatait en un sanglot rageur. Il abhorrait son corps. Il abhorrait les femmes. Depuis quelque temps, en fait depuis qu'il avait reçu cet argent de la vieille Hortense, il se retrouvait souvent dans cet état d'amertume. Il ne comprenait vraiment pas pourquoi le fait de posséder une fortune lui donnait de telles pensées. Il aimait cet argent. Et cette entorse au détachement des biens matériels, obligatoire chez un prêtre, écorchait aussi son vœu de chasteté sans qu'il arrive à faire le lien. Il préférait même vider son esprit de ce questionnement ; de toute façon, il ne pouvait rien changer aux exigences de l'Église, qu'il jugeait aujourd'hui stupides et cruelles.

Était-ce la pauvreté qui l'avait conduit au sacerdoce ? Sans famille, sous la seule tutelle et supervision d'un prêtre, il était entré au collège classique sans se poser de questions. On lui avait dit qu'il avait la vocation religieuse et, comme il n'avait jamais été en contact avec des filles de son âge, il était allé vers la prêtrise comme on suit la seule route tracée devant soi. Ce soir-là, pourtant, il était mortifié et il se considérait comme injustement privé des joies de l'existence.

* * *

Durant le mois d'août, Marc-Olivier prit l'habitude de se rendre régulièrement à Saint-Mathieu-du-Nord à vélo pour y rencontrer Rosalie et faire avec elle de longues randonnées dans la campagne environnante. Il venait toujours après quatre heures pour ne pas la déranger dans ses consultations. Très souvent, elle était partie au chevet d'un malade.

Rosalie avait pris l'habitude de toujours laisser une note sur la porte avant de quitter son dispensaire, pour indiquer où elle se rendait. Comme ça, en cas d'urgence, il était facile de la retracer. Ceux qui ne savaient pas lire se rendaient au bureau de poste, sachant très bien qu'Augustine Robidoux était toujours au courant des déplacements de l'infirmière. Et il y avait aussi Héloïse-Marie, qui habitait presque à plein temps avec Rosalie et qui connaissait ses allées et venues. Souvent, Marc-Olivier allait au-devant d'elle avec la jolie rousse. Bien entendu, les deux amoureux n'étaient jamais seuls, et c'était la demoiselle Robidoux qui le plus souvent tenait le rôle du chaperon.

Un de leurs endroits préférés était le bord de la rivière qui coulait à quelques minutes de marche du dispensaire. Des rochers sur lesquels ils s'asseyaient pour pêcher, Rosalie pouvait facilement apercevoir sa maison et demeurer attentive aux visiteurs qui pouvaient à tout moment s'y présenter. Les jeunes gens passaient là de longues soirées à discuter et à parler de la guerre ou des nouvelles avancées de la médecine. Souvent, les enfants du village venaient leur tenir compagnie. Rosalie et Marc-Olivier leur racontaient des histoires et les encourageaient à lire à leur tour.

Parfois, le curé Aubert venait pêcher près de la rivière, mais depuis que Marc-Olivier s'était joint au groupe il ne venait plus se mêler à la conversation. Rosalie s'attendait bien à ce qu'un jour il lui fasse la morale sur ses fréquentations avec le jeune homme. Aussi, elle demeurait prudente. Pour laisser ses amis discuter en toute tranquillité, Héloïse-Marie allait parfois rejoindre le prêtre et s'amusait à lancer sa ligne à l'eau. Quand Rosalie n'était pas appelée au chevet d'un malade, les soirées se terminaient chez les Robidoux où elle s'asseyait au piano et faisait chanter à tour de rôle ceux qui voulaient bien égayer les gens présents.

– Je me demande comment on passait nos soirées avant de vous connaître, ma chère Rosalie ! disait à chacune de ses visites la corpulente Augustine.

Les seules occasions où les deux amoureux se retrouvaient en tête à tête étaient ces quelques pas qu'ils faisaient ensemble en direction du dispensaire avant que le jeune homme ne reparte vers Macamic. Jamais il ne se serait permis d'entrer chez Rosalie, de crainte que quelqu'un ne l'aperçoive et ne répande des racontars. La bonne réputation de sa future lui tenait à cœur. Car il n'y avait plus aucun doute dans son esprit : un jour, Rosalie deviendrait sa femme.

– Tu as déjà pensé à fonder une famille ? lui demanda-t-il un soir en revenant.

– Oui, j'y pense comme toutes les filles, répondit-elle. Mais je ne suis vraiment pas pressée. J'aime beaucoup le métier que j'exerce et, comme je devrai l'abandonner en me mariant, je préfère que ce soit le plus tard possible.

Puisqu'il restait à Marc-Olivier encore deux ans avant d'obtenir son diplôme universitaire, le désir de Rosalie de conserver son emploi encore quelque temps ne l'embarrassait pas du tout. Au contraire, il était bien content qu'elle ait signé un contrat pour deux autres années. Ça lui permettrait de continuer à la fréquenter assidûment.

– Dis-moi, Rosalie, je me demande souvent ce qui a bien pu décider une jolie fille comme toi à venir exercer sa profession en Abitibi.

– Je recherchais une liberté d'action que je n'aurais jamais eue si je m'étais engagée dans un hôpital. Tu vois, ici, en Abitibi, j'ai l'entière responsabilité de l'organisation de mon travail. C'est vrai que c'est exigeant et que je n'ai pas beaucoup de temps pour moi, mais il y a cette autonomie qui me stimule et me rend fière de ce que j'accomplis.

– Et tu seras prête à abandonner tout ça pour te marier et avoir des enfants ?

– Nous n'en sommes pas là, Marc-Olivier. Aujourd'hui, je ne me sens pas prête.

– Et tu crois qu'un jour je te donnerai le goût de devenir une épouse et une mère ?

– L'amour fait des miracles, répondit-elle avec un immense sourire.

Marc-Olivier se pencha vers elle et, profitant d'un moment d'inattention d'Héloïse-Marie, il lui vola un baiser furtif. La chaleur de ses lèvres et leur abandon contre les siennes le rassurèrent sur ses sentiments.

Septembre arriva et le jeune homme dut, bien à regret, retourner à Montréal poursuivre ses études de droit. Le soir avant son départ, il vint dire au revoir à Rosalie. Ils descendirent au bord de la rivière en compagnie d'Héloïse-Marie. Celle-ci, devinant leur désir d'intimité, alla s'asseoir à bonne distance, un livre à la main, et se plongea aussitôt dans la lecture de son roman. Marc-Olivier entraîna Rosalie à l'ombre d'un grand saule touffu pour être à l'abri du regard des passants et la prit dans ses bras. Il caressa doucement ses cheveux.

– Tu es belle, Rosalie. Je vais trouver le temps bien long loin de toi.

– Ici aussi, je vais sentir le vide de ton absence. J'ai pris l'habitude de t'attendre le soir après mon travail ou de te croiser sur un sentier en revenant de visiter un malade.

– Nos conversations vont me manquer. Et ton rire aussi. C'est la plus belle symphonie du monde.

Rosalie se mit à rire, comme pour lui composer une nouvelle mélodie. Marc-Olivier s'approcha et posa ses lèvres sur les siennes. Tendrement, il les caressa du bout de la langue. Comme Rosalie semblait apprécier, il la glissa doucement dans sa bouche entrouverte et éprouva tout de suite la réponse à son baiser. Ils sentirent monter dans leur corps la fébrilité du désir avide de se rapprocher et de s'unir. Pour Rosalie, c'était comme des millions de petites bulles de champagne qui naissaient de son sexe et montaient à la pointe de ses seins. Elle avait entendu parler de ce genre de baiser, à bouches ouvertes, comme disaient les prédicateurs de retraite, mais elle l'expérimentait pour la première fois. Elle en fut ravie. Elle aurait aimé étirer ce baiser durant un long moment encore, mais son compagnon se leva brusquement et lui annonça qu'il valait mieux remonter à son dispensaire.

– Tu me trouves trop entreprenante pour une fille ?

– Non, pas du tout. Au contraire. J'aime beaucoup tenir ton corps entre mes bras. Mais j'ai peur d'aller trop loin.

Il la prit par la main et l'entraîna vers le haut du talus.

– Quand je serai seul à l'université, je vais repenser à ce baiser et son souvenir va me ramener près de toi.

Rosalie lui sourit.

– Et peut-être qu'au même instant je serai à ma fenêtre à penser à toi.

Ils marchèrent en silence, main dans la main. La morale leur permettait au moins cette marque d'attachement. En arrivant au dispensaire, ils croisèrent le curé Aubert qui revenait de la pêche. Rosalie s'empressa de retirer sa main de celle de Marc-Olivier, comme si elle se sentait prise en faute. En passant près d'eux,

Charles-Eugène les salua froidement et Rosalie se sentit un peu coupable d'avoir laissé ainsi paraître ses sentiments en public.

Plus tard cette nuit-là, elle repensa à son désir pour Marc-Olivier. Elle aurait bien aimé se laisser aller et succomber à son étreinte. La faiblesse qui l'avait assaillie la troublait encore. Comme son amoureux partait pour Montréal le lendemain et qu'elle ne le reverrait pas avant les vacances de Noël, elle se sentit en sécurité. À l'abri de la tentation, comme aurait sûrement dit l'abbé Charles-Eugène. Elle repensa au regard froid qu'il lui avait jeté quelques heures plus tôt en la croisant sur la route et elle se dit qu'un amour merveilleux comme celui qu'elle ressentait pour Marc-Olivier était un don du ciel. Elle n'avait pas à se sentir coupable de l'éprouver. Ils se respectaient tous les deux et elle avait bien l'intention d'attendre le mariage pour s'offrir entièrement à lui. Elle regarda le crucifix accroché au mur de sa chambre et remercia Dieu d'avoir mis sur son chemin un homme aussi extraordinaire.

Après le départ de Marc-Olivier, les jeunes gens échangèrent de longues lettres. Rosalie s'était découvert une raison de plus de se rendre chez les Robidoux. C'était toujours avec un clin d'œil complice que la postière lui remettait les lettres de son soupirant.

La vie au village avait repris son cours normal. À la demande du curé Aubert adressée à Augustine, Héloïse-Marie remplaçait temporairement Hortense. Elle préparait les cérémonies liturgiques et faisait un peu de ménage au presbytère.

– Notre évêque doit engager une ménagère sous peu, avait dit Charles-Eugène à la postière, mais ce n'est pas facile à trouver, une femme qui veut bien venir travailler dans un presbytère isolé. Pensez-vous que je pourrais compter sur votre fille pour donner un coup de main à l'église ? Elle pourrait venir en même temps que Rosalie exerce sa chorale.

– Je vais en parler à mon mari, avait répondu Augustine. Elle travaille déjà au dispensaire. Nous ne voulons pas non plus qu'elle s'en mette trop sur les épaules.

Bien sûr, Ernest avait tout de suite acquiescé.

– Nous sommes tellement chanceux d'avoir un prêtre dans la paroisse ! Si Héloïse-Marie veut faire ce travail supplémentaire, je suis tout à fait d'accord pour qu'elle rende service à notre curé. De toute façon, c'est temporaire.

La jeune fille était ravie de l'opportunité. Ce travail ne l'empêchait pas d'accomplir ses tâches au dispensaire où elle était le chaperon en titre de la garde-malade du village, sa dame de compagnie et sa collaboratrice. Les deux jeunes filles passaient de longues heures à se faire part de leurs aspirations et à rire aux éclats. Héloïse-Marie enviait Rosalie pour sa liberté, son amour pour Marc-Olivier et ses rêves tellement plus réalisables que les siens.

– Tu es tellement chanceuse, Rosalie, d'être amoureuse ! J'aimerais tellement embrasser un garçon comme tu l'as fait avec Marc-Olivier !

– Tu nous épies donc, coquine ! C'est arrivé juste une fois...

Le ton qu'elle avait adopté dans sa dernière précision indiquait qu'elle voulait s'excuser de son audace.

– Si je veux apprendre, il faut bien que je regarde un peu ! Dis-moi, est-ce que vous allez vous marier dès la fin de son cours ? Et j'imagine que tu vas retourner à Québec ?

– Je ne suis pas pressée de me marier. C'est vrai que je suis amoureuse de Marc-Olivier, mais je sais aussi que le jour où je vais prendre mari je vais dépendre de lui et je n'aurai plus toute ma liberté. Je devrai même arrêter de travailler et j'aime vraiment ma profession. Je me sens importante et valorisée dans mon travail ici. Sais-tu qu'une femme mariée perd tous ses droits juridiques ? Si elle doit se faire opérer, par exemple, on exige la signature de son mari sur le document d'autorisation.

Héloïse-Marie riait toujours des revendications de sa meilleure amie.

– Tu sais, Rosalie, moi, je serais bien heureuse de dépendre d'un mari si je finissais par en trouver un à mon goût. Toi, avec ton métier, tu peux faire la fine bouche. Moi, pas vraiment.

L'infirmière ne savait que dire à cette fille coincée dans son village de campagne, sauf qu'un jour l'amour viendrait vers elle sur le mystérieux chemin des hasards.

– Tu n'as que dix-neuf ans, voyons. À ton âge, j'étais encore aux études et bien loin de penser à un amoureux. Prends ton temps. La vie de femme mariée avec des enfants et les corvées du ménage, ça ne va pas toujours comme sur un coussin de roses.

– Je sais. Mais au moins tu as quelqu'un à aimer. L'amour, c'est tellement merveilleux !

Rosalie la regardait toujours avec tendresse. L'infirmière n'avait que trois ans de plus que son amie, mais elle était beaucoup plus mature qu'elle. Pourtant, même si elle la trouvait bien naïve dans ses rêves d'amour, elle lui souhaitait de tout cœur de connaître un jour un garçon sympathique et bon comme Marc-Olivier.

Et ce fut de nouveau le temps des fêtes. L'année 1943 allait bientôt se pointer le nez. La guerre se prolongeait en Europe et de plus en plus de Canadiens traversaient « de l'autre bord », comme on disait. Plusieurs y laissaient leur vie. Comme l'année précédente, Rosalie avait préparé des chants magnifiques pour la messe de minuit. Dans sa dernière lettre, Marc-Olivier lui avait assuré qu'il serait là le 24 décembre à minuit.

Tel que promis, il arriva tout enneigé dans l'église, un peu après le début de la messe. Assise à son harmonium, Rosalie le vit entrer. Il resta un instant dans la grande porte à secouer la neige sur ses vêtements et sur son chapeau de fourrure. Quand il releva la tête et que son regard croisa celui de la jeune fille, si leurs corps restèrent figés dans la joie de se revoir, leurs cœurs s'élancèrent l'un vers l'autre et s'étreignirent par-delà la foule. Dans cette église devenue pour eux le plus merveilleux palais de la terre, le chœur de chant de Saint-Mathieu-du-Nord faisait résonner toute la joie de Noël. Alors qu'il s'avançait dans l'allée centrale, Rosalie voyait défiler tous les bonheurs de sa vie à venir avec lui. Elle ne désirait plus que se presser dans ses bras et sentir ses lèvres chaudes contre les siennes.

Après la deuxième messe, tout le monde se retrouva chez les Robidoux et la fête battit son plein jusqu'aux petites heures du matin. Rosalie ne laissait le clavier que pour tenir la main de Marc-Olivier et danser un peu avec lui, pendant qu'Héloïse-Marie prenait la relève au piano. Même si selon l'Église catholique les danses impliquant un contact étroit étaient un péché, les deux amoureux l'oublièrent quelques instants.

Les bras tendus, Rosalie se dirigeait vers Marc-Olivier pour l'inviter à danser quand le curé Aubert, invité par Augustine à venir partager le réveillon, entra au salon. Immédiatement, il parut offusqué de voir l'infirmière se glisser entre les bras de son cavalier et esquisser quelques pas de danse. Il s'approcha du couple, prit Rosalie par le bras et l'entraîna vers la porte du bureau de poste. Surpris, Marc-Olivier ne fit aucun geste pour retenir sa compagne ; il se dit qu'une urgence médicale devait nécessiter cette intervention du prêtre.

Ce ne fut qu'une fois dans le bureau de poste que Charles-Eugène relâcha le bras de la jeune fille. Il avait le regard noir.

– Garde Lambert, vous me décevez terriblement en vous donnant comme ça en spectacle devant les gens de la paroisse. Vous devez être digne en tout temps et je trouve que ce soir votre comportement est dégradant. Je vous prie de vous tenir à distance de ce jeune homme. Vous le provoquez et le poussez au péché.

Rosalie était renversée par les propos du prêtre et surtout choquée d'être traitée comme une fille de mauvaise vie.

– Vous êtes ridicule, monsieur le curé. Je ne faisais vraiment rien de mal. C'est fou comme vous voyez des péchés partout !

– Je suis là pour veiller sur mes ouailles, et vous en faites partie.

– Merci, monsieur le curé, mais laissez-moi fêter Noël en toute tranquillité. Je ne fais rien de mal.

– Je suis désolé, garde Lambert. Je ne peux pas négliger de veiller sur votre vertu. Cette nuit, vous offensez la morale chrétienne en vous collant comme ça devant tout le monde contre ce garçon. Ce n'est pas là l'attitude à laquelle on s'attend de la part d'une jeune fille bien.

Rosalie était offusquée.

– Arrêtez, monsieur le curé ! On dirait un mari jaloux !

Elle foudroya Charles-Eugène de son regard le plus mauvais en retenant à grand-peine une parole de mépris. Sans un mot de plus, elle ouvrit la porte séparant le bureau de poste de la cuisine et retourna s'asseoir sur le divan près de Marc-Olivier. Elle se glissa tendrement contre son épaule, une lueur de défi au fond des yeux. « Il y a quand même des limites à voir le mal en toutes choses », songeait-elle. Ce sentiment qu'elle éprouvait pour Marc-Olivier était pur et magique. De quel droit ce curé venait-il jeter une ombre sur son bonheur ?

Charles-Eugène ne resta pas longtemps. Il vint bien tôt remercier dame Robidoux de son invitation et s'empressa de retourner au presbytère ; il devait célébrer deux autres messes, en ce matin de Noël. Marc-Olivier, qui tenait Rosalie par les épaules, fit remarquer :

– Ça ne doit pas être facile d'être curé et de devoir renoncer aux plaisirs de la vie, surtout en cette période des fêtes. Je serais bien triste si je ne t'avais pas rencontrée, Rose, ma fleur d'amour.

Il se pencha tendrement vers la jeune femme et l'embrassa sur le front en pressant avec délicatesse la main nichée dans la sienne. Rosalie lui sourit et déposa à son tour un baiser léger sur la main de Marc-Olivier. Heureuse d'être enfin près de cet homme qu'elle aimait et désirait davantage à chaque rencontre, elle oublia bien vite les remontrances du curé.

* * *

Le temps de repartir aux études arriva pour Marc-Olivier avec la fête des Rois. Le 6 janvier, très tôt en après-midi, il obtint de son père la permission d'utiliser sa voiture et se rendit à Saint-Mathieu-du-Nord pour dire un dernier au revoir à Rosalie avant de quitter l'Abitibi jusqu'au printemps suivant. Malheureusement, elle était auprès d'une femme de la paroisse qui accouchait ce jour-là. Comme le travail fut très long, il dut repartir sans avoir embrassé sa promise. Rosalie revint à son dispensaire tard en soirée. Héloïse-Marie lui fit part de la visite de son amoureux, et Rosalie se coucha le cœur bien gros.

Le lendemain matin, toujours triste d'avoir manqué la visite de Marc-Olivier, elle faisait griller ses rôties sur le poêle à bois de la cuisine en regardant par la fenêtre la magnifique journée ensoleillée qui se dessinait à l'horizon lorsqu'elle se dit qu'elle pourrait bien demander à Roland Lamothe de la conduire à Macamic. Pourquoi ne serait-ce pas elle qui se déplacerait pour un dernier câlin à Marc-Olivier avant son départ pour l'université ? Sitôt pensé, sitôt décidé. Aucun accouchement ne s'annonçait avant quelques semaines et aucune consultation n'était prévue ce jour-là. Elle se dépêcha de se vêtir chaudement et partit vers la maison des Lamothe, située juste de l'autre côté du presbytère. La voiture était dans la cour ; le postillon devait donc être chez lui. Il y avait même le B7 de Bergeron stationné juste à côté. Elle frappa à la porte. Ce fut Aurélie, l'épouse de Lamothe, qui vint lui ouvrir. Elle sembla bien attristée de la réponse qu'elle devait fournir à la jeune infirmière.

– Malheureusement, mon mari est au lit avec une grosse grippe. Il ne s'est pas levé depuis deux jours.

De la chambre située au fond de la maison, Roland Lamothe avait entendu la requête de la garde. Aussi, il se leva et vint dans la cuisine.

– Ma petite, je vais envoyer Fernand chercher son frère Henri dans le rang 6. Il va pouvoir vous conduire à Macamic. Est-ce que vous êtes très pressée ?

– Si je suis à Macamic vers midi, ce sera parfait.

– Le temps que Fernand attelle le cheval à la cabane chauffée, qu'il aille chercher Henri et revienne avec lui, vous devriez être prête à partir vers onze heures. Fernand est encore trop jeune pour conduire l'auto ; sinon, ce serait lui que j'enverrais avec vous à Macamic.

Rosalie était ravie. Elle sentait qu'il était important pour elle d'aller dire ce dernier au revoir à Marc-Olivier. Ils avaient eu si peu de temps ensemble au cours de la période des fêtes ! Ses sentiments pour lui devenaient de plus en plus forts. Et, d'un point de vue uniquement physique, elle avait un grand désir de ses bras autour de son corps et de sa bouche contre la sienne.

Tel que promis, l'auto, avec Henri au volant, fut à sa porte avec seulement quelques minutes de retard sur l'horaire prévu par son père. Rosalie le remercia avec enthousiasme.

– C'est un plaisir pour moi, garde Lambert, de vous rendre service. Je vais même vous attendre, si vous voulez revenir aujourd'hui.

– Oui, je reviens aujourd'hui. Je vais seulement saluer un ami qui prend le train en début d'après-midi.

– Monsieur Bernard ? Ce jeune homme qui est venu à la messe de minuit ?

Rosalie eut un timide sourire.

– Oui, c'est lui que je veux saluer avant son départ.

– Il a l'air d'un jeune homme bien. J'espère que vous n'avez pas envie de nous quitter trop vite. Vous êtes très précieuse dans notre paroisse ! Si vous saviez comme ma femme, Gisèle, a confiance en vous depuis que vous l'avez accouchée le printemps dernier !

Tout à coup, la voiture fit une légère embardée et Henri Lamothe serra les mains sur le volant.

– Que se passe-t-il ? demanda Rosalie, inquiète.

– Je ne sais pas trop. Une crevaison, je pense.

– Ça va être long à réparer ?

Henri Lamothe eut un sourire taquin à son intention.

– Je vais tout faire pour réparer le plus vite possible et vous permettre d'arriver à temps pour embrasser votre amoureux.

Il descendit de la voiture. Rosalie était anxieuse. Elle espérait tant voir Marc-Olivier avant son départ ! Pour la première fois depuis qu'elle le connaissait, elle ressentait une profonde inquiétude de ne pas le revoir.

Il faisait très froid en ce 7 janvier et Henri Lamothe n'eut pas la tâche facile pour installer le pneu de secours. Finalement, Rosalie et lui purent repartir vers Macamic. En arrivant au village, ils passèrent près de la gare et virent l'auto du docteur Bernard stationnée près du quai d'embarquement. Ils arrivaient juste à temps pour saluer le jeune homme. Rosalie sortit de la voiture et se mit à courir comme si elle avait peur de manquer de temps pour l'étreindre.

Lorsque, debout près de ses parents, Marc-Olivier aperçut Rosalie qui courait vers lui, son visage s'illumina. Il échappa sa valise et s'élança à son tour. Il reçut l'infirmière dans ses bras et la fit tournoyer sur le quai de la gare devant ses parents amusés et ravis.

Ce moment d'effusion passé, les amoureux attendirent le train en espérant, en dépit du froid glacial qui leur mordait la peau, qu'il serait en retard. Ils se tenaient la main, mais ils auraient eu envie de tellement plus. Ils sentaient leurs lèvres s'attirer comme des aimants et leur corps pétiller du désir retenu. Quel sacrifice que de devoir attendre le mariage pour se donner l'un à l'autre ! Mais Rosalie et Marc-Olivier s'aimaient suffisamment pour se plier à cette obligation.

– Je t'attendrai avec tout mon amour, lui dit Rosalie.

– Nous sommes faits pour vivre ensemble et personne au monde ne pourra jamais nous séparer, répliqua Marc-Olivier tendrement.

Il pressa son visage contre le sien et enfouit son nez dans le collet de fourrure, ému de respirer l'odeur de rose de sa compagne. Ses parents, heureux de les voir ensemble, détournèrent discrètement les yeux en signe de consentement à leur bien court épanchement.

À regret, Marc-Olivier monta à bord d'une voiture. Il resta un long moment penché à la portière à regarder Rosalie, tandis que le train s'ébranlait dans la froidure de janvier. La jeune fille marcha jusqu'au bout du quai en agitant sa main gantée de blanc. Elle demeura longtemps à regarder disparaître le train dans un nuage de neige et de brume. Toujours penché à la portière, Marc-Olivier agitait aussi la main et lui envoyait des baisers du bout des doigts. Souvent, sa silhouette s'éclipsait dans la vapeur blanche que vomissait la cheminée de la locomotive. Comme tous les trains, celui-là s'en allait, imperturbable, énorme engin d'acier et de verre, inconscient des destins qu'il réunissait ou séparait.

Rosalie avait les larmes aux yeux. Elle se disait tout bas que des instants comme celui qu'elle venait de vivre auraient dû durer toujours. Elle sentait encore les bras de Marc-Olivier autour de son corps qui virevoltait dans l'air ; elle entendait son rire éclatant. Il avait semblé si heureux de la voir arriver pour le saluer avant son départ ! Elle avait senti l'odeur de ses cheveux et la chaleur de son haleine contre sa joue. Elle avait déjà hâte de le revoir. Son absence devenait de plus en plus lourde à porter.

IX

Saint-Jean-sur-Richelieu, octobre 1967

La chambre était paisible. Une grande porte-fenêtre s'ouvrait sur une terrasse immense. Le soleil levant y entrait à profusion, et ce furent ses chauds rayons qui réveillèrent maître Bernard ce matin-là. L'homme tourna sa tête aux cheveux grisonnants vers la lumière. Le soleil déjà haut pour ce début d'automne lui intima l'ordre de se lever. C'était samedi. Il pouvait paresser au lit, ce qu'il avait rarement fait au cours de sa vie. Sa main se glissa vers le côté inoccupé de sa couche. Il était seul. Comme chaque matin de cette dernière année, une vague de nostalgie lui étreignit le cœur. Il était veuf. C'était dans la solitude de son lit que la douleur de l'absence se faisait la plus vive. Il avait aimé Roxanne, la mère de ses deux fils. Il avait aimé son rire, sa présence, sa douceur. Sur la cicatrice de sa grande peine d'amour, elle avait mis un baume sans le savoir. Elle avait effacé en lui le désir d'une autre et il s'était consacré entièrement à sa famille sans jamais chercher à fouiller le passé. Aujourd'hui, après le décès de son épouse, ses fils à peine sortis de l'enfance occupaient tous ses loisirs.

Maître Marc-Olivier Bernard se leva et s'assit sur le rebord de son lit. Il regarda par la porte-fenêtre la luminosité de la campagne environnante. Les enfants étaient retournés en pension après le congé de l'Action de grâces. Il était seul dans la chambre immense. Était-ce la lumière, les dernières fleurs gelées sur le balcon ou le retour du temps frais ? Il ressentait une étrange solitude, plus profonde et plus sournoise qu'à l'accoutumée. Chaque fois que ce sentiment était venu le hanter, après le départ mystérieux de Rosalie, ou plus récemment après la mort subite de son épouse, il s'était empressé de songer à autre chose et, surtout, il s'était réfugié dans le travail. C'était aujourd'hui un criminaliste reconnu par ses pairs. Il vivait dans sa tour d'ivoire au-dessus de la masse. Les gens venaient vers lui uniquement pour tenter de régler leurs problèmes, et cette proximité toute relative lui suffisait. Il descendit au rez-de-chaussée et se dirigea vers la porte d'entrée. Ce geste familier d'aller prendre son journal du matin exorcisa ses vieux démons nostalgiques. Il ouvrit la porte et une vague d'air froid lui pinça l'épiderme.

« L'été des Indiens est terminé, pensa-t-il, et nous revenons à des températures plus normales pour la saison. »

Il se pencha et prit le journal que l'habile camelot avait lancé juste au milieu du porche. Un gros titre attira son attention : *L'infirmière de Saint-Anselme hérite d'une fortune.*

Il entra dans la cuisine et jeta le journal sur la table, le temps de préparer son café du matin. Il en prit quelques gorgées alors qu'il était encore brûlant. Il avait entendu ses confrères parler de l'histoire de cette infirmière dont la faute professionnelle avait coûté la vie au chanoine de la paroisse de Saint-Anselme. Il n'y avait pas prêté réellement attention, Saint-Anselme étant une petite paroisse de la banlieue nord de Montréal. Lui, il habitait au sud. Entre les deux il y avait Montréal où, cet été-là, avait eu lieu l'Exposition universelle. Il y avait eu tellement de monde dans la métropole au cours de la saison chaude que la foule des touristes avait débordé dans les banlieues. Avec ses fils, il avait eu bien du plaisir à visiter cette « Terre des Hommes » pendant leurs vacances d'été.

Il regarda de nouveau le journal. Sous le titre, il y avait une photo du chanoine. L'homme lui sembla très vieux. Son visage était ridé, ses yeux, bouffis et cernés. Son regard attira pourtant l'attention de l'avocat. Il avait déjà croisé cet œil bleu et particulièrement sévère. Il tourna la page pour lire le détail de cette affaire plutôt inhabituelle.

En page trois, il y avait d'autres photos du prêtre et, sous l'une d'elles, il lut : *Le chanoine Charles-Eugène Aubert est décédé à l'âge de 59 ans.*

D'après les photos, il aurait cru cet homme plus vieux. Charles-Eugène Aubert. Ce nom lui sembla familier. Sa mémoire cherchait une connaissance quelconque et, tout à coup, il se souvint. Un tourbillon de souvenirs lui donna le vertige. Il continua sa lecture. Il voulait en savoir davantage sur cette histoire qui le ramenait vingt-cinq ans en arrière, mais il n'arrivait pas à être attentif aux mots. Trop de réminiscences l'assaillaient et se bousculaient dans sa tête.

Il se leva pour se servir un deuxième café. Ses souvenirs le ramenaient en Abitibi après la mystérieuse disparition de Rosalie au printemps 1943. Quand il était revenu chez lui à la fin de l'année scolaire, il était allé rencontrer le curé, espérant en apprendre davantage sur les raisons qui avaient poussé la jeune femme à quitter inopinément son travail et à ne plus répondre à ses lettres. Le docteur Bernard et même sa mère Catherine, qui pourtant traitaient Rosalie comme leur fille, ne semblaient pas connaître la raison du départ précipité de l'infirmière. Sa grande amie, Héloïse-Marie, était décédée d'une appendicite aiguë. Rosalie n'avait pas pu la sauver. C'était arrivé en mars, lors d'une grosse tempête de neige. Même le train avait eu vingt-quatre heures de retard et Philippe Bergeron, avec son B7, ne prenait jamais la route durant une tempête. Il avait donc été impossible de la transporter à Amos. Elle était morte dans son lit, chez ses parents. Appelée d'urgence par Augustine, Rosalie n'avait rien pu faire à cause du mauvais temps. Et la tempête avait duré toute la semaine. Quant au départ soudain de son amoureuse, le couple Bernard n'y comprenait rien.

– Elle était bien jeune, avait dit le docteur. Sans doute la mort d'Héloïse-Marie lui aura-t-elle fait sentir toute son impuissance et elle a décidé de rentrer chez elle.

Quand il avait rencontré l'abbé Charles-Eugène, à Saint-Mathieu-du-Nord, ce dernier lui avait dit ne pas savoir non plus pourquoi elle était partie de cette façon.

– Elle ne m'a parlé de rien, avait-il dit. Bien sûr, après la mort d'Héloïse-Marie, elle était triste et se culpabilisait de n'avoir rien pu faire pour la sauver, mais je ne pense pas que son départ soit dû à ce triste événement. Elle a quitté Saint-Mathieu un mois après la mort de son amie. Il y a eu aussi un terrible accident à la scierie quand deux hommes ont perdu la vie, entraînés par une courroie alors qu'ils la réparaient. C'était des étrangers venus travailler aux réparations pendant l'hiver. À moins que Rosalie ne les ait connus… Je n'en sais rien, puisqu'elle ne m'a rien dit. Ses nerfs ont peut-être craqué.

Mais le souvenir le plus vif de cette rencontre avec le prêtre demeurait, pour Marc-Olivier, la froideur de son regard quand il lui avait dit :

– Jeune homme, dites-vous que parfois la vie fait bien les choses. Cette femme n'était pas pour vous. Vous la connaissiez à peine. Elle cachait sans doute un lourd secret. Elle aura préféré fuir plutôt que de vous en parler.

Marc-Olivier avait détesté l'homme d'Église pour ses suppositions. Sa belle et douce Rosalie, si pure et si tendre, ne pouvait pas cacher un secret si noir qu'elle ne puisse s'en ouvrir à lui. Il l'aimait de toute son âme. Aujourd'hui encore, à l'évocation de ce beau visage, il avait le cœur chaviré et un immense vague à l'âme s'emparait de lui. C'était une personne d'âge mûr, maintenant. Quel genre de femme était-elle devenue, sculptée par les années ?

Il revint vers la table où le journal reposait, ouvert en page trois. Mais ses souvenirs l'empêchaient de lire la suite. Il se rappelait avoir aussi questionné les Robidoux. Augustine, surtout. Mais, devant l'évident chagrin de la vieille dame, il n'avait pas insisté. Elle avait simplement dit :

– En plus de ma pauvre Héloïse-Marie, il a fallu que je perde aussi Rosalie avec sa gaieté et sa musique.

Ces paroles étaient teintées d'une immense tristesse. La dame ne semblait pas savoir où était partie l'infirmière.

L'automne suivant, il avait profité de la première longue fin de semaine, à l'Action de grâces, pour se rendre à Saint-Marc-des-Monts rencontrer le père de Rosalie. Il était absent et sa sœur Mathilde aussi. La maison aux volets clos lui avait paru triste et abandonnée. Par la suite, il avait écrit des lettres à cette adresse, espérant que son père les lui ferait suivre. Il n'avait jamais obtenu de réponse. Au printemps 1944, tandis que la guerre faisait toujours rage en Europe et dans son cœur, il était revenu à Saint-Marc-des-Monts. Cette fois-là, le notaire était chez lui. Il s'était présenté et le vieil homme de loi lui avait souri en lui serrant la main.

– J'ai entendu parler de vous, jeune homme, avait-il simplement dit. Je pense que vous venez pour ma fille ! Elle est en Angleterre. Elle a rejoint l'armée. Vous savez, les besoins sont immenses là-bas en ce moment. Je pense qu'un grand mouvement de libération se prépare sur le Vieux Continent.

Jamais le notaire Lambert n'avait autant parlé à un inconnu. Marc-Olivier se souvint de lui avoir demandé une adresse pour écrire à Rosalie.

– Je n'en ai pas, avait-il répondu. Je lui écris au soin de l'armée. Ils doivent transmettre mes lettres, puisque j'ai reçu une réponse il y a un mois.

Il avait ajouté en lui tendant la main :

– Si jamais vous apprenez pourquoi elle a quitté aussi vite l'Abitibi pour aller risquer sa vie en Angleterre, je vous saurais gré de me le faire savoir.

Marc-Olivier avait ainsi compris que le père de Rosalie n'en savait pas plus que lui sur les raisons qui avaient motivé la fuite de sa fille. Par la suite, il avait envoyé des lettres par cette filière de l'armée. Mais il n'avait jamais reçu de nouvelles de l'infirmière.

Les années avaient passé. Il avait fallu bien du temps avant qu'il ne renonce à ses rêves de vie avec Rosalie. Il s'était joint à un cabinet d'avocats de Québec. Sa carrière de criminaliste était devenue florissante et il avait déménagé à Montréal. Un jour, c'était en 1953, il avait appris par hasard le décès du notaire Lambert. Il s'était rendu aux funérailles dans l'espoir d'y rencontrer Rosalie. C'était à cette occasion qu'il avait su qu'elle était mariée et vivait en Europe.

– Elle n'a pas pu venir à l'enterrement, lui avait dit sa tante Mathilde. Nous lui avons fait parvenir un télégramme, mais c'est loin, la Belgique, et surtout elle est enceinte. Elle ne serait jamais arrivée à temps de toute manière. Elle doit être bien triste, la pauvre petite.

Un peu intriguée, Mathilde l'avait regardé avec attention.

– Je peux savoir qui vous êtes, jeune homme ? Il me fera plaisir dans ma prochaine lettre de lui dire que vous étiez à l'enterrement de son père.

Il avait serré la main de la vieille dame et lui avait répondu tristement :

– Je suis un ami parmi tant d'autres. Il ne sera pas nécessaire de faire mention de moi à Rosalie.

Il se souvenait de ce jour-là comme si c'était hier. Durant le voyage de retour vers Montréal, sur le Chemin du Roy, des larmes, abondantes et chaudes, coulaient sur ses joues. Mariée et enceinte ! Cette nouvelle lui avait enlevé définitivement toutes ses espérances. Puis il s'était trouvé ridicule de pleurer une femme qui l'avait abandonné et laissé sans nouvelles depuis près de dix ans, malgré tous ses efforts pour la joindre. La semaine suivante, il avait demandé en mariage la sœur d'un de ses confrères, Roxanne.

À présent, il se tenait devant ce journal grand ouvert sur la table de sa cuisine, à Saint-Jean-sur-Richelieu, à se rappeler un passé plutôt triste. La mort de Charles-Eugène Aubert remuait tous ses souvenirs.

Il eut envie de laisser là sa lecture, mais la curiosité l'emporta. Comment l'infirmière responsable de sa mort avait-elle pu hériter de ce prêtre ? Son café était froid. Il s'en servit un autre. À nouveau le soleil l'attirait à l'extérieur. Son coin de pays était magnifique. Il apercevait le mont Saint-Hilaire au loin. Au cours de l'après-midi, il irait y faire de la marche rapide comme tous les samedis.

Il finit par s'asseoir à la table de la cuisine et reprit le journal abandonné quelques minutes plus tôt. L'histoire était courte. Évidemment, ce n'était pas le premier article qui parlait de cette affaire. Il commença à lire, mais ses yeux ne virent qu'un nom au centre des mots, et ce fut comme si tout s'effaçait pour ne laisser place qu'à ce nom : *Garde Rosalie Lambert*. Il rêvait. Il leva les yeux et secoua la tête.

– Ben, voyons. Je fais un cauchemar, là, ou quoi ?

Il reprit sa lecture, un mot à la fois, en faisant un effort désespéré pour ne pas fixer le nom au centre de l'article. Il était abasourdi. Rosalie, responsable de la mort de Charles-Eugène ! Et son héritière de surcroît ! Quelque chose lui échappait. Il était vrai qu'il avait perdu depuis longtemps le fil de ces deux vies. Il poursuivit sa lecture. L'infirmière se refusait à tout commentaire, écrivait le journaliste. L'histoire de cet héritage, ébruité par la sœur du chanoine Aubert, avait mené à son arrestation. Avant ce revirement inattendu, la mort du prêtre avait été considérée comme une regrettable erreur de médicament par le comité d'éthique de l'hôpital de Saint-Anselme.

Marc-Olivier se leva comme un automate. Ses idées tourbillonnaient. Il allait se réveiller et toute cette histoire ne serait qu'un mauvais rêve. Il avait souvent imaginé qu'il revoyait Rosalie un jour, par hasard. Ils se seraient salués comme ça, simplement. Elle aurait été belle malgré les quelques rides laissées par les années. Il le lui aurait dit. Elle aurait souri, de ce doux sourire qu'il n'avait jamais pu oublier. Et voilà qu'elle était là, pas très loin et accusée de meurtre.

Des scénarios par dizaines se mirent à hanter son esprit. Avait-elle été amoureuse du curé ? Était-ce cet amour interdit qu'elle avait fui en quittant Saint-Mathieu-du-Nord en catastrophe ? Non, c'était impossible. Elle était amoureuse de lui, Marc-Olivier. Le curé aurait-il abusé d'elle ? Il lui aurait fallu une sacrée rancune pour exercer sa vengeance tant d'années plus tard. Il essayait de se rappeler cette lointaine époque, mais tout s'emmêlait dans ses souvenirs. Il y avait près d'un quart de siècle déjà. Rosalie aurait-elle tué cet homme par dépit, après si longtemps ? Non. Quelque chose lui échappait. C'était certain que Rosalie, sa Rosalie, n'avait pas pu tuer quelqu'un de sang-froid. Quel vilain tour la vie était-elle en train de jouer, et à qui ?

À Charles-Eugène, ça, c'était certain. Il était mort. Que s'était-il passé dans cet hôpital de Saint-Anselme la semaine précédente ? Et que s'était-il passé en Abitibi il y avait vingt-quatre ans ? Quel drame avait tourné autour de lui sans qu'il s'en soit aperçu ? Pourquoi le chanoine Aubert en avait-il fait son héritière ? Et l'article du journal parlait d'une fortune. Il fallait que le montant de l'héritage soit substantiel, sinon on n'aurait pu en faire un motif de meurtre. Et comment l'infirmière au cœur tendre de ses souvenirs aurait-elle pu assassiner un homme ? Et pourquoi tout à coup pensait-il qu'elle était coupable ? Non. Non, il ne le pensait pas ! La vie pouvait transformer les gens, mais jamais à ce point. Il revoyait très clairement la fille aux boucles rebelles tombée de son cheval. Et l'infirmière qui s'était jetée dans la rivière écumante à la rescousse de son amie. Il retrouvait dans son souvenir la jeune fille heureuse qui pédalait à ses côtés durant le seul été de leurs amours. Il entendait encore son rire cristallin résonner à son oreille. Il la revoyait au dernier réveillon chez les Robidoux. Ses doigts légers couraient sur les touches du piano d'Augustine. Elle levait parfois la tête et lui souriait en secouant ses boucles brunes. Il l'avait tenue dans ses bras le temps de quelques danses. Son corps abandonné contre le sien ne pouvait avoir menti sur les sentiments qu'elle éprouvait à son égard. Pourtant, à la fin de l'hiver, elle était partie sans un adieu, alors que personne ne semblait avoir été témoin de cette détresse qui l'avait fait fuir l'Abitibi.

Et voilà que, sans avertissement, près d'un quart de siècle sans qu'il ait la moindre nouvelle d'elle, son nom apparaissait là, dans un journal qui traînait sur la table de sa cuisine.

« Monsieur l'avocat, l'objet de votre souvenir le plus précieux, de votre grand amour, est un assassin », semblait dire le journaliste qui avait rédigé l'article.

Mais Marc-Olivier savait bien que Rosalie était innocente.

Le soleil s'était déjà couché sur l'horizon depuis un long moment et il ressassait encore ses souvenirs du passé. Il avait oublié de dîner. Il avait refait le chemin de sa vie d'aujourd'hui à hier et d'hier à aujourd'hui. Il cherchait en lui un point de ralliement, une balise oubliée sur la sente du passé qui aurait donné un sens à cette étrange histoire. Il en avait la conviction, il n'aurait jamais de repos s'il ne trouvait pas de réponses à ses questions. Il devait revoir Rosalie. Il devait lui parler. Maintenant qu'il savait où elle était, il tenait à la revoir. Au fond de lui-même, il avait toujours rêvé de retrouvailles avec cette femme. Sauf que, maintenant, il avait peur. Il se souvint qu'elle était mariée. Mais peu lui importait ; demain, il s'informerait au sujet de cette affaire et il tenterait par tous les moyens possibles de rencontrer Rosalie.

« Elle doit déjà avoir un avocat... », pensa-t-il.

Dans son lit, où le sommeil semblait l'avoir définitivement fui, il voulait se convaincre que celle qui avait été son plus grand amour avait besoin de lui. Ce n'était pas seulement la curiosité qui l'attirait vers Rosalie. Elle avait sûrement besoin de son support. Une petite voix dans son cœur le lui disait. Demain, il irait vers elle et lui offrirait son aide. Après tout, il était criminaliste. Elle pourrait avoir besoin de ses conseils.

X

Le comité d'éthique de l'hôpital Saint-Cœur-de-Marie avait tenu une séance spéciale dès le lundi suivant la mort du chanoine Aubert. Comme le prélat était un homme important dans la paroisse, il était urgent pour le directeur général d'être en mesure de répondre en toute connaissance de cause aux journalistes, qui avaient déjà demandé des entrevues pour faire le point sur le décès du prêtre.

– Garde Lambert, dit le directeur Lalonde dès son entrée dans la salle du conseil, nous vous connaissons bien, puisque depuis dix ans vous travaillez avec nous. Et nous ne doutons pas un seul instant qu'il s'agit bien d'une erreur de médicament.

– Merci, répondit Rosalie.

– Nous avons quelques questions à vous poser pour confirmer notre opinion. Votre chef d'unité répond entièrement de votre éthique professionnelle. Mais nous aimerions connaître vos liens antérieurs avec le chanoine Aubert. Garde Taylor nous a dit que vous le connaissiez avant cette nuit et aussi qu'il y avait eu une dispute dans la chambre de ce patient au cours de la nuit qui lui a été fatale.

– Une dispute ? C'est un grand mot pour décrire la courte altercation que nous avons eue. En effet, je l'ai connu il y a vingt-cinq ans en Abitibi. Et nous n'étions pas toujours d'accord sur la façon dont j'exerçais mon métier, auprès des femmes surtout.

– Vous pourriez expliciter ?

– Souvenez-vous des curés au début des années quarante. Ils ne voulaient rien entendre de la moindre méthode de contraception. Et nous avions souvent des prises de bec à ce sujet. Heureusement, les curés se sont un peu assouplis de nos jours…

Elle avait tourné son regard vers l'aumônier présent.

– La nuit de son décès, dans sa chambre, que s'est-il passé ?

– Pas grand-chose, finalement. Il s'est dit heureux de me revoir et je lui ai répliqué que ce n'était pas réciproque. Il a ri. Je lui ai alors dit que je pouvais me permettre, cette nuit-là, de lui dire qu'il avait toujours été arrogant. Ça l'a fâché.

– Et c'est tout ?

– Oui. Vous savez, ça faisait près de vingt-cinq ans que je ne l'avais pas vu. C'est vrai que sa présence m'a ramenée à une époque difficile et ça m'a perturbée. Je dois avouer que j'ai eu de la difficulté à me concentrer après cet échange. Et c'est après cette rencontre que je suis allée préparer l'antibiotique. Je n'ai jamais voulu la mort du chanoine Aubert.

Rosalie observait les membres du comité devant elle. Il y avait là son chef d'unité, le directeur médical et l'aumônier de l'hôpital. Elle baissa la tête et dit avec simplicité :

– Je ne peux rien ajouter d'autre, sauf que je suis profondément blessée et que ce sera une bien triste cicatrice avec laquelle je devrai vivre désormais.

Dès le lendemain, en matinée, elle reçut un appel téléphonique du directeur de l'hôpital : le comité d'éthique avait reconnu que son geste était une erreur. Il lui offrait de prendre à ses frais deux semaines de vacances, le temps pour le personnel de l'hôpital et les journalistes d'oublier un peu l'affaire. Rosalie ferma les yeux de soulagement. Derrière ses paupières closes, la jolie rousse de ses souvenirs lui souriait.

Malheureusement, sa tranquillité fut de courte durée. En fin d'après-midi le même jour, elle reçut une convocation au cabinet du notaire Legendre, à Saint-Anselme. Elle était attendue le lendemain pour l'ouverture du testament du chanoine Aubert. Elle n'y comprenait vraiment rien. Ce fut avec une sorte d'inquiétude au ventre qu'elle se rendit au cabinet de l'homme de loi.

Il y avait dans l'antichambre une femme d'un certain âge. Quand le notaire vint les chercher, la dame sembla surprise de la présence de Rosalie. Legendre présenta les deux femmes l'une à l'autre. La sœur du chanoine, puisqu'il s'agissait d'elle, parut insultée que garde Lambert fût présente à l'ouverture du testament de son frère, mais elle ne dit rien. De son côté, Rosalie n'était pas davantage à l'aise. Elle se demandait bien pourquoi elle était convoquée pour la lecture de ce document.

Après les procédures d'usage, le notaire en vint au testament de Charles-Eugène Aubert. Rosalie eut un choc quand elle entendit :

– *Je désire que mes biens matériels aillent à ma sœur, Marie-Louise Aubert-Parent. Pour ce qui est des valeurs en argent sonnant, je veux qu'elles soient divisées en deux parts égales entre ma sœur ci-devant nommée et garde Rosalie Lambert.*

L'infirmière n'entendit rien de la suite. Elle demanda seulement à la fin de la lecture :

– J'ose espérer que ce montant d'argent est dérisoire ?

– Pas exactement, répondit le notaire. Il s'agit d'une petite fortune, en fait, soit vingt mille quatre cent douze dollars et vingt-cinq cents chacune.

Rosalie sentit le bras du curé s'abattre sur elle. Voilà que par-delà la tombe il venait encore une fois faire bifurquer son destin. L'erreur médicale qu'elle avait commise venait d'être reconnue comme telle par le comité de déontologie de l'hôpital. Une bien triste erreur, mais une erreur. Et voilà que cet héritage allait de nouveau jeter le doute sur cette affaire. Elle n'y comprenait rien. Pour quelle raison pouvait-il bien lui avoir laissé un héritage, ce prêtre odieux, ce triste curé qu'elle n'avait jamais revu depuis son départ de Saint-Mathieu-du-Nord il y avait maintenant près d'un quart de siècle ? Et comment Charles-Eugène pouvait-il posséder autant d'argent ?

Le notaire ajouta, en tendant une enveloppe à Rosalie :

– Peut-être que cette lettre vous éclairera sur les raisons du chanoine Aubert de vous laisser cet argent.

Franchement indignée, la sœur du curé intima à l'infirmière l'ordre de lire immédiatement le contenu de la lettre.

– Vous n'y êtes pas obligée, s'empressa de dire le notaire.

Rosalie était visiblement perturbée. Elle prit l'enveloppe et quitta la pièce sans un mot. Charles-Eugène Aubert aurait-il encore une fois le dernier mot ? Elle sentait sa vie basculer. Elle avait hâte d'être à l'abri des regards et de prendre connaissance de ce nouveau document.

Tenu au secret professionnel, le notaire ne pouvait rien révéler du testament. Mais la sœur du chanoine n'avait aucune obligation de cette sorte et, outrée qu'une telle donation échoie à la personne responsable de la mort de son frère, elle s'empressa d'alerter les médias. Devant ce fait nouveau d'une importance capitale, la justice sévit. Rosalie fut d'abord arrêtée pour être interrogée et, vu son silence, elle fut inculpée de meurtre.

* * *

Rosalie était assise dos à la porte, la tête bien droite, et fixait le mur bleu pâle devant elle comme si elle regardait par une fenêtre grande ouverte. Ce port de tête altier raviva le souvenir qu'il gardait de cette femme et le conforta dans la certitude qu'il avait de l'intégrité et de l'innocence de sa promise d'autrefois. Marc-Olivier Bernard hésita un instant sur le seuil, se demandant si c'était l'homme ou l'avocat qui entrait dans la pièce. La femme devant lui avait sûrement eu conscience de son arrivée, mais elle ne bougeait pas. Il avait demandé qu'on ne lui révèle pas son nom, seulement qu'un avocat insistait pour la voir. Elle avait refusé jusqu'à maintenant de communiquer avec qui que ce soit qui se serait chargé de sa défense. Sans doute n'avait-elle accepté sa visite que parce qu'on lui avait dit qu'il connaissait le chanoine Aubert.

Il fit quelques pas et la vit de profil dans la lumière. Elle avait vieilli, certes, mais si peu changé. Ses longs cils noirs jetaient toujours un mystère sur son regard vert qui restait obstinément fixé sur le fond de la pièce. Le cœur de Marc-Olivier battait la chamade. « C'est étrange comme toute une vie vous rattrape en quelques instants ! » se dit-il. Il fit le tour de la table et s'assit entre elle et le mur bleu qui monopolisait toute son attention. Elle le vit. Il murmura plus qu'il ne dit :

– Bonjour, Rosalie.

Il vit ses yeux s'animer et le scruter profondément. Il aperçut aussi une petite lumière s'allumer au fond de ses prunelles. Elle venait de le reconnaître. En une fraction de seconde, tous les souvenirs des années parurent se bousculer dans sa tête. Entre ces deux regards accrochés l'un à l'autre, il y avait un quart de siècle de vie au bout duquel Rosalie et Marc-Olivier étaient soudain projetés. Il leur semblait que les battements de leurs cœurs étaient audibles dans toute la pièce, pourtant étonnamment silencieuse. De longues minutes, ils restèrent là à s'observer : elle, étonnée ; lui, confus.

Une larme lourde glissa interminablement sur la joue de Rosalie. Elle avait souvent rêvé de revoir cet homme, bien convaincue cependant que ce rêve ne se réaliserait jamais puisqu'elle le fuirait toujours. Son souvenir de lui et de son amour pour elle avait été sa force dans les moments difficiles. Elle s'était inventé une vie avec lui, comme ces enfants qui se créent un ami fictif, sauf que, elle, elle savait que son amoureux existait quelque part. Mais il était marié et n'était plus pour elle. De toute façon, elle ne le méritait plus. Un amour aussi pur que celui qui les avait unis dans leur jeunesse était trop beau pour être terni par sa faute. Elle avait fait un choix vingt-quatre ans plus tôt. Aujourd'hui, elle devait l'assumer.

Mais en cet instant elle avait mal. Trop mal pour parler. Elle se leva brusquement et marcha vers la porte contre laquelle elle frappa avec force.

– Ouvrez-moi, dit-elle, la visite est terminée.

En quelques enjambées, Marc-Olivier fut près d'elle. Il voulut prendre son bras, mais sa main resta suspendue à quelques centimètres de la peau de cette femme qu'il avait trop aimée, trop souvent désirée durant ce dernier quart de siècle. Elle fleurait trop de souvenirs pour qu'il osât la toucher. Il lui fallait garder son calme, ne faire aucun des gestes étonnamment trop familiers encore, qui lui revenaient comme dans un réflexe en dépit des années envolées.

– Je t'en prie, Rosalie ! Je suis là pour t'aider. Tu n'as rien fait, je le sais, mais je dois comprendre. Je t'en prie, laisse-moi te défendre.

Moi aussi, j'aurais voulu te retrouver dans d'autres circonstances, mais nous n'y pouvons rien.

La gardienne de prison avait ouvert la porte et Rosalie s'était retournée vers l'avocat. Ses yeux verts baignaient dans l'eau. Elle ne trouvait pas de mots. Son esprit était entraîné dans un grand vertige. Il lui semblait que son corps tremblait des pieds à la tête. Elle n'osait dénouer ses mains, de peur que leur tremblement ne trahisse le trouble dans lequel elle se trouvait. Elle fixait obstinément le col entrouvert de la chemise blanche de l'homme devant elle. Quelques poils gris se glissaient dans l'encolure et, bien que ce fût étrange en un tel moment, elle pensait que la vie avait passé bien vite.

– Laisse-moi au moins te sortir d'ici, murmura l'avocat à quelques pas d'elle.

Elle sentait son souffle sur son visage. Elle regardait ses lèvres. Elle reconnaissait son odeur familière, comme si elle l'avait quitté hier. Il vit ses mains se détacher l'une de l'autre, puis se lever vers lui pour s'arrêter dans un geste d'impuissance inachevé.

– Je suis désolée…

Elle hésita un long moment. Ses lèvres tremblaient légèrement. Elle murmura son nom d'une voix douce comme une longue caresse venue du fond de l'âme :

– Marc-Olivier ! Je suis désolée, mais je ne veux pas t'entraîner dans ma déchéance.

– Mais je suis avocat. Si tu veux être ma cliente, je ne prends pas tes fautes à mon compte.

Et il s'empressa d'ajouter :

– Mais je suis convaincu que tu n'as rien à te reprocher.

Rosalie le fixait toujours avec intensité. Il n'était pas certain qu'elle soit entièrement présente dans la pièce. L'avocat regrettait de ne pas s'être annoncé en mentionnant son nom. Elle aurait eu le temps de se remémorer le passé et elle aurait été plus apte à prendre une décision. Elle dit :

– Si tu parles de la mort du chanoine Aubert, tu as raison, je ne me sens en rien coupable. Mais j'ai eu des torts, autrefois, et je paie pour ça aujourd'hui. Et je ne veux pas parler du passé. Encore moins avec vous… avec toi…

Elle franchit la porte que la gardienne tenait toujours ouverte. Il la regarda partir dans le long couloir. Sa mince silhouette se balançait au rythme de ses pas. Elle ne se retourna pas. Dans un vacarme d'enfer, une lourde porte la ravit à sa vue.

Dès que la porte de sa cellule se fut refermée derrière elle, Rosalie se sentit défaillir. Elle glissa doucement vers le sol comme une poupée de chiffon qu'on abandonne contre un mur.

– Vous vous sentez mal ? demanda la gardienne. Voulez-vous que j'appelle de l'aide ?

Assise par terre, Rosalie pleurait dans ses mains.

– Je sais que vous n'êtes pas coupable, reprit la femme en uniforme. L'année dernière, vous m'avez soignée à Saint-Anselme ; je vous reconnais. Croyez-moi, je vis au milieu de la bêtise humaine et je sais reconnaître la bonté quand je la croise. Vous devriez accepter que cet avocat vous défende. Il a l'air bien. Laissez-le au moins vous sortir d'ici sous caution. Ce n'est pas votre place, cette prison.

Rosalie pleurait toujours et la femme comprit que ce chagrin procédait d'une dimension qui lui échappait. Elle eut envie de toucher les cheveux de la prisonnière écrasée de douleur en un geste de support, mais elle se retint et se contenta d'attendre, de lui laisser le temps de tarir sa peine.

Dans la tête de Rosalie, toute sa vie se bousculait. Elle avait fui au bout du monde en espérant trouver la paix. En France, après le débarquement, elle avait suivi l'armée qui avançait sur Paris, puis sur l'Allemagne. Elle avait découvert l'horreur des camps de concentration. Elle avait travaillé sans répit de l'aube au crépuscule, à soulager et à guérir. Elle avait ainsi oublié quelque peu son drame personnel, qu'elle avait laissé bien loin sur un autre continent. Quand, après l'armistice, Philippe de Seune, un médecin belge attaché comme elle à l'armée alliée, lui avait demandé de l'épouser, elle avait accepté. Réformés, ils s'étaient installés en Belgique. Lui était chirurgien esthétique. Ensemble, ils avaient tenté de redonner aux défigurés de la guerre une apparence humaine. Au cours des cinq années où ils avaient partagé leur quotidien, Rosalie avait connu deux accouchements prématurés. Leur amour, aussi fragile que la paix, était définitivement mort avec le dernier bébé qui n'avait survécu que quelques jours. Sans éclats de voix et sans larmes, Rosalie avait quitté le toit conjugal et était repartie pour le Québec.

Sur le bateau qui l'avait ramenée vers sa patrie, elle s'était demandé quand était mort son cœur. À Saint-Mathieu-du-Nord ? Sur les champs de bataille au milieu des carnages ? Ou lorsqu'elle avait accouché des petits corps de ses enfants, trop faibles pour survivre ? Elle ne savait plus haïr. Elle ne savait plus aimer. Elle était simplement rentrée dans son pays, où le bonheur ne l'attendait pas.

* * *

Elle avait dit : « J'ai eu des torts autrefois. Je paie pour ça aujourd'hui. » Marc-Olivier repassait cette phrase dans sa tête et essayait de comprendre ce qui avait bien pu se passer en Abitibi qui reliait la jeune infirmière et le curé de la paroisse. Il était là à cette époque et il n'avait rien vu. Son instinct d'avocat habitué à chercher le motif dans chaque cause lui disait qu'il y avait un mystère dans toute cette affaire. Et il voulait en trouver le fin mot. Il se sentait concerné, puisque le drame survenu à l'hôpital Saint-Cœur-de-Marie semblait se rapporter à son propre passé.

Le notaire du chanoine Aubert, interrogé par la police, avait déposé une copie du testament du défunt, vu qu'il y avait présomption de meurtre. Sur la lettre remise à garde Lambert, il ne pouvait rien dire ; elle était cachetée et il n'en avait jamais pris connaissance.

Une autre question hantait Marc-Olivier. D'où venait l'argent de l'héritage ? La famille Aubert était pauvre. Il décida donc de se rendre en Abitibi. Il pourrait peut-être en apprendre davantage.

Avant de partir, avec l'aide d'un de ses confrères, il réussit à faire libérer Rosalie sous une caution minime. Cette femme ne représentait réellement pas une menace pour la société. Le juge reconnut ce fait et la libéra sans hésitation en attendant le procès.

Le village de Saint-Mathieu-du-Nord n'avait presque pas changé en près de vingt-cinq années. Quelques façades avaient été remises au goût du jour, mais très peu de nouvelles constructions s'étaient élevées. Même le bureau de poste était toujours là, en face de l'église. Il allait commencer par cet endroit.

La même clochette au-dessus de la porte, vieillie de vingt-cinq ans, résonna à son entrée. Derrière le comptoir postal, il ne reconnut pas la femme qui leva la tête vers lui, mais ce ne fut pas le cas de celle-ci, puisqu'elle le nomma par son nom.

Bonjour, maître Bernard, dit-elle.

Devant son étonnement, elle s'empressa d'ajouter :

– Je suis Delphine, la femme d'Armand Robidoux. J'ai vu votre photo à quelques reprises dans *Le Soleil.* Ma belle-mère reçoit ce journal depuis sa première parution il y a bien longtemps. Quand elle a pris sa retraite, je l'ai remplacée au bureau de poste. Vous venez pour la voir, j'imagine ?

– Est-elle toujours ici ?

– Oui. Elle se souviendra sûrement de vous. C'était une si belle époque pour elle, quand son Héloïse-Marie vivait et que la garde venait ici jouer du piano et faire chanter tout le monde ! J'habitais dans le rang 8, à l'époque. Héloïse-Marie est décédée, et quelque temps après garde Lambert est partie à son tour. Elles étaient devenues inséparables, ces deux-là. Ma belle-mère est tombée malade peu de temps après. Il n'y a plus eu de chorale à l'église et le curé a quitté quelques années plus tard. Il a emmené avec lui sa gouvernante, Roselyne Duclos, la fille de notre accoucheuse, vous vous souvenez ? C'était pas une lumière, cette fille-là. Elle était pourtant moins folle que son frère jumeau, Vianney !

En parlant, Delphine avait entraîné Marc-Olivier dans les appartements privés. Il vit près du piano une toute petite vieille enroulée dans un grand châle, qui semblait dormir. Delphine s'approcha d'elle et l'interpella par son nom. Il n'arrivait pas à croire que cette femme ratatinée fût la corpulente Augustine de ses souvenirs.

– Maman Augustine, disait Delphine, regardez la visite que vous avez. Le reconnaissez-vous ?

La vieille dame prit avec précaution une paire de lunettes sur la table à ses côtés et la mit sur son nez d'un geste mal assuré. Elle regarda alors l'homme devant elle et eut un grand sourire.

– Marc-Olivier Bernard, dit-elle d'une voix chevrotante. Bien sûr que je vous reconnais ! J'ai été bien triste quand j'ai appris la mort de votre papa. Est-ce que votre mère va bien ?

Marc-Olivier sut dès cet instant qu'Augustine Robidoux avait toujours toute sa raison. Après les politesses d'usage, il lui parla du curé Aubert. Elle avait lu les articles dans *Le Soleil* et trouvait cette affaire bien triste, pour Rosalie surtout. Elle avait été heureuse de savoir où était l'infirmière. Elle pensait qu'elle vivait toujours en Europe. Du curé, elle ne semblait pas vouloir parler, ou bien il lui restait moins de souvenirs.

– Je suis convaincu, dit Marc-Olivier, que Rosalie n'est coupable de rien dans cette histoire. Elle a fait une erreur de médicament. Mais, si elle a fait cette erreur, c'est que quelque chose devait la perturber, cette nuit-là, à l'hôpital de Saint-Anselme.

La vieille dame demeurait silencieuse. Elle dodelinait lentement de la tête en resserrant le châle de laine sur ses épaules.

– Vous avez lu comme moi que Rosalie a hérité un important magot du chanoine Aubert. Ça ne vous a pas étonnée que ce curé ait autant d'argent ?

– Non, dit Augustine en souriant. Là, je peux vous renseigner. Il avait hérité vingt mille dollars de dame Hortense, sa ménagère, il y a plus de vingt-cinq ans. Ça profite, de l'argent, en tant d'années. Notre curé avait beaucoup changé après cet héritage. C'était beaucoup d'argent, vingt mille dollars, dans les années quarante. Je pense qu'il n'aurait jamais reçu les ordres s'il avait eu ce montant avant de devenir prêtre.

Elle s'empressa aussitôt de s'excuser pour ce jugement.

– Il ne faut jamais rien dire contre les prêtres. Ce sont les représentants de Dieu sur cette terre et, comme je vais bientôt rejoindre le ciel, ce n'est pas le moment de médire d'eux.

Marc-Olivier sentit une crainte profonde dans les propos de la vieille dame enfoncée dans sa berçante.

– Pourquoi dites-vous ça ? Y a-t-il quelque chose de précis qui vous vient en tête ? Dans mes souvenirs, vous sembliez aimer le curé comme un fils et aujourd'hui je sens que seule la peur de l'enfer vous empêche d'en parler.

La vieille femme eut un regard indéfinissable et continua d'égrener d'un geste machinal le chapelet qui reposait sur ses genoux, sans sembler y mêler la prière. Des larmes perlaient à ses yeux, comme cela arrivait souvent aux personnes de son âge. Peut-être aussi pleurait-elle vraiment sur le passé... Marc-Olivier regardait le piano fermé et se rappelait Rosalie lors de leur dernier Noël, quand il était venu célébrer avec elle et la famille Robidoux. Augustine avait suivi son regard. Elle aussi semblait se rappeler des jours plus heureux.

– Vous vous souvenez de Vianney Duclos ? demanda-t-elle tout à coup, d'une voix un peu plus forte.

Marc-Olivier cherchait dans ses souvenirs. Il s'était assis sur le banc de pieds et avait pris dans ses mains le bras de la vieille femme qui semblait apprécier ce contact. Elle abandonnait son membre frileux à la chaleur des mains de l'homme à ses côtés.

– Oui, c'était ce jeune homme très timide qui avait chanté le *Minuit, chrétiens* et qui semblait tellement aimer Rosalie. Il la regardait toujours avec des yeux remplis de tendresse. Après la messe, ça me revient comme si c'était hier, il est venu l'embrasser sur les deux joues. Il y avait même des larmes dans ses yeux. Je le revois partir, assis dans la boîte du camion de son père, recroquevillé, blotti contre Roselyne, sa sœur jumelle, pour se protéger du froid. Oui, je me souviens très bien de lui. Qu'est-il devenu ?

Augustine semblait vouloir en parler et il était suspendu à ses lèvres. Après un long silence, elle dit :

– Quelques années après que le curé Aubert eut quitté notre paroisse, Vianney Duclos a réussi à se rendre à son presbytère. Nous ne savons pas comment il a fait ni si quelqu'un l'a aidé, lui qui n'avait jamais quitté Saint-Mathieu-du-Nord et qui n'était certes pas d'une intelligence supérieure. Toujours est-il qu'il s'est rendu à Beauval et qu'il a sévèrement battu le curé Aubert. Avec un bâton de base-ball, à ce qu'il paraît. Charles-Eugène a passé plusieurs mois à l'hôpital.

Marc-Olivier était renversé. Tous ses sens d'avocat étaient à l'affût. Il voulait en savoir plus. Mais il n'eut pas à questionner, car Augustine poursuivit :

– Il n'y a même pas eu de procès. Vianney a été reconnu arriéré mental et on l'a enfermé à Saint-Michel-Archange. Il est resté là-bas au moins une dizaine d'années. Quand il est revenu dans la paroisse, c'était après que le curé Aubert eut quitté l'Abitibi. Là, il était vraiment idiot et il ne parlait plus. Il n'émettait que quelques sons, des mots de temps à autre. Il s'est installé tout seul dans la maison paternelle abandonnée depuis la mort de sa mère deux ans plus tôt.

Augustine fit une pause et sembla s'endormir. Marc-Olivier allait partir quand elle ajouta :

– Il habite toujours l'ancienne maison de ses parents. Il vit seul. Je pense que son frère et sa femme ne veulent pas s'encombrer de lui. Heureusement, ils lui fournissent de la nourriture et l'amènent au village de temps à autre. Vous devriez aller le voir.

L'avocat ne savait pas très bien pourquoi la vieille dame avait parlé de Vianney Duclos, mais il lui semblait que ce n'était pas sans raison. Surtout, il ne s'expliquait pas cette légère note de tendresse qu'il avait perçue dans sa voix quand elle parlait de l'idiot du village. Il aurait aimé la questionner davantage, mais Augustine avait fermé les yeux et sa tête était retombée sur son épaule. Elle semblait somnoler. Il replaça délicatement le bras frêle sur le châle de laine et quitta sans bruit la pièce où Augustine Robidoux avait vécu toute sa vie.

Il se rendit dans le rang 10 où habitait Vianney. La maison laissait voir le papier noir, décollé par endroits, qui auparavant se trouvait sous la protection du revêtement extérieur. Elle était délabrée. La cour était jonchée de détritus de toutes natures et partout il voyait courir des chats. Il faillit repartir, pensant s'être trompé d'endroit tellement ce lotissement lui semblait inhabitable. Ce fut alors qu'il vit un homme sortir de la grange et s'avancer vers lui. Un chien au poil hirsute le suivait. Il ne reconnaissait pas dans cet individu courbé le jeune chanteur de la messe de Noël 1942. Vianney avait à peu près son âge. Ce ne pouvait donc être lui. Pourtant, plus le type se rapprochait, plus Marc-Olivier reconnaissait celui qu'on appelait l'idiot du village. Quand il fut à sa portée, il lui tendit la main en se présentant. L'autre ne sembla pas remarquer son geste et il continua son chemin jusqu'à un vieux banc de voiture abandonné près de la maison sur lequel il s'assit. Marc-Olivier s'approcha et se présenta de nouveau. Mais Vianney, puisque c'était lui, ne répondit pas. Il se contentait de caresser son chien qui s'était assis à ses côtés. Pourtant, il considérait l'avocat avec un air intrigué.

– Tu te souviens de Rosalie Lambert ? demanda Marc-Olivier.

Il avait touché un point sensible. Vianney sourit de sa bouche édentée. « La misère humaine dans sa plus horrible caricature », pensa l'avocat. Il poursuivit :

– Je voulais te parler d'elle. Elle est malheureuse ; elle a de graves problèmes.

Il vit les yeux de l'homme s'embuer, mais il ne parlait toujours pas. Alors, Marc-Olivier eut une inspiration et lui dit :

– Vianney, est-ce que tu sais que le curé Aubert est mort ?

L'idiot se leva d'un bond et se mit à marcher de long en large en se frappant le front de la main droite. L'avocat se demandait ce que le curé Aubert avait bien pu faire à cet homme pour provoquer chez lui toute cette haine. Tout à coup, Vianney s'arrêta brusquement en face de lui et dit :

– C'est bien. C'est bien. Vianney est content.

– Est-ce que tu sais qu'on accuse Rosalie de l'avoir tué ? ajouta Marc-Olivier. Mais je suis certain que ce n'est pas sa faute. Est-ce que tu peux m'aider ?

Vianney sembla étonné de cette révélation et l'avocat se demanda ce qu'il pouvait attendre de ce pauvre être abandonné au fond d'un rang. Soudain, l'homme courut vers la maison et y entra. Il en ressortit quelques minutes plus tard avec une vieille photo jaunie sur laquelle il y avait trois personnes. En pointant la jeune fille du centre, Vianney lui dit :

– Roselyne. C'est Roselyne. Pour Rosalie.

À la droite, il reconnut facilement Vianney à l'époque de la messe de minuit. La vieille dame à leurs côtés devait être leur mère, l'accoucheuse de la place que Rosalie avait plus ou moins supplantée quand elle était arrivée au dispensaire de Saint-Mathieu-du-Nord. Après lui avoir remis la photo, le vieil homme courbé qu'était devenu Vianney repartit vers la grange d'un pas traînant. Il signifiait à l'avocat que la rencontre était terminée.

– Merci ! lui cria Marc-Olivier. Je vais donner cette photo à Rosalie. Elle sera contente.

Il resta un long moment immobile à regarder le cliché, mais il n'y comprit rien. Il se dit que ce voyage ne lui apportait pas beaucoup d'éclairage sur le passé. Il devait revenir à Saint-Anselme et essayer d'obtenir de Rosalie qu'elle lui raconte toute l'histoire. Elle seule pouvait éclaircir le mystère qui pesait sur sa vie et peut-être, de cette façon, se sauver des accusations de meurtre qu'on formulait à son endroit. Même si elle avait été appliquée pour la dernière fois au Canada en 1962, la peine de mort demeurait une sentence toujours possible. Là, il s'agissait de l'assassinat d'un prêtre et les accusations qui pesaient contre Rosalie étaient très graves. Il fallait au moins trouver des circonstances atténuantes ou faire changer l'accusation de meurtre prémédité en meurtre sans préméditation. Il mit la photo dans sa poche et repartit vers sa voiture qui l'attendait sur le côté de la route de gravier.

Ce fut alors qu'il remarqua le tracteur qui fonçait vers lui à toute vitesse dans un grand nuage de poussière. Arrivé à sa hauteur, un homme en habit de travail sauta par terre et, le regard menaçant, s'avança vers lui.

– Vous lui voulez quoi, à mon frère ? demanda-t-il d'une voix criarde. Je sais qui vous êtes, j'étais au village cet avant-midi et je vous ai vu chez les Robidoux. Foutez-nous la paix. Nous ne pouvons rien pour aider la garde Lambert. Tant pis pour elle si elle a des problèmes avec la justice. Nous sommes de pauvres gens, ici, et, la mort, nous l'encaissons sans dire un mot. Nous ne jugeons pas les curés et chacun paie pour ses fautes. Alors, laissez-nous tranquilles.

Marc-Olivier était renversé par cette tirade qu'il n'avait pas vue venir. Il ne connaissait pas cet homme, qui s'était identifié comme le frère de Vianney, mais il se demandait bien ce qui pouvait lui faire aussi peur pour qu'il s'attaque à lui avec autant de véhémence. Il décida de le provoquer.

– Je voulais savoir pourquoi votre frère avait envoyé le curé Aubert à l'hôpital il y a des années. Vous pourriez peut-être m'en parler.

Il n'avait pas terminé sa phrase que l'homme lui sautait au collet. Marc-Olivier fut saisi par une odeur de fumier et de mauvaise haleine qui envahissait ses narines et faisait monter en lui une forte envie de vomir. C'était peut-être aussi la pression sur son cou qui lui donnait cette étrange sensation d'étouffement. L'homme avait recommencé à crier :

– Laissez ma famille tranquille ! Retournez en ville et occupez-vous de vos affaires. Si jamais je vous revois dans le coin, vous aurez affaire à moi.

Surgi de nulle part, Vianney saisit le bras de son frère et le tira en arrière. Autour d'eux, le chien sautait dans les airs et jappait à tue-tête.

Quand l'homme lâcha le collet de son manteau et mit fin par le fait même à la pression qu'il exerçait sur sa gorge, Marc-Olivier se sentit défaillir. Il réussit tout de même à demeurer debout et à rejoindre sa voiture. Il fit un signe amical de la main à Vianney. Quelque chose lui échappait, mais son unique envie pour le moment était de s'éloigner de cette famille. En cherchant un mouchoir dans sa poche, il sentit le carton de la photo. Cette image jaunie avait sans doute plus d'importance qu'il ne l'avait d'abord pensé. Il fallait qu'il s'informe de ce qu'était devenue Roselyne, la sœur jumelle de Vianney. Qu'il sache aussi, peut-être, comment et quand était décédée la mère, l'accoucheuse de la paroisse. Il ne savait pas vraiment par où commencer ses recherches.

Il se dit qu'il devait peut-être passer par l'évêché d'Amos. De toute manière, c'était sur son chemin et de mener une enquête sommaire sur le curé Aubert ne serait sans doute pas superflu. Il n'était écrit nulle part qu'il devait chercher seulement du côté de Rosalie.

Rosalie… Chaque fois que le prénom de l'infirmière venait à son esprit, il avait le sentiment d'évoluer dans une autre dimension. Il lui semblait incroyable d'être là à fouiller le passé pour sauver de la prison cette jolie femme dont le souvenir lui avait toujours fait escorte.

En arrivant à Amos, il aperçut l'évêché au bout de la rue. Le bâtiment de ses souvenirs était beaucoup plus grand. À droite, il y avait le collège classique, construit trop tard pour qu'il puisse y faire ses huit années d'études. Ce bâtiment aussi lui semblait plus modeste que celui que sa mémoire lui ramenait. Il arrêta sa voiture devant la résidence de l'évêque et gravit l'escalier de pierre. Il sonna à la porte sans s'être annoncé. Le prêtre qui vint lui ouvrir semblait pourtant l'attendre. Il lui dit simplement :

– Bonjour, maître Bernard, son excellence vous attend. Si vous voulez bien me suivre.

Éberlué, Marc-Olivier suivit le prêtre au fond du couloir. Comment pouvait-il savoir qu'il viendrait ? Lui-même ne le savait pas en quittant Saint-Mathieu-du-Nord, il y avait tout juste une heure.

XI

De retour à la maison, Rosalie avait retrouvé son chat et le calme apparent de sa vie. Oui, elle avait aimé cette tranquillité, mais cette affreuse solitude lui avait aussi lourdement pesé, et bien plus souvent qu'elle n'osait se l'avouer. Elle se remémorait tous ces matins où elle était revenue en pleurant de son service de nuit. Elle rentrait dans sa maison vide, sa maison sans amour et sans enfants.

Autrefois, il y avait bien longtemps, elle se rappelait avoir choisi de se rendre en Abitibi. Elle avait aimé la vie qu'elle y avait menée, la liberté qu'elle y trouvait, ce respect que les gens lui vouaient et tout cet amour dont elle s'était sentie entourée. Elle se remémorait avec nostalgie la chorale qu'elle dirigeait et le bouquet des regards d'hommes tendus vers elle et sa musique. Ça n'avait pas toujours été facile, il y avait eu des morts douloureuses, mais c'était sa vie. Et cet amour merveilleux qui s'était glissé dans son cœur et dans ses rêves ! Ce jeune homme dont elle sentait encore la chaleur aujourd'hui ! Toutes les fois où il avait pris sa main ou délicatement déposé ses lèvres humides contre les siennes ! Elle avait souvent rêvé de le revoir, mais sans y croire. Or, la semaine dernière, il était là, devant elle, à la prison du comté. Marc-Olivier ! Son grand amour de jeunesse !

Tout avait basculé à l'hiver 1943, et c'était sa faute. À compter de ce jour, elle avait été entraînée par les événements. Elle avait suivi une route inconnue, un pas après l'autre, sans passion et sans rêve. Avait-elle fui toutes ces années uniquement pour ne pas faire face ? Sûrement. Elle ne le niait pas. Mais elle était bien consciente de s'être enfermée elle-même dans le mensonge. Personne aujourd'hui ne voudrait la croire. Encore moins maintenant que Charles-Eugène était mort et qu'elle était accusée de son assassinat. En plus, elle héritait de la moitié de son argent. Elle ne garderait rien de cet héritage. Mais ce n'était pas le temps de penser à ça. Il fallait d'abord se défendre et, comme elle avait évincé Marc-Olivier, un criminaliste reconnu, elle se demandait bien vers qui se tourner pour obtenir de l'aide.

* * *

Marc-Olivier avait roulé à tombeau ouvert en revenant d'Amos. Même si le parc de La Vérendrye était comme une patinoire en cette mi-novembre, il n'avait pas ralenti l'allure. Sa Mustang bleue nouvellement acquise était munie de pneus d'hiver à crampons. En bon fils de l'Abitibi, il leur avait fait confiance, ainsi qu'à sa dextérité de conducteur, pour se maintenir sur la route. Les révélations de l'évêque d'Amos l'avaient totalement bouleversé. Il n'arrivait pas à croire à cette histoire. Pourtant, elle était plausible. D'ailleurs, pourquoi cet homme d'Église l'aurait-il inventée ? Il revivait toute la scène comme si un film se déroulait sans arrêt dans sa tête.

Il était encore sous l'effet de la surprise d'avoir été attendu quand il avait été introduit dans la pièce richement décorée du palais épiscopal. L'évêque s'était levé à son entrée et s'était avancé vers lui. Il lui avait tendu son anneau à baiser. Marc-Olivier trouvait cette pratique ridicule, mais il s'en était tenu au protocole. Après lui avoir offert quelque chose à boire, l'homme d'Église était allé droit au but.

– Maître Bernard, avait-il dit sans autre préambule, je sais que vous cherchez à faire innocenter votre amie, garde Lambert, mais je vous conseille fortement de ne pas vous mêler de cette histoire.

Marc-Olivier était resté sans voix devant cette mise en garde.

– Vous semblez surpris d'avoir été attendu ici à l'évêché ?

– Effectivement, je suis surpris.

– C'est le curé de Saint-Mathieu-du-Nord qui m'a téléphoné ce matin. Il m'a dit que vous étiez allé chez madame Robidoux.

Marc-Olivier avait toisé le vieux prélat vêtu de rouge. Sa gorge débordait par-dessus son col romain et ses joues se dandinaient quand il parlait. Cet homme lui était décidément antipathique.

– Monseigneur, avait dit l'avocat en appuyant bien sur chaque syllabe et d'une voix qu'il voulait intentionnellement lente, laissez-moi juge de ce que je dois ou ne dois pas faire.

– Je vous en laisse juge, lui avait accordé l'évêque sur un ton conciliant. Mais d'abord permettez-moi de vous raconter une histoire qui date de plus de vingt ans. Elle vous fera peut-être changer d'opinion sur ce que vous devez ou ne devez pas faire.

Le timbre de l'évêque était devenu froid. Il y avait eu un long silence dans la pièce. Marc-Olivier s'était levé et avait marché vers une fenêtre tendue de lourdes draperies bourgogne. Les carreaux étaient d'une propreté immaculée ; le travail des religieuses qui se glissaient comme des ombres dans la résidence, sûrement. Il n'était que quatre heures de l'après-midi, mais déjà il faisait sombre à l'extérieur. Marc-Olivier voyait son reflet dans la fenêtre, comme celui de l'évêque dont les grosses lèvres s'étaient figées sur ses dernières paroles dans une moue dédaigneuse. Il attendait l'assentiment de son invité pour reprendre son discours. Marc-Olivier voulait savoir, bien sûr, mais son ventre se nouait à l'approche de la vérité. Il sentait que les propos de l'évêque allaient lui révéler une histoire qui avait changé le cours de sa propre vie il y avait bien longtemps. Il fit un léger signe de tête, ce qui permit à l'évêque de continuer.

– Ce que je vais vous révéler maintenant va sans doute vous étonner, maître Bernard, mais tout nous porte à croire que votre amie, garde Lambert, n'en est pas à son premier meurtre.

L'évêque avait fait une pause pour juger de l'effet de ses paroles. L'avocat n'avait pas bronché. Il avait l'habitude de cacher ses émotions. Il s'était tourné résolument vers le prélat et lui avait fait signe de continuer.

– Il y a plusieurs années, elle aurait fait avorter une de ses amies, une demoiselle Robidoux, si ma mémoire est exacte, et les choses auraient mal tourné. Par la suite, elle aurait maquillé son crime en déclarant sur le certificat de décès qu'il s'agissait d'une appendicite aiguë, ou d'une péritonite, si vous préférez. Le bon curé Aubert, dépassé par les événements, ne se serait pas opposé immédiatement, même s'il avait des doutes solides. Ce fut son erreur. Quand il nous a raconté la chose, des années plus tard, nous avons pensé qu'il valait mieux ne rien dire. Tout ça datait de si longtemps ! Garde Lambert vivait en Europe et les parents de la jeune Héloïse-Marie étaient des vieillards malades. Nous ne voulions pas remuer cette boue. Nous lui avons suggéré de mettre sa déclaration par écrit et de nous en donner une copie, que nous avons toujours ici, dans les coffres de l'évêché.

L'homme d'Église avait fait une autre pause. Malgré la tempête qui bouillonnait en lui, Marc-Olivier n'avait toujours rien dit. Il avait hâte de sortir de cet édifice qui sentait l'encens et la cire fraîche. Il avait tendu la main à l'évêque et, sans ajouter un seul mot, avait marché vers la porte. Le prélat l'avait rappelé de sa voix lente.

– Je n'ai pas terminé, maître Bernard. Je dois vous dire que j'ai reçu un appel téléphonique du procureur de la couronne du comté de Saint-Jérôme. Il désire me rencontrer pour avoir des renseignements sur le chanoine Aubert. Il désire connaître ce que je sais des liens qui auraient pu le rattacher à garde Lambert. Tout le monde est bien étonné qu'il en ait fait son héritière.

L'avocat n'avait pas répondu. Il aimait encore cette femme, il en avait la certitude.

– Malheureusement pour votre cliente, je vais devoir remettre au procureur la lettre signée par le curé Aubert dans laquelle il raconte cette histoire d'avortement. Je dois vous avouer que je suis comme tout le monde, très intrigué de savoir pourquoi Charles-Eugène a fait de cette femme sa légataire. Et encore plus surpris de cette fortune qu'il possédait. Vous savez d'où provenait cet argent ?

Maître Bernard s'était dit avec satisfaction que jamais il ne lui dirait d'où venait l'argent. Il avait senti monter en lui une joie malicieuse. L'homme d'Église se demanderait toujours comment un de ses prêtres avait pu lui cacher une telle fortune, alors que son obéissance à l'Église et sa promesse de pauvreté auraient dû l'obliger à tout remettre à l'évêché. Cette intrigante question minerait l'évêque jusqu'à sa mort et l'avocat s'en réjouissait malgré lui.

Revenu chez lui à Saint-Jean-sur-Richelieu, Marc-Olivier continua de passer et repasser cette histoire dans sa tête. Il glissa de la déception à la révolte, de la rage à la peine et de la haine à l'amour. C'était vrai, il avait aimé cette femme et il savait aujourd'hui pourquoi elle l'avait quitté. Il eut envie de tout oublier et de reprendre sa vie là où il l'avait laissée avant de lire ce fichu journal. Pourtant, dans le film des événements, quelque chose accrochait et son instinct d'avocat lui suggérait d'en apprendre davantage. Il décida d'aller voir Rosalie, ne fût-ce que pour la mettre au courant de cette lettre que l'évêque d'Amos avait en sa possession et qui allait sûrement lui causer grand tort dès que le procureur de la couronne la rendrait publique au cours du procès.

Rosalie pelletait la neige au pied de la galerie entourant sa maison. La tempête de la veille et les bourrasques qui avaient suivi avaient complètement recouvert son entrée. Elle était moins pressée de sortir, maintenant qu'elle était en congé de travail. Elle avait attendu le retour du soleil, en fin d'après-midi, pour dégager son escalier. Seuls quelques rayons frileux parvenaient à se glisser entre les nuages, mais ils faisaient scintiller la neige de mille feux. Il était vrai que les quelques larmes encore accrochées à ses cils rendaient la neige plus brillante. Elle se sentait bien seule et elle avait peur. Plusieurs fois, elle avait eu envie d'appeler Marc-Olivier pour lui demander de la défendre. Mais ses doigts étaient toujours restés figés sur le combiné du téléphone, à côté duquel elle avait déposé la carte professionnelle qu'il lui avait fait remettre par la gardienne de la prison. Elle avait peur, mais elle avait honte, aussi.

Elle pelletait rageusement et la neige lancée par-dessus son épaule décrivait de grands cercles poudreux. Elle n'entendit pas la voiture s'arrêter près de la maison et, lorsque la dernière pelletée de neige fut retombée, elle fut surprise d'apercevoir le visage d'un homme tout enneigé.

– Bonjour, madame Lambert. Je ne savais pas à quel accueil je devais m'attendre de votre part, mais jamais je n'aurais cru que vous me chasseriez à grandes pelletées de neige, dit Marc-Olivier en souriant.

Rosalie éclata de rire. Marc-Olivier porta la main à son chapeau et l'enleva pour le secouer. Taquin, dans un geste spontané, il lança toute la neige qui le recouvrait vers Rosalie qui la reçut en plein visage. Elle rit de plus belle en se secouant à son tour. Elle se surprit à regarder la mèche de cheveux qui se séparait des autres, qui tombait sur l'œil gauche de l'homme et qui dansait sur son front tandis qu'il secouait son manteau. C'était le souvenir le plus précis qu'elle avait gardé de Marc-Olivier, cette mèche de cheveux noirs qu'elle adorait replacer de temps en temps dans une caresse. Cette mèche était maintenant grisonnante.

Les souvenirs du passé effacèrent le sourire de son visage et la ramenèrent à la triste réalité de sa vie présente. Marc-Olivier s'en aperçut et lui demanda si elle voulait bien le recevoir quelques instants. Il se fit insistant ; il devait absolument lui parler.

Elle le fit entrer par la porte arrière, qu'elle venait de dégager. Ils se retrouvèrent dans la cuisine. En enlevant son manteau, Marc-Olivier jeta un coup d'œil autour de lui. La maison était spacieuse et joliment meublée. Une odeur de gâteau au chocolat flottait dans l'air. Rosalie le fit passer au salon. Il se dirigea vers un vieux piano, au fond de la pièce. Il était ouvert, et Marc-Olivier y posa les doigts pour jouer quelques notes d'une berceuse de Chopin. Rosalie la reconnut et, aussitôt, instinctivement, elle se mit à la fredonner.

Aucun des deux n'osait parler le premier. Ils se regardaient comme on regarde un enfant qu'on n'a pas vu depuis longtemps et qui a beaucoup grandi. Ce fut Marc-Olivier qui rompit le silence. Il était mal à l'aise, mais il devait faire part à Rosalie de ce qu'il avait appris à Amos. Elle l'écouta jusqu'au bout sans un mot. Quand il se tut, elle se leva et se dirigea à son tour vers le piano. Elle s'assit sur le banc pivotant et leva son regard vers celui de l'avocat. Elle semblait s'interroger sur les pensées qu'il pouvait avoir. Il y avait des larmes dans ses grands yeux verts et seules ses mains nouées trahissaient sa nervosité. Difficilement, semblant rassembler ses souvenirs pour les traduire en mots, elle parvint à articuler d'une voix très basse :

– Si tu permets, je vais te raconter cette histoire à mon tour. La même histoire, avec les mêmes mots, mais dans un ordre bien différent. Je vais avoir mal, car elle est pleine d'horreurs, mais je sais que je dois le faire.

À travers les expressions successives qu'adopta son visage, Marc-Olivier la vit remonter le temps. Elle cherchait un moment bien précis où commencer son récit. Lui attendait, silencieux, mais anxieux aussi devant ce qu'il allait apprendre. Rosalie allait dire la vérité, il en avait d'avance la conviction.

Elle était toujours assise sur le banc du piano, les mains serrées l'une contre l'autre, quand elle commença à parler d'une voix à peine audible.

– C'est vrai, Héloïse-Marie était enceinte. Depuis quelque temps, elle arrivait plus tard au dispensaire pour passer la nuit, comme elle le faisait presque toujours depuis mon installation à Saint-Mathieu. Un soir, elle est arrivée en pleurant. Quand je lui ai demandé ce qui se passait, elle n'a rien voulu me dire. Elle est allée se coucher dans la chambre d'amis et je l'ai entendue pleurer à gros sanglots. Je n'ai pas insisté. Je préférais attendre qu'elle me raconte d'elle-même ce qui la chagrinait à ce point.

« Je suis allée me coucher à mon tour. Vers minuit, je dormais profondément. Elle est entrée dans ma chambre et m'a réveillée. J'étais encore endormie quand je l'ai entendue me dire :

« – Rosalie, je veux me faire avorter et je veux que ce soit toi qui le fasses.

« Dans la brume du demi-sommeil, j'ai d'abord pensé à une blague, mais en y regardant de près je voyais bien à ses traits déchirés qu'elle ne plaisantait pas. Je lui ai répondu :

« – Héloïse, tu ne peux pas me demander ça ! Tu sais très bien que j'ai prêté le serment d'Hippocrate ! J'ai juré de protéger la vie, non pas de la détruire. Et puis, c'est défendu par l'Église. C'est un péché très grave, d'interrompre une grossesse !

« Elle pleurait tellement ! Je me souviens que je l'ai prise dans mes bras et l'ai consolée de mon mieux. Je lui ai dit de parler à sa mère, qu'elle comprendrait. Nous avons discuté toute la nuit. Nous avons pleuré toutes les deux. Jamais elle n'a voulu me dire qui était le père. J'ai pensé que c'était le neveu de monsieur Bergeron qui se cachait dans les chantiers. Je le lui ai demandé. Elle a eu l'air surprise de ma question, mais n'a rien répondu.

« Au matin, j'ai dormi une petite heure et je suis partie faire ma tournée des malades. Quand je suis revenue au dispensaire, en fin de journée, elle était partie. J'ai eu envie d'aller la voir chez ses parents, puis je me suis dit qu'il valait mieux qu'elle leur parle d'abord. Par la suite, je pourrais les aider dans les décisions à prendre. J'avais déjà pensé l'envoyer à Saint-Marc-des-Monts chez mon père. Ma tante Mathilde l'aurait reçue avec joie le temps de sa grossesse. »

Rosalie suspendit son récit. Elle offrit à Marc-Olivier un café qu'il accepta avec plaisir. Il avait l'intuition que cet arrêt présageait une suite pénible. L'infirmière alla s'asseoir sur le divan en face du sien. Elle s'enroula dans un grand châle de laine et reprit le fil de son récit.

– Comme j'avais beaucoup manqué de sommeil la nuit précédente, je suis tombée endormie sur le canapé de la salle d'attente. Ce sont des coups frappés à la porte arrière du dispensaire qui m'ont réveillée vers minuit. J'ai d'abord eu peur, car personne ne frappait jamais à cette porte, celle d'en avant étant beaucoup plus accessible. Je me suis levée sans allumer et je suis allée vers la cuisine. Il neigeait, la nuit était très noire et je n'arrivais pas à distinguer qui était derrière la porte. J'ai décidé de ne pas ouvrir. C'est alors que l'homme a parlé en me demandant de le laisser entrer. À ma grande surprise, j'ai reconnu la voix du curé Aubert et j'ai ouvert immédiatement. Il ne portait pas son col romain, ses cheveux étaient décoiffés et il avait l'air pris de panique.

« – Venez vite avec moi, m'a-t-il ordonné sur un ton qui ne laissait aucune place à la réplique, et apportez votre trousse. Quelqu'un au presbytère a besoin de vos soins.

« J'ai passé mon manteau par-dessus mon pyjama et je l'ai suivi dans la tempête. Il était venu à pied. Heureusement, le presbytère n'était pas très loin, tu te souviens ? À cause du vent et de la neige contre lesquels nous luttions pour avancer, nous n'avons échangé aucune parole.

« Au presbytère, toutes les lumières étaient éteintes et il faisait dans la maison une chaleur étouffante. Charles-Eugène m'a précédée vers sa chambre. Je savais que c'était la sienne, parce qu'Hortense y était morte l'été précédent. En entrant dans la pièce, c'est d'abord l'odeur qui m'a donné le vertige. Un effluve âcre que j'ai reconnu tout de suite comme étant celui du sang.

« C'est quand il est allé dans un coin de la pièce que j'ai remarqué, à la lueur de la lampe allumée sur la table de chevet, qu'il y avait une personne étendue sur le lit. Je me suis approchée et, avec horreur, j'ai reconnu Héloïse-Marie. Elle était blanche comme le drap qui la recouvrait et ses beaux cheveux roux étaient collés à son visage en sueur. J'ai remarqué immédiatement qu'elle avait les deux mains pressées contre son ventre. Elle était couchée sur le côté, les genoux relevés vers son menton. J'ai tiré le drap et j'ai vu tout ce sang noir collé à son ventre et ce sang rouge qui suintait toujours et dégoulinait le long de ses cuisses. En remuant le drap, je l'ai tirée de sa torpeur. Elle m'a saisi le bras et s'est mise à pleurer en me suppliant d'une voix extrêmement faible :

« – Sauve-moi, Rosalie, ne me laisse pas mourir. Je t'en supplie.

« J'étais pétrifiée d'horreur. Devant la quantité de sang répandu, je savais que l'utérus était perforé et que, sans chirurgie, Héloïse-Marie était perdue. Et nous étions en pleine tempête de neige dans un village au bout du monde. Les chemins étaient fermés, assurément. Impossible donc de se rendre à Amos, à l'hôpital le plus proche, ni même à Authier, pour y attendre le prochain train. De toute façon, il était trop tard. Héloïse-Marie, ma chère amie, se mourait au bout de son sang.

« Dans ma tête, les morceaux du puzzle trouvaient leur place. Je connaissais maintenant le nom du père de ce bébé et je savais aussi qui était le faiseur d'ange. Je lui ai crié d'aller chercher Augustine. Il a d'abord refusé. Il avait peur de mettre sa faute au grand jour. Mais j'ai hurlé et il est parti. Je suis restée seule avec Héloïse-Marie. J'ai fait tout ce que la science me permettait de faire, mais surtout je l'ai prise dans mes bras et je l'ai bercée en attendant sa mère. Elle était dans une sorte de torpeur. Elle frissonnait et claquait des dents. De temps à autre, elle ouvrait les yeux et murmurait des mots sans suite.

C'était mon nom qu'elle disait le plus souvent. Soudain, elle semblait sortir d'un cauchemar et ses mains battaient l'air devant nous. Elle m'apercevait et se cramponnait plus fort à mon bras. Une fois, je l'ai entendue murmurer :

« – Ne me laisse pas partir, Rosalie.

« Je pleurais et lui parlais doucement. Son corps bouillant de fièvre encore traversé de crampes violentes s'accrochait désespérément à la vie. Mais avec ce sang qui coulait, et que j'étais bien incapable d'arrêter, il était impossible de la sauver, j'en avais la certitude.

« Une quinzaine de minutes plus tard, Augustine, éberluée et le visage décomposé par la douleur, est entrée dans la chambre en courant. Je la revois jeter son manteau de fourrure couvert de neige au pied du lit et se précipiter vers nous. Je lui ai remis sa fille entre les bras. Elle la serrait très fort et criait son nom à travers ses sanglots. Cette voix déchirante d'une mater dolorosa ne m'a plus jamais quittée. Augustine me regardait sans comprendre. J'étais au pied du lit comme un pantin désarticulé, les mains pendantes et l'échine courbée. J'avais mal au plus profond de mes entrailles de femme. »

Recroquevillée sur son divan, Rosalie pleurait en se remémorant ces instants tragiques. En emportant Héloïse-Marie dans la mort, ils l'avaient entraînée elle aussi dans leur sillage. Elle redressa la tête et Marc-Olivier vit une lueur de haine envahir son regard. La même haine qui s'y était glissée, il y avait plus de vingt ans, il le devinait sans peine.

Rosalie se souvenait des moments qui avaient suivi le décès d'Héloïse-Marie comme s'ils défilaient encore devant elle, alors qu'elle en faisait le récit à Marc-Olivier Bernard. Elle continua de raconter :

– J'avais peine à détacher mes yeux d'Augustine qui tenait sa fille morte entre ses bras. Elle pleurait maintenant en silence, la tête enfouie dans le cou de son enfant qu'elle aimait tant.

Elle fit une courte pause et, à nouveau, la haine se glissa sur ses traits.

– Je le revois, lui, assis dans le coin de la chambre, sans soutane ni col romain. Je revois ses mains, ses longs doigts osseux qui s'étaient glissés dans le corps chaud et tellement vivant de la belle

Héloïse-Marie pour aller lui perforer l'utérus. Je ne voyais en lui qu'un démon, un monstre qui avait voulu effacer son propre péché de chair en risquant la vie de cette jeune fille qu'il avait séduite. Pauvre Héloïse ! Si avide de connaître l'amour ! Elle le payait de sa vie, cette nuit-là, dans cette minable chambre d'un presbytère surchauffé.

« Les lueurs vacillantes de la lampe dessinaient sur le visage de Charles-Eugène une sorte de rictus que je ne lui connaissais pas. J'ai ramassé par terre une serviette imbibée de sang et je la lui ai lancée au visage en lui criant qu'il était un assassin. Il n'a pas réagi. Il a simplement déposé la serviette par terre et a marché vers la fenêtre. Je restais là, immobile, incapable de penser. Je ne voyais que cet homme penché sur le corps de mon amie. Il lui avait fait écarter les jambes en lui promettant que tout irait bien. Puis il avait glissé, dans la petite fente de son sexe roux, une longue aiguille à tricoter qui allait la tuer. J'imaginais Héloïse-Marie se contractant sous la douleur. Je la voyais affolée lorsqu'elle avait senti tout ce sang lui couler entre les jambes et le suppliant, lui, de venir me chercher. Elle avait sûrement pensé que j'allais la sauver. Elle devait même en être certaine. Et moi, je l'ai laissée partir, je n'ai pas su la retenir. Je n'ai pas pu, il était trop tard. »

Toujours enroulée dans son écharpe de laine, Rosalie avait recommencé de plus belle à pleurer. Marc-Olivier était impuissant à la consoler. De toute évidence, le plus important était à venir. Après un long silence entrecoupé de sanglots, elle reprit son récit :

– Augustine tenait sa fille dans ses bras et moi je tenais Augustine. Je lui ai simplement murmuré à l'oreille de ne pas penser que c'était moi l'auteur de ce carnage. Elle a pris une de mes mains dans les siennes et elle l'a embrassée. À cet instant, j'ai eu la certitude qu'elle avait compris ce qui s'était passé dans cette chambre. Je le lisais dans ses yeux, Augustine savait.

« C'est alors que Charles-Eugène s'est avancé vers nous. J'ai deviné à l'expression de son visage qu'il avait réfléchi à la suite des choses. Il a dit simplement :

« – Madame Robidoux, je suis profondément désolé de ce qui s'est passé cette nuit. Je regretterai toute ma vie de n'avoir pas pu empêcher votre fille de poser ce geste. Mais nous ne pouvons plus rien y changer, maintenant. Je vais vous faire une suggestion à toutes les deux pour sauver l'honneur de cette pauvre Héloïse-Marie.

« J'ai compris à cet instant qu'il n'avait aucun remords et j'ai eu la certitude qu'il avait déjà froidement réfléchi à la situation, et ce même si certaines subtilités de sa phrase m'avaient échappé sur le coup de l'émotion. Il a continué :

« – Je vous suggère de transporter le corps de votre fille chez vous et de déclarer qu'elle est morte d'une péritonite. Comme ça, elle pourra être enterrée dans le cimetière.

« Augustine a réagi avant moi en demandant avec angoisse pourquoi sa fille ne pourrait pas être enterrée dans le cimetière. Cette femme était extrêmement croyante et elle avait toujours mis toute sa confiance dans le clergé. C'était de ces bonnes catholiques de l'époque qui ne remettaient jamais en question la parole de Dieu transmise par ses représentants. Charles-Eugène lui a répondu qu'en se faisant avorter, et en tuant son bébé du même coup, elle était devenue une criminelle et les gens qui s'enlèvent la vie ou mettent un terme à celle de quelqu'un d'autre n'ont plus droit aux sacrements de l'Église, ni au repos en terre consacrée.

« Je venais de comprendre que ce monstre voulait faire croire à Augustine que c'était Héloïse-Marie elle-même qui s'était fait avorter. Je me suis avancée vers lui et l'ai giflé à toute volée, le faisant vaciller sur ses pieds. Je le revois porter une main à sa joue et je me souviens avec quelle haine il m'a regardée en ajoutant :

« – Et c'est vous, garde Lambert, qui allez signer ce certificat de décès.

« – Jamais ! ai-je répondu.

« Mais Augustine, dépassée par les événements, s'est avancée vers moi et m'a demandé de l'aider à transporter sa fille chez elle. Elle voulait la sortir de cet enfer. J'étais abasourdie par le drame, par la douleur d'Augustine et par mon impuissance à sauver ma meilleure amie de la mort. J'avais beaucoup de difficulté à réfléchir. Je ne voulais pas signer ce faux certificat de décès, mais je voulais protéger Augustine. J'étais déchirée, anéantie.

« Sans attendre un assentiment de ma part, Charles-Eugène a roulé Héloïse-Marie dans une couverture de couleur foncée et il est parti avec elle dans ses bras, sans manteau et sans chapeau, vers le bureau de poste situé juste en face du presbytère. Il neigeait toujours à plein ciel et les bourrasques nous empêchaient même d'apercevoir la maison des Robidoux à quelques mètres de nous. J'ai attrapé mon manteau et je l'ai suivi. Je ne voyais qu'une toute petite mèche de cheveux roux qui sortait de la couverture de laine et virevoltait dans la neige et le vent glacé.

« J'ai compris plus tard que Charles-Eugène avait déjà élaboré ce scénario. Il aurait fallu un bien improbable hasard pour que quelqu'un soit sur la route à quatre heures du matin par une telle tempête. Ernest Robidoux était de garde à la scierie cette nuit-là. Il n'a donc pas eu connaissance de ce va-et-vient dans sa maison. Il a appris la mort de sa fille le lendemain matin en rentrant chez lui. Sa femme lui a dit qu'elle avait succombé à une appendicite aiguë. Augustine savait bien qu'elle ne pouvait plus rien pour sa fille, sauf lui donner une mort honorable. Lorsqu'elle a commencé à laver le corps comme un automate au ressort tendu, je lui ai proposé mon aide, mais elle l'a refusée ; elle préférait être seule.

« Je suis rentrée au dispensaire, révoltée contre le curé Aubert. Je pleurais, je hurlais, j'avais mal. Je me suis promis de me rendre à l'évêché dès la fin de la tempête et de tout raconter à l'évêque. Il fallait que cet homme paie pour sa faute. Épuisée, je me suis assoupie sur le canapé dans la salle d'attente.

« C'est une bourrasque entrant avec fracas par la porte de la cuisine qui m'a réveillée. J'ai couru pour la fermer et je l'ai aperçu, debout dans l'entrée arrière du dispensaire : Charles-Eugène Aubert, l'assassin ! Je n'avais pas dû dormir bien longtemps, car il faisait encore nuit dehors. Il n'avait pas tardé à me suivre. Je me rappelle son visage cramoisi et, pour la première fois, j'ai remarqué que ses dents de devant étaient légèrement cariées. Il traînait encore avec lui l'odeur métallique du sang qui avait séché sur son pantalon et qui s'était ensuite liquéfié sous la neige. Je l'ai sommé de partir immédiatement, en lui rappelant que jamais je ne signerais un faux certificat de décès. Il a éclaté de rire, un rire mauvais, sardonique. À cet instant, dans la résonance de son rire, j'ai commencé à le haïr du plus profond de mon être. Et cette haine ne m'a plus jamais quittée. Il s'est approché de moi et, en me regardant froidement, il a dit..., il a crié plutôt :

« – Vous savez, garde, personne ne croira jamais que c'est moi qui ai pratiqué cet avortement ! Tout vous accuse et moi le premier. Ce sera ma parole contre la vôtre. Augustine, chez qui j'ai semé le doute en lui laissant entendre que c'est sa fille qui s'est avortée elle-même, ne prendra jamais parti pour l'un ou l'autre d'entre nous. Je suis prêtre, ne l'oubliez pas ! Jamais personne ne prendra votre parole, d'autant moins qu'elle s'opposera à la mienne. Je suis prêt à déclarer sous serment et devant Dieu que c'est vous la coupable. Et pensez à votre amie décédée et à sa mère ! Toutes les deux vous demandent, vous implorent, devrais-je dire, d'apposer votre signature sur un document qui les protège de l'opprobre, plutôt que sur un papier qui les déshonore à jamais et qui va entraîner toute la famille dans la boue. Réfléchissez à ce que je vous dis. Vous n'avez que quelques instants devant vous. Dans quelques minutes, le jour va se lever et il faudra justifier la mort d'Héloïse-Marie. Même si c'est moi qui ai fait cet avortement, c'est vous qui serez reconnue coupable et ce sera la fin de votre carrière. Vous y laisserez votre honneur aussi. Signez ce document. Pensez à votre père qui est si fier de sa fille !

« Il allait poursuivre encore son plaidoyer sordide, mais quelqu'un a frappé à la porte avant du dispensaire. Je suis allée ouvrir pendant qu'il restait caché dans la cuisine. C'était Lamothe, le fils, qui se rendait à son travail à la scierie et qui en profitait pour venir chercher des médicaments pour son épouse diabétique. Je me souviens qu'en lui remettant la fiole d'insuline je n'arrêtais pas de me demander ce que j'allais faire. Il est reparti et je me suis de nouveau retrouvée seule avec Charles-Eugène. Cette diversion m'avait permis de cheminer..., enfin, elle avait accordé à mon cerveau épuisé et torturé le temps d'entreprendre une certaine réflexion, forcément distordue par le drame dans lequel j'étais plongée.

« Il avait pensé à tout. J'étais fatiguée. J'avais peur. J'étais coincée. Il avait raison : c'était lui qu'on allait croire. Même Augustine ne pourrait rien pour moi. Je pensais à elle, à son mari, à mon père et surtout à Héloïse-Marie, mon amie. Comme un robot, j'ai marché vers l'armoire où je rangeais mes papiers et j'ai signé un certificat de décès que je lui ai lancé au visage en criant :

« – Tenez, vous y inscrirez ce que vous voudrez !

« Et je l'ai poussé vers la sortie. Quand j'ai claqué la porte derrière lui, je l'ai aussi claquée définitivement sur ma liberté.

« Il a officié au service funèbre avec toute la dignité d'un homme d'Église. Je le revois encore consoler Ernest, le père de sa victime, et lui parler de la grande bonté de Dieu qui n'envoie jamais les épreuves inutilement.

« J'avais mal et j'avais honte. J'aurais voulu disparaître... Bien que je fusse déjà très peu croyante à cette époque, j'avais quand même été éduquée dans la crainte de Dieu et de son châtiment. Mes études m'avaient appris à préserver la vie et je n'avais pas su entendre l'appel au secours de ma meilleure amie. Je l'avais laissée se faire charcuter par un monstre et, de plus, j'avais entériné ce crime. Je me haïssais et ce qu'il me restait de conscience, formée par mon éducation chrétienne, me reprochait la mort d'Héloïse-Marie aussi bien que ma complaisance. Je suis tombée malade à force de pleurer et de ne plus m'alimenter. Ton père est venu me voir. Il voulait me ramener chez vous, à Macamic, pour que ta mère s'occupe de me remettre sur pied. Il attribuait ma dépression à la mort de mon amie et au fait que je n'avais pas pu la guérir de sa péritonite. Il ne cessait de me dire que même lui n'aurait pas pu faire mieux dans les circonstances. Moi, je connaissais la vraie raison de mon chagrin et je ne pouvais pas reprendre ma vie d'avant. »

Rosalie leva les yeux vers Marc-Olivier et poursuivit :

– J'ai donc décidé de quitter l'Abitibi pour ne plus jamais y revenir. Avant de partir, et dès que j'ai eu assez de force pour le faire, je suis allée à l'évêché. J'ai été reçue par le secrétaire de l'évêque et je lui ai raconté toute l'histoire sans chercher à minimiser ma participation. Je me souviens d'avoir tout dit d'un trait, le souffle court et la voix tremblante. À ma grande stupéfaction, dès la fin de mon discours, il m'a traitée de menteuse et m'a dit de ne jamais répéter cette histoire, sous peine de me retrouver en prison. J'avais tout consigné dans une lettre que je lui ai remise. Il l'a déchirée devant moi en me disant que c'était très mal de vouloir camoufler ma faute en l'attribuant à quelqu'un d'autre. Il a ajouté que si lui ne me croyait pas personne d'autre ne me croirait. Il valait mieux arrêter là ma fabulation. Un prêtre catholique ne pouvait avoir commis le crime dont j'accusais le curé de ma paroisse. Et il m'a claqué la porte au nez.

Rosalie fit une longue pause, que Marc-Olivier respecta religieusement. Elle finit par ajouter très bas :

– Par la suite, je n'ai fait que fuir ma vie.

Elle ne pleurait plus. Elle observait l'homme devant elle et cherchait dans son regard ou dans son attitude une preuve qu'il la croyait. Elle vit que c'était lui, à présent, qui pleurait.

– Je te crois, dit-il simplement.

Il s'approcha d'elle et l'entoura de ses bras.

– Je suis tellement désolé, Rosalie ! Quel gâchis ! Tu sais, je n'aurais pas fait mieux que toi. Nous sommes des humains et, par conséquent, nous agissons au mieux, avec nos peurs, nos anxiétés, nos amours et nos haines.

Marc-Olivier serra contre lui cette femme qu'il aimait toujours et qu'il devinait si fragile en cet instant. L'odeur de ses cheveux lui semblait familière et il devait faire taire son désir de l'embrasser. Les horreurs qu'il venait d'entendre offraient une bien triste toile de fond à l'abandon qu'il aurait tant souhaité. Il se contenta de la bercer doucement en lui murmurant des mots de réconfort. Mais l'avocat en lui demeurait lucide : en dépit de la véracité de son récit, les problèmes de Rosalie n'étaient en rien résolus.

Cette histoire racontée tant d'années plus tard pour affronter une accusation de meurtre ne constituait qu'une faible défense, s'il s'agissait de contrebalancer la lettre laissée par le chanoine Aubert à l'évêché d'Amos quelques années après le drame. Le procureur devait déjà avoir en sa possession cette lettre où le curé racontait les choses à sa façon. Ce serait la parole d'un mort, c'est-à-dire la parole de la victime, contre celle de son assassin présumé. Non, son expérience du droit criminel ne le rassurait en rien quant à ses chances de faire blanchir Rosalie de toute accusation. La défense serait difficile, pour ne pas dire quasi impossible. Mais il serait toujours temps de le lui dire…

Il savait maintenant pourquoi Rosalie s'était enfuie sans un mot des années auparavant. Leur amour était si beau et si pur qu'elle avait préféré ne pas le ternir en lui racontant cette sordide affaire. Il aurait aimé à cet instant lui dire qu'il aurait compris son geste et aurait pardonné sans hésiter. Elle était si peu coupable de la triste mort de son amie ! « Mais on ne refait pas le passé, se disait-il. Il faut vivre avec le présent. » Pour le moment, il serrait contre sa poitrine cette femme qui n'avait jamais quitté sa mémoire. Ce moment de bonheur était bien fragile et chargé d'émotions confuses. Marc-Olivier cherchait déjà comment aborder la défense de son amie, qu'il savait bien incapable d'avoir commis délibérément un meurtre. Malgré la haine qu'elle avait vouée au prêtre depuis la mort d'Héloïse-Marie, il était impossible qu'elle ait décidé de sang-froid de le tuer après un quart de siècle.

XII

Marc-Olivier et Rosalie roulaient vers l'Abitibi. C'était une magnifique journée ensoleillée du début de décembre. La bordée de neige de la veille avait laissé les routes du parc de La Vérendrye un peu plus étroites, mais ils s'en contentaient. Ils n'étaient pas vraiment pressés. Rosalie avait l'impression de vivre en liberté surveillée. Elle n'arrivait plus à se détendre complètement ; la pensée de la mort de Charles-Eugène ne la quittait pas un seul instant. Même si elle cherchait fébrilement une preuve des anciennes manigances du curé, elle savait que cela ne lèverait jamais totalement le doute sur sa culpabilité qu'avait semé son erreur médicale. Elle retournait en Abitibi pour la première fois depuis vingt-quatre ans. Comme elle avait toujours fait le trajet en train, c'était son premier voyage par la route. Sur des dizaines et des dizaines de kilomètres, il n'y avait que des arbres, des épinettes surtout, et des lacs gelés. Les conifères, recouverts d'une épaisse couche de neige que le vent léger de cette journée d'hiver faisait virevolter dans la lumière éblouissante, ressemblaient à autant de clochers pointés vers le ciel. « Un hymne à la gloire de la vie », pensa Rosalie. À cette évocation, elle sentit une profonde anxiété l'étreindre encore une fois et chasser sa joie.

Marc-Olivier lui avait expliqué très franchement sa situation. Ils en étaient venus à la conclusion que seule Augustine, si elle acceptait de témoigner, pouvait faire pencher la balance vers l'infirmière en introduisant dans la cause un doute raisonnable. À condition qu'elle ait de la chance, car la vieille dame ne pourrait que raconter ce qu'elle avait entendu cette nuit-là ; dans les faits, elle n'avait été témoin de rien. Et, après tant d'années, quels seraient ses souvenirs des événements et des paroles prononcées au cours de cette terrible nuit ? Mais c'était là leur seul témoin. Ils avaient donc décidé de retourner, ensemble cette fois, lui rendre visite.

– Le plus important dans le témoignage de madame Robidoux, avait dit Marc-Olivier, c'est qu'elle pourra confirmer que sa fille est morte au presbytère. Je ne vois vraiment pas, si c'était toi qui avais fait cet avortement, pourquoi tu serais allée le faire à cet endroit.

– Tu as raison. On va lui demander de faire une déclaration écrite. Ainsi, cette vieille dame n'aura pas à se déplacer à Montréal pour le procès.

Avec une pointe de nostalgie, Rosalie avait ajouté :

– J'ai bien hâte de revoir dame Augustine. Parfois, je me dis que j'aurais dû lui écrire, après la mort de sa fille. Mais je n'ai pas pu.

Marc-Olivier se renfrogna.

– Ça, je sais. J'ai bien espéré aussi recevoir des nouvelles de toi après ton départ. J'ai attendu très longtemps, tu sais. Dis-moi, Rosalie, as-tu reçu les trois lettres que je t'ai acheminées par la filière de l'armée ?

Rosalie baissa le front ; elle n'osait pas regarder son ami en face.

– Je suis désolée, Marc-Olivier. J'ai reçu tes trois lettres en même temps, vers la fin de la guerre. Je t'assure que je ne pouvais pas faire autrement que de garder le silence. Il m'est difficile d'expliquer ce que je ressentais. J'ai voulu te répondre, mais je ne pouvais pas te parler du drame que j'avais vécu, de sorte que je ne savais pas quoi écrire. Je me sentais trop sale pour notre amour.

– Je n'ai pas osé te le demander jusqu'à maintenant, mais ta tante m'a dit aussi que tu étais enceinte, lorsque ton père est décédé, en 1953. Tu as un enfant de quatorze ans ?

– C'est vrai, on ne s'est posé aucune question ! Je me demande aussi depuis notre première rencontre à la prison ce que tu as fait de ta vie, tout ce temps. Je vois que tu es marié. Tu as des enfants ?

– J'ai été marié. C'est seulement à l'enterrement de ton père, quand j'ai appris que tu étais mariée, que j'ai décidé de convoler moi aussi. Je suis veuf depuis l'année dernière.

– Je suis désolée. Ta femme était malade ?

– Non. Elle est morte dans un incendie. Je préfère ne pas en parler. J'ai deux fils. Un de douze ans et un autre de dix ans. Ils sont en pension depuis septembre. Mais tu ne m'as toujours pas dit où est ton enfant à toi ? C'est une habitude, chez vous, garde Lambert, de répondre par des questions ?

– C'est vrai, ça m'arrive souvent. J'ai eu deux enfants, en fait. Deux prématurés qui sont morts quelques jours après leur naissance. J'ai trouvé très difficile d'être enceinte. J'avais continuellement une peur panique d'avorter. Tu vas sans doute me trouver un peu folle, mais je n'y pouvais rien. Mon mari était médecin. Il m'a fait voir un ami psychiatre, qui en est venu à la conclusion que ce sont les horreurs de la guerre qui ont créé en moi une sorte de blocage et m'ont empêchée de rendre mes enfants à terme.

– Et c'était ça, tu crois ?

– Je pense que je n'arrivais pas à exorciser mes souvenirs d'Héloïse mourante, baignant dans son sang. En tout cas, dès que j'étais enceinte, je commençais à faire des cauchemars. Mon amie mourait sans cesse dans ma tête.

– C'est une bien étrange rencontre, que la nôtre, n'est-ce pas ? Toute une vie à se raconter comme ça, en quelques minutes. Il y en a eu, des jours de pluie et des jours de soleil. Nous avons traversé les intempéries et nous avons eu de beaux jours, loin l'un de l'autre. Pourtant, au temps des fleurs, comme disent les poètes, nous pensions faire la route ensemble.

– Il m'arrive de croire que notre passage sur cette planète est un long sentier tracé d'avance. Bien sûr, nous avons parfois l'impression de faire des choix, mais ils nous conduisent simplement vers notre destin dont les grandes lignes sont déjà écrites.

– Tu crois vraiment ? Et si tu n'étais pas partie après la mort d'Héloïse-Marie ? Tu aurais changé une page de ton livre…

– Pas tant que ça. Si j'étais restée, je t'aurais épousé. J'aurais toujours eu cette haine au cœur et ce serait tes enfants à toi que j'aurais perdus. Et nous serions seuls et sans doute sans amour. Peut-être encore ensemble seulement parce que notre éducation judéo-chrétienne ne nous aurait pas permis de divorcer.

Marc-Olivier fit la moue devant le pessimisme de son amie.

– Tu oublies l'amour. Si tu étais restée, tu serais devenue ma femme et je suis certain que notre amour aurait guéri toutes tes plaies ; nous aurions eu de beaux enfants en bonne santé.

Il fit une pause et regarda un instant défiler le paysage.

– Enfin, tout ça pour te dire que je ne crois pas que notre vie soit un livre écrit d'avance. Nous disposons du libre arbitre et pouvons faire des choix.

– Oui ! Je sais que tu as raison. Je suis terriblement négative en ce moment.

– Il n'est jamais trop tard pour changer le cap de sa vie, tu sais.

Rosalie lui sourit :

– Et c'est sûrement ce que je vais faire, encore une fois bien malgré moi, quand je vais me retrouver derrière les barreaux.

Devant l'air contrit de l'avocat qui avait détourné la tête, Rosalie s'empressa d'ajouter :

– Je suis de mauvaise foi. Je te taquine. Je comprends très bien ce que tu veux dire et comme toi je crois que la force de notre esprit peut changer bien des choses dans notre vie. Il suffit de le vouloir, de croire très fort à ce que nous souhaitons. J'ai eu de très bons moments, tu sais. Et je me croyais guérie de ma haine contre Charles-Eugène, jusqu'à ce que je le revoie à l'hôpital de Saint-Anselme.

– Je t'accorde que ce qui t'arrive présentement est un mauvais coup du sort. Mais il n'arrive jamais rien sans raison. Ce procès va te permettre de vider l'abcès et de guérir finalement cette plaie qui t'empêche de vivre pleinement. Ne t'inquiète pas trop. Je suis convaincu qu'on va trouver la façon de te sortir de là.

Rosalie regarda du coin de l'œil le profil de Marc-Olivier se découper dans la lumière. Il était concentré sur la conduite de sa Mustang, mais elle devinait facilement que bien des souvenirs et interrogations se bousculaient dans sa tête. Il réfléchissait sûrement à la défense qu'il allait présenter à l'ouverture du procès, le printemps prochain. Pour sa part, elle était mal à l'aise d'aller rencontrer

Augustine pour lui demander de déclarer la vérité sur la mort d'Héloïse-Marie. Il y avait si longtemps qu'elle était sans nouvelles de la vieille dame ! Quand Marc-Olivier avait proposé cette démarche, elle avait d'abord refusé, mais il lui avait fait comprendre que c'était vraiment là sa seule chance d'être crédible en cour quand elle raconterait sa version de l'histoire. Le témoignage très humain de cette vieille maman éplorée viendrait, en quelque sorte, jeter un doute sur la lettre de Charles-Eugène, écrite cinq ans après les faits.

Le procureur de la couronne leur avait remis une copie de cet écrit. Le curé accusait Rosalie uniquement sur des présomptions puisqu'il affirmait ne pas avoir été témoin de l'avortement. Il écrivait aussi qu'il avait été appelé au chevet de la mourante et qu'il lui avait administré les derniers sacrements dans la maison de ses parents. C'était l'agitation de l'infirmière et le sang qu'il y avait sur les lieux qui avaient semé le doute dans son esprit. Rosalie espérait la collaboration de madame Robidoux pour le contredire.

– Comme tu le sais, les accusations portées contre toi sont finalement des accusations de meurtre sans préméditation.

– Et ça change quoi ? demanda Rosalie en sortant de sa rêverie.

– Il y a là du bon, mais aussi du mauvais. Devant une accusation de meurtre avec préméditation, on aurait pu faire valoir que tu ne savais pas avant ton arrivée au département ce soir-là que le chanoine serait dans votre unité, si bien que la préméditation aurait été difficile à prouver. En revanche, en cas de verdict de culpabilité, tu aurais pu être condamnée à la peine de mort. Mais nous avons affaire à une accusation de meurtre sans préméditation. Ce que le procureur de la couronne va chercher à démontrer, c'est que, en revoyant cet homme que tu détestais, sous le choc, tu as décidé de l'éliminer. Si tu es reconnue coupable, la pire sentence que tu risques, c'est la prison à perpétuité.

– Décidément, il n'y a rien de bien rigolo là-dedans. En plus, il m'aurait fallu une sacrée rancune pour décider comme ça d'éliminer quelqu'un après tant de temps.

– Effectivement. C'est pourquoi le fait de revoir Charles-Eugène cette nuit-là donne surtout à penser que tu as perdu toute concentration, ce qui t'a amenée à commettre une erreur. C'est précisément la conclusion à laquelle en sont venus les membres du comité de déontologie de l'hôpital. On va sûrement te demander aussi ce qui s'est dit dans la chambre, quand vous vous êtes disputés.

– On va me demander de témoigner ? demanda Rosalie, surprise.

– Tu n'es pas obligée de le faire. Mais je pense que si tu n'as rien à cacher il vaudrait mieux témoigner. Tu es une personne calme, posée, je dirais même pourvue d'une belle personnalité et de beaucoup de charisme. Je pense sincèrement que tu pourrais influencer l'opinion des jurés.

Rosalie lui adressa un large sourire pour le remercier de cette estime qu'il lui portait toujours.

– Ce qu'il m'a dit dans la chambre ? C'est comme je te l'ai déjà raconté. Il m'a dit qu'il était heureux de me revoir et je lui ai fait savoir que ce n'était pas réciproque.

– Et pourquoi as-tu élevé la voix ?

– Quand j'ai entendu son rire démoniaque, je lui ai dit un peu fort, je pense, qu'il était pour moi un assassin, même après autant d'années.

– Voilà, c'est tout ce qu'il te faudra dire… Le procureur de la couronne va sûrement te demander ce qu'il y avait dans la lettre que le notaire t'a remise à l'ouverture du testament de Charles-Eugène.

– Tu sais, Marc-Olivier, cet héritage, c'est une attention que je ne comprendrai jamais. D'autant moins que je n'ai vraiment pas besoin de cet argent.

– Ça, c'est difficile d'en convaincre un jury. Les gens que la richesse n'attire pas sont très rares.

– Vois-tu, je suis riche depuis les premiers jours de ma naissance. Ma mère a rencontré mon père à la lecture du testament de son arrière-grand-père, Éphrem Thibodeau. Cet homme possédait la forge du village et il avait amassé une fortune au cours de ses quatre-vingt-dix-huit ans de vie. Comme maman est morte dans les jours qui ont suivi ma naissance, c'est moi qui ai hérité de cet argent. Je ne peux même pas te dire exactement ce que vaut cette somme aujourd'hui. Un notaire s'occupe de mes affaires et je ne suis jamais très attentive quand il me fait son rapport annuel. Et aussi, comme tu t'en doutes sûrement, j'ai hérité de mon père à son décès il y a quatorze ans. Ma seule obligation est de subvenir aux besoins de ma tante Mathilde, qui ne m'occasionne que des dépenses insignifiantes par rapport à mes avoirs. Cet héritage est placé également et engendre des revenus. L'argent ne peut donc pas être pour moi un motif de meurtre.

Marc-Olivier sembla intéressé.

– Il sera bon de mentionner ça au cours du procès. Effectivement, ça élimine l'argent en tant que mobile.

– Je n'ai jamais revu Charles-Eugène depuis mon départ de Saint-Mathieu. Comment aurais-je pu savoir que j'étais son héritière ?

– Les gens ne vont peut-être pas croire que vous ne vous étiez jamais revus.

– Je défie quiconque de démontrer que ce sinistre curé et moi avions gardé le contact.

– Si tu es si riche, qu'est-ce que tu penses faire de l'argent du chanoine ?

– J'ai déjà averti le notaire Legendre de placer cet argent en attendant que je trouve une œuvre à qui le donner.

– Il faudra faire mention de ce fait également. Tu as dit ça au notaire avant ou après que des accusations ont été portées contre toi ?

– C'était avant. Je lui ai dit que je refusais cet héritage le jour même où je l'ai reçu. Tout de suite après le départ de la sœur de Charles-Eugène, en fait. Mais il m'a dit qu'il était préférable de placer cet argent et de voir plus tard ce que j'en ferais.

– C'était une bonne suggestion de sa part. Mais tu ne m'as toujours pas dit ce qu'il y avait d'écrit sur la note qui accompagnait le testament du chanoine.

Rosalie hésita un moment avant de répondre.

– Rien de très précis. Il disait simplement que j'avais été importante dans sa vie et qu'il espérait que je ferais meilleur usage que lui de cet argent.

– Et tu as jeté ce message ?

– J'étais insultée de recevoir cet héritage. À ce moment-là, je ne pensais vraiment pas être accusée de meurtre. J'étais loin de voir dans cette note manuscrite une éventuelle pièce à conviction.

Marc-Olivier ne put s'empêcher de sourire. Rosalie n'avait pas tort. Tout se tenait dans ce qu'elle racontait. Malheureusement, sa propre compétence comme infirmière jouait contre elle. Jamais de toute sa carrière elle n'avait commis pareille erreur.

L'issue du procès allait se jouer sur l'opinion que le jury se ferait de sa cliente. Il trouvait bien dommage de devoir salir un mort, mais il faudrait faire comprendre à ces douze hommes que le chanoine de Saint-Anselme n'avait pas une grande estime de la vie humaine. Il faudrait chasser de leur pensée le préjugé que le patient décédé cette nuit-là était un saint homme. Il n'y avait pas vraiment de preuves tangibles contre sa cliente, sauf bien sûr si le jury retenait la version écrite par le curé Aubert et s'obstinait à croire que cette femme avait déjà tué délibérément sa meilleure amie en l'avortant. Il serait alors aisé pour lui de conclure qu'elle avait en toute connaissance de cause administré le mauvais antibiotique.

Pour Marc-Olivier, la seule explication plausible au mélange des antibiotiques était la surprise de Rosalie de revoir le curé Aubert cette nuit-là et sa perte de concentration consécutive. Il lui avait demandé à plusieurs reprises de repasser dans sa tête les gestes qu'elle avait commis au cours de cette nuit fatale et elle ne pouvait rien lui expliquer. Elle lui répondait invariablement :

– Je revois cette nuit-là comme dans un brouillard. Ce fut comme si une main étrangère avait agi à ma place. Peut-être quelque part, dans une autre dimension, Héloïse-Marie avait-elle décidé qu'il était temps que la vérité éclate sur ce monstre qui a continué tranquillement sa vie après que la sienne eut été interrompue de façon si cruelle…

– Tu sais, si les jurés croient la lettre laissée à l'évêque par Charles-Eugène, ce qui serait bien étonnant si nous convainquons Augustine de donner sa version, cette situation pourrait aussi d'une certaine façon justifier ta perte de concentration dans ton travail cette nuit-là. Pour les jurés, soit tu seras le monstre capable de faire avorter sa meilleure amie et de vouloir en faire porter l'odieux à un pauvre curé de campagne, soit tu seras la victime d'un homme d'Église menteur et assassin, devant les actes duquel tu auras fui il y a bien longtemps, sans laisser d'adresse, trop malheureuse de n'avoir pas su lui tenir tête. De le revoir sur ton unité une nuit sans que tu t'y attendes aura été la cause de ton erreur, commise dans la confusion de ces retrouvailles pénibles. D'une façon ou d'une autre, il est possible de croire que tu as perdu ta concentration en revoyant Charles-Eugène Aubert après tant d'années… En définitive, le témoignage de madame Robidoux est fondamental. Si nous l'obtenons, la couronne ne pourra pas faire croire au jury que tu es une femme démoniaque.

Rosalie regarda son avocat avec tendresse. Elle était toujours étonnée de le voir à ses côtés. Marc-Olivier Bernard, le jeune homme de ses souvenirs ! « C'est fou ce que la vie a de chemins détournés pour remettre en présence deux êtres qui ne se sont jamais oubliés », se disait-elle. Elle aurait préféré que leur rencontre ait lieu dans d'autres circonstances, cependant. Mais au moins il était là, prêt à l'aider, faisant fi de l'abandon qui l'avait si profondément mortifié jadis. Cet homme était, comme dans ses souvenirs de jeune fille, généreux et bon. Heureusement que le monde comptait aussi des individus comme lui. Ça lui redonnait de l'estime pour le genre humain.

– Merci, Marc-Olivier, dit-elle. C'est presque un miracle que tu sois à mes côtés.

– Vraiment ? Faut croire que j'ai des contacts importants au ciel, pour provoquer des miracles.

– Plus que Charles-Eugène, ça, j'en suis convaincue. Lui, c'est sûrement le diable qui l'a reçu dans ses flammes !

Ils laissèrent tous deux échapper un grand éclat de rire. Ça leur faisait du bien de se détendre un peu.

En traversant Authier, Rosalie reconnut la gare devant laquelle elle avait pensé faire demi-tour, en ce jour pluvieux de la fin d'août, quand elle avait débarqué du train la première fois. Et l'hôtel du coin où elle avait attendu ce même train et où elle s'était restaurée, alors qu'elle conduisait des malades à l'hôpital d'Amos. Le bâtiment de pierre des champs dressait toujours son imposante stature sur le coin de la rue principale. Aucun arbre, aucune dépendance ne lui tenaient compagnie. Il n'avait pas besoin de trompe-l'œil pour se remplir tous les soirs. Comme c'était le seul point de rencontre des gens du village et des environs, tout le monde s'y donnait rendez-vous.

– Et si on s'y arrêtait casser la croûte ? suggéra Marc-Olivier qui suivait sa pensée. Il n'est que quatre heures, mais j'avoue que le petit déjeuner est loin et les quelques fruits que nous avons mangés sont digérés depuis un bon moment.

Dans le vieil hôtel, rien ne semblait avoir changé. La nourriture était bonne et ils se restaurèrent avec délectation. La serveuse était volubile et semblait fort intriguée par ces visiteurs inattendus.

– Nous allons rencontrer l'ancienne maîtresse de poste de Saint-Mathieu-du-Nord, lui dit Marc-Olivier. Pensez-vous que les chemins sont praticables, après la tempête d'hier ? Sinon, nous attendrons à demain pour nous y rendre.

La jeune fille fut très heureuse de leur rendre service.

– Les routes sont comme en été. C'est mon père qui entretient les chemins et c'est un champion dans son domaine.

Sa réponse les fit rire. Ils se rappelaient tous les deux l'extraordinaire esprit de famille des gens de l'Abitibi. En leur apportant l'addition, elle leur demanda :

– L'ancienne maîtresse de poste dont vous parlez, est-ce que c'est Augustine Robidoux ?

– Oui. Nous parlons bien d'elle, répondit Rosalie.

– Je suis désolée pour vous, mais madame Augustine a été inhumée samedi dernier. Elle est morte subitement. Il faut dire qu'elle était malade depuis bien longtemps. Nous étions parentes, vous savez, du côté de mon père.

Elle continuait de parler, mais Marc-Olivier et Rosalie ne l'écoutaient plus. Ils se regardaient, abasourdis. À la radio, les Beatles chantaient *Yesterday* et le vieil appareil de radio grésillait d'une façon agaçante. Depuis leur entrée dans l'hôtel, ni l'un ni l'autre n'avaient eu conscience de ce poste de radio, mais à présent il prenait toute la place, comme si leurs boîtes crâniennes s'étaient soudain vidées et que seule y résonnait cette mélodie du groupe de Liverpool.

Il leur fallut un long moment pour se reconnecter à la réalité. Marc-Olivier vit que les lèvres de Rosalie tremblaient et il ne trouva aucune parole pour la soutenir. Il se leva et se dirigea vers la caisse, ce qui tira l'infirmière de sa torpeur. Elle le considéra distraitement alors qu'il marchait vers le comptoir et, soudain, elle reconnut une partie des lieux. Sur le coin gauche du bar, il y avait un vieil ivrogne, la tête penchée et le regard perdu dans les brumes. Ce n'était sûrement pas le même qui trônait toujours là lors de ses visites d'autrefois. « Tous les piliers de bar se ressemblent ! » songea-t-elle. À sa droite, elle aperçut la table de billard sur laquelle elle avait joué une fois avec Vianney Duclos. À la sortie de la grand-messe, un dimanche, elle lui avait demandé de l'accompagner à Authier où elle devait se rendre pour une clinique de vaccination. Elle lui aurait offert un voyage à Rome que le jeune homme n'aurait pas été plus content et plus fier. Que de souvenirs ! Quand elle leva la tête, Marc-Olivier la regardait.

– Où étiez-vous rendue, jolie madame ? demanda-t-il en essayant de mettre un peu de gaieté dans sa voix.

– Dans le passé, bien sûr ! Je ne sais pas pourquoi, je pensais à Vianney Duclos. Tu te souviens de lui ? Il passait pour le fou du village, l'idiot. Presque tout le monde riait de lui, mais à partir du moment où il a commencé à chanter à l'église les gens l'ont perçu sous un autre angle... Mais pourquoi fais-tu cette tête ?

Il avait l'air en effet de tomber des nues.

– C'est vrai. J'avais oublié de te le dire. Quand je suis venu ici il y a deux semaines, j'ai rencontré Vianney Duclos. Si tu le voyais ! Maintenant, il a vraiment l'air de l'idiot du village. Il n'arrive même plus à faire une phrase complète. Tu ne le sais sans doute pas, mais il a passé plus de dix ans à l'hôpital Saint-Michel-Archange, à Québec.

– Pourquoi a-t-il été interné là ? Tu le sais ? Il n'avait vraiment rien d'un fou ! C'était même une bonne nature. C'était un enfant battu qui avait grandi dans la peur et la misère.

– Je ne sais pas ce qui s'est vraiment passé dans sa vie. Mais un jour, on ne sait pas comment il s'y est pris, sur le pouce, je pense, il a réussi à se rendre à Beauval et, une fois rendu là-bas, il a battu à coups de bâton de base-ball ton ami le curé Aubert.

– Et tu avais oublié de me dire ça ? Je suis renversée. Je n'en reviens tout simplement pas. Ce garçon n'était pas très éveillé intellectuellement, mais son comportement craintif était bien davantage dû aux mauvais traitements qu'il avait reçus de la part de sa famille. Il était doux, je m'en souviens. Avec les chevaux, par exemple... Il les faisait toujours obéir avec douceur. Il m'avait apporté un petit chat noir, une fois. Son père voulait le noyer dans la rivière. Je le revois, embrassant tendrement la pauvre petite bête. Mon Dieu, qu'est-ce qu'on a pu lui faire pour le rendre aussi agressif ? Qu'est-ce que le curé Aubert lui a fait ? devrais-je dire. Il a été interné suite à ce seul épisode d'agressivité, j'imagine ?

– Je pense que c'était suffisant, tu ne crois pas ? Il a envoyé le prêtre à l'hôpital pour plusieurs semaines. Assurément, son état mental en a fait un candidat tout désigné pour Saint-Michel-Archange. Il n'y a pas eu de procès, puisqu'il a été jugé inapte. C'est Augustine qui m'a raconté ça… Tiens, c'est vrai, je me souviens, il m'a donné une photo pour toi.

– Ah oui ! Et tu avais oublié de me montrer ça aussi ! dit Rosalie en se moquant cette fois.

– Je suis désolé. J'étais tellement abasourdi par les révélations de l'évêque et ce que tu m'as raconté que j'ai effectivement oublié que j'avais cette photo dans ma poche.

– Et il y avait qui ou quoi, sur cette photo ?

– C'était une photo de lui avec sa mère et sa sœur.

– Roselyne ! Oui, sa jumelle. Elle était un peu plus dégourdie que lui, mais bien craintive aussi. Il t'a dit ce qu'elles étaient devenues, sa mère et sa sœur ?

– Non. Il n'arrive pas à faire une phrase complète, comme je te l'ai mentionné. Je sais que sa mère est morte avant son retour de Québec, mais pour ce qui est de sa sœur jumelle je n'ai aucune idée de ce qu'elle est devenue. La bru d'Augustine, Delphine, m'a raconté que, quand le curé Aubert a quitté pour Beauval, il a emmené Roselyne avec lui. C'était sa gouvernante.

Rosalie était songeuse.

– Pourquoi t'a-t-il donné cette photo ? Je me le demande…

– Et si nous allions lui rendre visite demain matin avant de repartir ! suggéra Marc-Olivier, semblant oublier les menaces du frère de Vianney, qui s'était montré si agressif lors de sa première visite.

– Je suis tout à fait d'accord. J'aurai plaisir à le revoir.

– Quand je lui ai parlé de toi, j'ai vu ses yeux briller un court instant. Je pense que dans sa vie tu as été la personne qui l'a le plus valorisé et il s'en souvient.

– Je l'aimais bien, aussi. Il était tellement démuni ! Tu as raison, nous irons à Saint-Mathieu demain matin. De toute façon, j'aimerais bien revoir cette paroisse ! Je me demandais justement ce qu'était devenu mon dispensaire. Si je dois me retrouver en prison le restant de mes jours, aussi bien profiter maintenant des quelques moments de liberté qu'il me reste.

Rosalie était au bord des larmes et sa voix chevrotait.

– Jamais on ne te condamnera à la prison à vie, dit l'avocat. Le fardeau de la preuve est dans le camp du procureur, tu sais. Il ne sera pas facile pour lui de prouver hors de tout doute que tu as donné délibérément le mauvais antibiotique. Tant pis si on n'a pas le témoignage de madame Robidoux. On va trouver autre chose pour faire reconnaître la personne généreuse que tu es, dévouée à ses malades. Tu donneras ta version de ce qui s'est passé autrefois et ce sera au jury d'y croire ou non. Il ne faut jamais perdre de vue que ce n'est pas sur ces lointains événements que tu es jugée, mais bien sur l'administration erronée d'un médicament, accidentelle ou délibérée, qui a causé la mort du chanoine.

– Je pense ne pas t'en avoir parlé, mais il est très rare qu'une dose de pénicilline donnée par erreur à un patient allergique soit mortelle. Il faut vraiment qu'on ait affaire à une personne en très mauvaise condition, ou alors allergique au dernier degré. Vraiment, quand ça se produit dans un hôpital en plus, il faut être très malchanceux pour en mourir. À croire que Charles-Eugène a voulu me narguer jusque dans sa mort.

– Mais c'est très important, ce que tu viens de dire ! Est-ce que quelqu'un peut le confirmer ?

– Bien sûr ! La nuit du décès de Charles-Eugène, le docteur Giroux m'a précisément fait remarquer que ce n'était vraiment pas de chance pour moi que mon patient décède à cause de mon erreur.

Marc-Olivier souriait.

– Enfin une bonne nouvelle ! Ce que tu viens de dire jette une lumière fort différente sur la mort du chanoine !

Comme il était tard et qu'il faisait dehors un froid de canard, tel que l'avait fait remarquer l'hôtelier, ils décidèrent de passer la nuit à l'hôtel d'Authier.

– Pourquoi un froid de canard ? avait demandé Rosalie à son ami. Tu es un fils de l'Abitibi ! Tu dois savoir ça !

– Je pense que ça fait référence à la chasse aux canards, qui se pratique en automne, mais aussi en hiver. Le chasseur doit rester immobile et aux aguets. Il n'a pas le choix de laisser le froid le pénétrer jusqu'aux os en attendant qu'une de ses cibles veuille bien s'approcher suffisamment pour lui donner la chance de goûter un confit.

* * *

Le lendemain matin, il faisait encore extrêmement froid. Dans sa chambre aussi dégarnie qu'une cellule de nonne, Rosalie n'arrivait pas à se décider à sortir de sous la montagne de draps et de catalognes que l'hôtelier avait ajoutée à la literie ordinaire.

Sur le mur, au pied de son lit, il y avait un crucifix sur lequel un christ en croix semblait l'encourager à ne pas lâcher prise dans sa lutte contre feu le chanoine Aubert.

– Si tu existes vraiment, mon ami en croix, pria-t-elle, tu pourrais peut-être m'aider à mettre au jour la vérité sur la mort d'Héloïse-Marie et à faire connaître enfin, même post mortem, la monstruosité de son assassin. Bien que c'eût été un de tes représentants sur cette terre, je sais, pauvre bon Dieu, que Tu n'es pas responsable de ses actes dégradants.

À contrecœur, elle finit par se lever ; le froid qui avait envahi la chambre la talonna tout le temps qu'elle mit à faire sa toilette. En ouvrant la porte qui donnait sur le couloir, elle aperçut Marc-Olivier debout qui se frottait les mains l'une contre l'autre pour les réchauffer. Il avait revêtu un chandail à col roulé de couleur beige et, pardessus, il avait enfilé son veston brun de la veille.

– Je porte aussi de longs sous-vêtements de laine, dit-il avec un clin d'œil en voyant Rosalie détailler sa tenue. J'espère que tu as aussi des vêtements très chauds. L'Abitibi, en décembre, c'est loin de la Floride.

– Oui, j'avais prévu le coup. J'ai quand même quelques souvenirs de vos froids de canard.

L'hôtelier les attendait avec un petit déjeuner copieux. Il les invita à manger dans la cuisine près du poêle à bois, tellement il faisait froid dans la grande salle à dîner. Là au moins il faisait chaud. L'homme plutôt silencieux qui les regardait du coin de l'œil en préparant le repas n'était pas le propriétaire dont Rosalie se souvenait. Il était âgé. « La soixantaine au moins », pensa-t-elle. Peut-être se souvenait-il de certaines choses au sujet de Vianney Duclos. Aussi décida-t-elle de lui poser quelques questions.

– Vianney Duclos ? Le fou de Saint-Mathieu-du-Nord ? Bien sûr, je le connais comme tout le monde, répondit l'aubergiste.

– Et sa sœur Roselyne ?

– Elle est morte il y a bien longtemps.

– Ah ! Vraiment ? Elle aurait à peine quarante-cinq ans, aujourd'hui. Est-elle morte dans un accident ?

– Non, je ne pense pas.

– Vous ne savez vraiment pas ce qui lui est arrivé ?

– Elle était ménagère dans un presbytère d'une paroisse reculée.

– À Beauval ? demanda Marc-Olivier, soudain attentif à la conversation.

– Oui, je pense que c'est ça. Beauval.

– Et savez-vous ce qu'elle faisait, si loin de chez elle ? Les Duclos n'étaient pas du genre à quitter leur patelin, affirma Rosalie, intéressée.

– Vous me questionnez à propos de choses qui datent de bien longtemps.

L'aubergiste eut l'air de chercher dans sa mémoire.

– Je pense qu'elle avait quitté Saint-Mathieu en même temps que le curé pour être sa ménagère. Ça avait fait un peu jaser, à l'époque. Ça prend pas grand-chose par ici, vous savez, pour faire potiner les dames de Sainte-Anne. Et quand le fou a battu le curé après la mort de sa sœur, ils l'ont enfermé et on n'a plus entendu parler de rien.

Rosalie et Marc-Olivier se regardèrent. Cette histoire était bien étrange. Après la visite à Saint-Mathieu-du-Nord, il faudrait jeter un coup d'œil au registre d'état civil afin de savoir de quoi était morte Roselyne.

– Je te parie qu'elle est morte d'une appendicite aiguë, dit Marc-Olivier en regardant Rosalie d'un œil soupçonneux.

– Ça n'a aucun sens ! Tu penses que Charles-Eugène aurait récidivé ? Ce serait trop fou pour être vrai !

Rosalie demeurait songeuse.

– Il n'y a pas pire assassin que celui qui ne se fait pas prendre et surtout celui qui bénéficie de l'immunité que confère l'Église à ses ministres, dit Marc-Olivier. En tout cas, moi, je pense que ça expliquerait bien des choses. Surtout le geste de Vianney. Il y a quelque chose qui me dit que ce fou, pas mal moins fou qu'on pouvait le dire à l'époque, pourrait avoir eu des doutes sur la mort d'Héloïse-Marie. Comme tout le monde, d'ailleurs. Mais si personne n'osait rien dire, lui, dans sa petite tête de grand enfant, il aura eu de la difficulté à faire la part des choses. Et si, comme je le pense, sa sœur est morte de la même manière, il n'aura pas pu l'accepter, cette fois. Et il sera allé lui-même punir le coupable.

– Tu sais, ajouta Rosalie, à l'époque, il était amoureux d'Héloïse-Marie. Ça énervait beaucoup la pauvre fille.

– Et peut-être même que sa sœur lui avait raconté qu'elle était enceinte du curé. C'était des jumeaux. Elle devait tout lui raconter.

– Comme il ne répétait jamais rien, elle avait pris l'habitude de tout lui confier. On les voyait toujours ensemble. Il se peut bien que tu aies raison de soupçonner Charles-Eugène d'un autre meurtre, mais ça ne nous avance pas beaucoup, étant donné que maintenant Vianney ne parle même plus. En outre, personne ne voudra croire un garçon comme lui.

– Je vais réfléchir à ça. Je ne sais pas si on pourra se servir de l'escapade de Vianney pour ta défense, mais je vais faire mon enquête là-dessus. Si jamais on peut démontrer que le chanoine Aubert a pratiqué deux avortements qui ont mal tourné, ça donnera de lui une bien mauvaise image au jury.

L'aubergiste ne les avait pas quittés des yeux tout au long de leur échange, et son regard était devenu plus insistant. Il n'osait manifestement pas poser de questions, mais à présent Rosalie savait qu'il l'avait identifiée. Elle aurait pu lui demander son nom. Pourtant, trop de choses occupaient son esprit pour qu'elle s'adonne au plaisir des retrouvailles.

En ouvrant la porte de l'hôtel, Rosalie et Marc-Olivier furent assaillis par une brume blanche qui s'engouffra dans l'ouverture et monta jusqu'au plafond. Dehors, la neige crissait sous leurs pas et la voiture eut de la difficulté à démarrer. Les banquettes étaient aussi froides et aussi dures que des blocs de glace. Rosalie apprécia son manteau de fourrure, dans lequel elle s'enroula en remontant son collet jusqu'aux yeux. Elle regardait les mains gantées de Marc-Olivier et trouvait fascinante sa dextérité de conducteur. Elle n'arrivait pas à croire que c'était lui qui était là, au volant de cette voiture qui roulait sur une route bien connue.

Marc-Olivier ! Cet homme dont le souvenir lui avait fait escorte pendant plus de vingt ans. Combien de fois s'était-elle demandé ce que serait devenue sa vie, leur vie, si le drame n'était venu interrompre le cours paisible de leurs projets communs ! Jamais elle n'avait cherché à le revoir, ni même à savoir ce qu'il était devenu avec les années. Une sorte de honte ou de remords, elle ne savait trop, lui avait enlevé le désir des hommes. Si elle avait continué avec lui, sa flétrissure aurait été plus profonde. Elle l'avait abandonné sans se préoccuper de sa peine.

Non, ce n'était pas tout à fait exact. Elle avait pensé au chagrin immense qu'elle lui causait en partant sans explications. Mais le courage lui avait manqué. Elle avait eu peur, aussi. En réalité, elle n'avait eu qu'une seule idée en tête : fuir. Elle avait voulu échapper à sa propre indignité, celle de n'avoir pas eu le courage de tout raconter dans la paroisse et de prendre le risque de perdre son permis de pratique ; celle surtout d'avoir signé l'acte de décès exigé par Charles-Eugène. Mais il y avait encore plus que cela : elle avait refusé d'accéder au souhait d'Héloïse-Marie quand elle lui avait demandé son aide pour avorter. Et elle regrettait amèrement de n'avoir pas réagi tout à fait adéquatement à la suite de cette requête. À l'époque, en 1943, elle n'aurait tout de même pas pratiqué un avortement, mais elle aurait dû écouter davantage Héloïse-Marie et lui suggérer d'aller vivre sa grossesse chez sa tante, à Saint-Marc-des-Monts.

Perdue dans ses pensées, elle n'avait pas remarqué qu'ils étaient parvenus à l'entrée du village. Tout à coup, elle aperçut son ancien dispensaire.

– Mon Dieu ! que cette construction me paraît petite ! Elle semble inhabitée. C'est vrai que le gouvernement a décidé de fermer beaucoup de ces établissements, même si les gens souhaitaient les maintenir !

– C'est exact ! Mon frère m'a raconté comment les populations outrées ont manifesté pour conserver leurs infirmières. Ils ont même signé des pétitions pour garder ouverts les dispensaires.

– Mais ça n'a fait que retarder l'échéance. Il n'y en a presque plus aucun, je crois, sur le territoire de l'Abitibi.

– Il en reste seulement deux ou trois dans les paroisses les plus éloignées, comme Normétal, par exemple. Les temps changent. Une commission siège en ce moment, la commission Castonguay-Nepveu, qui œuvre à réformer le système de santé. L'abolition définitive des dispensaires qui restent est justement dans sa mire. C'est vrai que maintenant il y a beaucoup plus de points de services. Il y a un nouvel hôpital à La Sarre. L'unité sanitaire y a aussi un bureau.

– Et j'imagine que les gens se déplacent plus facilement. Je constate que les automobiles sont beaucoup plus nombreuses qu'à l'époque où j'ai vécu ici. Dans le temps, il n'y avait que trois automobiles dans toute la paroisse. Celle d'Ernest Robidoux, celle de Philippe Bergeron et celle de Roland Lamothe qui servait de taxi pour tout le monde. L'hiver, quand les routes devenaient trop enneigées, Lamothe utilisait le B7 de monsieur Bergeron pour aller chercher les gens dans le fond des rangs et les conduire au village.

– T'ai-je dit que mon frère Jean-Marie est revenu pratiquer la médecine en Abitibi ?

– Non, je ne le savais pas. Il fait donc partie de ces médecins courageux qui acceptent d'exercer en région !

– Nous sommes nés en Abitibi et mon frère fait partie de ceux qui aiment les froids de canard pour la bonne raison. Rien ne surpasse son amour de la chasse et de la pêche. Depuis son retour, les gens l'appellent le jeune docteur Bernard. Jean-Marie trouve ça très drôle, car il est revenu ici à quarante ans, alors que mon père, celui qu'ils appelaient le vieux docteur Bernard, est arrivé en Abitibi au début de la trentaine.

– Je n'ai pas vécu ici très longtemps, mais, ce dont je me souviens le plus de ces gens, c'est à quel point ils sont chaleureux. Je n'ai jamais senti nulle part un accueil aussi sincère qu'ici.

– Chère garde, vous avez très bien cerné les gens de mon coin de pays. Si certains d'entre nous quittent la région pour aller travailler dans les villes, ils ne peuvent jamais enlever l'Abitibi de leur cœur. Voilà pour mon cours d'histoire ! Et maintenant, qu'est-ce qu'on fait ? Avec la mort d'Augustine, et celle de Roselyne de surcroît, il n'y a plus personne à voir ici, ou alors il y a des amis que tu aimerais saluer ? On pourrait essayer d'aller parler à Vianney Duclos, mais si son frère nous voit je ne pense pas qu'il nous laissera faire.

– On peut essayer. Tu vois, la seule personne que j'ai vraiment envie de rencontrer ici, c'est lui. Je suis certaine que c'est le seul qui pense encore à moi quelquefois.

Passé quelques rangées d'épinettes encore, ils arrivèrent devant la maison où Marc-Olivier avait rencontré Vianney le mois précédent. Il n'y avait personne à l'extérieur. Tout semblait abandonné, sauf qu'un rideau avait semblé bougé à la fenêtre de la porte arrière. Mais c'était peut-être le vent qui l'avait déplacé. Rosalie s'avança avec prudence à cause des chiens qui se trouvaient près de la vieille grange ; mais ils ne bougeaient pas, trop gelés sans doute pour se mettre à japper. Ce fut en leur jetant un coup d'œil inquiet qu'elle remarqua une silhouette dans le carreau de la porte derrière eux. Ça expliquait leur silence. L'instant d'après, quelqu'un sortit de la grange, un homme qu'elle prit d'abord pour un vieillard. Mais elle remarqua bien vite la lueur de jeunesse que sa présence allumait au fond des prunelles bleu pâle qu'elle reconnut immédiatement. Sans un mot, elle s'avança vers l'homme et tendit sa main en avant pour toucher sa joue sale, marquée d'une cicatrice. Vianney n'eut aucun mouvement de recul. Au contraire, il ferma les yeux et profita de ce moment de tendresse, un des rares de sa triste vie. Une larme coula le long de sa joue et vint marquer le gant de cuir de Rosalie d'une tache foncée. Il prit dans ses mains celle de la femme et la porta à son cœur. L'idiot, le fou du village, celui que personne ne regardait passer, était là devant elle et, l'espace d'un instant, Rosalie sentit que pour la première fois quelqu'un partageait vraiment toute la profondeur de sa peine.

Il n'émettait aucun son ni ne prononçait aucune parole ; il la regardait seulement, en tenant toujours sa main dans les siennes. Rosalie sentait la chaleur de sa tendresse la pénétrer. Entre eux, les mots n'étaient pas nécessaires ; ils restaient simplement là, réunis au cœur de cette solitude dans laquelle les crimes de Charles-Eugène les avaient précipités. Vianney lâcha la main de Rosalie et prit la jeune femme par les épaules. Doucement, il l'attira à lui. Un long moment, il la tint serrée contre sa poitrine. Rosalie entendait les battements désordonnés de son cœur ainsi qu'un long sanglot qui montait des profondeurs du passé. Elle s'abandonna sans retenue contre le manteau crasseux de Vianney. Puis, l'homme relâcha lentement son étreinte. Il recula à petits pas, sans bruit, les yeux toujours attachés au regard de Rosalie. Ensuite, il se retourna et partit en courant vers la maison.

Marc-Olivier n'arrivait pas à expliquer la transformation qui s'était produite chez Rosalie, mais elle semblait heureuse, comme si elle était délivrée de ce poids qu'elle transportait sur ses épaules depuis si longtemps. Il déclara :

– Je n'arrive pas à comprendre pourquoi, mais j'ai l'impression que Vianney vient de te donner le goût de te défendre.

– Tu as raison. Il a eu le courage de s'élever au-dessus des interdictions de l'époque qui mettaient les curés à l'abri de toute contestation. Faisant fi de sa propre liberté, il est allé tabasser Charles-Eugène pour venger l'honneur et la mort de sa sœur. Je ne sais pas encore comment, mais j'ai le sentiment que le vent va tourner en ma faveur et que mon innocence pleine et entière va être reconnue. Il le faut. Vianney vient de me délivrer de toutes mes hontes et de tous mes remords. Je sais maintenant que, la fautive, ce n'était pas moi. C'est étrange, mais c'est comme ça. C'est ce que je ressens à cet instant. Pour la première fois depuis ce drame et ma fuite droit devant, je suis libérée d'un poids énorme.

Elle jeta un dernier regard vers la maison grise qui tombait en ruine et fit un léger signe de la main vers la porte arrière où avait disparu Vianney. Elle savait qu'il était là et qu'il la regardait partir. Dans sa tête, elle entendait la voix du jeune homme d'autrefois chanter le *Minuit, chrétiens* dans l'église surchauffée. En elle montait le courage d'affronter ses juges.

Elle devait révéler à la face du monde le crime de Charles-Eugène, responsable de la mort d'Héloïse-Marie. En outre, il y avait celle de Roselyne, dont elle avait à présent la conviction qu'elle était due aux agissements du curé. Ce terrible assassin impénitent qui avait profité de la couverture de la religion pour dissimuler toute l'horreur de ses crimes devait être découvert et reconnu comme tel, même à titre posthume. L'âme d'Héloïse-Marie criait vengeance. Celle de Roselyne aussi. Non seulement elle n'avait pas su sauver son amie, mais par son silence elle avait aussi causé la mort d'une autre innocente jeune fille. Si Marc-Olivier et elle pouvaient prouver les crimes de Charles-Eugène, il y avait de fortes chances que le jury la croie et reconnaisse qu'elle n'avait commis rien de plus qu'une erreur. Personne ne s'étonnerait plus qu'elle ait perdu toute concentration en se retrouvant de nouveau en face de ce prêtre odieux, toujours prêt à la menacer encore.

En raison de la mort d'Augustine, la preuve serait difficile à faire, peut-être même impossible. Mais, faute d'avoir le pardon des membres du jury, elle aurait au moins le plaisir de dire à la face du monde que Charles-Eugène Aubert avait été un assassin de la pire espèce. Ici, à Saint-Mathieu-du-Nord, elle se disait que tout le monde la croirait sans l'ombre d'une hésitation.

– Dommage que les membres du jury n'aient pas été choisis dans cette paroisse, dit-elle à Marc-Olivier.

– Tu as raison. Je suis convaincu comme toi que les gens d'ici sont au courant des crimes de leur ancien curé, même si personne n'en a jamais eu la preuve.

Ils retournèrent vers la Mustang bleue garée sur le bord de la route.

– Il y a d'autres gens que tu aimerais voir à Saint-Mathieu ?

Rosalie hésita un instant.

– On pourrait peut-être passer devant la maison de Raoul Béland. Tu te souviens, c'est lui qui avait perdu sa femme la première fois qu'on s'est rencontrés. Il n'habite probablement plus à cet endroit, mais ça me rappellerait des souvenirs heureux du temps que Madeleine et moi étions amies, avant qu'elle ne se noie.

– Tu crois que tu pourras retrouver le chemin ?

– Je pense, oui. On sort de ce rang. On tourne à droite sur le chemin du Vingt-Milles et c'est le rang suivant, celui qui longe la rivière du côté nord. Ce devrait être facile à trouver. Même si certaines choses ont changé, ce n'est pas un bien gros village, Saint-Mathieu-du-Nord.

À peine quelques minutes plus tard, Rosalie et Marc-Olivier se retrouvaient devant une cheminée de pierre qui se dressait, majestueuse, au milieu d'un amas de ruines recouvertes de neige.

– On dirait que la maison a été incendiée. J'espère que personne n'est mort…

– Regarde la maison en face. Il y a une dame sur la galerie qui balaie la neige. Tu veux qu'on s'informe ?

– Oui. Dans le temps, c'était Blanche Lacerte qui habitait là. C'est peut-être encore elle. On va aller lui parler. Elle pourra peut-être nous donner des nouvelles de Raoul et de ses enfants.

– Ça ne me surprendrait pas que ce soit elle.

Rosalie s'approcha de la dame emmitouflée.

– Je m'excuse de vous déranger.

– Vous ne me dérangez pas du tout ! Je vous reconnais, vous savez !

– Ah oui ?

– Vous êtes la garde Lambert. Ne soyez pas étonnée, j'ai vu votre photo dans les journaux.

Rosalie eut un léger mouvement de recul. Marc-Olivier s'approcha à son tour.

– Vous pouvez nous dire ce qui est arrivé à Raoul Béland et à sa famille ? demanda-t-il. Est-ce que quelqu'un est mort dans l'incendie de la maison ?

Rosalie s'approcha à nouveau.

– Êtes-vous Blanche Lacerte ?

– Oui, c'est moi, répondit la femme en souriant.

– Si je me souviens bien, vous étiez venue chercher le bébé le jour de la mort de Madeleine.

– Vous avez une bonne mémoire, garde Lambert.

– Ce bébé, il doit avoir près de vingt-cinq ans aujourd'hui. C'était une petite fille. Savez-vous ce qu'elle est devenue ?

– Oui, très bien, nous l'avons toujours gardée avec nous. Nous avions perdu un bébé pas très longtemps avant. Comme Raoul n'a jamais eu beaucoup de temps pour cette petite, nous l'avons pour ainsi dire adoptée, sans les papiers, bien sûr. C'est toujours une Béland. Enfin, une Letendre, maintenant : elle s'est mariée l'été dernier.

– Et les deux autres enfants ? Et Raoul ?

– Ils ont habité la maison en face jusqu'à l'incendie, survenu deux ans après la mort de Madeleine. La mère de Raoul venait tous les jours aider à la maison. Après le feu qui a tout détruit, la vieille dame a emmené les enfants chez elle et Raoul est retourné dans les chantiers.

– Et lui, vous le voyez encore de temps en temps ?

– Si vous voulez le voir, vous n'avez qu'à arrêter à l'hôtel d'Authier. Je serais bien étonnée qu'il ne soit pas là à cuver sa bière, accoté au comptoir.

Rosalie se tourna vers Marc-Olivier.

– Mon Dieu ! Je n'en reviens pas ! L'ivrogne d'hier, au coin du bar, c'était Raoul Béland !

– Vous savez, Raoul ne s'est jamais remis de la mort de Madeleine. Il aimait bien ses enfants, mais, son grand amour, c'était Madeleine. Je n'avais jamais vu un homme aimer autant une femme. Pas longtemps après son décès, il s'est mis à boire comme un trou. C'est même lui qui a mis le feu à la maison en s'endormant avec une cigarette. Enfin, c'est ce à quoi l'enquête a conclu. Il s'en est fallu de peu pour que tout le monde y reste.

– Comme c'est triste, une pareille déchéance ! Heureusement, la petite Nicole a trouvé en vous une maman pleine de bonté. Vous êtes une personne généreuse, Blanche.

– Je n'ai aucun mérite. Nicole a été notre rayon de soleil, à mon mari et à moi. Nous serons grands-parents l'été prochain. Notre petite est enceinte.

– Madeleine veille sur vous, j'en suis convaincue.

– Merci, garde Lambert. Je suis certaine aussi que vous êtes une bonne personne. Je ne vous ai pas beaucoup connue quand vous étiez ici, mais je garde de beaux souvenirs des messes de minuit où vous meniez la chorale. Et tout le monde vous aimait dans la paroisse.

– Merci, dit Rosalie, émue.

Ils la saluèrent chaleureusement et repartirent vers Montréal. Ce que Rosalie avait appris de la dégringolade de Béland lui avait laissé le cœur lourd. Mais elle était aussi touchée de la sympathie que Blanche Lacerte avait démontrée à son égard.

XIII

Ils s'arrêtèrent à Amos afin de consulter les registres d'état civil et d'y vérifier la cause de la mort de Roselyne Duclos.

– Tu as deviné ! s'exclama Rosalie. Elle est morte d'une appendicite aiguë.

– Il va nous falloir retrouver l'infirmière qui a signé ce certificat et l'interroger. Je suis renversé. Même si j'étais à peu près certain de ce que nous allions découvrir, je n'arrive pas à croire qu'un homme ait pu tenter un autre avortement après ce qui s'est passé avec ton amie.

– Tu ne l'as pas vu, dans la chambre du presbytère, la nuit de la mort d'Héloïse… C'était un assassin, un monstre. Je n'ai jamais senti le moindre remords dans son attitude. Ce que je retiens de son comportement, c'est son souci de s'en sortir sans y laisser de plumes. Il voulait avant tout étouffer l'affaire. La fille morte sur son lit n'était que le résultat d'une erreur qu'il devait s'empresser de faire disparaître.

Tandis que l'avocat, abasourdi, parcourait des yeux le certificat, Rosalie eut une idée, que le papier jauni lui inspirait.

– Je ne sais pas si ça peut nous être utile, mais j'ai toujours rempli moi-même au complet les certificats de décès, sauf bien sûr celui d'Héloïse-Marie que j'ai lancé au visage de Charles-Eugène après l'avoir signé seulement. C'est sûrement son écriture qui se trouve sur ce certificat et non la mienne.

Marc-Olivier sourit à l'infirmière. Effectivement, ce détail pouvait avoir une grande importance. Il s'empressa de retracer le certificat de décès d'Héloïse-Marie dans les archives et d'y jeter un regard curieux. Tout devait être mis en œuvre pour faire la preuve de l'intégrité professionnelle de sa cliente.

– Tu peux aussi chercher d'autres certificats que j'ai signés pour les comparer, lui dit Rosalie. Celui de Madeleine Béland, par exemple. Je me rappelle parfaitement la date de son décès.

– Oui, je m'en souviens aussi. C'était le jour où je suis tombé amoureux de toi. Comment pourrais-je l'oublier !

Pour la première fois depuis leur rencontre à la prison du comté, Marc-Olivier considéra Rosalie avec nostalgie. Jamais il n'avait laissé entrevoir le moindre sentiment pour elle depuis leurs retrouvailles. Mais, à l'évocation de cette première rencontre, ses souvenirs revenaient en vrac et se bousculaient dans sa tête. Il mit une main sur l'épaule de son amie et tous les deux se perdirent un long moment dans le regard de l'autre à la recherche de ce passé qui n'avait jamais eu d'avenir.

L'homme retira sa main, doucement, comme à regret, et il se remit à fouiller les registres. Il en retira deux autres certificats de décès signés par Rosalie et, effectivement, ils étaient remplis au complet de la main de l'infirmière. Sur celui d'Héloïse-Marie, c'était une autre écriture, sauf que la signature était bien celle de Rosalie. Ils ne savaient encore quel avantage ils pourraient tirer de ces papiers, mais au moins ils avaient une première preuve pour étayer la version de l'infirmière.

Sur le certificat de décès de Roselyne Duclos, l'écriture de Charles-Eugène n'apparaissait pas. Il avait été rempli et signé par Denise Laplante.

– Sans doute l'infirmière de Beauval, dit Marc-Olivier. Il nous faut absolument contacter cette personne. Nous verrons bien ce qu'elle aura à dire des circonstances du décès de Roselyne.

Après avoir obtenu des photocopies des documents, ils reprirent la route vers le sud. Comme certaines affaires en cours l'appelaient d'urgence à Montréal, Marc-Olivier ne pouvait passer plus de temps en Abitibi. Il essayerait plus tard de retracer Denise Laplante.

– Nous la retrouverons facilement, dit-il, et mon cabinet va la contacter. J'ai bien hâte de voir ce qu'elle aura à nous dire. Elle se souviendra sûrement tout autant de la visite que Vianney Duclos a faite au curé suite au décès de sa sœur. Une intervention comme celle-là doit être difficile à oublier, et c'est certainement elle qui a donné les premiers soins à Charles-Eugène. Il serait surprenant qu'elle n'ait aucun souvenir de ce moment de sa vie.

Une certaine confiance grandissait en eux peu à peu. Ils n'avaient aucun doute sur la participation du curé Aubert dans la mort de Roselyne. Il fallait seulement convaincre Denise Laplante de venir à la barre dire la vérité sur ce qui s'était produit à Beauval. En établissant la preuve de l'innocence de Rosalie lors de l'avortement d'Héloïse-Marie, l'avocat rendrait son intégrité professionnelle plus crédible aux yeux des jurés et il leur serait plus facile de croire que la mort du chanoine était due à une erreur, et non à un geste intentionnel.

Puis ce fut la période de Noël et du Nouvel An. Rosalie en profita pour aller visiter sa tante Mathilde qui résidait à Saint-Ubalde, dans un foyer pour personnes âgées. Elle se blottit dans les bras de la dame de quatre-vingt-cinq ans en espérant y retrouver la sécurité de sa jeunesse. Mais la pauvre Mathilde avait depuis un bon moment déjà des pertes de mémoire et aucun signe ne permit à Rosalie de croire qu'elle reconnaissait sa nièce.

– Chère tante Mathilde, dit-elle, lovée contre la vieille dame, j'aime bien me retrouver dans tes bras. Ça sent mon enfance. Cette odeur de poudre et de *Noxzema*[1] me sécurise encore après toutes ces années. Et même si tu racontes des choses que je ne comprends pas, tu as la voix de mon enfance. Certains jours, j'aimerais tant me retrouver avec papa et toi dans la grande maison de Saint-Marc-des-Monts ! Je ne partirais pas pour l'Abitibi, tu peux en être certaine !

1. Crème pour nettoyer la peau à l'huile d'eucalyptus.

De ses doigts déformés par l'arthrite, la vieille dame caressait les cheveux de sa nièce et toutes les deux, dans des mondes bien loin l'un de l'autre, goûtaient avec délectation la douce chaleur de cet instant.

– Dors, mon bébé, répétait Mathilde comme une litanie.

Soudain, de sa voix frêle, elle entonna un vieux cantique de Noël. Elle mélangeait les couplets et même les mots, mais pour Rosalie cette voix tremblotante était comme le chant de la brise au milieu d'un paradis perdu. Elle retrouva en elle la nostalgie des Noëls passés dans la grande maison de son père, quand ils festoyaient tous les trois autour du grand sapin décoré, brillant de mille feux. Les joies de son enfance envahissaient sa mémoire, en même temps que de bonnes odeurs d'épices.

En revenant chez elle la veille du jour de l'An, elle aperçut la Mustang bleue de Marc-Olivier stationnée devant sa maison. Lui, il pelletait la neige des marches de l'escalier. Il parut content de la voir arriver, car il vint vers elle en souriant.

– Je ne savais pas si tu étais partie pour longtemps. J'ai essayé de t'appeler à plusieurs reprises, mais il n'y avait pas de réponse. C'est maman qui m'a dit de venir voir. Je pense qu'elle s'inquiétait.

À l'évocation de Catherine Bernard, Rosalie eut un sourire rempli de tendresse.

– J'avais appris le décès de ton père, mais il est vrai que je n'ai jamais pris de nouvelles de ta mère. Comment va-t-elle ? Je suis si concentrée sur mes problèmes que je ne pense à rien d'autre. Ça ne me ressemble pas.

– Elle est en excellente santé pour ses quatre-vingt-un ans. Elle aimerait bien te rencontrer. Je lui ai suggéré d'attendre après le procès, mais elle aimerait te voir maintenant, si tu en as envie et si tu en as le temps.

– Elle ne veut sans doute pas venir me voir en prison…

– Ne dis pas ça ! Est-ce que madame douterait de mes compétences de criminaliste ?

– Non, bien sûr ! Mais tu ne tiens pas là une cause facile. Il serait bien étonnant que je ne fasse pas au moins un court séjour en prison. L'assassinat d'un prêtre, ce n'est pas rien.

– Tiens, à propos, j'ai fait faire une expertise d'écriture sur le certificat de décès d'Héloïse-Marie. C'est bien l'écriture du curé Aubert qu'on y retrouve, sauf pour la signature. Selon l'expert, l'écriture a été modifiée ; les lettres sont beaucoup plus grosses que celles que formait habituellement Charles-Eugène, mais il y a des caractéristiques qui ne mentent pas. C'est bien son écriture. En revanche, le procureur peut convaincre le jury qu'il aurait fait ça pour te rendre service, cette seule et unique fois. Ce serait étonnant, mais il appartiendra aux jurés de retenir la version de leur choix.

– C'est vrai que ce n'est pas une preuve solide, mais au moins ça viendra appuyer mon récit de la mort d'Héloïse. Il est important que les jurés me perçoivent telle que je suis, qu'ils aient de moi la vision d'une personne honnête et digne de son serment d'Hippocrate…

– Justement ! Comme toute la preuve se fera sur des présomptions, tu devras donner l'image de quelqu'un d'intègre. Sur le certificat de décès de Madeleine Béland, aussi bien que sur les deux autres dont nous avons obtenu copie, c'est bien ton écriture, incluant la signature.

Marc-Olivier observa un moment de silence. Devant sa mine déconfite, Rosalie fut gagnée par l'inquiétude et ses traits s'affaissèrent.

– Mais j'ai aussi une mauvaise nouvelle, reprit l'avocat. Ça concerne Denise Laplante.

– Oui, bien sûr ! Son témoignage sera très important pour moi.

– Malheureusement, elle est décédée il y a déjà plus de dix ans.

Rosalie frissonna et son inquiétude se mua en angoisse. Marc-Olivier poursuivait :

– Nous ne pourrons donc pas compter sur elle pour corroborer nos suspicions quant au comportement de Charles-Eugène.

Rosalie mit sa main sur son bras pour maintenir son équilibre. Elle était prise de vertige.

– Les preuves dont nous disposons ne sont pas très solides, mais, espérons-le, elles suffiront à susciter un doute raisonnable chez les jurés. C'est tout ce dont nous avons besoin. Qu'ils aient un seul petit doute sur ta volonté d'administrer le mauvais antibiotique, et ils devront te déclarer non coupable.

– Mais il s'agit de la mort d'un prêtre ! Un chanoine, en plus ! Le jury sera sûrement, en majorité sinon en totalité, composé de bons catholiques. Crois-tu qu'ils pourront un seul instant croire un prêtre coupable d'autant de méchanceté, d'une telle absence de conscience ? Sans preuve concrète, je serai toujours pour eux l'infâme infirmière qui aura délibérément assassiné un chanoine malade et sans défense pour cacher sa faute vieille de plusieurs années. Même que, comble de l'horreur, je me serai évertuée à salir sa réputation après sa mort.

Les traits de Marc-Olivier prirent un air taquin.

– Garde Lambert, le regard des gens sur l'Église catholique et ses représentants change, en ce moment. Nous ne sommes plus dans les années quarante où il fallait baisser la tête et ne rien dire contre le clergé. Nous sommes en 1967. On prend de plus en plus conscience que les curés sont aussi des êtres humains qui ont des faiblesses.

– Comme nous n'avons vraiment aucune preuve solide, nous allons espérer que vous aurez raison, maître. Mais j'en doute. Et il y a cet héritage ! Je trouve tellement aberrant que Charles-Eugène ait fait de moi sa légataire ! C'est comme une plaisanterie de mauvais goût. Il ne pouvait pas savoir que je commettrais cette erreur et qu'il en mourrait…

– Peut-être qu'au fond il a voulu réparer ses fautes avec cet argent qu'il n'a jamais dépensé ! Ou peut-être voulait-il te narguer une dernière fois, te faire comprendre qu'il avait gagné la partie. Ce genre d'hommes, surtout revêtus de l'habit sacerdotal, se pensent au-dessus des lois et au-dessus des autres hommes. Mais peut-être que ça ne les empêche pas d'avoir une conscience.

– Charles-Eugène n'en avait pas, crois-moi. Si tu l'avais vu la nuit où Héloïse-Marie est morte, tu en serais convaincu.

Rosalie dut s'appuyer au garde-corps de la galerie. Après un quart de siècle, le souvenir de cette chambre surchauffée lui faisait encore tourner la tête.

– Quand je repense à cette horrible nuit, même les odeurs me montent aux narines. La couleur du sang, aussi, et celle des beaux cheveux roux d'Héloïse-Marie collés sur son front et sur sa gorge… Son corps si jeune mêlé dans les draps froissés et ses deux mains refermées sur son ventre dans un dernier geste de panique et de douleur.

Rosalie avait le visage couvert de larmes. Marc-Olivier lui prit ses clés qu'elle tenait à la main et ouvrit la porte d'entrée. Il aurait bien aimé la prendre dans ses bras et la consoler. Mais il n'était que son avocat et il ne voulait pas déroger de ce rôle. L'homme devait rester derrière et ne rien faire qui pourrait compromettre la défense de cette femme dont la seule vue lui inspirait encore des sentiments bien nets. Et, pourquoi se le cacher, un puissant désir de tendresse et d'amour.

Soudain, Marc-Olivier se tourna vers Rosalie. Il planta la pelle dans la neige, prit l'infirmière aux épaules et la regarda droit dans les yeux :

– Ma chère dame, c'est la veille du jour de l'An. Dans quelques heures, une nouvelle année va commencer. Vous en diriez quoi, si on décrétait une trêve ? On oublie le procès. On oublie les inquiétudes. L'espace de quelques heures, si on devenait seulement deux amis !

– Vous avez raison, monsieur Bernard, répondit Rosalie avec son plus charmant sourire, en omettant sciemment le titre de maître. Je pense que nous avons besoin de cet intermède. Vous avez une suggestion pour terminer en beauté cette année funeste ?

– Étant donné la trêve, cette année qui se termine ne sera plus qualifiée de funeste, chère amie. Elle devient l'année qui m'aura permis de vous revoir et de constater à quel point vous avez vieilli en grâce et en beauté.

– Savez-vous que vous êtes charmant, cher monsieur, quand l'avocat se retire ? Merci pour ce beau compliment à la dame d'un certain âge que je suis devenue.

– Laissons la vieillesse à d'autres. Je me sens un tout jeune homme. Si le cœur vous en dit, madame, maman aimerait bien vous recevoir pour souper ce soir. Je pense qu'elle a gardé un très bon souvenir de la garde de vingt ans qui passait souvent à la maison consulter son doc de mari.

– D'accord, j'accepte son invitation, répondit Rosalie sans hésiter. J'ai tellement envie de revoir ta mère !

Elle entra chez elle se préparer. En l'attendant, Marc-Olivier se mit au piano et joua en sourdine des airs de Noël. La maison était paisible et chaleureuse. Un parfum de bonheur flottait dans l'air. Rosalie réapparut, prête pour la soirée. Elle était belle, dans sa robe noire rehaussée d'un collet de velours bourgogne. Une rangée de perles soulignait la ligne parfaite de son cou en attirant les regards vers son visage légèrement maquillé. Marc-Olivier eut un pincement au cœur en se rappelant qu'il ne pouvait la prendre dans ses bras. Il se contenta de lui dire à quel point il la trouvait jolie.

Pendant le court trajet qui les conduisit de Saint-Hippolyte à la maison de Catherine Bernard, à Saint-Sauveur, les deux amis parlèrent de choses et d'autres en respectant la trêve convenue. Marc-Olivier jetait souvent un coup d'œil vers sa compagne et des souvenirs du passé lui revenaient en mémoire. Il s'imaginait qu'il en allait de même pour Rosalie.

– Tu sais, dit-il d'une voix très basse, pendant de longues années après ton départ mystérieux, je te revoyais sur le quai de la gare de Macamic. Tu te souviens, ce dernier jour de mon congé des fêtes où tu étais venue me faire une merveilleuse surprise ? Tu portais un manteau de laine rouge avec un joli chapeau de fourrure grise. Un manchon de fourrure aussi. Et je te voyais disparaître doucement dans le lointain. Tu étais comme une fleur rouge sur la neige blanche. Je n'ai qu'à fermer les yeux encore aujourd'hui et cette image de toi me revient en mémoire, aussi claire que ce jour-là. C'était la dernière fois que je te voyais…

– Je t'ai fait de la peine, je m'en doute bien. J'en ai eu beaucoup aussi. Si je ferme les yeux, je te revois aussi penché à la portière du train, ce même après-midi. Tu disparais dans la vapeur et la poudrerie. J'ai aussi emporté ce souvenir avec moi à travers les années.

Un voile de tristesse traversa le regard de Rosalie.

– Mais, vois-tu, je suis ainsi faite. Je ne pouvais pas me pardonner ma lâcheté. Et, comme je n'arrivais plus à avoir d'estime pour moi, je me considérais indigne de notre amour.

Rosalie mit sa main sur celle de l'homme qui tenait le volant. Il tressaillit et tourna un instant la tête vers sa compagne de route. Elle était belle. Il l'aimait encore.

– Je te demande pardon pour le passé. Mais comme on ne peut pas revenir en arrière et tout effacer, parlons du présent, dit Rosalie, désireuse de mettre un terme à cette évocation nostalgique qui la blessait plus qu'elle ne voulait le laisser paraître. Tu m'as bien dit que tu avais des enfants. Ils sont où, en cette veille du jour de l'An ?

Marc-Olivier éclata de rire, tout aussi content de revenir au présent.

– Tu sais arranger ça, toi, un sujet de conversation. Ils sont avec leur tante Joséphine. Ils font du ski avec leurs cousines au mont Sainte-Anne. Le ski de fin d'année a toujours été une tradition dans la famille.

– Et tu n'y es pas allé, cette fois-ci ?

– Non. Bonne déduction, chère amie ! Vous avez l'esprit d'un vrai détective. En réalité, ma mère n'était pas assez en forme pour se rendre à Québec. Je dois bien te l'avouer aussi, je ne voulais pas te laisser seule pour conclure cette année. Je comprends que tout ce que tu vis est difficile, et… disons que j'avais envie d'être avec toi.

* * *

Catherine Bernard était devenue une toute petite femme aux cheveux blancs. Elle avait toujours le même raffinement dans les gestes et dans la voix, et semblait aussi fragile que les porcelaines qui ornaient son salon. Pourtant, son regard demeurait celui d'une personne assurée et bien au fait de ce qui l'entourait. Après avoir longuement étreint Rosalie, elle lui dit avec tendresse :

– C'est un grand bonheur pour une vieille dame comme moi de vous revoir, ma fille. Vous savez, Léopold m'a toujours dit que vous étiez, après les membres de sa famille, la meilleure personne qu'il ait rencontrée. Entrez et soyez la bienvenue chez moi.

– Merci de votre accueil chaleureux, madame Bernard. Je suis toujours un peu craintive en ce moment de rencontrer une personne qui a bien connu le curé Aubert.

– Je ne suis juge de personne, Rosalie. Premièrement, appelez-moi Catherine. Deuxièmement, si j'étais membre du jury à votre procès, je ne douterais pas un seul instant que vous ayez vraiment commis une erreur. Mais parlons d'autre chose. Entrez au salon. Nous allons pouvoir aborder d'autres sujets, comme l'Abitibi et le temps, bien trop court, où vous étiez avec nous là-bas.

Rosalie reconnut tout de suite les divans bourgogne de la maison de Macamic. Les mêmes centres écrus tricotés au crochet ornaient les dossiers. Ici, le temps avait vraiment suspendu son vol. Une photographie du docteur Léopold reposait sur le dessus du piano avec beaucoup d'autres, des plus jaunies aux plus récentes.

– Vous voyez ces deux beaux grands garçons ? Ce sont les fils de Marc-Olivier. Vous ne trouvez pas qu'ils lui ressemblent ?

– Maman, intervint Marc-Olivier, Rosalie n'est pas ici pour étudier notre généalogie. Tu voulais lui parler d'autrefois et refaire connaissance... Est-ce que ces dames prendront un sherry avant le repas ?

Mais Rosalie avait envie d'en apprendre davantage. Elle prit les photos dans ses mains et examina avec soin les deux garçons dont l'un surtout ressemblait à Marc-Olivier. Sur une autre photographie, il y avait une jolie femme blonde que Marc-Olivier tenait par la taille. Catherine, qui avait suivi son regard, s'empressa de lui dire :

– C'est Roxanne, son épouse. C'est tellement affligeant, ce qui lui est arrivé l'année dernière !

– Elle a péri dans un incendie... C'est ce que m'a dit votre fils.

– Oui. Elle a voulu aider une jeune fille accidentée et, au moment où elle essayait de la dégager de la voiture, il y a eu une explosion et tout a pris feu instantanément.

– Maman, si vous le voulez bien, on va parler d'autre chose. Voici votre apéritif, mesdames.

Rosalie devina la tristesse de son ami à l'évocation de ce drame. Elle reposa la photographie sur le piano. Elle était bien, dans cette maison qui semblait avoir été transportée meublée et décorée depuis l'Abitibi jusqu'au village de Saint-Sauveur. Elle y retrouvait les mêmes odeurs et les mêmes motifs de papier peint. Elle était certaine que, dans une chambre comme celle où elle couchait lors de ses visites à Macamic, il y avait sur le lit la courtepointe piquée à la main par Catherine. D'une chose à l'autre, la conversation finit par revenir sur l'affaire qui concernait Rosalie et le curé Aubert. Catherine était discrète, mais il était évident que Marc-Olivier et elle avaient parlé du procès à venir.

– Savez-vous si le curé avait encore de la famille ? demanda la vieille dame au fil de la conversation. Il avait été élevé dans des pensionnats, mais je pense qu'il avait quand même une sœur plus jeune que lui qui avait grandi chez une de leurs tantes.

– Oui, c'est vrai. Au moment de la lecture du testament, j'ai rencontré sa sœur. Ce doit être celle dont vous parlez. Vous me faites penser aussi que la nuit de sa mort une infirmière m'a dit qu'il avait fait une crise cardiaque suite au décès d'une de ses nièces qu'il affectionnait particulièrement. Au risque de vous paraître méchante, je dirai que ça m'étonne qu'un homme comme lui ait pu avoir une telle affection pour quelqu'un d'autre que lui-même. Sa nièce était sa gouvernante et elle vivait avec lui et deux vicaires au presbytère de Saint-Anselme.

– Je ne comprends pas pourquoi il n'avait pas fait d'elle son héritière.

– J'imagine qu'en laissant la moitié de ses avoirs à sa sœur il se disait que sa nièce toucherait sa part un jour, au décès de sa mère. De toute façon, son testament n'a aucun sens.

– C'est bien étrange, cette histoire d'héritage. À croire qu'il avait anticipé le futur et qu'il cherchait à jeter la confusion dans l'esprit des gens. Mais il ne pouvait pas savoir qu'il allait mourir en raison d'une erreur de votre part, Rosalie.

– Vous voyez, Catherine, même vous, vous n'y comprenez rien. Si vous ne me connaissiez pas, vous essayeriez de trouver une raison plausible à ce legs. Vous douteriez de mon intégrité et vous chercheriez comme tout le monde quelle était la véritable relation qui existait entre Charles-Eugène et moi.

– C'est peut-être moi qui vais vous paraître méchant, dit Marc-Olivier, mais j'aimerais savoir de quoi est morte cette femme, sa nièce, je veux dire. Ça peut sembler exagéré, mais, comme on dit, jamais deux sans trois. Non, je sais que c'est parfaitement ridicule.

Mais toute cette histoire est insensée d'un bout à l'autre... Un voleur qui ne se fait pas prendre récidive, et cela bien souvent jusqu'à ce qu'il soit démasqué. Pourquoi un assassin ne ferait-il pas la même chose ? Surtout si pour cet homme la vie des autres n'a aucune valeur. Et qui nous assure que ces trois morts ne sont pas des accidents parmi bien d'autres avortements qui n'ont pas eu de conséquences ?

– Attention, Marc-Olivier, tu vas un peu loin. Ton imagination et ton désir de faire acquitter Rosalie te jouent des tours. Le monde a changé, depuis les années quarante, et nous ne sommes pas non plus dans l'Abitibi de cette époque où les autopsies n'existaient pour ainsi dire pas. Un avortement manqué ne peut plus passer inaperçu, aujourd'hui.

– Vous avez raison, maman, je m'enflamme un peu trop vite.

– Vous savez, Rosalie, Léopold était d'avis que les femmes devraient avoir leur mot à dire quand il s'agit d'elles-mêmes. Il admettait l'avortement dans les situations où une femme ne pouvait supporter sa grossesse, survenue à la suite d'un viol ou simplement d'une erreur de sa part. Un soir, lors d'un souper à la maison, il en a parlé avec le curé Morin de Macamic. Jamais je n'oublierai les hauts cris lancés par ce saint homme.

Catherine avait adopté sur ces derniers mots le ton de la moquerie gentille. Elle poursuivit, plus sérieuse :

– Les prêtres maintenaient leurs ouailles sous leur coupe en les menaçant de l'enfer au moindre prétexte. Bien entendu, les premiers damnés étaient ceux qui avaient l'audace de médire d'eux. « Qui mange du prêtre en meurt ! » disait le curé de la paroisse. D'aucuns cachaient ainsi des exactions inavouables. Je sais que je ne devrais pas raconter ça, mais je me souviens d'avoir été témoin d'une demande faite à Léopold par le curé d'une paroisse voisine ; il voulait qu'il aille accoucher sa gouvernante, enceinte de ses bons soins.

– Il ne fut sûrement pas le seul à faire cette demande, ajouta Rosalie.

– Ils ont placé l'enfant pendant deux ans pour ensuite faire croire aux paroissiens que la sœur de la gouvernante était morte en laissant un orphelin. Et le fils a été élevé au presbytère.

– Mais oui, dit Marc-Olivier en riant. En septième année, il était à la même école que moi et on l'appelait Ti-Pierre curé.

– C'est justement cette absence de remords dont le curé Aubert faisait preuve qui m'a le plus bouleversée après la mort d'Héloïse-Marie, dit Rosalie.

Catherine et son fils la regardèrent avec étonnement. Le timbre de sa voix avait changé et ils avaient compris tous les deux qu'elle allait leur faire part d'une blessure particulièrement profonde.

– En 1943, quand ça s'est produit, j'avais des opinions bien personnelles sur les exigences de l'Église catholique et surtout sur l'interprétation qu'en faisaient ses représentants. Mais j'avais été élevée par une tante soumise aux préceptes de la religion. Dans son sillage, j'avais toujours fait confiance aux prêtres ; j'écoutais leurs sermons sans trop me poser de questions et je demeurais fidèle à leurs enseignements. Je les considérais tous comme ce bon curé Lepage qui venait jouer au bridge avec mon père tous les samedis soir et que j'avais toujours considéré comme mon directeur de conscience.

Rosalie se tut un long moment. Marc-Olivier se leva et prit les verres de sherry vides pour les déposer sur le comptoir de la cuisine. Personne ne dit mot. Rosalie continua son récit.

– Cette nuit-là, j'ai donc perdu d'un seul coup tous mes repères : un prêtre que j'imaginais aussi infaillible que son Église était tout à coup devenu un assassin. En plus, j'ai été obligée de cautionner son crime en signant l'acte de décès. Le plus terrible, c'est qu'après ce drame le curé Aubert a continué à monter en chaire et à prêcher l'amour du prochain. Et moi, par mon silence, je participais à cette sinistre comédie. Je ne peux pas dire à quel point je me suis sentie coupable. C'est pour cette raison que je suis partie. Et, comme je n'arrivais pas à échapper à cette saleté, j'ai décidé de traverser en Angleterre.

Catherine ne pouvait se défendre d'un profond sentiment de tendresse pour cette femme. Comme elle aurait voulu la consoler, à cette époque, la réconforter et la guider vers une meilleure compréhension des choses de la vie ! Rosalie avait été reçue à la maison, mais elle s'était repliée sur ses blessures et personne ne pouvait l'atteindre.

– Je me souviens, poursuivit l'infirmière, de l'attitude accusatrice de l'Église catholique quand une fille se retrouvait enceinte hors mariage. C'était la condamnation aux flammes de l'enfer sans autre forme de procès. Quand on pense que certains de ses représentants se livraient à la débauche en toute impunité... Pendant ce temps, ces jeunes filles, amoureuses ou abusées, devaient quitter l'Abitibi pour Montréal. C'était dans le secret qu'elles devaient aller accoucher de « leurs bâtards », comme on disait.

– Mais le secret était rarement gardé, ajouta Catherine, et elles revenaient la tête basse et condamnées à la solitude. C'était bien pire en Abitibi ; tout le monde se connaît. Les garçons ne voulaient pas épouser une fille quand il était notoire qu'elle avait perdu sa virginité. Pendant ce temps, la réputation du mâle responsable de sa honte n'était même pas effleurée. Au contraire, même, dans certains cas, il s'en faisait une gloire et devenait le coq du village.

– Il faut dire que certains d'entre eux avaient beaucoup de peine aussi, intervint Marc-Olivier avec la sensibilité d'un homme d'honneur.

– Tu as sûrement raison, Marc-Olivier, admit Rosalie, mais ça ne nuisait pas à leur réputation. Ils pouvaient continuer tranquillement leur vie sans le poids du jugement de la société et se marier sans que personne n'y trouve à redire. La coupable, la responsable du péché, c'était toujours la femme.

– Heureusement, les choses ont tendance à changer, ajouta Catherine.

– Justement, on commence à considérer l'avortement comme une solution envisageable dans certaines circonstances. Mais c'était loin d'être le cas en 1943. Autrement, on n'en serait pas aujourd'hui à vouloir faire de moi un assassin sous prétexte qu'il y a de nombreuses années j'aurais avorté une de mes meilleures amies et causé sa mort. On ne pourrait pas aujourd'hui se servir de ce crime pour convaincre un jury qu'il m'a été facile, étant déjà une meurtrière, d'envoyer également dans l'au-delà ce prêtre au courant de mon manque de conscience professionnelle. Si Héloïse-Marie avait eu un droit de choisir reconnu, j'aurais pratiqué cet avortement dans la légalité ou j'aurais demandé à votre mari de le faire, et elle serait encore là aujourd'hui, heureuse et sûrement mariée, avec de nombreux enfants.

Il y eut un long silence. Les esprits flottaient dans une région en pleine colonisation, des années auparavant. Ce fut Catherine qui mit fin à cette méditation en invitant les convives à se rendre à la salle à manger.

Marc-Olivier s'occupa du service. Pendant un certain temps, la conversation se centra sur leurs retrouvailles, pour bientôt revenir sur le sujet qui occupait toute la place. Catherine reprit, comme s'il n'y avait pas eu interruption :

– Il m'est arrivé de voir pleurer mon mari quand il rentrait de certaines visites à des petites filles abusées par un parent ou un ami de la famille. On cachait soigneusement cette misère, qui mettait les gens dans l'embarras et risquait de les plonger dans le déshonneur.

La conversation fila sur le même thème et sur bien d'autres encore. Chacun y allait de ses souvenirs, et c'était comme si le temps et l'espace avaient été abolis. L'échange était cordial, chargé de mélancolie, mais exempt d'amertume. Ces retrouvailles faisaient chaud au cœur de Rosalie, qui oubliait le temps d'un dîner qu'un procès inique, telle une épée de Damoclès, menaçait d'anéantir sa réputation, sa carrière et son destin. Cette merveilleuse soirée rallumait chez elle une étincelle de bonheur. Pour la première fois depuis qu'elle avait retrouvé Marc-Olivier, elle avait le sentiment d'être son amie, et non une cliente. Elle se sentait bien avec ces gens. Elle se disait que sa vie aurait pu être différente si un drame n'était venu en détourner le cours.

Ce fut avec un regret évident que Marc-Olivier mit un terme à leur rencontre.

– Maintenant, nous allons devoir vous quitter, maman, si je veux déposer Rosalie chez elle avant minuit comme la Cendrillon de mes contes d'enfants.

Sur la route qui la ramenait vers sa demeure, elle se laissa bercer par la musique et la voix de son ami qui fredonnait les airs connus que distillait la radio. Une chaleur bienfaisante l'engourdissait un peu. C'était si simple, le bonheur, et pourtant si inaccessible pour elle en ce moment ! Elle décida d'oublier ses soucis provisoirement. Au cœur de cette nuit qui chevauchait l'ancienne et la nouvelle année, pourquoi ne pas voler quelques moments de douceur à la vie qui lui avait parfois été si cruelle ?

– Il est minuit moins le quart, garde Lambert. Je pense que vous dormiez. Dans quelques minutes, cette étrange année 1967 sera terminée. Attendez que je vous ouvre la portière. Je vais aussi vous accompagner jusqu'à votre porte, histoire de m'assurer que vous ne passerez pas cette nuit à la belle étoile.

Elle était comme portée sur un nuage. La nuit était silencieuse et froide ; un frimas cotonneux flottait dans l'air. Dans les rayons de lune, elle regardait la mèche grisonnante qui retombait sur l'œil de son compagnon et se souvenait avec nostalgie de ces cheveux rebelles qu'elle avait grand désir de replacer dans un geste amoureux ; elle avait maintes fois retenu son geste, jadis, de peur qu'il paraisse inconvenant chez une jeune fille de bonne famille. Cette nuit, à quarante-sept ans, était-ce toujours malséant de remettre cette mèche en place ?

Tandis qu'il se penchait pour déverrouiller la porte de sa maison, mue par un élan de tendresse, elle leva doucement la main et replaça les cheveux d'un geste délicat. Dans la lumière bleutée de la lune, elle vit un sourire se dessiner sur les lèvres de Marc-Olivier. Il s'immobilisa et son regard qu'il noya dans le sien lui renvoya la complicité qui imprégnait ce moment magique. Elle sentait son souffle chaud sur son visage. Elle vit ses lèvres se rapprocher et se poser sur les siennes, en même temps que quelques flocons de neige égarés. Leurs bouches avides rafraîchies par la brise froide se réchauffaient doucement et le désir enfoui sous une longue absence revenait du fond des années, de l'autre bout de leurs vies, comme une douce mélodie jamais oubliée. Les clés avaient glissé par terre, tandis que les mains de l'homme s'ouvraient et attiraient vers lui ce corps de femme si souvent évoqué dans ses rêves les plus fous.

– Je pense que personne ne t'attend, ce soir, murmura Rosalie, le souffle court. Et si tu restais avec Cendrillon cette nuit !

Lorsqu'il se pencha pour récupérer les clés dans la neige, la mèche coupable lui retomba sur les yeux. Comme il était beau dans ce rayon de lune, cet amour revenu de sa jeunesse et de ses rêves en cette dernière nuit de l'année ! Elle avait droit à cet intermède de tendresse avant la tempête qui se profilait à l'horizon.

Elle prit sa main dans la sienne et l'entraîna à l'intérieur, un peu comme on force le bonheur à se glisser par les fentes d'une maison en ruine. C'était devenu un peu ça, sa vie : une ruine branlante offerte aux quatre vents. Mais cette nuit elle était la princesse du plus beau des châteaux en Espagne.

Ils laissèrent leurs manteaux glisser sur le parquet et s'abandonnèrent à leurs corps qui se cherchaient au-delà des abandons et des drames. Leurs mains dessinaient dans la nuit des courbes souvent imaginées, jamais oubliées. Ils avaient tous les deux l'impression de jouer une partition écrite depuis toujours, tant l'affection et la douceur enveloppaient ce moment suspendu dans le temps, entre le rêve et la réalité. De la courbure d'un sein à la naissance d'une hanche, ils avaient des corps faits pour s'unir. Leurs yeux se cherchaient dans la nuit. La blancheur de leur corps se dénudant au rythme de leurs désirs se découpait sur le couvre-lit de chenille bleu qu'un rayon de lune éclairait faiblement.

– Tu es une femme merveilleuse, Rosalie, et si belle.

Ils étaient bien conscients l'un et l'autre que cet acte de chair était plus que l'expression d'un désir passager. Il était l'accomplissement d'un amour jamais éteint. En s'abandonnant langoureusement, Rosalie regardait dans le clair de lune la bouche de Marc-Olivier quitter la sienne pour se pencher sur la pointe d'un sein. Elle frémissait de bonheur. Son corps s'ouvrait et s'offrait à cet homme, le seul pour qui elle avait toujours éprouvé la plénitude de son désir de femme. Les mains de son ami caressant son corps et se glissant au plus intime d'elle-même faisaient naître les vagues d'un plaisir qui venait déferler sur la grève mouillée de son sexe. Il se glissa au-dessus d'elle et, dans la douceur de l'abandon, elle sentit son corps d'homme prendre possession du sien et onduler voluptueusement au rythme de la marée montante de sa propre jouissance. La chaleur, la tendresse et l'amour, tout se mêlait dans la réponse de son corps que l'approche de l'extase tendait presque douloureusement. Elle la sentait venir, sans faire d'effort, comme un cadeau offert par la vie elle-même. Et son plaisir éclata en même temps que celui de l'homme, dans une apothéose de lumière et de vibrations uniques, jamais ressenties avec une telle force et une telle profondeur de sentiments.

Ils se regardèrent, ébahis, émus, heureux et comblés. Rassasiés, mais toujours avides de la présence de l'autre, ils se glissèrent sous les draps, réalisant tout à coup qu'il faisait plutôt froid dans la chambre de Rosalie.

– Si faire l'amour a déjà été meilleur, ça fait trop longtemps et j'ai oublié, murmura Marc-Olivier à l'oreille de sa compagne.

Elle se lova encore plus près de son amant et sourit dans la pénombre. Il reprit :

– Je suis allé à Florence il y a quelques années et j'ai remarqué dans des musées des sculptures de nus presque aussi jolies que toi. Je dis bien presque, parce que tu es encore plus belle que toutes ces œuvres d'artistes…

Elle éclata d'un rire léger et déposa un baiser sur le bout du nez de son amant.

– Eh ! vous ne voyez pas que votre appendice nasal s'allonge à chacun de vos mensonges, mon ami ?

Ils se souriaient, refusant de s'endormir, et se caressaient des yeux et du bout des doigts. Rosalie vit une larme glisser sur la joue de Marc-Olivier. Elle s'empressa de la recueillir en approchant ses lèvres. Il la serra encore plus fort contre lui. Il répétait doucement, tendrement, comme une mélodie :

– Rosalie ! Ma rose ! Ma fleur rouge sur la neige ! Je n'arrive pas à croire que tu sois là dans mes bras. J'ai si souvent rêvé de ce moment en sachant bien que c'était un rêve impossible ! Et tu es là. Faute d'avoir eu un passé, je ne sais pas si nous aurons un avenir ensemble, mais je peux t'assurer que jamais je n'oublierai cette nuit, ma belle rose, ma fleur rouge.

– Quelquefois la réalité est plus belle que le rêve, Marc. Et pour la surprise de cette nuit, pour ce moment de tendresse, je ne changerais pas ma place avec qui que ce soit sur cette terre. Mon avenir est incertain, mais demain est un autre jour. Je veux vivre chaque seconde de cette nuit et ne laisser rien d'autre en ternir la beauté et la douceur.

À son tour, elle laissa bien involontairement couler une larme. Il la serra fort contre son corps nu.

– Demain, je redeviens ton avocat. C'est une faute professionnelle, que je commets en ce moment, comme tu t'en doutes. Mais tout comme toi je ne veux pas y penser cette nuit.

Sans s'en rendre compte, ils glissèrent progressivement dans le sommeil, ces deux amoureux que la cruauté de Charles-Eugène avait séparés, ces deux amants que cette même cruauté avait réunis. Ils dormaient maintenant paisiblement, lovés dans les bras l'un de l'autre, abandonnés aux mystères de la nuit.

Au lever du soleil, Rosalie était de nouveau seule dans son lit. L'homme était parti aux premières lueurs de l'aube. Il avait quitté la chambre sur la pointe des pieds, pour ne pas troubler son sommeil, sans doute, mais davantage encore pour ne pas rompre le charme de leur merveilleuse nuit d'amour. Il lui avait adressé des baisers du bout des doigts, ému et assailli par le regret de devoir s'en aller déjà. Mais Rosalie ne dormait pas. Elle l'avait vu quitter la chambre, tandis que sa fidèle compagne, la solitude, se glissait familièrement à ses côtés. Aussitôt qu'elle eut entendu la porte d'entrée se refermer, elle éclata en sanglots. La plus belle page de sa vie venait de s'écrire dans cette chambre de sa maison de Saint-Hippolyte et elle pleurait. Elle se recroquevilla comme un bébé pour absorber la chaleur résiduelle de son amant. Elle sentait que ses larmes entraînaient avec elles les regrets du passé et lavaient sa mémoire pour n'y garder que les souvenirs heureux. Elle pensa à sa mère qu'elle n'avait pas connue, la belle Ludivine, en s'imaginant qu'elle la tenait dans ses bras et qu'elle lui chantait une berceuse.

Elle se rendormit. Au petit matin, son chagrin s'était envolé et Rosalie savait maintenant que toujours elle garderait précieusement dans son cœur ces instants de bonheur volés à la tragédie de sa vie.

XIV

Le procès de Rosalie Lambert débuta le 28 mai 1968 au palais de justice de Montréal. Maître Bernard avait obtenu que sa cliente soit jugée à cet endroit et non à Saint-Jérôme où le chanoine Aubert était connu et où cette histoire avait soulevé les passions. Le choix des jurés avait été difficile. La mort tragique du chanoine avait été commentée dans tous les quotidiens de Montréal et des banlieues, de sorte que rares étaient ceux qui n'avaient pas une opinion préconçue sur le sujet. Par ailleurs, la couverture médiatique de l'événement indiquait que la majorité des gens, avides de sensations fortes, se plaisaient à croire que Rosalie Lambert avait commis un assassinat délibéré sur la personne d'un représentant de l'Église catholique.

Dans la tourmente de la Révolution tranquille, le clergé était ébranlé et il se cramponnait désespérément à son autorité vacillante. Dans un suprême et inutile effort pour consolider son autorité, il multipliait les menaces, de même que les allusions aux flammes, censées guetter tous ceux qui s'écartaient du droit chemin tracé depuis toujours par une Église dominatrice. Ses représentants ne s'étaient donc pas privés de prédire en des termes fulminants l'enfer à l'infirmière, la machiavélique héritière qui avait tué pour de l'argent.

Sans doute le Québec s'éveillait-il, et les Canadiens français commençaient à se rendre compte à quel point l'écrasante domination du clergé les avait tenus à l'écart de la liberté de pensée. Pourtant, dans cette cause-là, l'opinion publique penchait du côté de la culpabilité de l'accusée. La perplexité se faisait jour également dans les commentaires et rumeurs : qu'est-ce qui pouvait bien relier ces deux personnes pour que le défunt prêtre ait laissé un héritage aussi important à cette femme, sa meurtrière ?

Le choix du jury avait tout de même fini par être fixé et les procédures furent engagées. Le procureur, maître René Galipeau, introduisit la cause selon l'opinion de la couronne.

– Messieurs du jury, nous allons devant vous faire ressortir la nature abjecte et sans aucune conscience de la femme que nous jugeons aujourd'hui. Cette personne n'a eu par le passé aucun respect pour le serment d'Hippocrate prêté à la fin de ses études et c'est pourquoi, nous, de la couronne, croyons que c'est sans hésitation et sans remords que, la nuit du 6 octobre dernier, elle a délibérément administré au chanoine Charles-Eugène Aubert un médicament auquel il était allergique, ce qui a entraîné sa mort. Ce sera à vous, messieurs, de décider, sur la foi de la preuve que nous ferons devant vous, si ce décès fut le résultat d'un accident ou d'un meurtre délibéré. Gardez toujours en mémoire qu'un être humain, un représentant de Dieu sur cette terre, a perdu la vie suite à l'injection, par erreur ou non, d'un médicament qui lui fut fatal. Ce sera à vous de rendre le verdict à la lumière de ce que vous entendrez au cours de ce procès. Soyez attentifs et justes.

Marc-Olivier se leva à son tour. Le prétoire était silencieux. Les regards tournés vers lui étaient fermés pour ne pas dire hostiles et il sentit tout le poids de l'accusation lui tomber sur les épaules. Il se redressa pourtant. La tête haute, il fit face avec toute l'assurance que lui permettait son expérience. Il fit une longue pause en fixant son regard tour à tour sur chacun des jurés qui allaient juger sa cliente. Il voulait capter leur attention et tenter de les convaincre de ce qu'il allait énoncer à son tour. Il commença d'une voix lente, mais assurée et ferme :

– Messieurs, je compte faire la preuve devant vous que madame Rosalie Lambert, l'accusée, est une femme d'honneur, respectueuse de son serment d'Hippocrate. Cette infirmière a consacré sa vie entière à soulager et à guérir ses semblables. Dès ses débuts dans un lointain dispensaire de colonie en Abitibi, puis en Europe pendant et après la Seconde Guerre mondiale, et par la suite auprès des malades de Saint-Anselme, cette femme dévouée et généreuse a consacré son temps à ses patients sans jamais faillir à sa tâche. Épuisée et bouleversée, la nuit du 6 octobre dernier, en revoyant après un quart de siècle un homme qui avait marqué profondément sa vie des années auparavant, elle a commis une erreur qui, malheureusement, a été fatale au chanoine Aubert. Comme l'a déjà dit mon éminent confrère, ce sera à vous de la juger, messieurs du jury, selon ce que vous entendrez au cours de ce procès. Mais soyez très attentifs à ce que chacun dira au sujet de l'honnêteté, du professionnalisme et des qualités humaines de madame Rosalie Lambert, que nous jugeons aujourd'hui. Vous comprendrez qu'une telle femme ne peut, quelles que puissent être ses motivations, avoir commis de sang-froid un meurtre délibéré dans l'exercice de sa profession, qui fut toujours le centre de sa vie et sa raison d'exister.

Sans quitter les membres du jury des yeux, il alla s'asseoir aux côtés de sa cliente. Ce fut alors seulement que le prétoire respira et sembla reprendre vie. Le premier témoin appelé à la barre fut un représentant de l'évêché d'Amos ; il remit à la cour le document signé par le curé Aubert de nombreuses années plus tôt. En début de procès, les deux avocats voulaient tenter d'établir leur preuve sur la personnalité de l'accusée et celle de la victime.

– Monsieur le curé Rosaire Leblanc, vous êtes secrétaire archiviste de l'évêché d'Amos. Est-ce exact ? demanda le procureur de la couronne, maître Galipeau.

– C'est exact, maître.

– Depuis combien d'années ?

– Je serai en poste depuis trente-deux ans en septembre prochain.

– Vous souvenez-vous du moment où le document que vous allez présenter à la cour a été déposé dans vos archives ?

– Je ne me souviens pas de ce document autrement que par la date qui figure dessus. Il en passe, des documents, dans mon service !

– Quand il a été question du décès du chanoine Charles-Eugène Aubert, comment avez-vous fait le rapprochement avec ce document ?

– Quand nous avons appris le décès du chanoine Aubert, mon évêque m'a demandé de retracer son dossier et de le lui remettre ; il souhaitait en prendre connaissance. C'est lui qui a découvert cette lettre incriminant garde Lambert. Le prêtre qui l'avait reçue et contresignée à l'époque est décédé il y a plusieurs années.

– Vous pouvez nous faire la lecture de cette lettre, monsieur le secrétaire archiviste ?

– En réalité, ce n'est pas une lettre, mais bien une note manuscrite du curé Aubert, contresignée par l'abbé Arthur Lacroix qui l'a reçue en main propre.

– Lisez, s'il vous plaît.

– *Moi, Charles-Eugène Aubert, admet avoir eu des soupçons sur le décès d'Héloïse-Marie Robidoux survenue dans la nuit du 27 mars 1943 au domicile de ses parents. Cette jeune fille de vingt ans m'avait fait part de son état malencontreux, c'est-à-dire de sa grossesse non désirée, ainsi que de son désir de demander à son amie, garde Rosalie Lambert, de l'avorter ; ce à quoi je me suis opposé vigoureusement en lui signifiant que ce qu'elle envisageait de faire était un meurtre pur et simple. Aussi, je fus bien étonné quelques jours plus tard d'apprendre qu'Héloïse-Marie était morte d'une appendicite aiguë. J'aurais dû demander une autopsie, mais j'ai fait confiance au professionnalisme et à l'honneur de l'infirmière qui avait signé le certificat de décès. J'ai toujours eu des remords de ne pas avoir sans délai fait part à mon supérieur de mes doutes. C'est pourquoi aujourd'hui je tiens à l'informer de mes soupçons.* Et c'est signé à Amos, le 28 juin 1948.

– Merci, monsieur le secrétaire archiviste.

Se tournant vers le juge, maître Galipeau demanda d'admettre en preuve cette note manuscrite et alla s'asseoir. À son tour, Marc-Olivier s'approcha du témoin.

– Vous ne trouvez pas étrange que ce document n'ait été remis à l'évêché que cinq ans après le décès d'Héloïse-Marie Robidoux ?

Le prêtre admit ne pas avoir de réponse à cette question.

– Savez-vous quel emploi occupait Héloïse-Marie à l'époque de son décès ?

– Non.

– Son frère, Armand Robidoux, qui viendra sous peu témoigner, va nous confirmer qu'elle était ménagère au presbytère et également sacristine pour le curé Aubert à l'église de Saint-Mathieu-du-Nord.

Maître Bernard fit une pause, afin de permettre à l'assistance de prêter toute son attention aux paroles qu'il allait prononcer.

– Vous ne trouvez pas mystérieux, sinon étrange, monsieur l'abbé Leblanc, qu'une autre gouvernante et sacristine du curé Aubert, mademoiselle Roselyne Duclos, soit morte également d'une appendicite aiguë le 14 juin 1948, exactement deux semaines avant que le curé Aubert remette ce document à votre évêché ?

Le prêtre ne répondit pas.

– Savez-vous si cette note manuscrite a été signée à l'évêché, ou ailleurs ?

– Non, la chose n'est pas spécifiée sur le document. Il y est seulement indiqué qu'il a été signé à Amos.

– Je peux vous dire qu'il ne fut pas signé à l'évêché. Le 28 juin 1948, le curé Aubert était à l'hôpital d'Amos et dans l'impossibilité totale de se déplacer. C'est donc un représentant de votre évêché qui s'est rendu à son chevet et qui a obtenu cet aveu de Charles-Eugène Aubert. Vous ne trouvez pas ça intrigant ?

– Objection, dit maître Galipeau. Le témoin n'a pas à donner d'opinion à ce sujet.

– Effectivement, dit le juge. Objection retenue. Maître Bernard, dites-nous où vous voulez en venir avec cet interrogatoire.

– Le curé Aubert était, le 28 juin 1948, à l'hôpital d'Amos, après avoir été sévèrement battu par le frère de Roselyne Duclos, sa deuxième ménagère sacristine d'à peine vingt-cinq ans, morte également d'une appendicite aiguë. Disons, Votre Honneur, que c'est une coïncidence insolite que les aveux du curé Aubert soient venus immédiatement à la suite de ce second décès, et surtout après qu'il eut été sévèrement battu par le frère de sa gouvernante.

Il y eut un long silence dans le prétoire. Marc-Olivier enchaîna.

– Monsieur le juge, je demande qu'on admette en preuve le certificat de décès d'Héloïse-Marie Robidoux. Vous constaterez que seule la signature apposée sur ce certificat est de la main de garde Rosalie Lambert. Tout le reste, incluant la cause de la mort, est de la main du curé Aubert.

L'avocat se tourna vers le témoin, puis vers les membres du jury, et demanda :

– Vous ne trouvez pas bizarre, monsieur le secrétaire archiviste, et vous, messieurs du jury, que ce soit le curé Aubert qui a rempli de sa main le certificat de décès d'Héloïse-Marie Robidoux en y inscrivant bien sûr la cause du décès ? Et que cinq ans plus tard il signe une note manuscrite affirmant qu'il doute de la cause de cette mort ?

– Je ne fais que présenter le document retrouvé à l'évêché. Je n'ai pas d'opinion là-dessus, s'empressa de dire Rosaire Leblanc.

Marc-Olivier se tourna vers le juge et lui demanda d'admettre en preuve quatre autres documents qu'il prit sur son bureau.

– J'ai ici deux expertises prouvant la véracité de ce que j'avance, soit que l'écriture qui apparaît sur le certificat de décès d'Héloïse-Marie Robidoux est bien celle du chanoine Aubert. La signature seulement est de garde Rosalie Lambert. Et je vous demande également d'admettre en preuve ces deux autres certificats de décès remplis et signés de la main de l'infirmière Lambert. Vous pourrez relever tous les certificats de décès que vous voudrez, vous verrez que jamais, sauf pour celui d'Héloïse-Marie Robidoux, Rosalie Lambert n'a demandé l'aide de qui que ce soit pour compléter un tel document.

– Monsieur le juge, ajouta maître Galipeau, permettez-moi de souligner ici que seule la signature a de l'importance sur un certificat de décès, puisque celui-ci peut être dactylographié et uniquement signé de la main de celui ou celle qui a constaté le décès. J'ai ici deux certificats signés par garde Laplante, celle-là même qui a constaté le décès de Roselyne Duclos, et ils sont dactylographiés. Je demande aussi qu'ils soient admis en preuve.

Le juge accepta les documents et le procès fut ajourné au lendemain. Rosalie et Marc-Olivier quittèrent le palais de justice ensemble. Si depuis la merveilleuse nuit du premier janvier une petite lueur de tendresse s'était allumée dans leurs yeux, jamais par la suite ils n'avaient fait allusion à cet intermède qui les avait unis dans l'amour.

– Je crois que nous avons marqué un point, dit Marc-Olivier, en évoquant la contradiction qu'il y a entre les écrits et les agissements du curé Aubert. C'est lui-même qui a inscrit la cause du décès d'Héloïse-Marie et il la remet en doute cinq ans plus tard. Et, en plus, à la suite du décès similaire d'une autre de ses gouvernantes.

– Oui, peut-être, murmura Rosalie.

Elle semblait particulièrement pensive.

– Je te sens lointaine, lui dit Marc-Olivier. S'il y a quelque chose qui te tracasse, il faut m'en faire part. J'ai besoin de savoir tout ce qui te passe par la tête. Même les choses qui te semblent insignifiantes peuvent présenter un intérêt. Nous formons une équipe et je ne peux t'aider que si tu es franche et sincère avec moi.

– Tu vois, je ne pensais pas au procès, mais plutôt à cette cour de justice. Tous les jurés sont des hommes, le juge est un homme et je n'ai pas aperçu une seule avocate dans ce palais de justice aujourd'hui. Elles se cachent, ou elles n'existent pas ?

– Tu n'as pas tort. En fait, il n'y a pas de juge femme. D'autre part, tous les candidats jurés, tirés au hasard, étaient des hommes. Il aurait donc été difficile de choisir des femmes. Je suis bien conscient que ce jury est boiteux. La perception féminine des faits aurait pu avoir une influence positive.

– C'est pas tout d'avoir le droit de vote depuis plus d'un quart de siècle. Les femmes sont encore absentes de la plupart des professions. On les cache toujours dans leur cuisine.

– Tu trouves ça injuste ?

– Effectivement, et plus particulièrement en ce moment. Moi, une femme, avec mes sentiments, ma façon de vivre et de penser, je vais être jugée uniquement par des hommes. Comment ces douze jurés pourront-ils, même un instant, penser comme une femme ? Comme il n'y a aucune preuve directe, il me semble que, quoi qu'on dise ou dépose comme preuve, je suis jugée d'avance. On jurerait qu'on est encore à l'époque du procès de la Corriveau. Il a suffi que son père vienne dire qu'il n'était pas coupable pour que tous, sans exception, le croient, lui, et pas sa fille.

– Tu es défaitiste, Rosalie. Nous ne sommes plus à l'époque de la conquête, tout de même. La justice au Québec a évolué un tout petit peu.

Il la taquinait, mais le malaise de son amie le bouleversait. Pourtant, il était persuadé que cette femme allait faire bonne impression sur les jurés, et surtout il y avait de nombreuses preuves de sa bonne conduite. Une personne comme elle, dont les vingt-cinq années de carrière étaient irréprochables, ne pouvait pas être devenue un assassin du jour au lendemain, dans un seul moment de haine impulsive. Il se considérait passablement bien armé pour jeter un doute dans l'esprit des jurés. Selon lui, le procès était au contraire avantageusement engagé.

Le lendemain, maître Bernard fit comparaître sa cliente. Il avait l'intention de montrer des irrégularités dans la note rédigée par le curé Aubert et d'obtenir de l'infirmière, au profit du jury, sa version de la mort d'Héloïse-Marie. Il se réserva d'entrée de jeu le droit de rappeler ce témoin à la barre par la suite.

– Madame Lambert, racontez-nous les faits tels que vous les avez vécus la nuit du 27 mars 1943.

Rosalie considéra l'assemblée. Elle ne vit là aucune expression de compassion à son égard.

– La nuit du 27 mars 1943, le curé Aubert est venu me chercher au dispensaire après minuit en m'informant qu'un drame venait de se produire au presbytère. Il y avait dans sa chambre Héloïse-Marie Robidoux, qui saignait abondamment.

Marc-Olivier interrompit son récit.

– Dans sa note manuscrite, le curé Aubert dit qu'Héloïse-Marie est décédée au domicile de ses parents.

– J'ai entendu la lecture de ce qu'il a écrit. C'est faux !

Pendant le moment de silence qui suivit, elle sentit la désapprobation de l'assistance et comprit que, accuser le curé Aubert de mensonge, c'était s'attaquer à un solide préjugé. Mais avait-elle le choix ? Elle reprit le plus calmement possible la suite des faits :

– J'ai réalisé immédiatement, en la voyant sur le lit, que cette jeune fille venait de subir un avortement. Le diagnostic était d'autant plus facile à poser que quelques jours auparavant Héloïse-Marie m'avait demandé de procéder moi-même à l'intervention.

– Et vous aviez refusé ?

– Oui, j'avais refusé en l'encourageant à parler de son état à ses parents.

Rosalie se tourna vers les jurés. Il était visible qu'elle éprouvait de la difficulté à poursuivre.

– Cette nuit-là, j'ai découvert qui était le père de l'enfant qu'elle portait.

– Et qui était-il, selon vous ?

– Le curé Aubert, bien sûr !

Un murmure gronda dans la salle.

– Quand je l'ai accusé d'avoir pratiqué lui-même l'avortement et d'avoir provoqué cette boucherie, il n'a pas nié. Il m'a au contraire ordonné de signer un certificat de décès en inscrivant comme diagnostic « appendicite aiguë ».

– Quelqu'un d'autre a-t-il été témoin de cet événement ? demanda maître Bernard.

– Tout de suite en entrant au presbytère et en reconnaissant Héloïse-Marie, j'avais envoyé le curé chercher sa mère. Elle est arrivée quelques minutes avant le décès de sa fille.

– A-t-elle été consciente de ce qui venait de se passer dans cette chambre ?

– Elle était présente quand j'ai accusé le curé Aubert.

– Et que s'est-il passé ensuite ?

– Charles-Eugène Aubert a dit à Augustine, la pauvre mère en larmes, que, si elle voulait que sa fille ait un service catholique et soit enterrée dans le cimetière de la paroisse, il ne fallait pas parler de l'avortement qu'elle venait de s'infliger elle-même.

– S'infliger elle-même ?

– Oui. C'est bien ce qu'il a dit.

– Et ensuite ?

– Le curé Aubert a suggéré de transférer Héloïse-Marie chez les Robidoux. Le presbytère était situé juste en face de leur résidence. Et c'était une nuit de grosse tempête. On ne voyait pas un pied devant soi.

– C’est ce qu’il a fait ?

– Oui. Sans même attendre la réponse d’Augustine Robidoux, il a enroulé Héloïse-Marie dans une couverture et l’a transportée chez ses parents.

– Par la suite, comment avez-vous signé ce certificat de décès ?

– Il est venu à mon dispensaire avant la fin de la nuit et a exigé que je signe ce certificat en me disant que personne ne croirait ma version des faits si elle était confrontée à la sienne. Que la parole d’une infirmière ne faisait pas le poids contre celle d’un prêtre.

– Et quelle était sa version des faits ?

– Maintenant qu’il avait transporté Héloïse-Marie chez elle, sa version était que j’avais fait cet avortement chez les Robidoux.

– Et vous avez signé ?

– En désespoir de cause, oui, comme vous l’avez constaté sur le certificat de décès d’Héloïse-Marie. C’est bien ma signature. J’ai d’abord refusé obstinément, mais Héloïse-Marie était mon amie et le curé Aubert a débité une longue tirade sur l’honneur de la famille et les conséquences de mon refus. J’étais piégée. Mais après l’avoir signé, je lui ai lancé le papier au visage. Vous l’avez fait remarquer, le reste du document est de la main du curé Aubert.

– Merci, garde Lambert. Maître Galipeau, le témoin est à vous.

L’avocat de la couronne s’approcha à son tour. Il fixa longuement Rosalie comme pour l’impressionner avant de demander :

– Si je comprends bien, madame Lambert, vous prétendez que le chanoine Charles-Eugène Aubert est un menteur et un assassin…

– Objection, Votre Honneur ! cria Marc-Olivier.

– Objection retenue. Maître Galipeau, formulez autrement votre question.

– Bien, Votre Honneur. Madame Lambert, pourquoi devrions-nous croire votre version plutôt que celle du curé Aubert ?

– Parce que c’est la vérité. Je suis une femme d’honneur et jamais je n’ai agi contre la loi.

– Si je comprends bien, vous voulez faire croire à cette assemblée que le curé Aubert, contrairement à vous, n’avait aucun honneur.

Avant même que son avocat ait le temps de s'objecter, Rosalie avait déjà répondu :

– C'est ce que j'affirme, effectivement.

Il y eut dans la salle un long silence. L'assistance semblait pétrifiée. Rosalie réalisa qu'elle venait de commettre une bévue en accusant ainsi le curé. Sans doute était-elle convaincue que cet homme était un criminel sans cœur, mais elle aurait dû taire son sentiment devant le tribunal.

– Merci, garde Lambert. Vous nous aidez grandement, ajouta le procureur de la couronne, ironique. Ce sera tout.

Visiblement satisfait de la réponse de l'accusée, il se retourna vivement dans une grande envolée de sa toge noire.

Marc-Olivier appela à la barre des témoins le vicaire Roméo Bourdages qui habitait avec le chanoine Aubert au presbytère de Saint-Anselme, celui-là même qui avait appelé l'ambulance la nuit où le prélat avait eu sa crise cardiaque.

– Monsieur l'abbé, depuis combien de temps étiez-vous vicaire auprès du chanoine Aubert à la paroisse de Saint-Anselme ?

– Depuis sept ans.

– Comme vous le connaissiez bien, pensez-vous que le curé Aubert pouvait être un menteur ?

– Objection, Votre Honneur, dit maître Galipeau.

– Objection rejetée. Vous pouvez répondre à cette question, monsieur le vicaire.

– Pouvez-vous répéter la question ?

– À votre connaissance, le curé Aubert a-t-il déjà menti à son évêque ?

– Non. Bien sûr que non, répondit le témoin, visiblement fâché.

– Un curé a-t-il l'obligation d'avertir son évêque s'il reçoit une grosse somme d'argent ?

– Oui.

– Ainsi, si vous recevez un héritage, il vous faut en aviser votre évêque et ce sera à lui de déterminer de quelle manière sera utilisé l'argent ?

Le jeune vicaire rougit. Il commençait à comprendre où voulait en venir l'avocat.

– Oui. Il faut l'en aviser.

– Cacher de l'argent reçu, surtout si c'est une somme importante, serait donc une sorte de mensonge ? N'est-il pas vrai que la restriction mentale, comme on dit dans votre argot de théologien, est considérée comme un mensonge par l'Église, lorsqu'elle n'est pas justifiée par des raisons graves ?

Le vicaire Bourdages se sentait pris au dépourvu et il était visiblement très mal à l'aise. Il bafouilla plus qu'il ne répondit.

– Peut-être que le curé Aubert venait tout juste de recevoir cet argent et comptait en aviser notre évêque.

– Non. Il possédait cet argent depuis 1942. La cour a fait des recherches en ce sens. Je répète ma question. Selon vous, cacher une telle somme d'argent à son évêque constitue-t-il un mensonge par omission ?

– Oui, répondit tout bas le témoin.

Marc-Olivier se retourna vers les jurés.

– Messieurs les jurés, nous venons de faire la preuve ici que le chanoine Charles-Eugène Aubert savait mentir. Il a été capable pendant vingt-cinq ans de cacher à son évêque une somme d'argent importante dans le dessein d'en demeurer le seul propriétaire, alors qu'il était lié par sa promesse d'obéir à l'Église et de se détacher des biens matériels.

Marc-Olivier retourna s'asseoir. Il comptait bien ramener cet argument dans sa plaidoirie.

Après le déjeuner, ce fut au tour d'Armand Robidoux de venir à la barre. Bien peu de gens de Saint-Mathieu-du-Nord se souvenaient de cette jeune infirmière qui n'avait même pas passé deux années complètes dans leur paroisse longtemps auparavant. Comme Armand était le frère d'Héloïse-Marie, il avait été convoqué pour donner son opinion sur la mort de sa sœur, de même que sur la personnalité de l'accusée.

– Monsieur Robidoux, que savez-vous des événements survenus le 27 mars 1943 ?

– L'après-midi, nous avons appris, ma femme et moi, que ma sœur Héloïse-Marie était décédée la nuit précédente.

– Qui vous l'a appris ?

– Mon père est venu à la maison nous en prévenir.

– Que vous a-t-il dit ?

– Que ma sœur était morte d'une appendicite aiguë.

Il y eut un murmure dans l'assistance.

– Par la suite, avez-vous reparlé de ce décès avec votre père ou votre mère ?

– Non. Ce sujet était tabou dans notre famille. Surtout pour ma mère. Il a toujours été défendu de faire allusion à notre sœur défunte devant elle.

– Et vous avez déjà entendu des gens parler d'une autre version des faits ?

– On savait que ça parlait dans la paroisse, mais jamais devant nous.

– Est-ce la première fois que vous entendez dire que votre sœur pourrait avoir subi un avortement ?

– Non.

– Quand en avez-vous entendu parler avant ?

– Pour être franc, la première fois, ce fut après la mort de Roselyne Duclos. Après aussi que son frère jumeau eut envoyé Charles-Eugène à l'hôpital. Avant, on y pensait, mais jamais personne n'en avait parlé ouvertement devant un membre de notre famille.

– Qui était Roselyne Duclos ?

– Une jeune fille de la paroisse que le curé Aubert avait amenée avec lui comme ménagère en nous quittant pour aller exercer son ministère ailleurs.

– N'est-ce pas celle qui est morte deux semaines avant que le curé Aubert signe la note dont nous avons pris connaissance au début de ce procès ?

– Exactement. C'est après ça surtout que les gens ont commencé à dire plus ouvertement que le curé Aubert avait dû mettre enceinte une deuxième de ses ménagères.

– Parce que votre sœur Héloïse-Marie était gouvernante au presbytère ?

– Oui. Elle était aussi sacristine.

– Quels sont vos souvenirs de garde Lambert quand elle était infirmière dans votre paroisse ?

– C'était une jeune femme à la conduite exemplaire et de compagnie très agréable. On pouvait la déranger à n'importe quelle heure du jour ou de la nuit et toujours elle accourait avec le sourire. Et elle avait mis beaucoup de vie dans la paroisse avec une chorale qu'elle avait formée. Grâce à elle, nous avons eu deux merveilleuses messes de minuit chantées. Et aussi, il y avait du chant à l'église tous les dimanches.

– Et quelle était la relation entre votre sœur Héloïse-Marie et garde Rosalie Lambert ?

– Elles étaient les meilleures amies du monde. Même qu'Héloïse couchait toujours au dispensaire pour tenir compagnie à garde Lambert. Elle l'aidait aussi aux soins du ménage et recevait les clients quand il y avait des cliniques.

– Selon vos souvenirs, pensez-vous que garde Lambert aurait pu pratiquer un avortement sur la personne de votre sœur ?

– Objection, Votre Honneur ! dit le procureur de la couronne. Mon savant confrère suggère la réponse.

– Objection retenue. Maître Bernard, formulez autrement votre question.

– Héloïse-Marie était votre sœur. Vous devez bien avoir une opinion sur la cause de son décès.

– Ça peut vous paraître peu courageux de ma part, mais je n'ai jamais voulu y penser.

– Vous n'en avez jamais parlé avec personne ? Pas même avec votre femme ?

– Avec ma femme, si. Nous pensions qu'elle était enceinte. Mais nous n'en avons jamais eu la confirmation, ni de mon père ni de ma mère. Et je ne peux rien vous dire de concret sur la façon dont elle est morte, sauf ce que l'on m'a dit qu'elle était morte d'une appendicite aiguë.

– Votre mère était-elle toujours vivante, quand des accusations ont été portées contre Rosalie Lambert ? A-t-elle dit quelque chose sur cette affaire ?

– Ma mère est rarement revenue sur le passé. Les seules fois où je l'ai entendue parler de garde Lambert après le décès de ma sœur, c'était à Noël. Elle disait souvent que les Noëls étaient bien plus beaux quand Rosalie était là pour animer le chœur de chant et jouer du piano à la maison.

– A-t-elle déjà semblé avoir de la rancœur contre garde Lambert ?

– Oh non, au contraire ! Chaque fois qu'il était question d'elle, elle avait toujours un sourire nostalgique.

– Selon vous, serait-il étonnant que garde Lambert ait fait avorter votre sœur et causé sa mort ?

– Objection ! s'exclama René Galipeau. Maître Bernard suggère encore la réponse.

– Objection retenue. Maître Bernard, formulez autrement votre question, s'il vous plaît, et faites attention à la façon dont vous vous adressez au témoin.

– Bien, Votre Honneur... Votre mère a été témoin de la mort de votre sœur. Vous a-t-elle déjà parlé en mal de garde Lambert ?

– Non, jamais. Quand elle a appris la mort du chanoine Aubert, et surtout les accusations portées contre Rosalie, elle nous a dit que toute cette histoire était bien triste.

– Rien de plus ?

– Elle a dit que la petite garde ne méritait pas ça.

– Et vous savez ce qu'elle voulait dire par là ?

– Non. Comme je vous l'ai dit, ma mère ne parlait jamais de la mort de sa fille unique.

– Après la mort de votre sœur, votre mère vous a-t-elle déjà dit quelque chose à propos du curé Aubert ?

– Non plus. Ma mère était très pieuse. Jamais elle n'aurait dit quoi que ce soit contre un prêtre. Mais je sais que pendant au moins une année après la mort d'Héloïse-Marie elle a refusé d'aller à l'église. C'est vrai qu'elle a fait une dépression. Elle n'a plus jamais été la même par la suite.

– Merci, monsieur Robidoux. Le témoin est à vous, maître Galipeau.

Maître Galipeau s'approcha à son tour.

– Monsieur Robidoux, répétez-nous ce qu'on vous a dit après la mort de votre sœur ?

– Qu'elle était morte d'une appendicite aiguë pendant la nuit.

– Et où était-elle morte ?

– Dans son lit, dans la maison de mes parents. Enfin, c'est ce qu'on m'a dit. Je ne l'ai pas vue mourir.

– Merci, monsieur Robidoux. Ce sera tout.

L'avocat de la couronne semblait sûr de lui.

À la fin de cette journée, Marc-Olivier éprouvait une grande satisfaction d'avoir encore marqué un point en démontrant que Charles-Eugène pouvait mentir. L'affirmation d'Armand Robidoux, en revanche, voulant que ses parents lui avaient dit que sa sœur était morte d'une appendicite aiguë dans son lit, n'aidait pas sa cliente. En outre, que Rosalie ait affirmé que le curé Aubert était un homme sans honneur avait jeté un froid chez les membres du jury et ajouté du poids dans la balance sur le plateau de l'accusation.

– Je ne veux pas te faire de reproches, Rosalie, mais à l'avenir tu devras être plus prudente dans tes réponses.

– Je suis consciente que je n'ai pas aidé ma cause…

– Oui, tu as bien compris. Dorénavant, il va te falloir faire attention à la façon dont tu parles de ce prêtre. N'oublie pas que nous sommes ici parce que tu es accusée d'avoir délibérément provoqué sa mort. Il ne faut pas trop laisser voir à quel point tu le haïssais.

– Je suis désolée !

Le lendemain, le procès s'amorça pour de bon ; le tribunal aborda la cause de la mort du chanoine. Le premier témoin de la journée fut Denise Laliberté, l'hospitalière de l'unité des soins intensifs, la supérieure directe de Rosalie Lambert. Les deux femmes travaillaient ensemble depuis l'arrivée de Rosalie à l'hôpital de Saint-Anselme dix années auparavant. Maître Bernard, de qui c'était le témoin, ouvrit le bal.

– Garde Laliberté, pouvez-vous brosser un portrait de votre assistante de nuit, garde Rosalie Lambert ?

– Garde Lambert est une infirmière compétente sur laquelle on peut toujours compter, une femme respectueuse de chacun.

– Si je comprends bien, le stress fait partie de votre quotidien, dans votre travail aux soins intensifs. Croyez-vous qu'un stress dû à une cause personnelle soit différent de celui que vous subissez régulièrement ?

– Je ne peux parler que pour moi, mais oui, il m'est beaucoup plus difficile de fonctionner quand je vis un stress personnel.

– Vous pouvez nous donner un exemple ?

– Le stress subi au travail trouve toujours une solution dans nos connaissances techniques et notre empathie. Alors que l'année dernière, après le décès de ma fille, j'ai eu de la difficulté à me concentrer, à tel point que j'ai dû m'absenter pendant plusieurs semaines.

– Vous êtes donc d'avis que les problèmes personnels nuisent à la concentration et qu'ils ne doivent pas vous suivre au travail. Cette nuit-là, quand garde Lambert a revu Charles-Eugène Aubert, avec qui elle avait vécu des événements pénibles, elle a pu perdre sa concentration au point de commettre une erreur ?

– Sinon, comment voulez-vous qu'elle l'ait commise ?

– Merci, garde Laliberté. Vous venez de dire à la cour que selon votre opinion il s'agit bien d'une erreur et non pas d'un geste intentionnel de la part de garde Lambert.

– Objection, Votre Honneur ! Mon savant confrère cherche à influencer la cour.

– Objection refusée. Continuez, maître Bernard.

– Ce sera tout en ce qui me concerne. Votre opinion est très importante et sera retenue par les membres du jury, dit Marc-Olivier en se tournant vers les douze hommes attentifs à chaque mot prononcé. Maître Galipeau, le témoin est à vous.

Le procureur s'avança à son tour.

– Garde Laliberté, étant donné la compétence de garde Lambert, dont vous avez fait mention précédemment, avez-vous été surprise lorsque vous avez su que la mort du curé Aubert était due à une erreur de sa part ?

– Vraiment, oui. Jamais auparavant elle n'avait commis une erreur aussi importante.

– C'est donc qu'elle avait déjà commis des erreurs ?

– Jamais une qui aurait nécessité de faire un rapport.

– On dit que cette nuit-là garde Lambert aurait subi un grand stress. Mais le stress est courant, sur votre unité ?

– Comme je l'ai mentionné tout à l'heure, le stress fait partie de notre quotidien, en effet.

– Vous dites qu'un stress personnel peut vous affecter davantage, mais n'êtes-vous pas quand même capable de le gérer ? Par exemple, lors du décès de votre fille, avez-vous commis des erreurs irréparables ?

– Quand j'ai pris conscience que ma concentration était défaillante, j'ai pris des jours de congé.

– Vous avez quand même travaillé un certain temps avec votre stress personnel sans commettre d'erreurs ?

– J'ai une grande expérience des soins intensifs.

– Garde Lambert a aussi une grande expérience de ce genre de soins ?

– En effet, dut admettre Denise Laliberté.

– Merci, garde Laliberté, ce sera tout, dit maître Galipeau, satisfait une fois de plus.

Le témoin suivant fut garde Maureen Taylor, qui assurait le service de nuit avec Rosalie la nuit de la mort de Charles-Eugène Aubert.

– Vous travaillez depuis longtemps avec garde Lambert ? interrogea Marc-Olivier d'une voix teintée de douceur.

– Depuis trois ans.

– Comment la qualifieriez-vous ?

– C'est une infirmière très compétente. Je lui confierais ma vie sans hésiter.

– Garde Taylor, c'est vous qui avez administré l'antibiotique qui a causé la mort du chanoine Aubert, n'est-ce pas ?

– Oui, c'est moi. Mais je ne l'avais pas préparé.

– C'est pratique courante, d'administrer un antibiotique que vous n'avez pas préparé vous-même ?

– Oui, ça arrive régulièrement.

– Est-ce que garde Lambert vous avait demandé de le faire en partant pour sa pause ?

– Non. Elle m'avait dit qu'elle le ferait à son retour.

– Pourquoi l'avoir administré vous-même, dans ce cas ?

– Il était évident que Rosalie n'aimait pas le contact avec le chanoine Aubert. J'ai voulu l'aider en donnant l'antibiotique à sa place. Vous savez, on doit rester une dizaine de minutes auprès du patient, quand on administre un antibiotique.

– Vous dites que garde Lambert ne semblait pas aimer le contact avec le chanoine Aubert. Quand elle est sortie de sa chambre, cette nuit-là, après son altercation avec lui, qu'a-t-elle fait ou que vous a-t-elle dit ?

Maureen regarda l'avocat. Elle sentait bien qu'elle s'adressait à quelqu'un qui appréciait Rosalie autant qu'elle. Aussi, sa voix se fit plus assurée et elle sembla davantage en possession de ses moyens.

– Elle paraissait épuisée. Elle ne parlait pas. C'est seulement quand je l'ai questionnée qu'elle m'a dit que le chanoine était quelqu'un de vraiment désagréable, mais que ses remarques méchantes n'allaient pas la tuer et qu'elle allait survivre à cette horrible nuit.

– Paraissait-elle stressée ou déconcentrée ?

– Objection, Votre Honneur ! Mon confrère suggère la réponse.

– Objection retenue. Formulez autrement votre question sans faire de suggestion de réponse, maître Bernard.

– D'accord, Votre Honneur. Dites-moi, garde Taylor, comment qualifieriez-vous l'état de garde Lambert quand elle est sortie de la chambre du chanoine Aubert ?

– Elle semblait stressée et particulièrement déconcentrée, répondit Maureen en reprenant les mots mêmes que l'avocat de la défense avait utilisés et en jetant un regard de biais au procureur de la couronne.

– Merci, madame Taylor. Nous venons, messieurs du jury, de faire la preuve ici que garde Rosalie Lambert était particulièrement stressée au sortir de la chambre de son patient, cette nuit-là.

– Ou alors suffisamment en colère pour commettre délibérément le geste qui fut fatal au chanoine Aubert, ajouta en se levant maître Galipeau, sarcastique.

Le procureur observa un moment de silence avant de s'adresser au témoin, comme si ce qu'il allait dire était de la plus haute importance. Il fit quelques pas vers les jurés, puis, d'un geste qui semblait les inviter à ne pas relâcher leur attention, il se retourna lentement vers le témoin et demanda d'une voix suggestive :

– La nuit du 6 octobre, avez-vous été témoin ou avez-vous entendu un échange quelconque entre garde Rosalie Lambert ici présente et le chanoine Aubert ?

La jeune femme pencha légèrement la tête et, d'une voix mal assurée et sans regarder le juge, elle murmura :

– Il y a eu une dispute entre Rosalie et son patient. Je les ai entendus parler très fort. En revanche, je n'ai rien compris de ce qu'ils disaient.

– Mais, d'après le ton de leur voix, ils n'échangeaient pas des civilités ?

– Objection ! s'empressa de formuler Marc-Olivier. Le procureur essaie de faire dire au témoin que madame Lambert menaçait le défunt curé.

– Objection refusée, dit le juge. Il est important de savoir ce qui s'est passé cette nuit-là. Continuez, maître Galipeau.

– Pourriez-vous nous décrire le son des voix entendues cette nuit-là ?

– C'est surtout le curé Aubert, que j'ai entendu. Il riait très fort et le son de sa voix était, comment dirais-je, plutôt ironique. Son rire était un ricanement, en fait.

– Et le ton de garde Lambert, vous pourriez le définir ?

– Ce qu'elle a dit, c'était à peine audible. Elle parlait lentement, beaucoup plus lentement que d'habitude. Elle semblait peser ses mots. Je n'ai pas compris ce qu'elle disait. Je le répète, c'était seulement des sons.

– D'après le ton de sa voix, auriez-vous pu croire qu'elle le menaçait ?

– Objection ! intervint Marc-Olivier. Cette remarque est vraiment subjective.

– Objection accordée, dit le juge. Maître Galipeau, formulez autrement votre question ou restons-en là.

Le procureur virevolta en regardant les jurés avec un sourire suggestif et retourna à son siège.

Le notaire Raymond Legendre fut appelé à son tour à la barre des témoins. Maître Bernard se leva et s'avança vers lui.

– Maître Legendre, est-ce vous qui avez rédigé le testament du chanoine Charles-Eugène Aubert ?

– Non, ce n'est pas moi.

– Pouvez-vous nous dire qui avait rédigé ce testament ?

– Oui, bien sûr. C'est le notaire Éphrem Tremblay de Macamic, en 1944.

– Et jamais ce testament n'a été amendé par la suite ?

– Non, en effet. Le chanoine Aubert est venu me voir il y a quelques années. Il souhaitait que son testament soit transféré à mon étude. Mais il n'y a fait aucun changement.

– Au moment de la lecture de ce testament, quelle a été la réaction de garde Lambert en apprenant qu'elle héritait du chanoine Charles-Eugène Aubert ?

– Elle a semblé stupéfiée.

– Il y avait une note manuscrite avec le testament. En a-t-elle pris connaissance devant vous ?

– Non. Je lui ai d'ailleurs fait remarquer qu'elle pouvait la lire à sa convenance.

– Madame Lambert a-t-elle quitté votre office immédiatement après la remise de cette note ?

– Elle est sortie de mon bureau, en effet, mais elle n'est pas partie. Après le départ de madame Parent, la sœur du chanoine, elle a frappé à ma porte.

– Et pourquoi donc ?

– Elle m'a demandé de placer cet argent en attendant qu'elle décide quoi en faire.

– Est-ce que madame Lambert a été plus précise ?

– Oui. Elle m'a dit qu'elle ne voulait pas de cet argent et qu'elle allait trouver un organisme à qui le donner.

Il y eut un long murmure dans la salle. Maître Bernard se tourna vers le juge.

– Votre Honneur, nous venons de faire ici la preuve que garde Lambert n'avait aucun intérêt pour cet héritage. Maître Galipeau, le témoin est à vous.

Le procureur se leva, songeur.

– Dites-moi, maître Legendre, cet argent est toujours placé sous vos bons soins ?

– Oui, effectivement.

– Garde Lambert en est donc toujours la propriétaire ?

– Oui.

Le procureur se tourna vers les jurés.

– Si cet argent lui déplaisait tant, elle aurait pu y renoncer immédiatement, non ?

– Oui, avoua maître Legendre.

– Pourtant, messieurs du jury, madame Rosalie Lambert est toujours la détentrice de cette petite fortune. À vous d'en tirer une conclusion.

Après un long regard rempli de sous-entendus, maître Galipeau retourna s'asseoir.

* * *

Dans les journaux du lendemain, chacune des paroles prononcées devant la cour était bien sûr rapportée avec précision et quelques journaux s'autorisaient même une certaine ironie en répétant que si une infirmière était prête à confier sa vie à garde Lambert, cette confiance avait été fatale au pauvre chanoine Aubert. Les journalistes avaient fait leurs devoirs avec appétit et fouillé le passé des acteurs du procès ; il était aussi question des années où l'accusée et la présumée victime avaient été en relation l'une avec l'autre. Mais rien dans l'histoire de cette infirmière de colonie et du curé de campagne ne laissait présager cette confrontation vingt-cinq années plus tard. Rien non plus qui pût avoir conduit à un meurtre délibéré. Mis à part cette histoire d'avortement plus ou moins crédible, rien ne laissait entrevoir la raison pour laquelle le chanoine avait laissé en héritage autant d'argent à Rosalie Lambert. Les journalistes avides de scoops comptaient sur la suite du procès pour en apprendre davantage.

Leurs écrits étaient à peine objectifs et les journaux qui les reproduisaient faisaient maintenant le tour du pays.

À la reprise du procès, maître Bernard appela à la barre le docteur Réal Giroux, médecin de garde la nuit du décès du chanoine Aubert, et lui demanda d'entrée de jeu :

– Compte tenu de vos connaissances, si vous aviez voulu la mort du chanoine Aubert la nuit tragique de son décès, comment auriez-vous procédé pour avoir le plus de chances possible de réussir ?

Le docteur Giroux hésita un instant. Il était bien difficile pour un médecin ayant prononcé le serment d'Hippocrate de parler de la meilleure manière de mettre fin à la vie de quelqu'un. Pourtant, il s'exprima d'une voix claire et forte :

– Ce que je vais vous dire est pure fiction, car jamais l'idée ne me viendrait – et je suis convaincu que garde Lambert a la même éthique que moi – de provoquer la mort de quelqu'un. Je pense que la meilleure façon aurait été d'augmenter sa dose d'héparine, ce qui aurait provoqué une hémorragie interne. Il serait mort dans le courant de l'avant-midi, je présume ; après mon départ de l'unité, du moins.

– Et pourquoi ne pas utiliser la pénicilline pour provoquer un choc anaphylactique, ce qui fut la cause du décès du curé Aubert ? demanda Marc-Olivier.

Le médecin tourna la tête vers Rosalie et lui adressa un sourire timide.

– Parce que nous ne savons jamais à quel point une allergie est intense chez un patient. Une personne allergique peut avoir de violentes réactions, mais elle n'en mourra pas forcément.

– Alors qu'avec une forte dose d'héparine, la mort est presque assurée ?

– Certainement. C'est beaucoup plus sûr, en tout cas. En outre, en cas de surdose d'héparine, la cause des symptômes de détresse chez le patient n'est pas aussi facilement identifiable et la mort survient souvent avant qu'on ait su pourquoi.

– Merci, docteur Giroux, dit l'avocat de la défense en se tournant vers le jury afin d'attirer son attention sur cette expertise médicale. Le témoin est à vous, maître Galipeau.

Le procureur s'avança lentement vers le témoin et lui sourit. Tout dans son attitude disait qu'il s'apprêtait à jouer une carte majeure.

– Dites-moi, docteur Giroux, dans le cas qui nous occupe, est-ce qu'une dose de pénicilline pouvait être davantage fatale au chanoine qu'à un patient en meilleure condition physique ?

Le médecin baissa la tête et fut bien obligé de répondre :

– Effectivement.

– Et pourquoi ? Pourriez-vous l'expliquer à cette cour ?

Le médecin regardait toujours Rosalie. Il aurait bien voulu l'aider, mais il réalisait que son témoignage n'apporterait rien à la défense de cette femme qu'il respectait pourtant pour son sens de l'éthique professionnelle, et surtout pour son dévouement.

– Le chanoine Aubert était dans une condition physique très précaire. En raison de son infection pulmonaire, qui survenait après un infarctus, il était plus sujet qu'un autre à une réaction allergique violente.

– Plus sujet à en mourir, c'est ce que vous voulez dire ? demanda le procureur.

– Objection ! intervint Marc-Olivier. Le procureur suggère une réponse à mon témoin.

– Objection rejetée, dit le juge. Il est important de savoir à quel point cette réaction allergique avait des chances d'être mortelle dans le cas qui nous occupe.

– Alors, docteur Giroux, quelles étaient les chances du chanoine Aubert de survivre à une dose de pénicilline, lui qui était allergique à ce médicament ?

– Étant donné son état, moins de chance qu'une personne plus en forme.

– Mais encore ?

– Disons que, dans un hôpital, il est très rare que quelqu'un décède suite à une erreur d'antibiotique, même en cas d'allergie à ce médicament. Nous avons sur place tout ce qu'il faut pour réagir vite.

– Et c'est ce que vous avez fait ?

– Oui.

– Pourquoi donc le chanoine Aubert en est-il mort ?

– Son état de santé était trop précaire. Son cœur et ses poumons ont flanché devant l'agressivité du traitement. Son cœur, surtout. Et la dose d'antibiotique a peut-être aussi été administrée trop rapidement par une infirmière mal à l'aise devant le chanoine.

– Et si on lui avait administré de l'héparine pour s'assurer de son décès, est-ce que cela aurait été plus facile à détecter à l'autopsie, par exemple ?

– Oui. À l'autopsie, son sang aurait été très clair et cela n'aurait pas manqué d'attirer l'attention. Mais dans ce cas aussi ça aurait pu être une erreur.

– Sauf que, lorsqu'il s'agit d'administrer de l'héparine, si mes renseignements sont exacts, chaque dose doit être vérifiée par une deuxième personne. Il est donc plus difficile de faire croire à une erreur.

– Effectivement, admit le docteur Giroux.

Étant donné sa connaissance des prétoires, Marc-Olivier vit tomber ce dernier mot sur l'assemblée comme une averse de fin de journée. Le procureur de la couronne réussissait toujours à rallier l'opinion de l'assistance, et certainement celle des jurés, à l'idée que cette erreur de médicament était bel et bien un geste intentionnel.

L'avocat n'était pas dupe de la partie qui se jouait là. Au fond, là où le bât blessait en dépit des apparences, c'était au niveau de la crédibilité des ministres du culte. Les gens pardonnaient difficilement à la défense de s'être acharnée à souiller l'image de l'Église. Malgré les difficultés de cette institution à maintenir son autorité devant les bouleversements sociaux qui déferlaient sur elle, on acceptait mal qu'un prêtre puisse avoir commis des crimes aussi sordides que ceux qu'on avait évoqués. Non seulement aurait-il engrossé sa gouvernante, il aurait en plus tenté sur elle un avortement pour lequel il n'avait nullement les compétences. Depuis des siècles, l'Église catholique recouvrait de son immense manteau de silence les incartades de ses représentants. Il allait falloir de nombreuses années pour déterrer leurs ignominies. Mais à la fin de cette lourde journée au prétoire, l'avocat et sa cliente devaient se faire une raison et s'accommoder de l'image toujours intacte de l'Église.

Cependant, une certaine catégorie de gens mettait en doute l'infaillibilité et la transparence des gens du culte. Il fallait espérer que quelques-uns d'entre eux se soient glissés dans le jury et qu'un doute raisonnable joue en faveur de l'infirmière. Cette espérance était bien fragile, mais elle était là.

Il fallait aussi garder en mémoire que Rosalie n'était pas jugée pour l'avortement d'Héloïse-Marie, mais bien pour une substitution de médicament. Marc-Olivier se promettait de bien centrer le débat sur ce point au moment de sa plaidoirie. La présence inattendue du chanoine Aubert pouvait-elle, à la lumière de tous les faits établis au cours du procès, avoir mis la confusion dans l'esprit de l'infirmière et déterminé une erreur ? C'était de cela que le jury devrait débattre, et uniquement de cela. Mais encore lui fallait-il accepter la version de Rosalie, croire que ce secret partagé en exclusivité par l'infirmière et le curé avait pu occasionner un réel manque de concentration chez l'infirmière.

Maître Galipeau se tourna vers le jury qu'il balaya du regard, un léger sourire au coin des lèvres.

– Merci, docteur Giroux, ce sera tout.

Marc-Olivier ne pouvait que répéter à Rosalie qu'il la croyait sans l'ombre d'une hésitation.

– Je ferai ce qu'il faut pour jeter un doute dans l'esprit des jurés. Nous avons bien démontré ce matin que Charles-Eugène était un menteur !

– Oui. Mais le fait qu'il soit un menteur peut avoir encore davantage excité ma colère contre lui. Je trouve que tout ce qu'on dit à ce procès peut se retourner contre moi.

– Je compte bien démontrer ta compétence professionnelle et surtout ton respect de la vie.

Mais cette même compétence professionnelle risquait de jouer contre sa cliente et tous deux en étaient conscients. Ils osaient à peine se parler et leurs regards s'évitaient.

Le jour suivant, ce fut au tour de la sœur du chanoine Aubert de se présenter à la barre des témoins. Marie-Louise Aubert-Parent était une femme imposante. Son entrée dans la salle d'audience ne passa pas inaperçue, surtout qu'en passant près de Rosalie elle lui cracha au visage :

– Vous êtes un assassin !

Cette accusation inattendue provoqua une grande agitation dans le prétoire. Le juge dut intervenir et rappeler tout le monde à l'ordre en frappant de son marteau et en menaçant de faire évacuer la salle. Après avoir prêté serment, la femme se tourna vers le procureur de la couronne qui s'apprêtait à l'interroger.

– Madame Parent, avant la nuit qui fut fatale à votre frère, connaissiez-vous l'accusée ?

– Non, pas du tout.

– Depuis le décès de votre frère, à part les mises en accusation et les conversations entourant cette affaire, avez-vous entendu parler de garde Rosalie Lambert ?

– J'ai retrouvé dans les effets personnels de mon frère des photos datant de l'époque où cette femme et lui vivaient à Saint-Mathieu-du-Nord.

– Quand vous dites cette femme, vous parlez de madame Lambert, l'accusée ?

– Oui. Je parle d'elle.

– Et vous avez ces photos ?

– Je les ai remises à la cour.

Maître Galipeau prit dans les pièces à conviction deux photos jaunies sur lesquelles effectivement apparaissaient Rosalie et le curé. Il les montra au témoin.

– Ce sont bien celles-ci ?

– Oui.

– Pouvez-vous dire à la cour ce que ces deux photos représentent ?

– Sur la première, il y a mon frère et trois autres personnes, dont les noms sont écrits derrière la photo.

– Vous pouvez lire pour la cour ?

– *Augustine Robidoux, Héloïse-Marie Robidoux, Rosalie Lambert et moi.*

– Et derrière la deuxième ?

– C'est écrit : *Rosalie et moi.*

– C'est tout ?

– Oui. Mais il y a quelque chose qui a été effacé… et ça ressemble à un cœur. En outre, sur cette dernière photo, il n'a pas écrit Rosalie Lambert, mais bien *Rosalie et moi*.

– Vous croyez vraiment qu'un cœur avait été dessiné à cet endroit ? Pour ma part, quand je regarde cette photo, je vois bien que quelque chose a été effacé, mais c'est bien difficile de savoir quoi. Je remarque seulement que le papier est éraflé.

– Regardez derrière la photo. Le papier est bombé, ici. On voit très bien le dessin d'un cœur.

Marie-Louise Parent jeta un regard vers Rosalie.

– Si cette femme ne l'avait pas enjôlé, pourquoi pensez-vous que mon frère lui aurait laissé autant d'argent ? Ou alors elle le faisait chanter.

– Objection, Votre Honneur ! dit Marc-Olivier. Cette femme fait des suppositions. Ces photos ne prouvent que des faits déjà établis, à savoir que ma cliente et son frère, le chanoine Charles-Eugène Aubert, se connaissaient. Le reste n'est que conjectures.

– Objection retenue, dit le juge. Si vous n'avez rien de précis à ajouter, maître Galipeau, votre témoin n'a pas de raison de poursuivre son témoignage.

– Bien, monsieur le juge. Madame est convoquée devant ce tribunal pour nous décrire la personnalité de son frère. Madame Parent, dites-moi, croyez-vous que votre frère aurait pu se rendre coupable d'un avortement, et même de deux si on en croit la défense ?

– Jamais mon frère n'aurait pu faire de telles choses.

– Qu'est-ce qui vous rend tellement certaine que votre frère était contre l'avortement ?

– Il y aura dix ans cette année, ma fille Lise est tombée enceinte hors mariage. Quand elle m'a annoncé qu'elle voulait se faire avorter, j'en ai discuté avec mon frère et lui ai demandé conseil. Il a été bouleversé. Il lui a trouvé un endroit où aller accoucher et, par la suite, il l'a prise avec lui au presbytère.

– Et votre fille a gardé son bébé ?

– Non. Son oncle a trouvé une bonne famille qui l'a adopté.

– Merci, madame Parent. Ces informations nous sont précieuses. Maître Bernard, le témoin est à vous.

Marc-Olivier pensa ne pas questionner la femme, puisqu'elle n'avait rien d'important à dire. Elle était visiblement hostile à Rosalie et il crut d'abord qu'il ne pouvait rien lui faire admettre de positif. Mais il se ravisa soudain et vint vers elle.

– Vous nous disiez lors de votre interrogatoire, avant le procès, que vous aviez des preuves que Rosalie Lambert faisait chanter votre frère. Était-ce seulement ces deux photos naïves qui ne veulent rien dire ?

– Quand mon frère a quitté l'Abitibi, il y a bien une quinzaine d'années, il m'a dit qu'un drame avait eu lieu là-bas et qu'un jour il allait tout me raconter. Mais il est mort avant de pouvoir le faire.

– Ça fait quand même quinze ans. Si ce qu'il avait à vous dire était aussi important, vous ne pensez pas qu'il aurait trouvé le temps de vous en parler ?

Marie-Louise Parent resta silencieuse. Marc-Olivier poursuivit :

– Et vous n'avez rien d'autre à ajouter ?

– Non… Mais je sais que cette femme a assassiné mon frère.

– Madame, ne serait-ce pas plutôt de voir Rosalie Lambert hériter de votre frère qui vous remplit d'amertume et de mépris envers ma cliente ?

Avant même qu'il ait terminé sa phrase, à laquelle sans doute le procureur de la couronne s'apprêtait à faire vigoureusement objection, la voix de Marie-Louise Parent se superposa à celle de Marc-Olivier.

– Vous allez bien avec elle ! aboya-t-elle. Vous défendez une meurtrière. Qui se ressemble s'assemble. Vous allez griller en enfer, vous aussi !

Un fort brouhaha s'éleva dans l'auditoire qui s'agitait et le juge dut à nouveau rappeler l'assistance à l'ordre. L'avocat espérait que les jurés allaient associer le mépris de cette femme à son frère, mais c'était là une bien mince espérance. Il poursuivit pourtant son interrogatoire.

– Madame Parent, est-ce que vous fréquentiez votre frère pendant qu'il était curé en Abitibi.

– Malheureusement, non. Nous avions été séparés à la mort de nos parents.

– Donc, vous ne savez rien de la vie qu'il a eue en Abitibi ?

– Non. J'ai revu Charles-Eugène il y a quinze ans quand il est venu s'établir dans le diocèse de Saint-Jérôme. Par la suite, nous avons rétabli les liens de famille.

– Il a tout de suite été nommé curé d'une paroisse ?

– Non, pendant cinq ans, il a travaillé à l'évêché.

– Vous ne pensez pas que sa conduite passée pouvait l'avoir mis sous la surveillance de son évêque ?

– Objection ! s'écria maître Galipeau. Si cela avait été le cas, son évêque nous en aurait parlé.

– Objection retenue.

– Que pensez-vous de garde Lambert ici présente ?

Cette fois, la femme réfréna son animosité et se contenta de regarder Rosalie, assise à la table de son avocat.

– Je n'ai plus rien à dire.

Mais ce fut plus fort qu'elle. Elle en voulait tellement à Rosalie de la priver de la moitié de l'héritage laissé par son frère qu'elle ne put s'empêcher d'ajouter :

– Si, peut-être encore ceci : entre croire l'histoire de mon frère et celle inventée par cette femme, je n'ai pas l'ombre d'une hésitation. Jamais mon frère n'aurait pu commettre un meurtre. Elle, si, j'en suis convaincue.

Avec sur les traits une expression malicieuse, Marc-Olivier reprit la phrase de maître Galipeau :

– Quand vous dites cette femme, vous parlez de madame Lambert, l'accusée ?

Une seconde désarçonnée, la femme reprit vite son aplomb et hurla presque en foudroyant Rosalie du regard :

– J'espère que vous irez griller tout droit en enfer !

– Madame Parent, votre dédain des gens et votre promptitude à les envoyer chez Satan sont-ils des tics de famille ?

– Objection ! glapit maître Galipeau. Maître Bernard veut discréditer le témoin.

Marc-Olivier sourit aux jurés en espérant qu'ils étaient conscients de l'agressivité de cette femme et de son absence totale d'objectivité. Et elle était du même sang que Charles-Eugène Aubert.

– Madame Parent, vous nous dites que votre frère, le chanoine Aubert, était contre l'avortement. C'est bien ça ?

– Oui. Il était contre.

– Comme c'était lui le père du bébé d'Héloïse-Marie Robidoux, vous ne pensez pas que cela aurait pu changer sa perception des choses ?

– Objection ! intervint fortement maître Galipeau. Il n'a jamais été prouvé ici que le père de ce bébé était le chanoine Aubert. Vraiment, mon collègue de la défense exagère !

– Objection retenue. Maître Bernard, présentez autrement votre question ou restons-en là.

Marc-Olivier était satisfait. Il avait à son avis jeté un doute suffisant dans l'esprit des jurés.

La semaine d'audition prenait fin sur ces péripéties. Il ne restait à entendre que le témoignage de Rosalie, reporté à la semaine suivante et qui serait crucial pour l'issue du procès. Rosalie était épuisée.

– Je ne sais plus que penser de ce défilé de témoins qui n'ont rien de concret à raconter. Les jurés vont devoir décider lequel, de Charles-Eugène ou de moi, est le plus crédible. Entre une vivante, peut-être une criminelle, qui vient accuser un mort, et ce prêtre sans doute victime de cette femme diabolique, j'ai bien peur de deviner qui les jurés vont croire. Je suis dépassée par cette histoire. Pourtant, c'est la mienne.

– Rosalie, il y a eu mort d'homme à la suite de l'administration d'un médicament inapproprié. Bien sûr, n'eût été l'héritage dont tu es légataire, le tout aurait été jugé à l'hôpital comme ce fut le cas. Aujourd'hui, tu travaillerais comme avant en regrettant bien sûr ton erreur, mais il n'y aurait pas eu de suite. Je suis certain que tu es d'accord avec moi pour dire que nous vivons une situation bien étrange.

– Comme tout sera jugé sur des présomptions, j'aurais bien aimé qu'il y ait des femmes dans le jury. Je sais, je me répète. Mais il n'y a qu'une femme qui peut savoir à quel point une autre femme peut être perturbée par certaines situations. Elle seule pourrait me croire quand je dis que j'ai fait une erreur parce que j'étais bouleversée. Comme les hommes sont beaucoup plus rancuniers que les femmes et plus prompts à la violence, les jurés vont me juger selon les sentiments propres à leur sexe. Je serais bien étonnée de ne pas faire un séjour en prison. Et même plutôt long.

Faute de preuves concrètes, Marc-Olivier comptait sur le témoignage de Rosalie et sur sa plaidoirie finale pour influencer les jurés en faveur de l'acquittement. Mais la victime était un chanoine. Un homme de Dieu que sa cliente accusait d'être dépourvu d'honneur et même d'être un assassin. Il était possible aussi que les jurés la considèrent comme une menteuse et soient révoltés par son manque de respect envers un mort, qu'elle aurait ainsi accusé pour se disculper. Il n'avait vraiment aucune idée du côté vers lequel la balance de la justice allait pencher.

Il jeta un coup d'œil à Rosalie qui semblait déconfite et triste.

– Il faut avoir confiance, ma rose. Nous allons gagner ce procès.

Cette appellation affectueuse la fit sourire.

XV

Marc-Olivier conduisait comme un automate. Il avait abandonné toute croyance religieuse depuis de nombreuses années, mais il s'adressait mentalement à cet être qu'on appelait Dieu et au nom duquel tant d'infamies étaient commises. Maîtrisant avec peine sa colère, il appelait à sa rescousse un être auquel il ne croyait plus, mais qu'on disait un Père.

En déposant Rosalie chez elle, l'avocat avait le cœur gros. Il songeait avec tristesse à sa cliente, son amie, celle qu'il avait toujours aimée et qu'il aimait encore. Alors qu'elle gravissait sans entrain les marches menant à sa maison, son esprit chavirait. Elle devrait peut-être passer plusieurs des années à venir dans une prison. Il se sentait impuissant devant cette fatalité trop cruelle. Cette femme était née pour l'amour des siens et de tout son entourage. Elle avait mis toute sa vie, toute sa grandeur d'âme à soulager la misère et les douleurs autour d'elle. Si elle n'avait pas croisé sur sa route cet être méprisable et irrespectueux de la vie humaine, elle aurait été en ce moment une femme heureuse. Le cours de sa vie, de ses amours, de ses rêves aurait été totalement différent.

Il reprit la route, obsédé par ses pensées moroses, en continuant de s'adresser à Dieu.

– Comment peux-Tu avoir laissé un de tes représentants commettre une monstruosité pareille et le laisser impuni ? Je ne doute pas un seul instant que Tu lui as fermé les portes de ton ciel et que Tu l'as précipité en enfer. Mais c'est ici, sur cette terre, que justice doit être rendue. Pourquoi nous avoir remis sur le même chemin, Rosalie et moi, s'il advient que je ne puisse la sauver de ce monstre qui a détruit sa vie ? Quelle profonde cicatrice cet échec laissera-t-il dans mon cœur !

Il cogna rageusement du poing contre le volant de sa Mustang en maudissant le destin qui frappait au hasard et balayait le bonheur des êtres sans même les connaître. Il savait bien que son sommeil serait perturbé cette nuit-là et les nuits à venir. Lundi, ce serait le jour du témoignage de Rosalie et ensuite viendraient les plaidoiries. Il connaissait maître Galipeau. Un excellent plaideur. Il ne pouvait qu'espérer que ses arguments à lui sonneraient plus vrais aux oreilles des jurés. L'avenir de son amie en dépendait. Il éprouvait du vertige, tant il trouvait cette situation incroyable. Il n'avait jamais osé espérer revoir un jour son premier amour, et voilà qu'aujourd'hui il était son avocat, voilà qu'il allait devoir convaincre ses pairs de l'innocence de cette femme dans une cause de meurtre, avec des chances de succès très aléatoires. Quel jeu cruel le destin jouait-il à ces deux êtres qui n'avaient eu autrefois que le désir de s'aimer ?

Comme ses fils étaient en pension et qu'il redoutait particulièrement la solitude en ce moment, il avait accepté l'invitation de sa mère d'habiter chez elle le temps du procès. Cette femme avait un jugement des plus sûrs et elle avait été sa conseillère tout au cours de sa vie. Son opinion comptait beaucoup pour lui. En outre, c'était une femme et elle connaissait un peu Rosalie ; il aimait bien discuter avec elle de sa défense et de ce qui se passait en cour. Le fait d'habiter Saint-Sauveur lui permettait aussi plus facilement de passer prendre Rosalie à Saint-Hippolyte, les matins où ils devaient se rendre à la cour. Même si, depuis leur nuit d'amour, aucun des deux n'avait fait allusion à ces moments d'une tendresse infinie, chacun de leurs gestes, chacune de leurs paroles laissaient transparaître cette douceur que la vie aurait pu leur offrir si Charles-Eugène Aubert n'était venu en rompre le fil.

Dès que Rosalie franchit le seuil de sa maison, son chat lui fit la fête et, en quête d'un geste affectueux, d'une caresse, se mit à tourner autour d'elle. Elle s'agenouilla près de l'animal et lui caressa l'encolure. Il se mit aussitôt à ronronner et Rosalie ne put retenir plus longtemps ses larmes. D'ici quelques jours, elle allait se retrouver en captivité, sans même son chat pour lui tenir compagnie. Charles-Eugène avait vraiment gagné sur toute la ligne. Comment la justice de Dieu pouvait-elle être aussi dépourvue de sens ? Devant des exemples de cette nature, comment la justice des hommes pouvait-elle s'y retrouver ?

– Héloïse-Marie, mon amie, ne pourrais-tu pas m'aider ? Je t'ai portée dans mon cœur tout au long de ma vie. Aujourd'hui encore, si la justice me condamne à la prison, je vais devoir accepter ce dénouement en pensant à toi, à toi que je n'ai pas pu arracher à la mort. Je suis un peu morte en même temps que toi. Je suis morte surtout quand Charles-Eugène, ce monstre, m'a dit que ton décès avait été une erreur. Ma pauvre amie, tu n'as même jamais eu vingt ans !

Rosalie n'arrivait pas à se résigner, à payer encore une fois pour ce curé sans conscience. Ses sanglots étaient devenus rageurs. Elle avait peur aussi : peur de la solitude, peur du rejet, peur de l'abandon. Elle hurlait de détresse dans la solitude de sa maison.

Elle devait dire toute la vérité à Marc-Olivier.

* * *

Le surlendemain, lors d'une merveilleuse matinée du début de juin, Marc-Olivier et sa mère prenaient leur café sur la terrasse. La vue sur le mont Saint-Sauveur était d'une beauté impressionnante. Le soleil jetait sur le feuillage vert tendre un reflet tout en douceur, tandis que montait du sol une légère brume qui enrubannait le paysage d'un flou mystérieux.

D'abord, ils n'entendirent pas le téléphone dans la léthargie de cette matinée printanière. C'était Rosalie.

– Marc, excuse-moi de te déranger un si beau dimanche matin. Je n'ai pas dormi de la nuit.

– Qu'y a-t-il ? demanda l'avocat, un peu surpris du ton de sa cliente.

– Il y a quelque chose que je ne t'ai pas dit sur les événements qui ont eu lieu en Abitibi avant mon départ. J'aimerais t'en parler.

Marc-Olivier hésita un instant.

– Crois-tu que ce que tu vas me révéler va t'aider dans ta défense ? Si ce n'est pas le cas, il vaut peut-être mieux que je ne sois pas au courant.

– Ce que j'ai à dire, c'est comme le reste. Si on me croit, ça viendra appuyer mes dires et, si on croit la version de Charles-Eugène, ça fera de moi une menteuse encore plus démoniaque.

– À toi de décider. Mais je suppose que si tu m'appelles ce matin, c'est que ta décision est déjà prise.

– Ça viendra en tout cas jeter un éclairage supplémentaire sur la cause de ma nervosité la nuit de la mort de Charles-Eugène. Ça va aussi te faire comprendre la raison pour laquelle il m'a laissé cet héritage.

Il y eut un long silence. Marc-Olivier était surpris et inquiet. Rosalie poursuivit.

– Assurément, le procureur pourra également s'en servir pour convaincre le jury que j'ai intentionnellement envoyé le pauvre chanoine dans l'au-delà. Je ne sais plus ce qui peut m'aider ou me nuire. Tout ce sur quoi je compte se retourne contre moi. Mais j'ai décidé de dire toute la vérité. Si tu en as le temps, j'aimerais bien que tu passes chez moi. Si ce fait nouveau ne m'aide pas à gagner mon procès, ça va au moins t'en dire davantage sur les raisons qui m'ont poussée à quitter l'Abitibi il y a vingt-cinq ans.

* * *

Le procès reprit le mardi 4 juin. À la barre des témoins, Rosalie prêta serment et Marc-Olivier attaqua :

– Madame Lambert, dites à la cour si la nuit du 6 octobre 1967 vous avez voulu la mort du chanoine Charles-Eugène Aubert.

– Non. Je n'ai jamais souhaité sa mort.

– Nous allons remonter à ces années où vous avez connu le chanoine Aubert en Abitibi. Comment qualifieriez-vous vos relations avec lui à cette époque ?

– Avant la mort d'Héloïse-Marie, c'était des relations normales entre le curé et l'infirmière d'une même paroisse.

– Spécifiez pour la cour, s'il vous plaît.

– Respectueuses.

– Vous nous avez déjà dit lors de votre premier témoignage que votre amie Héloïse-Marie Robidoux était morte au presbytère et que par la suite elle avait été transportée par le curé Aubert chez ses parents. Pourquoi devrions-nous croire votre version plutôt que celle écrite par Charles-Eugène Aubert ?

– Je sais que c'est ma parole contre celle d'un mort. La lettre écrite par le curé Aubert l'a été cinq années plus tard, à la suite du décès d'une deuxième gouvernante, une fille apparemment morte de la même cause.

– Y a-t-il eu des témoins de ce que vous avez raconté devant cette cour ?

– Oui, j'ai exigé du curé qu'il aille chercher Augustine Robidoux, la mère d'Héloïse-Marie.

– Mais cette femme est décédée.

– Oui et je le regrette.

– Que s'est-il passé à Saint-Mathieu-du-Nord après le décès de la jeune fille ? Après que vous avez signé le certificat de décès comme vous l'avez mentionné précédemment ?

– Après la tempête qui a duré près d'une semaine, le curé Aubert a officié le service funèbre d'Héloïse-Marie.

– À l'église, tel que promis à madame Robidoux ?

– Oui et sans l'ombre d'un remords.

– Dites-moi, madame Lambert, avez-vous eu l'occasion de revoir le curé Aubert avant de quitter l'Abitibi ?

– Après le décès d'Héloïse-Marie, je me suis demandé si j'aurais le courage de demeurer en Abitibi. Je me sentais sale d'avoir cautionné ce meurtre, mais d'un autre côté je me disais que c'était mon travail de soigner les gens. J'ai essayé de continuer pendant un mois. Jusqu'à la nuit où Charles-Eugène est venu chez moi...

– Il est allé à votre dispensaire en pleine nuit ? Vous pouvez dire à la cour dans quelles circonstances ?

C'était le moment pour Rosalie de révéler ce qu'elle avait raconté à Marc-Olivier le dimanche précédent.

– Il a frappé à ma porte aux environs de minuit. Je dormais. Ses coups répétés m'ont réveillée. En reconnaissant sa voix, encore engourdie de sommeil, je lui ai ouvert. J'ai tout de suite remarqué qu'il était ivre. Il titubait et parlait difficilement.

– Objection, Votre Honneur ! cria maître Galipeau. Jamais dans les précédents interrogatoires le témoin n'a fait mention de cet événement.

– Objection rejetée. Il est de l'intérêt de la cour de savoir ce qui s'est passé cette nuit-là selon la version du témoin.

– Continuez, madame Lambert, dit maître Bernard.

– Comme je le disais, le curé Aubert était ivre. Il répétait que la mort d'Héloïse-Marie avait été une erreur. Une terrible erreur.

Rosalie fit une pause.

– Et pourquoi selon lui cette mort était-elle une erreur ?

Rosalie regarda le juge.

– Parce que, à ce qu'il m'a dit, c'était de moi qu'il était amoureux. Il bafouillait.

Il y eut un profond silence dans le prétoire.

– Et comment avez-vous réagi à cet aveu ?

– J'ai surtout retenu que la mort d'Héloïse-Marie avait été une erreur. Je lui ai crié de sortir de chez moi.

– Il vous a écoutée ?

– Il a hésité. Il a répété qu'il m'aimait depuis la première fois qu'il m'avait rencontrée au dispensaire.

– Et il est parti ?

– Oui, en me disant qu'il allait revenir et que nous allions en reparler.

– Avez-vous revu le curé Aubert par la suite ?

– Non. J'avais peur. Je craignais déjà de me retrouver seule avec lui depuis la mort d'Héloïse-Marie. Après ce qu'il venait de me dire, ma peur s'était muée en panique.

– Et vous en avez parlé à quelqu'un ?

– Non. Dès le matin, j'ai préparé une valise et je me suis fait conduire à la gare d'Authier par monsieur Lamothe. J'ai pris le train pour Saint-Marc-des-Monts et suis retournée chez mon père.

– Avez-vous revu Charles-Eugène Aubert par la suite ?

– Non. Jamais jusqu'à la nuit de son décès.

– Et de le revoir après vingt-cinq ans vous a perturbée ?

Rosalie fit une pause. Ses lèvres tremblaient et elle avait des larmes au bord des yeux.

– Oui, ça m'a perturbée énormément.

– Au point de commettre une erreur au moment de la préparation de son médicament ?

– Objection, Votre Honneur ! Maître Bernard suggère la réponse à sa cliente.

– Objection retenue. Maître Bernard, un peu plus de retenue dans la manière de poser vos questions.

– Bien, Votre Honneur... À quel point, madame Lambert, cette rencontre vous a-t-elle perturbée ?

– Vous le savez déjà. Au point de préparer le mauvais antibiotique.

Il y eut dans la salle de nombreux murmures. Marc-Olivier poursuivit :

– Lors de l'ouverture du testament de Charles-Eugène Aubert, le notaire vous a remis une note qui accompagnait l'héritage. Avez-vous toujours cette note en votre possession ?

– Non. Je ne savais pas à ce moment-là que je serais accusée de meurtre. Cette note m'a insultée et je l'ai jetée au feu tout de suite en arrivant chez moi.

– On peut savoir ce que le chanoine Aubert vous avait écrit ?

– Je ne me souviens pas des mots exacts, mais il disait en substance que j'étais le grand amour de sa vie et qu'il ne m'oublierait jamais. Il espérait que, si je lui survivais, je puisse profiter de cet argent qu'il ne pourrait, lui, jamais utiliser sans éveiller les soupçons et la méfiance de son évêque. Il ajoutait qu'il aurait aimé le dépenser avec moi, mais que si je lisais cette note ce serait que je serais seule à en profiter.

– Est-ce que cette note était datée ?

– Oui, elle datait de 1944, peu de temps après mon départ d'Abitibi.

Marc-Olivier se tourna vers les jurés.

– Je ferai remarquer à cette cour que le curé Aubert a fait son testament en 1944 et ne l'a jamais changé par la suite.

Il y eut du remue-ménage et des éclats de voix dans la salle. Le juge rappela l'assemblée à l'ordre en frappant de son marteau.

– Pouvez-vous nous dire ce qui s'est passé dans la chambre du chanoine Aubert la nuit de sa mort ? De quoi avez-vous discuté ?

– Il s'est dit bien heureux de me revoir. Il a ajouté qu'il avait toujours souhaité ce moment.

– Que lui avez-vous répondu ?

– Je lui ai dit que pour moi c'était tout le contraire. Que j'avais souhaité du plus profond de mon cœur ne jamais le revoir.

– Et ?

– Il a éclaté de rire. Il m'a répété ce qu'il m'avait déjà dit vingt-cinq ans plus tôt sous l'effet de l'alcool, comme si ces vingt-cinq années n'avaient pas existé.

– C'est-à-dire ?

– Que la mort d'Héloïse-Marie avait été une bien triste erreur. Que depuis la toute première fois qu'il m'avait aperçue au dispensaire, j'étais son seul amour. Que j'avais toujours meublé ses rêves érotiques. Il a dit ce dernier mot avec un ricanement insultant.

– Vous lui avez répondu ?

– Oui. Je lui ai dit que pour moi la mort d'Héloïse-Marie était un meurtre, pas une erreur. Et que, juste d'avoir tenu une place dans ses pensées, je me sentais sale, très sale.

– Qu'a-t-il répondu ?

– Il a ri. C'était horrible. Je me suis enfuie de la chambre. J'étais presque aussi bouleversée qu'un quart de siècle plus tôt à mon dispensaire quand il m'avait fait l'aveu de ses sentiments, ou lors de cette nuit où j'avais signé le certificat de décès d'Héloïse-Marie.

– Et c'est par la suite que vous avez préparé l'antibiotique qui lui fut fatal ?

– Oui. Tout de suite après.

– Madame Lambert, je vous repose la question. Avez-vous décidé à ce moment-là, sous l'effet de l'émotion, de faire mourir Charles-Eugène Aubert ?

– Non. Jamais. J'étais choquée, retournée, mais je ne suis pas un assassin.

– Merci, madame Lambert. Vous avez répondu à nos questions. Maître Galipeau, le témoin est à vous.

Mais le juge ajourna la séance au lundi suivant. En quittant la cour, Marc-Olivier invita sa cliente au restaurant. Elle était visiblement épuisée.

– Tu vois, chaque fois que j'affronte cette cour de justice, j'ai l'impression que tout ce que je dis se retourne contre moi.

– C'est pour ça qu'une cause comme la tienne est soumise à un jury. Il y a douze hommes qui écoutent et analysent tout ce qui se dit dans ce prétoire. Pour qu'un accusé soit condamné, il faut qu'il y ait unanimité du jury. Ces gens devront délibérer jusqu'à ce qu'ils s'entendent tous sur un verdict. Ils devront analyser point par point ce qui a été dit, revoir chaque pièce à conviction et se faire une opinion. Il suffit que l'un d'eux, un seul, te croie innocente et qu'il ait une personnalité assez forte pour rallier toutes les opinions à la sienne et tu seras acquittée.

– J'ai la tête qui tourne. Il me semble qu'il y a dans ce procès bien des si et bien des mais.

– Je comprends tes inquiétudes. En plus, je saisis tellement mieux pourquoi tu es partie sans dire un mot, il y a longtemps !

– Au moins, ce procès aura servi à ça, dit-elle avec un sourire mélancolique. Je n'avais jamais trouvé la force de te raconter ce qui s'était passé en Abitibi. Je me sentais trop coupable d'avoir signé ce document. Et quand Charles-Eugène est venu m'avouer son amour, ça a été comme s'il m'avait souillée à jamais. Il m'a dit que dès le premier instant où il m'avait vue il avait deviné que nous étions de la même trempe, lui et moi, et que c'était pour ça surtout qu'il m'aimait. Un tel aveu, un mois seulement après la mort d'Héloïse-Marie ! Je te le jure, me faire dire que la mort de mon amie avait été une erreur à cause de moi… Excuse-moi…

Et Rosalie se mit à pleurer de douleur et de rage.

– Tu es toujours mon amie, ma rose. Peu importe le verdict des jurés, il faut que tu sois certaine que moi, Marc-Olivier Bernard, je te crois sans hésitation. Et sois rassurée : ta personnalité n'a absolument rien de commun avec celle de Charles-Eugène Aubert. Tu n'as vraiment pas la trempe d'un assassin.

Rosalie se leva de table.

– Il faut que je rentre, maintenant. On se revoit en cour lundi matin.

Elle partit sans se retourner. Marc-Olivier avait le cœur serré. Il lui était facile de deviner ce que les journaux allaient raconter. L'infirmière accusée de meurtre déclarait maintenant que sa victime aurait été amoureuse d'elle, alors qu'elle n'aurait éprouvé pour lui que du mépris. Cela venait confirmer les dires de la sœur du chanoine au sujet des sentiments de son frère. Mais les journalistes laisseraient sûrement entendre que Rosalie Lambert était peut-être elle-même une amoureuse frustrée. Pourquoi ne serait-ce pas Charles-Eugène qui aurait refusé les avances de cette femme longtemps auparavant ? Non. Le legs qu'il avait fait à Rosalie venait confirmer ses sentiments pour elle. Pour le monde journalistique, cette histoire commençait à devenir croustillante.

Lorsqu'ils se retrouvèrent devant la cour le lundi 10 juin suivant, Rosalie demanda à Marc-Olivier s'il avait lu les journaux des derniers jours.

– Oui. J'ai lu. Notre procès a été éclipsé par le meurtre du sénateur Kennedy. Un événement horrible. C'est à peine croyable, ce deuxième assassinat d'un Kennedy.

Il y eut entre eux un long silence.

– En revanche, je pense que cet événement nous a été favorable. Les journalistes ont relégué notre affaire à la page trois.

Rosalie eut un sourire navré.

– Nous sommes sûrement les seuls à parler de la mort de Robert Kennedy comme d'une chance.

– Tu as bien raison… Notre monde est fou. Je me demande bien où on va se retrouver avec tout ça. Mais parlons de nous. Le procès continue comme prévu avec le contre-interrogatoire du procureur de la couronne. Tu es prête ?

– Oui. Tu m'as bien préparée. Je vais affronter ses questions. Je n'ai rien d'autre à dire que la vérité. Comme tu me l'as fait comprendre, ce sera aux jurés de se faire une opinion.

Maître Galipeau affichait une superbe assurance. Il se leva dans un geste théâtral comme à son habitude et vint vers Rosalie. Il attaqua sans préambule.

– Ainsi, madame Rosalie Lambert, vous avez décidé de nous faire croire que le chanoine Aubert était amoureux de vous ?

– Objection, Votre Honneur ! Le procureur de la couronne n'a pas à juger les propos de ma cliente. Le jury est là pour ça.

– Objection retenue, dit le juge. Maître Galipeau, soyez précis dans vos questions et évitez le ridicule.

– Bien, Votre Honneur… Madame Lambert, sous l'effet de la colère en revoyant le chanoine Aubert cette triste nuit, avez-vous délibérément décidé de le faire mourir ?

– Non. J'ai déjà répondu à cette question.

Maître Galipeau eut un sourire en coin à l'adresse des jurés.

– Vous nous dites avoir détruit le document qui accompagnait l'héritage du curé Aubert ?

– Oui. Comme je l'ai déjà indiqué, je ne pensais pas qu'on m'intenterait un procès.

– Ah, vraiment ! Vous n'avez jamais pensé que vous pourriez être poursuivie pour avoir causé le décès du chanoine Aubert ?

– Non, maître Galipeau. Comme je n'étais pas coupable, je n'ai jamais pensé comme une coupable, dit Rosalie d'une voix ferme.

Maître Galipeau encaissa la réplique. Il avait affaire à forte partie.

– Vous ne trouvez pas, madame Lambert, que le legs d'une telle somme d'argent soit un motif suffisant dans une cause de meurtre ?

– Peut-être pour vous, maître Galipeau. Mais pas pour moi.

– Ah vraiment ? L'argent n'a pas d'importance pour vous ?

– Si, l'argent a de l'importance pour moi comme pour tout le monde.

– Alors, pourquoi ne croyez-vous pas qu'un tel legs puisse être un motif de meurtre ?

– Voyez-vous, maître, j'étais déjà riche une semaine après ma naissance. À la mort de ma mère, je suis devenue l'héritière de mon aïeul, Éphrem Thibodeau. Aujourd'hui, cet héritage, ajouté à celui de mon père par la suite, fait que je n'ai vraiment aucun souci matériel. Je ne sais même pas exactement à quel montant s'élève ma fortune. Mon notaire me fait bien un rapport chaque année, mais je n'y prête pas vraiment attention. Il a toute ma confiance.

Frustré de n'avoir pas fait enquête à ce sujet, maître Galipeau l'interrompit.

– D'accord, disons que dans votre cas l'argent ne peut pas être un motif de meurtre. L'assassinat du chanoine Aubert a donc un autre motif et nous allons le trouver.

– Objection, Votre Honneur ! Le procureur accuse ma cliente de meurtre avant même qu'elle soit jugée.

– Objection retenue, maître Bernard. Messieurs du jury, vous ne tiendrez pas compte de cette dernière remarque. Quant à vous, maître Galipeau, retirez ce que vous venez de dire.

– Je le retire, dit maître Galipeau avec le sourire.

Il n'en était pas moins conscient que son allusion avait imprimé dans l'esprit des jurés sa conviction quant à la culpabilité de Rosalie Lambert. Il allait lui falloir jouer serré dans la suite de son interrogatoire. Cette femme était intelligente et elle avait des atouts insoupçonnés.

– Madame Lambert, vous nous avez raconté votre version des faits. Êtes-vous consciente que l'homme que vous accusez de plusieurs fautes n'est pas là pour se défendre ?

– J'en suis consciente. Et sachez que je le regrette.

– Vraiment ? Pourtant, il y a vingt-cinq ans, comme vous l'avez dit à cette cour, vous étiez convaincue que ce serait sa version de la mort de votre amie que les gens croiraient. Vous avez changé d'idée aujourd'hui ?

Rosalie fut déstabilisée. Elle ne s'attendait pas à ce genre de questions. Après une courte hésitation, elle répondit :

– Je n'ai plus vingt ans. J'ai aujourd'hui l'expérience de la vie. L'opinion d'un homme, fût-il prêtre, ne me fait plus aussi peur qu'autrefois.

– Au point de vouloir sa mort ?

– Objection, Votre Honneur ! dit Marc-Olivier, insulté.

– Objection retenue. Maître Galipeau, je vous ai déjà indiqué que vous n'étiez pas juge dans cette cause.

– Désolé, Votre Honneur ! Je vais faire attention… Madame Lambert, est-ce vous qui avez fait avorter votre amie Héloïse-Marie ?

– Non. Je l'ai déjà dit à la cour.

– C'est vrai. Mademoiselle Robidoux était votre meilleure amie, selon son frère Armand. Vous n'avez pas eu envie de l'aider quand elle vous l'a demandé ?

– Non.

– Pourquoi ? Vous auriez pu éviter que sa vie ne soit mise en péril ?

– Mais c'eût été illégal ! L'avortement est considéré comme un meurtre et j'ai fait serment de préserver la vie, justement.

– Vous aimeriez que cette loi soit changée ?

– Oui. J'aimerais bien que l'avortement soit décriminalisé et que ce soit à la femme concernée de décider d'y avoir recours ou non. C'est à elle aussi de choisir le moment de donner la vie, il me semble.

– En sacrifiant pour ça la vie de l'enfant ?

– Même décriminalisé, l'avortement posera toujours un dilemme éthique et moral. Je ne prône pas l'avortement en tant que tel, mais ce devrait être à la femme de faire le choix d'y recourir. Non à son curé ni à son député.

– Et vous avez toujours pensé ainsi ?

– Oui.

– Et vous n'avez pas fait avorter votre amie ?

– Non.

– Voyez-vous, madame Lambert, je suis d'avis que si le chanoine Aubert était ici il ne penserait pas comme vous.

– Objection, Votre Honneur ! Maître Galipeau ne peut présumer de l'opinion du chanoine Aubert.

– Objection retenue. Messieurs du jury, ne tenez pas compte de cette opinion. Elle ne doit pas figurer au procès-verbal.

Maître Galipeau exultait intérieurement : il était parvenu à faire dire à Rosalie Lambert qu'elle espérait voir légaliser un jour le meurtre d'un fœtus. Cela diluait son principe de respect de la vie dans l'esprit des jurés, qui auraient à se faire une opinion sur sa culpabilité. Même effacé du procès-verbal, le point de vue du chanoine Aubert resterait présent à leur mémoire quand viendrait le moment de rendre un verdict.

– Maintenant, nous allons en venir à la nuit où vous avez administré le mauvais antibiotique au chanoine Aubert. Nous allons parler de votre prétendue erreur, qui l'a entraîné dans la mort.

Le juge l'interrompit cependant pour ajourner l'audience au lendemain.

À nouveau, Rosalie n'était pas très fière de son témoignage. Une fois seule avec Marc-Olivier, elle lui dit :

– Je n'aurais pas dû prendre ainsi position en faveur de la légalisation de l'avortement, n'est-ce pas ?

Marc-Olivier ne pouvait rien dire. Il découvrait à quel point Rosalie était impulsive et cette facette de son tempérament jetait une lumière nouvelle sur les décisions qu'elle avait prises par le passé, comme celle de partir sans laisser d'adresse.

– Il m'a déstabilisée en disant que j'avais eu peur autrefois de confronter mon opinion à celle de Charles-Eugène.

– Tu as été franche. Ça joue en ta faveur. Je vais ramener cette attitude dans ma plaidoirie.

Il déposa Rosalie chez elle et se rendit chez sa mère pour la nuit. En stationnant sa voiture devant l'entrée de la maison, il remarqua la présence d'un véhicule qui lui était inconnu. Dans la fenêtre du salon, la frêle silhouette de Catherine Bernard, installée entre les rideaux et la vitre, lui sembla étrange. Elle était enroulée dans son châle de laine et lui faisait en souriant un geste de la main.

* * *

Le lendemain, Rosalie fut étonnée de recevoir vers six heures trente du matin un appel téléphonique de son avocat. Elle était réveillée depuis un bon moment.

– Rosalie, je vais te demander de te rendre au palais de justice avec ta voiture ce matin. Je dois rencontrer le juge avant qu'il ne se rende à la cour.

– Tu peux me dire pourquoi ? demanda-t-elle. Je dois m'inquiéter ?

– Non. Tout va bien. Avant de te parler de quoi que ce soit, je dois d'abord demander au juge d'admettre un nouveau témoignage dans notre affaire. S'il accepte, je t'en ferai part.

Marc-Olivier avait une voix qu'elle ne lui connaissait pas. Une voix particulièrement professionnelle qu'elle n'arrivait pas à définir. Ce témoignage était sûrement en sa faveur, sinon son avocat ne se serait pas donné la peine de faire une démarche auprès de la cour. Que pouvait-il bien avoir découvert en une nuit ? Elle se prépara en silence à se rendre à Montréal affronter le procureur de la couronne, particulièrement hostile à son égard. La journée d'audience lui paraissait une montagne.

Quand elle arriva au palais de justice quelques heures plus tard, elle alla s'asseoir sur un banc juste en face de l'immense bâtisse de pierre. Cet édifice néo-classique lui faisait penser à l'église de la Madeleine à Paris. L'impressionnante rangée de colonnes la ramena un court instant dans l'Europe de l'après-guerre. Elle se dit qu'elle pouvait s'enfuir et ne plus avoir à affronter ses juges. C'était une pensée folle, qu'elle ne pouvait bien sûr mettre à exécution. Mais son cœur battait à tout rompre et c'est en vain qu'elle s'efforçait de le maîtriser. Elle ne voulait surtout pas se faire d'illusions, encore moins des rêves quasi chimériques d'acquittement et de liberté. Elle vit Marc-Olivier venir vers elle. Il affichait un visage impénétrable.

– Le juge a admis mon témoin en preuve. Tu ne devineras jamais de qui je parle. Cet homme a fait le voyage de Winnipeg pour venir témoigner en ta faveur. Il a eu connaissance du procès par les journaux et il m'attendait chez ma mère hier soir. Il m'a dit que sa conscience ainsi que le respect et la gratitude qu'il éprouvait pour toi l'avaient obligé à faire ce voyage. Tu ne devines toujours pas ?

– Non, je n'ai aucune idée de qui tu parles ! C'est un témoin qui pourra m'aider ?

– Oui, je pense, dit-il avec un sourire énigmatique. Si tu ne devines pas de qui il s'agit, tu vas devoir attendre de le rencontrer.

Rosalie ne posa pas d'autres questions. Elle était inquiète et ce nouveau témoignage la rassurait peu. Tous les témoins jusqu'à maintenant, y compris elle-même, pouvaient avoir fait pencher la balance d'un côté ou de l'autre. Comment celui-ci pouvait-il lui redonner espoir ? Et qui pouvait-il bien être ? Marc-Olivier interrompit le cours de ses pensées.

– Tu sais que l'audience va reprendre ce matin avec le procureur de la couronne. Tu es prête à l'affronter ?

– Oui. Même si j'ai toujours un peu peur de lui.

Lorsque chacun eut gagné sa place, maître Galipeau entra directement dans le vif du sujet.

– Garde Lambert, avez-vous intentionnellement voulu la mort du chanoine Aubert la nuit du 6 octobre ?

– Non, je n'ai jamais voulu sa mort.

– Vous détestiez cet homme ?

– Je ne l'aimais pas, effectivement.

– Vous êtes soulagée de le savoir mort ?

– Une personne qui a prêté le serment d'Hippocrate ne peut vouloir la mort d'une autre. Ni s'en réjouir.

L'interrogatoire se poursuivit tout l'avant-midi. L'avocat répétait les mêmes questions sous différentes formes dans l'espoir d'obtenir des réponses contradictoires qu'il pourrait utiliser pour confondre l'accusée. Rosalie était épuisée. En quittant la salle d'audience, elle fut étonnée de se retrouver face à Catherine Bernard entre les colonnes de pierre de l'édifice.

– Marc-Olivier m'a demandé de venir vous tenir compagnie durant le repas, ma fille. Il doit parler au juge ce midi.

Rosalie prit la vieille dame par le bras.

– Vous savez qui est ce nouveau témoin ?

– Oui. Mais je ne peux pas vous le dire, malheureusement. Marc-Olivier doit d'abord en reparler avec le juge, et le procureur de la couronne doit aussi accepter ce témoin de dernière heure.

– Alors, n'en parlons pas. Je suis bien contente de vous revoir, Catherine. Je vous remercie encore pour votre invitation la veille du jour de l'An. Il y avait bien longtemps que je n'avais pas vécu des moments aussi agréables.

– C'est bien gentil, Rosalie. J'espère que nous pourrons en vivre encore beaucoup comme ça.

– Je l'espère aussi, dit Rosalie, nostalgique.

– Vous n'avez pas l'air certaine de ça ! Vous avez peur que je meure avant ? Vous savez, je suis encore en pleine forme, pour une vieille dame.

Rosalie la considéra avec affection.

– Vous êtes gentille, de ne pas laisser entrevoir votre crainte que je me retrouve en cellule.

– Je fais confiance à mon fils. C'est un très grand criminaliste et un bon plaideur.

– Je n'en doute pas, Catherine. Il est chanceux, Marc-Olivier, d'avoir eu sa maman tout au long de sa vie. Et surtout une mère comme vous.

– Ayez confiance, Rosalie !

– Ce sont les jurés qui me font peur. Ce sont tous des hommes.

– Je suis convaincue que tout va bien aller pour vous. Si vous n'êtes pas coupable, même les hommes devront le reconnaître, vous ne pensez pas ? Je vais être dans le prétoire cet après-midi ; je vais veiller sur vous.

Rosalie n'était pas du tout rassurée, mais elle appréciait la présence de cette maman auprès d'elle, même si ce n'était pas la sienne.

– Vous êtes tellement maternelle, Catherine ! Je sens votre chaleur et vous en remercie.

La dame sembla ravie et se pressa davantage contre elle.

– Rosalie, j'aurais été fière d'être votre maman.

* * *

Quand Henri Lamothe fit son entrée dans la salle d'audience, toutes les têtes se tournèrent vers lui. Les gens présents dans le prétoire s'attendaient plutôt à entendre les plaidoiries et ils se demandaient bien qui pouvait être ce nouveau témoin annoncé par le juge.

L'homme s'assit à la barre des témoins et tourna son regard vers Rosalie. En la reconnaissant, il lui décocha un immense sourire. Les yeux agrandis par la surprise, l'infirmière semblait figée dans le temps. Elle ne reconnaissait pas cet homme au crâne dégarni, mais son nom lui était familier. Elle se rappela tout à coup qui il était. Elle se souvenait avec précision de cette journée où elle avait accouché Gisèle Lamothe, son épouse. C'était aussi cette journée-là qu'elle avait croisé Marc-Olivier au bout du sentier et qu'elle était tombée de cheval. Ce même jour encore, elle avait dû constater le décès de Madeleine, son amie. Une journée mémorable dans son court passage en Abitibi.

Tous ces souvenirs remuaient ses émotions, mais elle ne voyait toujours pas ce que cet homme pourrait bien dire de plus pour faire pencher l'opinion des jurés en sa faveur. Et tout à coup, elle se souvint. Comme dans une aveuglante boule de lumière, elle se retrouva dans son dispensaire le matin du 27 mars 1943. Était-il possible qu'Henri Lamothe ait entendu quelque chose ?

– Monsieur Henri Lamothe, dit l'avocat Bernard, racontez-nous vos souvenirs de ce matin du 27 mars 1943.

L'homme prit une grande respiration. Le regard intensément fixé sur Rosalie, il commença lentement son témoignage.

– Ce matin-là, je me souviens, il faisait tempête. J'étais passé chez garde Rosalie chercher des médicaments pour ma femme. Je savais qu'elle se levait toujours très tôt et je voyais de la lumière dans la cuisine. J'ai frappé à la porte avant du dispensaire, mais, comme je n'avais pas de réponse, j'ai sondé la poignée et constaté que la porte n'était pas fermée à clef. Je suis donc entré dans la salle d'attente. C'est alors que j'ai entendu des voix venant de la cuisine. J'ai reconnu la voix de garde Lambert et celle de notre curé, Charles-Eugène Aubert. En m'avançant un peu, j'ai pu les voir par l'entrebâillement de la porte. Comme il faisait très noir dans la pièce où j'étais, eux ne pouvaient pas m'apercevoir.

– Vous avez entendu ce qu'ils disaient ?

– Oui.

– Pouvez-vous nous répéter ce que vous avez entendu ? demanda l'avocat avec un léger sourire à l'adresse de Rosalie.

La salle du prétoire était suspendue aux lèvres du témoin.

– Sans aucune difficulté. Ces paroles ne sont jamais sorties de ma mémoire.

Il fit une pause qui parut une éternité à Rosalie. Elle s'était avancée sur son banc et elle retenait son souffle.

– Le curé a dit : « Même si c'est moi qui ai fait cet avortement, c'est vous qui serez reconnue coupable et ce sera la fin de votre carrière. Vous y laisserez votre honneur aussi. Signez ce document ! »

Il y eut un profond silence dans la salle du tribunal. Même le juge était stupéfié.

– Qu'avez-vous fait, ensuite ? Vous avez signalé votre présence ?

– Non, pas tout de suite. J'étais renversé par ces paroles et je n'y comprenais rien. Je suis ressorti sur la galerie et j'ai frappé très fort à la porte pour signaler ma présence.

– Et ensuite ?

– La garde est venue m'ouvrir et m'a remis les médicaments que je demandais. Dans sa nervosité, je pense qu'elle n'a pas remarqué à quel point j'étais nerveux, moi aussi.

– Et vous êtes reparti immédiatement ?

– Oui, j'ai pris les médicaments et je suis parti. Dans le courant de la journée, à la scierie, j'ai appris la mort d'Héloïse-Marie Robidoux et j'ai fait le lien.

– Et pourquoi n'avoir rien dit, à cette époque ?

– Héloïse-Marie était morte et personne ne pouvait la ramener à la vie. Je travaillais avec son père à la scierie. Il m'a dit que sa fille était morte d'une appendicite.

– Mais vous saviez qu'elle était morte à la suite d'un avortement. En avez-vous parlé avec quelqu'un dans les jours qui ont suivi ?

– Oui, avec mon épouse. Elle est ici. Elle pourra vous le confirmer. Comme garde Lambert a quitté la paroisse et le curé aussi pas très longtemps après, Gisèle, mon épouse, m'a conseillé de ne plus jamais parler de ça à personne.

– Pourquoi rompre le silence aujourd'hui ?

– Quand Blanche Lacerte, la sœur de ma femme, nous a écrit à Winnipeg et nous a mis au courant du présent procès, j'ai acheté les journaux qui en parlaient et je me suis renseigné.

– Vous n'en aviez pas entendu parler avant cette lettre de votre belle-sœur ?

– Non, je n'achète jamais les journaux.

– Qu'y avez-vous appris ?

– J'ai vu que c'était la parole de la garde contre celle du curé. Moi, je connaissais la vérité. Je savais lequel des deux mentait. Je ne voulais pas que garde Lambert soit considérée comme une meurtrière et une menteuse, et qu'elle aille en prison. Le peu de temps qu'elle a vécu avec nous, elle n'a fait que du bien dans notre paroisse.

– Quand Roselyne Duclos est morte de la même cause que mademoiselle Robidoux et que son frère est allé battre le curé, vous n'avez pas pensé à parler ?

– Ça faisait plus de cinq ans que je me taisais. J'ai fait le rapprochement, comme beaucoup de monde dans la paroisse, d'ailleurs. Vous savez, même si les gens ne disaient rien en public, ça parlait beaucoup dans les maisons. J'étais le seul à être certain de la culpabilité de Charles-Eugène, mais tous les autres le soupçonnaient.

– Et aujourd'hui, vous avez décidé de dire la vérité ?

– Oui. Je veux que tout le monde sache que garde Rosalie Lambert est une femme honnête et franche.

Il prit un temps d'arrêt, puis ajouta en regardant Rosalie :

– Elle n'a pas menti autrefois. Je sais qu'elle dit la vérité aujourd'hui. La mort du chanoine Aubert, c'est une erreur de sa part.

Rosalie frissonna. Henri Lamothe venait d'utiliser les mots mêmes que Charles-Eugène avait si souvent prononcés en parlant du décès d'Héloïse-Marie, à savoir que cette mort avait été une erreur.

Elle esquissa un léger sourire. Le miracle inespéré venait de se produire. L'ombre d'Héloïse-Marie se profilait sur le prétoire et elle distinguait très bien les traits de la jolie rousse à travers les larmes qui lui montaient aux yeux. Elle tourna la tête vers l'assemblée et vit aussi Blanche Lacerte et sa sœur Gisèle, l'épouse d'Henri Lamothe, assises au fond de la salle.

Marc-Olivier revint vers la table derrière laquelle était assise Rosalie. Sous le prétexte de vérifier ses notes, il se pencha vers elle et lui adressa un clin d'œil, après quoi il retourna vers Henri Lamothe, toujours à la barre des témoins.

– Merci, monsieur Lamothe, dit-il en appuyant bien fort sur le mot.

– Je me sens mieux, maintenant. J'ai libéré ma conscience de ce lourd secret.

– Maître Galipeau, le témoin est à vous.

– Je n'ai pas de questions, dit celui-ci, l'air renfrogné.

Il fut très difficile à Rosalie et à son avocat de quitter le palais de justice. Les journalistes se précipitaient sur eux, chacun cherchant le scoop à ajouter à son article du lendemain.

– Le procès n'est toujours pas gagné, mais nous avons maintenant bon espoir que l'opinion des jurés penchera en faveur de ma cliente, madame Lambert, dit Marc-Olivier en entraînant Rosalie vers sa voiture.

Le lendemain, ce furent les plaidoiries. Maître Galipeau fit un effort pour retrouver sa verve habituelle, mais ce fut sans les grandes envolées de sa toge noire qu'il s'adressa au jury.

– Ce n'est pas parce qu'elle a dit la vérité sur les événements du passé que madame Rosalie Lambert n'a pas pu administrer intentionnellement le mauvais antibiotique. Au contraire, compte tenu de tous les faits portés à votre attention au cours des audiences, nous croyons que l'accusée avait suffisamment de raisons de vouloir la mort de son ennemi de toujours. Et n'oubliez pas que c'est pour ça, et pour ça seulement, qu'elle est devant vous aujourd'hui.

Pendant un court moment, il énuméra à l'attention des membres du jury les événements de la vie de Rosalie qui l'avaient unie à Charles-Eugène et qui pouvaient l'avoir conduite à commettre ce geste fatal, la nuit du 6 octobre, à l'hôpital de Saint-Anselme. Tous les gens présents étaient conscients que la conviction du début n'y était plus et que sa plaidoirie manquait d'allant.

Ce fut ensuite au tour de Marc-Olivier de prendre la parole. Il se leva et marcha lentement vers les jurés. Du haut de son imposante stature, il adressa à chacun son plus beau sourire. Il voulait, avant même de commencer à parler, leur transmettre son assurance quant à l'innocence de sa cliente.

– Messieurs du jury, vous n'allez pas punir encore une fois cette femme qu'un homme sans conscience a déjà enfermée dans une prison de silence pendant près d'un quart de siècle. La preuve a été faite devant vous que ma cliente, madame Rosalie Lambert, a toujours dit la vérité. C'était une toute jeune femme de vingt-trois ans la nuit où Charles-Eugène Aubert a précipité dans la mort sa meilleure amie, Héloïse-Marie Robidoux. Dans la confusion et la tristesse du moment, devant les conséquences funestes également qu'aurait eues pour la famille l'étalage de la vérité, elle a cautionné le geste d'un homme monstrueux pour qui la vie des autres n'avait pas d'importance. En fait, la vie avait si peu de poids pour cet homme qu'il a qualifié d'erreur la mort d'une jeune fille qui n'avait même pas vingt ans. Vous comprendrez à quel point madame Lambert a été perturbée la nuit où le curé est venu lui répéter, après toutes ces années, que la mort de son amie avait été une erreur, rien de plus.

Marc-Olivier fit une pause, regarda Rosalie et porta de nouveau son attention vers les jurés.

– Je vous laisse juges, messieurs du jury, mais tous ces événements ramenés à sa mémoire par le chanoine Aubert ont perturbé ma cliente au point de lui faire commettre une erreur.

Pendant un long moment, il refit le récit des événements en insistant toujours sur la franchise et l'honnêteté de sa cliente.

La pause du midi fut décrétée par le juge. Les jurés étaient maintenant séquestrés ; ils le demeureraient tout le temps qu'ils mettraient à s'entendre sur un verdict unanime. Rosalie était confiante, mais une crainte lui vrillait toujours les entrailles, comme si les événements de sa vie passée avaient effacé en elle l'espérance de jours meilleurs.

Heureusement, les délibérations du jury furent très courtes. Dès le lendemain, en avant-midi, le juge convoqua le tribunal pour quatorze heures ce même jour. Le verdict allait être dévoilé.

– C'est encourageant, ou non, un verdict aussi rapide ? demanda Rosalie à son avocat.

– J'espère que c'est bon signe, répondit Marc-Olivier, mais on ne le saura vraiment que sur place. Ayons confiance.

La salle du tribunal était pleine à craquer. Rosalie tremblait de tous ses membres. Elle avait la bouche sèche et son cœur battait la chamade. Une sorte de vertige lui sciait les jambes et elle se demandait si elle n'allait pas s'écrouler pendant la lecture du verdict. Elle fit part de son inquiétude à Marc-Olivier, qui l'assura de son soutien, le cas échéant.

– Madame Rosalie Lambert, dit le juge, levez-vous pour la lecture du verdict par le premier juré.

Rosalie se leva. Marc-Olivier en fit autant. Ils se tenaient tous les deux face au juge, qui venait de recevoir de la main du greffier le papier sur lequel étaient inscrits les mots qui allaient décider de l'avenir de Rosalie. Le juge le lut et le redonna au greffier.

– Monsieur le premier juré, faites-nous la lecture de votre verdict, dit le juge sans aucune intonation dans la voix.

Tous les membres du jury se levèrent en même temps et le premier juré reprit le papier des mains du greffier. Il regarda Rosalie.

– Relativement à l'accusation de meurtre sans préméditation, nous déclarons l'accusée, Rosalie Lambert, non coupable.

Rosalie chancela. Si pour la majorité de ses concitoyens la liberté était un droit, pour la femme qui se tenait debout au banc des accusés, elle devenait comme un cadeau au bout d'une route longue et ardue. Dans le brouillard de ses larmes, elle vit Marc-Olivier lui tendre les bras. Lentement, comme dans un film au ralenti, elle tendit son visage mouillé et ses bras grands ouverts vers un bonheur depuis si longtemps inaccessible. À l'arrière de la salle, sur un banc, la toute petite Catherine Bernard lui souriait, les yeux brillants de larmes et les mains jointes relevées vers son visage. Le grand manteau du silence avait été levé, et toute la poussière accumulée au cours des années retombait sur le prétoire comme une pluie d'étoiles. Libre. Rosalie était libre. Elle croyait goûter la liberté pour la première fois depuis un quart de siècle.

Marc-Olivier et elle quittèrent le palais de justice presque en courant, la tête haute et le regard fier. Une pluie fine tombait sur Montréal et le soleil brillait. Les pastels d'un arc-en-ciel se dessinaient au-dessus de la ville. Aux journalistes qui couraient derrière eux pour obtenir un commentaire, Rosalie dit seulement :

– Regardez ce merveilleux soleil, cet arc-en-ciel, ces arbres, ces fleurs. Écoutez les oiseaux. J'ai failli perdre tout cela. Je savoure ma liberté. Justice a été rendue.

Elle s'engouffra avec Marc-Olivier dans la Mustang bleue, où les attendait déjà Catherine Bernard. Tous les trois se regardèrent et éclatèrent de rire en même temps.

– Rosalie, nous avons gagné !

– Merci, répondit-elle avec un accent de pure sincérité.

* * *

Quelques jours plus tard, Rosalie se rendit chez Marc-Olivier à Saint-Jean-sur-Richelieu. Elle le surprit dans sa cour arrière et il sembla heureux de la voir. C'était la première fois depuis la fin du procès qu'ils se retrouvaient face à face. Ils se tenaient là, debout dans un jardin fleuri qui embaumait le lilas.

– Je pars quelque temps en Europe, lui dit-elle. J'ai donné ma démission à l'hôpital Saint-Cœur-de-Marie. Bien que j'aie été acquittée, je suis toujours un objet de curiosité par ici et je veux laisser le temps aux gens de m'oublier. Je veux aussi retrouver ma vie. Depuis trop longtemps j'étais coincée dans un embâcle et voilà que je reprends le fil du courant. C'est une sensation qu'il me faut apprivoiser.

Les paupières mi-closes dans la lumière crue, elle observait son ami, avec sa mèche de cheveux qui lui tombait sur l'œil et son sourire que les années n'avaient jamais effacé de sa mémoire.

– Tu reviendras au pays ? demanda-t-il, pas du tout surpris de sa décision de s'absenter un certain temps.

– Bien sûr, que je reviendrai.

– Je t'attendrai donc. Si tu veux bien de ma vieille amitié, je serai là à ton retour.

– Je ne veux plus vivre cachée. C'est ce que j'ai fait tout au long de ma vie. Je vais me servir de mon temps et de mon argent pour faire avancer la cause des femmes. Je me suis sentie trop petite et trop démunie face à un monde d'hommes. Je pense que les femmes ont une place à prendre dans notre société et je vais faire tout mon possible pour les aider.

Marc-Olivier lui souriait.

– Je te fais confiance, mon petit soldat. Reviens vite. Ton absence va me sembler bien longue.

Rosalie garda le silence un long moment, pendant que Marc-Olivier, devinant qu'elle avait quelque chose à ajouter, éprouvait un pincement au cœur. Allait-elle lui annoncer qu'elle ne voulait pas de son amitié et encore moins de son amour ? Il avait déjà eu mal une fois et il ne voulait plus souffrir. Un frémissement de crainte envahit son corps. Elle, elle semblait chercher ses mots.

– Dis-moi, Marc-Olivier, tu n'es pas obligé d'accepter, mais je me demandais comme ça si tu ne garderais pas mon chat durant mon absence...

Marc-Olivier, soulagé, pouffa d'un grand rire. Rosalie, intriguée, se mit à rire à son tour.

– Bien sûr, s'empressa-t-il de répondre. Les enfants vont l'adorer, aux grandes vacances. Ils seront des gardiens attentionnés, tu peux en être assurée.

– Aussi, ajouta timidement Rosalie, toi qui aimes Florence, ses sculptures surtout, tu pourrais profiter de quelques jours de vacances cet été pour me rejoindre en Italie. On pourrait même se rendre à Venise.

En entendant cette invitation, Marc-Olivier se sentit transporté de bonheur. Le temps suspendit sa course folle ; plus rien d'autre sur la terre n'eut d'importance que cet instant sublime. Le soleil était radieux et une brise légère agitait les boucles brunes de Rosalie. Il la trouvait belle. Ils restèrent là un long moment, à se regarder, sans un mot. Puis Marc-Olivier s'approcha et prit Rosalie dans ses bras. Il respira le parfum délicat de cette femme tendrement aimée. Tous les deux savouraient cette exquise sensualité d'être blottis l'un contre l'autre, libres et amoureux. Il restait à leur histoire encore bien des pages à écrire.

* * *

Rosalie avait encore une visite à faire avant de s'envoler pour la France. La semaine suivante, juste avant son départ pour l'aéroport, elle se rendit au cimetière de Saint-Jérôme. Il était très tôt. Les lieux étaient paisibles. À perte de vue, de longues rangées de monuments funéraires s'étiraient dans la blancheur du petit matin. Elle n'eut pas à chercher longtemps l'emplacement où reposait Charles-Eugène Aubert. La terre encore fraîchement retournée aux premiers jours du printemps attira son regard. Seuls quelques oiseaux rompaient le silence de leur chant. Elle fit le tour du monticule de terre et caressa d'un doigt le monument de pierre où étaient inscrits le nom du défunt et les dates qui délimitaient son passage ici-bas. Elle murmura plus qu'elle ne parla.

– Tu vois, Charles-Eugène, il m'aura fallu du temps, mais cette fois la justice a triomphé. Ta culpabilité dans le meurtre de mon amie Héloïse-Marie est enfin reconnue à la face du monde. L'erreur de sa mort, comme tu disais, a été corrigée.

Elle prit une longue respiration.

– À l'hôpital de Saint-Anselme, tu n'aurais pas dû me répéter que la mort de mon amie avait été une erreur. Aussitôt, j'ai revu dans les yeux d'Héloïse-Marie la détresse qu'elle a ressentie au moment où elle a compris que sa vie s'achevait dans ton presbytère surchauffé. Elle s'accrochait à mon bras. Elle était terrorisée et je ne pouvais plus rien faire pour la retenir en ce bas monde. Et toi, dans le fond de la chambre, égoïste et cruel, tu n'avais qu'un souci : avant même qu'elle ne soit morte, tu cherchais le moyen de maquiller ton crime.

Rosalie fixait le sol retourné au-dessus de la fosse où reposait Charles-Eugène Aubert. Du pied, elle frappa un caillou qui alla heurter la stèle funéraire.

– Et tu m'en as fait porter l'odieux toute ma vie.

Une lueur de mépris s'alluma dans ses yeux.

– Je suis désolée, mais ta mort fut une erreur. La nuit où tu m'as répété tes horreurs, je n'étais plus une jeune femme de vingt-trois ans, mais j'avais toujours présent dans mon souvenir le drame de cette terrible nuit et je n'arrivais pas à me concentrer sur mes tâches. Pour cette raison, j'ai dû préparer le mauvais antibiotique. C'est comme si la belle Héloïse-Marie avait agi à ma place. D'ailleurs, pendant ma pause, j'ai eu une sorte de pressentiment. J'allais me lever pour aller vérifier la préparation du médicament quand l'appel d'urgence a retenti dans les haut-parleurs. Malheureusement pour toi, Maureen, qui s'était rendu compte du malaise entre nous, avait voulu me rendre service et t'avait injecté l'antibiotique à ma place. Je lui avais pourtant dit que je le ferais à mon retour. Et, comme elle n'était pas à l'aise en ta présence, elle a dû te l'injecter plus rapidement que le prescrit le protocole. Ou peut-être que ce sont Héloïse-Marie et Roselyne qui ont appuyé à sa place sur le piston de la seringue…

Elle s'avança de quelques pas et replaça dans la corbeille de pierre les fleurs que la sœur du défunt avait dû y déposer la veille. Un sourire indéfinissable apparut sur ses lèvres.

– Je suis vraiment désolée, Charles-Eugène. Ta mort a été une erreur.

Et Rosalie fit demi-tour. Elle tournait le dos à son passé. Elle entrait dans une nouvelle vie où le bonheur aurait une place de choix. Le manteau du silence sous lequel s'était abrité le curé s'ouvrait et laissait s'échapper tous ses secrets. Héloïse-Marie et Roselyne pouvaient enfin reposer en paix.

terres de femmes

DANS LA MÊME COLLECTION

Fugue vénitienne, Marie-Claude Gay
La Dame de Saïgon, Karine Lebert
Mademoiselle dite Coco, Madeleine Mansiet-Berthaud

Imprimé en U.E.
Dépôt légal : juin 2013
ISBN : 978-2-8129-0843-9